戴眼镜的老板

解运洲 著

文汇出版社

致 读 者

有些人技术出身,转行做销售,奉行的理念是一切为公司负责。

有些人销售出身,无奈做市场,奉行的理念是一切为老板着想。

职场从来不缺乏新鲜故事,但时效性很强,随着时间的推移,渐渐地就淡忘于江湖。高科技的职场亦是如此,有怀揣大志的创业者,有功成名就的企业家,有锦上添花的投资人,有左右逢源的经理人,有卧薪尝胆的失败者,有高深莫测的做局者,每天都在上演精彩绝伦的故事,几乎都不带重样的。

对于很多创业的老板来说,怀揣梦想的毕竟是少数,被迫而为的是多数,只是每个人标榜的价值观不一样而已。

时代就像洪流,能在浪尖上起舞的必定拥有不服输的斗志,任何艰难险阻,都阻挡不住其前进的步伐。该如何认知,该如何判断,该如何决策,该如何争取,职场故事的精彩,远远超乎很多人的想象。

不管是开心的故事,还是悲惨的事故,如果你不想提及,时间会抹平一切。但我想往平静的池塘里丢一颗石子,看看溅起的水花能否产生精彩的涟漪。

为了写一本反映高科技领域的职场小说,我阅读了历年来畅销的职场小说,在跌宕起伏的情节和妙笔生花的文字里面,总希望能带来点灵感借鉴参考。但是,我获得了新的认知,最大的收获就是发现这些小说有很多共同特点:不管是哪个行业领域的职场小说,老板在小说里总是配角,美女总是感情混乱,男女主人公的邂逅总是匪夷所思,同事之间永远存在背后捅刀,兄弟为利为情总会反目成仇,订单背后肯定有见不得人的抽屉协议,几乎不涉及所在行业的技术细节,更谈不上高科技给职场带来的现实冲击。

回到现实社会,我所熟悉的高科技公司,是站在每个细分领域全球产业链的顶端,在各自领域排名国内前三、全球前十的老板大有人在,就是这些可爱的老板，每天会山会海，忙碌程度不亚于一个国家的总统首相，在需要拍脑袋的时候，任何一个重大决策都足以影响到大洋彼岸，而他们却非常低调，低调得让亲朋好友匪夷所思。

我想写一些关于他们的故事，老板才是主角，大多数夫妻和睦、儿女争气，没有那么多复杂的爱恨情仇，每天想的是如何挖掘新机会，如何让员工赚到钱，如何直面竞争对手。而围着老板的职业经理人，大多数都称得上是中产阶级，不愁吃不愁穿，依然拼命工作的最大动力是保持自己的社会地位，为老婆孩子的优质生活提供源源不断的供给。

高科技职场缺乏美女，但总归会有美女，这些美女也是凭本事吃饭，不用做老板的情人，也不会为了客户在总统套房里摇着红酒杯泡着牛奶玫瑰浴。高科技职场的美女，不会不懂技术，否则在这个圈子里就像个外星人，她们可以做销售，可以做市场，可以画电路图，可以编代码，可以做管理，也可以做秘书，她们都是拥有独立意识的知识女性，拥有和男人差不多的思维。否则，她就不是圈内人。

刚开始是按照独立的故事来写，然后就是相互融合，把本来发生在多个企业家身上的故事融合到小说中几位典型的人物身上。有些人不愿意让我写他们的故事，担心对公司造成不良影响。有些人希望我写他们的故事，这样可以在历史的长河中落笔记录。有些人充满了好奇，身边熟悉的人物到了小说里会变成什么样的形象。也许你会看到你在职场中的影子，但我在此处郑重声明：绝无冒犯之意。

假如有一天，
我们有幸能去宇宙中其他的星球转转，
也许你会想念地球上的开心、欢乐、悲伤和无聊。
我们每个人都是主角，
地球这个舞台可以容纳足够多的主角登台唱戏。
人工智能让我们纠结机器人啥时候占领我们人类的世界。
自动驾驶会不会让我们不再承受交通拥堵的无奈。
元宇宙的世界打开了我们肆无忌惮的想象空间。
我们在历史的长河中，仅仅是一朵朵小小的浪花。

回想起在儿子十八岁成人礼的仪式上，我给学校师生做演讲时提到：在我们十八岁的时候,总觉得父母不理解我们,他们希望我们拥有铁饭碗,希望我们从事他们看得懂的职业。但是,在互联网快速发展的二十几年时间中,我们的父母根本不了解我们到底在忙些啥。我相信,未来,你们所从事的一些创新领域,我们做父母的也许根本看不懂。

这些年,因打造物联网产业联盟,我结识了很多朋友:

有上市公司的,也有创业公司的;

有身价好多亿元的老板,也有年薪几百万元的高管;

有新入行的毛头小伙,也有历练已久的职场老油条;

有政府官员,也有院士教授;

有研发的,有销售的;

有喜欢夜夜笙歌把酒言欢的,也有沉迷高尔夫潇洒挥杆的;

有想融资的老板,也有想跳槽的员工;

有喜欢斗地主的,也有喜欢跳钢管舞的;

……

我的朋友圈很大,大到很多人都记不清在哪见过;

我的朋友圈很小,小到一个微信就可以聊到很嗨。

我很忙,忙到我父母都不知道我在干些啥;

我很闲,闲到我儿子说为啥我经常在咖啡店办公。

我想写点东西,把周边曾经发生的事情写成故事,留待多年之后还能回味无穷。

就像很多人一样,预期总是如此美好。

但落笔之后,事态的发展往往出乎意料,作为现实题材职场决策型小说,不可能天天你情我爱,也不可能事事总是钩心斗角,高科技职场的人物肯定离不开新技术的加持,看似普通得不能再普通的日常聊天,却淋漓尽致地体现了每位企业家老板和职场高管在大时代决策面前的纠结。

写着写着,发现书中的每个角色都不容易。

写着写着,体会到我们每个职场人都不容易。

通过故事的展开,你会惊叹自己在职场的经历也会如此丰富,你会感叹自己也是推动历史进步的关键一角。

我希望读者能从故事中揣摩出自己在职场中的感觉,只为我们曾经的拥有,暗自庆幸也好,后悔不迭也罢,都是我们的人生风景线。

当天赐良机的时候,上天最喜欢眷顾一直努力的人。

对于职场人士,希望能给你提供代入感,找到你我之间的共鸣。

对于跨界父母,希望能给你提供画面感,也许你的子女正深陷其中。

对于高校学生,希望能让你提前感受一下象牙塔之外的纷繁世界。

老板不是生而为之,都是经历了复杂的心路历程和蜿蜒曲折的职场生涯才逐步成长起来,并且怀着坚强的信念期待带领公司走向更远的未来。眼镜不仅可以明目,还可以装饰,甚至可以掩饰,对于拥有老板思维的任何人,不管是针对看不见的黑天鹅事件,还是看得见的灰犀牛事件,都阻挡不了其前进的步伐。

这本书最终命名为《戴眼镜的老板》,主要是想体现企业决策者的纠结与睿智,至于戴不戴眼镜,就看你戴不戴眼镜了,因为本书拥有属于你自己的故事,精彩还不带重复!

解运洲

二〇二三年于上海

导　读

芯片,

通信芯片,

蜂窝物联网通信芯片,

只要把行业划分得足够精细,我们便会发现一些企业是在引领全球产业链的发展。

蜂窝物联网通信芯片的最重要客户是通信模组企业,通信模组的核心零部件是蜂窝物联网通信芯片,芯片企业和通信模组企业是一条绳上的蚂蚱,一荣俱荣,一损俱损。

芯片企业可以选择心仪的通信模组企业形成战略合作伙伴关系。

通信模组企业也可以重点扶持特定的芯片企业获取更多的市场份额。

当参与者众多的时候,各位老板的决策能力便决定了该企业在行业中的地位,同时也左右着整个物联网行业的动态与发展趋势。

杨鹏飞不甘于职场现状,几经折腾之后,被星通科技总经理欧阳橙慧眼识珠并招入麾下。因表现积极并且能力突出,杨鹏飞大包大揽负责多个职能部门,包括销售、市场、宣传、战略合作等,对工作绝对是尽心尽力。

欧阳橙作为职业经理人临危受命成为星通科技的总经理,为了兑现给董事会作出的业绩承诺,便对公司管理制度和人事安排进行了大刀阔斧的改革。就在公司渐有起色的时候,孙晓帆入职并接管杨鹏飞一半的工作岗位。

杨鹏飞任销售总监,孙晓帆任市场总监,两人职位平级。

杨鹏飞技术出身,转行做销售,奉行的理念是一切为公司负责。

孙晓帆销售出身,无奈做市场,奉行的理念是一切为老板着想。

智邦通信老板金腾川在英明决策之下使公司快速成长为通信模组领域的全

球第一品牌。金腾川是杨鹏飞在前东家万都通信的老领导,这层关系并没有给杨鹏飞带来工作上的便利条件,反倒是始终不得要领,迟迟不能把星通科技芯片导入进智邦通信。

因孙晓帆过去的工作履历是擅长销售,市场总监的岗位并不能框住她的销售思维。为了尽快给老板做出点业绩,在杨鹏飞的极力反对之下她与通信模组排名第二的法沃智能签署战略合作伙伴协议,彻底打乱了杨鹏飞的大客户战略计划。

在对待大客户的销售策略和产品定价方面,杨鹏飞和孙晓帆之间产生了不可调和的矛盾。因两人经营理念的不合,老板欧阳橙经常要在其中做出非常艰难的选择,丢芝麻和捡西瓜就在拍脑袋的一念之间。

郭青云作为物联网产业联盟的秘书长,在打造产业生态的同时集聚了产业链上很多志同道合的朋友。杨鹏飞在公司里没有可交心的朋友,对于很多纠结性的话题,只能向局外人郭青云吐槽。自此,两人之间可聊的话题越来越深入和透彻。

此时,正值国产芯片如火如荼的年代,老美为了遏制国内芯片公司的快速发展,不得不掀翻之前曾引以为荣的全球产业链分工协作计划,出台各种政策限制国内芯片企业的发展,包括禁止美籍员工在国内芯片公司任职、禁止向国内芯片公司出口设计工具、限制使用测试工具、断绝高端生产工艺等,甚至要求非美国芯片晶圆厂提交客户信息,在未经许可授权的情况下不得为国内芯片企业加工生产。

同时,新技术的迭代让人眼花缭乱。国内的蜂窝无线通信芯片已经和全世界同步,甚至在某些局部细分领域,国内已经出现引领全球格局的趋势。4G 改变生活,5G 改变社会,已经让很多人为之惊叹。2G 腾频退网、4G LTE Cat.1 的逆袭、5G NB-IoT 和 RedCap 的进阶之路、6G 的未来可期已成为业内的焦点。另外,还有人工智能、元宇宙、虚拟数字人等领域,该如何渗透,该如何布局,该如何步步为营?杨鹏飞、金腾川等人不仅不想与时代落伍,而是想尽各种办法实现积极拥抱。

不同的人有不同的认知。不管是企业老板,还是职场高管,或是公司员工,最大的奢求就是一切顺风顺水,可谁是这个世界的宠儿?谁又能悟透为人处世、安身立命的人生哲理?

老板希望绝处逢生,高管希望功成名就。信任与不公轮番上演,职场如同没有硝烟的战争,每天都有不同的主角登场。

这是一个伟大的时代,是时代成就了我们每个人,也成就了在风口浪尖起舞的每一位企业家。

我们都是局中人,身边的故事将在本书之中徐徐展开。

杨鹏飞在职场的心路历程,经历了不断的挑战以及太多的无奈。没承想,他所经历的每一件事情,他所遇到的每一位老板,他在职场中遇到的所有委屈,以及他的死对头孙晓帆,都在逐步帮助杨鹏飞撑大了他的认知格局。

杨鹏飞不近视,但喜欢戴眼镜,一方面是找点兴趣爱好赶时髦,另一方面是喜欢洞察优秀老板的做事方法和思维模式。

在多重事件的刺激之下,杨鹏飞被迫创业做老板,创立了光环芯微公司,主营 5G 芯片的设计研发,底气来自多年在职场斗争中的观察、体会、思考、实践,以及逐步建立起来的人脉关系和网络,他终于可以释放内心积压许久自己做老板的蠢蠢欲动了。

孙晓帆被欧阳橙设局并被迫辞职,与董德鸿联合创建了萌动科技公司,后又被杨鹏飞的光环芯微公司收购。孙晓帆一改过去和杨鹏飞针锋相对的场面,开始为杨鹏飞鞍前马后服务,继续坚守一切为老板负责的工作理念。

不只是这些,故事还有很多……

企业关系图谱

† 芯片企业

每一种无线通信技术的诞生和迭代，背后总有很多芯片公司的潮起潮落。同为芯片设计公司，因管理团队、经营理念、创立时间、产品定位等方面的不同，造就了市场竞争的你追我赶，也为读者呈现了跌宕起伏的精彩故事。

星通科技：芯片设计领域的"黄埔军校"
    研发 2G 芯片、LTE Cat.1 芯片、NB-IoT 芯片、5G 芯片
高通科技：研发 2G 芯片、4G 芯片、NB-IoT 芯片、5G 芯片
艾斯科技：研发 LTE Cat.1 芯片、5G 芯片
瑞能科技：研发 2G 芯片
萌动科技：研发 5G 芯片
光环芯微：研发 5G 芯片

† 通信模组企业

通信模组企业是芯片设计公司最主要的客户，在现实世界中，客户可以挑选供应商，供应商也可以左右客户的命脉。企业从诞生到成长，从壮大到湮灭，因市场这只无形之手的存在，也为读者呈现出一种螺旋式上升的企业家命运。

智邦通信：全球第一大通信模组企业
法沃智能：最早上市的通信模组企业
万都通信：通信模组领域的"黄埔军校"

✝ 人物履历图谱

杨鹏飞：万都通信（2017 年之前，产品总监）
　　　　某 preIPO 公司（2017 年，产品总监）
　　　　星通科技（2018 年，销售总监、市场总监）
　　　　光环芯微（2022 年，董事长兼总经理）

孙晓帆：瑞能科技（2020 年之前，销售副总裁）
　　　　星通科技（2020 年，市场总监、副总经理）
　　　　萌动科技（2022 年，联合创始人）
　　　　光环芯微（2023 年，市场总监）

欧阳橙：星通科技（2018 年，总经理）

金腾川：万都通信（2012 年之前，副总经理）
　　　　智邦通信（2012 年之后，董事长兼总经理）

郭青云：物联网产业联盟（2016 年，秘书长）

董德鸿：星通科技（2022 年之前，产品总监、系统架构师）
　　　　萌动科技（2022 年，董事长兼总经理）
　　　　光环芯微（2023 年，技术总监）

艾米莉：星通科技（2021 年，法务总监）
　　　　光环芯微（2022 年，法务总监）

武亮平：法沃智能（2010 年之后，总经理）

备注：书中人物的职场履历仅作阅读本小说参考，请勿对号入座。

目　录

第一章　棋逢对手

† 职场不如意,大多数是来自于自己的不服气。

† 高智商的竞争,往往来自恰如其分的言语表达。

† 在生意场上,若抛开成见,一切皆有可能。

第 1 节　又换工作

　　杨鹏飞回到办公室,慵懒地斜躺在办公椅上。这是一把获得过红点设计大奖的办公椅,看上去不仅体面,坐上去也很舒服。杨鹏飞拔开座椅下面的活动插销,依赖靠背的弹性把自己晃动起来。透过落地窗,中环上川流不息的车流渐渐模糊了起来,杨鹏飞陷入了无尽的沉思。

　　一大早,老板秘书就打电话问杨鹏飞在哪里,老板要见他。如果在公司,就尽快去老板欧阳橙的办公室。如果不在,回公司后第一时间去找老板。如果出差,就抽空给老板去个电话。杨鹏飞说自己下午回公司,顺道问一下老板找他什么事。秘书冷冰冰地回复:"不知道。"还没等杨鹏飞再问,电话就已经被挂断。

　　早上出门的时候,杨鹏飞习惯性地打开眼镜柜,挑选了一副具备学者气质的金丝边框眼镜,透明的镜片不仅可以强化他作为理工男的斯文,还能掩饰他长期做销售不经意流露出来的媚态。

　　杨鹏飞并不近视,但他非常喜欢戴眼镜,有不带度数的平光镜,有不带镜片的眼镜框,有不带镜框的无框眼镜,有不同材质的眼镜,有不同造型的眼镜,还有不同品牌的眼镜,琳琅满目。为了收藏这些全球各地著名品牌的眼镜,他还特意定制了一个红木眼镜柜。

　　不同的男人有不同的嗜好,尤其是彰显身份的随身物件,有些人喜欢手表,有些人喜欢帽子,有些人喜欢领带,有些人喜欢皮带,有些人喜欢皮鞋,还有一些人喜欢在家里布置雪茄柜、手表柜、红酒柜、古玩柜等。杨鹏飞为了给自己一个寄托,另辟蹊径喜欢上了眼镜。

　　杨鹏飞的逻辑是男人戴眼镜就如同女人戴项链和耳环一样。他每天会根据心情选择不同款式的眼镜,有成熟斯文的,有时髦奢华的,有文艺清新的,有另类奔放的,不同的形状搭配不同的材质。熟悉他的人也习以为常了,就像他每天穿什么颜色的衣服,打什么款式的领带,大家对他的任何装扮都司空见惯。如若哪天他没戴眼镜,大家反倒觉得不怎么习惯。

令杨鹏飞老婆纳闷的是:自家老公喜欢眼镜。害得她经常旁敲侧击地问杨鹏飞是不是在大学时期的前女友是戴眼镜的。一提到这个敏感话题,杨鹏飞总能像泥鳅一样滑过去。

他说服老婆的理由无外乎这些逻辑:主要是穷,眼镜成本低,每天可以根据心情和服装进行组合搭配,既有腔调又不费钱。

言外之意,自己更喜欢瑞士机械手表,但经济条件不允许,几万块的手表根本戴不出去,几十万上百万元的又买不起。现如今也就是能买得起智能手表,一两千块,典型的科技男配饰,也不至于被一些人鄙视。

"鹏飞,我们星通科技最近决定准备启动科创板 IPO 的上市工作,这还得感谢你的灵感,董事会对你提议的未来规划感到非常满意。虽然我们公司现在的主要精力是研发和销售 4G 系列芯片,但董事会更感兴趣的是 5G 芯片和 6G 芯片,以及未来与之相融合的人工智能、数字孪生、元宇宙等领域的高端芯片,我们就是这些新兴市场的基础建设,也吻合国家在高科技领域大基建的政策导向。"

欧阳橙有点兴奋,一面归拢散在办公桌上的文件,一面头也不抬自顾自地说,压根就没注意到杨鹏飞略显诧异并且非常丰富的表情。

杨鹏飞一回到公司就来找欧阳橙,本想给老板汇报一下最近的客户进展情况,但是,当杨鹏飞刚一落座,欧阳橙就一股脑地跟他说这些。这令杨鹏飞一头雾水。欧阳橙并没有给他做任何铺垫,比如为何找你来,要聊些啥,或者要达到什么结果,害得杨鹏飞心里七上八下,使劲回忆和琢磨今天老板找自己到底要干些啥。

欧阳橙把文件规整好之后,在说话的间隙抬头看了一眼杨鹏飞,顿时卡住了。他发现今天杨鹏飞戴的眼镜和自己的眼镜近乎一模一样,甚至连品牌都一样,金丝边框,长方形的镜片带点圆弧倒角,钛金属镜架,既轻便又弹性十足,可以随意弯折。欧阳橙把眼镜摘了下来,哈了两口气,用眼镜布使劲擦了擦,又戴了回去,整个人既显得斯文儒雅又拥有文艺腔调。

杨鹏飞做梦也没有想到,今天随手挑选的一副眼镜,竟然和欧阳橙的眼镜是同款。这岂不是和老板撞衫了,杨鹏飞在老板说话的间隙摘下了眼镜,把镜腿折叠好后揣到口袋里。

"橙总,我们星通科技公司现在势头正猛,做大做强是我们必然的结果,上市肯定没问题,大家都普遍看好我们。"杨鹏飞下意识地接话道。

欧阳橙复姓欧阳,大家觉得称呼他"欧阳总"有点别扭,不如叫"橙总"来得更加亲切。

杨鹏飞在心里暗自盘算:老板今天心情不错,会不会一高兴就给自己加薪?或者会不会多发点奖金?转瞬一想,做啥美梦,既不过年又不过节的,也没有任何理由给我一个人加薪。

咳,醒醒。

"你说得对,我们现在还需要再加把劲,为董事会、为公司的发展继续努力。所以呢,你们完全可以放开手脚大胆去干,不用担心公司融资的事情,我也向董事会提交了核心员工持股计划,必须为你们争取最大的利益。"

欧阳橙作为星通科技的总经理,时不时要给大家一颗定心丸。

杨鹏飞一听欧阳橙这副腔调,心里直打鼓:橙总啊橙总,自打你上任以来,薪水的调整还跟不上物价的涨幅,只感觉你不停地在优化和调整公司的管理团队。现在好不容易稍微消停了,新产品也逐步得到客户的认可,你橙老板现在又要折腾啥新花样。

就在两年前,也就是 2018 年,欧阳橙被任命为星通科技的总经理,妥妥的职业经理人。上一任总经理何超明被董事会踢出局之后,大股东找到欧阳橙,希望他能带领星通科技公司走出低谷,重回 4G 芯片设计的巅峰,并且还要剑指 5G 芯片领域,必须让公司跟得上时代的发展。

经过多年发展,全球半导体产业链已经形成深度分工协作格局。以美国为首的企业在产业链的多个环节上处于绝对领先地位,尤其是技术壁垒极高的芯片设计、半导体设备和设计辅助软件等领域。

此时的大洋彼岸,时任美国总统的特朗普签署命令禁止美国博通公司收购美国高通科技。理由是担忧博通公司的收购有可能会造成高通科技的竞争力下降,影响未来与中国在半导体以及高科技领域的竞争,从而有可能失去在高科技领域的领先地位。这也是美国历史上首次,政府在交易未达成的阶段,介入调查并阻挠美国本土企业收购的案例。

曾经扛着"中国芯片设计领军人物"光环的何超明被董事会踢出局之后,便带走了一小部分人马,创建了艾斯科技,正面和星通科技形成竞争。

但是,星通科技是瘦死的骆驼比马大,主营蜂窝通信芯片,能卖的老款产品还有几个,曾经的当红花旦 2G 芯片在当下依然是行业第一;4G 芯片因人员离职太多导致研发进展放缓,更不用说新产品迭代更新了;至于万众期待的 5G 芯片,目前尚处在预研阶段。

但从星通科技公司的整体实力来讲,研发人员的规模依然是国内同行业最大的,公司品牌知名度在业内还算可以,但还远远达不到人尽皆知的程度。董事会给欧阳橙的任务就是重整星通科技,不用担心资金的问题,其余的全权负责。

铁打的营盘,流水的兵。唯有粮草充足,带兵打仗才无后顾之忧。

欧阳橙虽然没创过业,但之前是大公司的高管,负责公司的战略规划,经常代表公司与合作伙伴签署战略合作协议,在行业内也是小有名气。欧阳橙常常自诩为狗头军师,没有带过兵,也没有打过仗,但利用大公司的平台,结识了很多行业内知名的企业家。

欧阳橙可以和大老板畅谈国际局势、解读国家政策,可以和小老板密谋商业机会、打探行业八卦,很多人非常羡慕他作为职业经理人的洒脱。

在平常的工作和生活中,欧阳橙结识最多的还是创业公司的老板,听到最多的就是各种抱怨,以及各种错失机遇的无奈。但是,欧阳橙却有自己的认知,一方面羡慕这些老板的意气风发、挥金如土,另一方面又感叹当老板真的是千难万阻、如履薄冰。

多年的职业生涯,欧阳橙就是在各种纠结之中渐渐地成长。到底自己是适合做职业经理人,还是适合做老板,欧阳橙也没有定论。当星通科技向自己抛出橄榄枝的时候,他便毫不犹豫地答应入职并开始实施大刀阔斧的改革。

人事总监给欧阳橙提供了一份还留在公司的高管名单和岗位安排,以及最近一年内离职的人员名单。技术总监跟着前任总经理何超明跑了,市场总监跑了,销售总监跑了,技术支持总监还在,生产工艺总监还在,财务总监还在,行政总监还在……留下来的人员当中,研发部门职位最高的人是产品总监董德鸿。

欧阳橙长舒一口气,入职之前曾思考过如何与公司元老接触,如何消除空降带来的团队不适应。现在好了,人都不在了,还担心个啥。除了留下来的部分高管,还有大量的中层骨干和基层工程师,剩下的还有什么?

当务之急是把高层管理团队打造成一个成套的编制,看样子还不能完全从现有团队中提拔,一方面是不了解这些人的底细,另一方面是担心有人留下来是为老领导做卧底。既然我是空降来的,干脆就再空降一些高管,要不把这些人制得服服帖帖,那我就是一个 LOSER。

"你帮我约一下这个人,你们是从哪儿得到他的信息的?"欧阳橙办公桌的左边是厚厚的一摞简历,这些他都翻了一遍,顺手拿起搁在最上面的简历丢给了人事总监。

人事总监一看简历上的照片,便说:"橙总,这是猎头推荐过来的,说这个人在通信模组领域的知名度非常高,并且我们的客户大多数都是他在万都通信的前同事。我也问过一些圈内的朋友,对他的评价都还不错。"人事总监也觉得杨鹏飞非常适合,提前进行了背景调查,以备老板所需。

杨鹏飞,离开万都通信后跳了一次槽,一年不到,估计不满意又想离开,通信模组、研发、市场、销售都干过,还不到 40 岁……当欧阳橙看到杨鹏飞简历之后,似乎就已经决定要把这个人尽快招揽进来。

杨鹏飞从老东家万都通信辞职之后,便去了另外一家通信模组公司,是万都通信的竞争对手,准备上市,薪水保持不变,但给股票。那时,杨鹏飞已经无法忍受万都通信的管理混乱和日渐没落,唯一的想法就是要赚钱,谁给的工资高就去谁那。

自打从学校毕业,杨鹏飞就入职了万都通信,当时公司规模还很小。杨鹏飞最初是一名普通的工程师,凭借自己的聪明和努力,从硬件研发升到硬件经理,从硬件经理又升到硬件总监,之后还转岗做过产品总监和市场总监。

杨鹏飞一路顺风顺水,对公司工作也是兢兢业业、任劳任怨。其间,很多离职创业的老同事都给他抛出了橄榄枝,从来就没有打动过他。当万都通信蒸蒸日上成为全球通信模组头部知名品牌的时候,他还调侃那些盲目创业的前同事,自己坚守是多么明智,大树底下好乘凉。

时过境迁,万都通信因老板决策失误和管理内乱,开始走下坡路。之前的老同事,有些是领导,有些是同僚,有些是下属,离职之后创业的创业,上市的上市,改行做投资的也大有人在。就因为这些曾经在万都通信工作过并且离职创业的企业家,让万都通信在行业内被冠以"通信模组黄埔军校"的荣誉称号。

杨鹏飞在万都通信工作十多年,忠诚有加,收入看似不错,但四平八稳,压根无法和离职创业的老同事相提并论,最终还是跟不上时代的快速发展,并未从中获得最大的红利。

从万都通信坚决辞职,杨鹏飞就是冲着股票去的,已经上市的公司没机会了,要去就去即将 IPO 的公司。一旦公司上市,按照高科技行业的估值逻辑,其价值大概率会在公司股改的基础之上至少翻个 20 倍或 50 倍的,对打工人来说绝对是个非常难得的好机会。

但是,人算不如天算,杨鹏飞跳槽进入的这家通信模组公司在临近 IPO 冲刺的时候把上市资料主动撤了下来。至于什么原因,老板也不给员工做解释。

杨鹏飞不得不重新考虑新的职业规划,开始物色新东家。当猎头询问他的诉求之后,杨鹏飞开出的条件就是:薪水必须要高,至少是现在基础的两倍以上;股份一定要有;企业一定要有成长潜力。看似简单的三个要求,站在杨鹏飞的个人角度,这就是中年男人在职场最体面的诉求。

经历了星通科技两轮面试交流之后,杨鹏飞对薪水还算满意,比之前翻倍还多一些。由于公司成立已经多年,不可能给新员工股份,但有员工期权池。如果公司每年能够实现盈利,还会有一笔额外的分红;如果公司上市登陆资本市场,也一样享受股票增值的权益。

至于星通科技这家公司是否拥有发展潜力,已经不能纠结太多。一方面因为自己实在不想再做老本行通信模组,另一方面急切想转行做蜂窝物联网通信芯片。在对所有的要素进行权衡之下,星通科技既契合行业发展趋势,又吻合杨鹏飞的职业历史积累。

这次被人事通知和欧阳橙总经理见面,属于入职星通科技之前的第三次面试。欧阳橙简单问了几个感兴趣的话题,杨鹏飞用了两个多小时回答,把他认为有价值的行业格局统统讲了一遍。大多数时间欧阳橙就是在倾听,杨鹏飞确实能说,很多行业内的故事细节连欧阳橙自己都不清楚,看来此人可以重用。

就这样,杨鹏飞入职了星通科技。

"我去星通科技上班了。"

"你又换工作了?"

杨鹏飞瞪大了眼睛,把眼镜摘下来扔在茶桌上,啪啪地拍着桌子说道:"哎,此话怎讲? 什么叫又? 前面我以为跳槽过去的公司能上市,不求别的,只求天上能掉块馅饼砸我一下。没想到啊,临近跟前老板撤材料了,不上市了,那我还待在那干吗? 再说了,我之前在万都通信都干了十几年了,现在换工作也确实是迫不得已啊。"

杨鹏飞来找郭青云喝茶,顺道聊聊最近发生的状况。被郭青云调侃之后,杨鹏飞揉了揉鼻梁,捡起眼镜拿在手上仔细端详,黑色的边框把镜片包裹得严严实实,镜腿是孔雀蓝,镜腿的末梢是青草绿。他今天心情确实不错,这副撞色设计的时尚眼镜,配上超量摩丝打理的发型,整个人感觉年轻了很多。

郭青云从书架上取下一个非常精致的茶叶盒:大红袍。

书架最上层格子摆的是他自己写的书,第二层格子是五颜六色的书籍,有高科技书籍、有职场小说、有管理宝典、有人物传记、有股市秘籍,还有一些是裹着塑封尚未拆开的书,其余的格子摆满了各式各样的茶叶罐和纪念品。书架边上是一张非常厚实的茶桌,非洲花梨木,整块板,高端大气上档次。桌面上的石头茶台还雕刻着联盟的 LOGO,茶壶、茶杯、茶漏、茶宠、茶巾、茶则、茶匙、养壶笔,一应俱全。

郭青云喜欢喝茶,作为物联网产业联盟的秘书长,有很多朋友喜欢到这里来喝茶。有讲究的人还会特意带来好茶当作伴手礼,以至于在这里集聚了名山大川各种各样的高档茶叶,武夷山大红袍、太湖西山碧螺春、梅家坞龙井、福鼎老白茶、凤凰单丛、澜沧江普洱、安化黑茶、六安瓜片,种类繁多,甚至都不带重样的。

郭青云结识了很多产业界的行业大佬,他的这间茶室,就成了大家的集散地,有空就来坐坐。经常会涉及高新技术的演进趋势、企业家的决策和纠结、业内知名人士的职场变迁、行业热点事件的传播与发酵、资本市场眼花缭乱的复杂交易等,郭青云通过新技术的纽带把大家紧密联系在一起,俨然成为一些老板和职场高管的信息枢纽中心。

平常,有些人出于礼貌还预约一下,有些熟悉的人压根就不预约。如果郭青云在,就坐下来喝杯茶,聊聊行业内的新鲜事。如果郭青云不在,就扭头回去,该干吗就干吗。不用顾及是否会打断他的工作,也不用顾及他那里有没有客人。

这种随意,郭青云也习惯了。

有人来就聊天,没人来就自己研究研究行业、分析分析企业,在微信公众号里发布一些对行业的认知,偶尔写写行业发展白皮书。

多年的习惯,让郭青云形成了可以随时被打断,随时可恢复的工作状态。

杨鹏飞把郭青云当作哥们,无话不说的哥们,原本有好多纠结,在和郭青云聊完天之后,就会感觉到云开雾散。

郭青云一边摆弄着茶具,一边在烧着矿泉水。一顿折腾之后,郭青云把茶杯递到杨鹏飞的面前,茶汤呈现深棕红色,在白瓷斗笠杯中显得非常通透,浑厚的碳烤香味瞬间勾起了杨鹏飞品茶的欲望。杨鹏飞装作很优雅地捧起茶杯闻了闻,等温度略降之后,一口闷掉,大红袍茶汤就像丝绸一般滑过喉咙,口感醇厚,余味悠长,略带温润的回甘,不由得让杨鹏飞频频赞叹这是款好茶。

"都一把年纪了,还跳来跳去? 人家只是撤材料,又没有说以后永不上市,万一后面人家重返资本市场,你岂不又错失一次机会?"郭青云故意刺激杨鹏飞,但又很羡慕杨鹏飞能像年轻人那样拥有无知无畏的激情。

"这就是命,之前我在万都通信的时候,给公司立下了汗马功劳,也创造了不少财富，可最后的下场是什么，你是知道的。"

杨鹏飞和所有被迫离职的员工一样，总认为原东家是卸磨杀驴。

"一山望着一山高，你现在是公司高管，还有公司股票，说不定你哪天就是公司董事会成员，可以按照你的意愿真正决定公司的发展方向。"郭青云羡慕道。

"董事，你是说我懂事，还是说我不懂事？还进董事会呢，董事能干啥？董事长都有可能被罢免。股票又有何用？如果公司不上市，那就是虚拟财富。如果我挺不到公司上市那一天，被老板代持的股票随时可以作废。即使公司上市成功，如果老板不同意卖股票，我一分钱也兑现不了。"杨鹏飞的牢骚在这几年积累了很多很多，远不像他年轻时候的单纯。

"是啊，这就是现实的残酷。别说你们公司还没有上市，我们熟悉的几家上市公司，有多少高管的股票被老板拿捏得死死的，想套现躺平？没那么容易的。"郭青云和普通老百姓一样，一方面艳羡上市公司的老板和高管的高收入，另一方面主动选择忽略他们所承受的各种制约和各种限制。

杨鹏飞这两次跳槽换工作，既被动又主动。被动是因为公司的变动，主动则是源自内心最原始的诉求。

赚钱，不管怎么样，过去的就过去吧，人生必须朝前看。谈钱虽然很俗，但拥有赚到钱的能力，才能衡量你对社会贡献力量的大小。

"你去星通科技做啥？你又不懂芯片设计。"郭青云换了个话题。

郭青云对杨鹏飞非常了解，杨鹏飞在通信模组领域绝对是个人才，可以非常熟练地使用芯片来设计通信模组，但肯定不熟悉蜂窝通信芯片的设计。

"我又不去做研发，欧阳橙希望我负责市场和销售，之前的总监跟着前任总经理何超明去了艾斯科技，现在星通科技的这个岗位是空缺。"

"那挺适合你的。"郭青云恭维道。

"我也觉得。"杨鹏飞斩钉截铁。

时光荏苒，杨鹏飞入职星通科技都快两年了。

横亘在杨鹏飞头上的一座大山始终无法逾越。

"金总，我们星通科技的 4G 芯片，你们在评测之后觉得性能和指标怎么样？我们的价格绝对有优势，性价比这么好的芯片，还得拜托拜托你，一旦你们立项开始推广和销售，我们就全力支持。"杨鹏飞带着一副谄媚的嘴脸，多边形的无框眼镜也无法给他带来一丝斯文学者的形象。

杨鹏飞在金腾川的办公室踱来踱去，压根不想坐在金腾川对面的椅子上。

金腾川是智邦通信的董事长，现在已经是通信模组领域的全球第一品牌，每年拥有上亿片的出货量，在任何一家蜂窝通信芯片企业眼中，都是一等一的大客户。

星通科技的 4G 芯片还在设计阶段，杨鹏飞就跑遍了所有的通信模组企业，大多数公司骨干甚至企业老板都是之前万都通信的老同事。万都通信号称通信模组的黄埔军校，成就了很多企业家和公司高管，大家都是"同窗"好友，杨鹏飞自然也就轻车熟路。

对于杨鹏飞送过来的芯片，这些老板丝毫不掩饰对杨鹏飞羡慕的表情，并承诺只要测试 OK，就一定会快速启动立项并且导入。但是，三个月的时间过去了，这么多企业的反馈结果竟然如此一致，都说还在测试阶段，没有一家企业答应进行芯片导入和批量生产。

星通科技的测试指标很好，价格也是最便宜的，为什么客户都迟迟不愿意立项研发，更别说批量生产和大规模销售了。这个话题在公司里不知道讨论了多少遍，欧阳橙甚至开始怀疑自己过去对杨鹏飞的认知是否正确。

杨鹏飞不仅要面对总经理，还要面对客户，为了这个纠结的驴拉磨难题，杨鹏飞略显稀薄的头发让整个脑袋又增亮了不少。

小时候在农村，邻居家有个磨坊，杨鹏飞特别喜欢在磨坊里看驴拉磨，天天在那转啊转。他有次好奇把驴脑袋上的布拿掉，发现驴不走了，停在那一动不动。邻居还以为磨盘在哪里卡住了，最后才发现是杨鹏飞在捣鬼。盖上布之后，拍了一下驴屁股，它又开始一圈一圈地转啊转，永不停歇。

星通科技在浦东，智邦通信在浦西。

杨鹏飞每周都要来智邦通信，从老板到副总，从产品经理到项目总监，从硬件负责人到测试负责人，从采购经理到前台美女，杨鹏飞是摸得倍儿熟。

杨鹏飞给自己制定了一个时间表，第一梯队的通信模组企业必须每周拜访一至两次，第二梯队的通信模组企业两周至少拜访一次，第三梯队的通信模组企业每个月至少拜访一次。精诚所至，金石为开，杨鹏飞说到做到。

杨鹏飞有时候觉得自己就像小时候邻居家的蠢驴，一直不停地转圈圈。郭青云有时候说他是劳模，有荣誉但没有结果。杨鹏飞不敢去想，不敢去想自己的努力会不会有结果，最后还是闭着眼睛继续拜访客户。

"金总，你看美国封杀华为的时间马上就到了，9 月 15 日是大限，也就是说以后台积电不能再给华为生产任何芯片，不管是 5G 芯片，还是 4G 芯片，你是不是要考虑一下后续的备胎计划。我并不希望作为你们的第一大供应商，只想做你们坚强的二供。"杨鹏飞非常清楚金腾川的处境,但还是要强调一下,好让他尽快做出决定。

就在金腾川犹豫的时候,杨鹏飞扶着办公桌向前探了探身子,压低声音说道:"金总,我给你透露一个消息,你千万别对外人说。"

虽然整个房间就他们两个人,他还是要装作怕被别人听见的姿态。

杨鹏飞拿出惯用的撒手锏,这招对他来说绝对是百试不爽。每天要骚扰那么多客户,不可能一直王婆卖瓜,时间长了,再好的朋友也会拒而不见。杨鹏飞每次见客户,总能带些行业里的八卦信息,并且时效性非常强。高科技行业的竞争也是刀光剑影的间谍战,决策的依据就是看谁掌握的情报最快最准。

杨鹏飞的信息,有真有假,至于客户愿意相信哪些是真的、哪些是假的,就看各自的判断了。

"高通科技已经考察了我们星通科技,大概率是要 ODM 我们公司的 4G 芯片,他们自己设计的芯片只适合高端市场,低端产品压根就没有市场竞争力,但是他们又不愿意放弃这个市场。国内虽然竞争不过我们和同行,但他们在海外市场的基因依旧非常强大,所以他们准备采用我们家的芯片进行 ODM 贴牌。"杨鹏飞越说声音越低,实在是担心隔墙有耳。

ODM 贴牌的意思就是星通科技把生产出来的芯片贴上高通科技的 LOGO,就像服装界的贴牌生产一样。但在蜂窝芯片领域,往往会更加复杂一些,生产方只负责提供硬件,品牌方写入自己的软件,然后再卖给客户。

金腾川心里明白,美国封杀华为芯片是板上钉钉的事情,至于谁能替代华为芯片的行业地位,其他几家芯片公司目前还都入不了他的法眼。这几年,高通科技是智邦通信公司的主要供应商,若想在海外市场站稳脚跟,必须抱好高通科技的大腿。但在国内充分竞争的市场,华为的芯片帮助智邦通信在业内站稳了脚跟,成为行业内的头部领军企业。

高通科技在评测星通科技芯片的同时,也征求过金腾川的建议。出于商业保密的需求,金腾川并没有向外透露这些信息。今天杨鹏飞主动提及,估计是谈得差不多了。

国内的芯片公司,再怎么有优势,如果出海受阻,必然会影响智邦通信的全球大局。如果美国公司高通科技 ODM 国内公司星通科技的芯片,对智邦通信可以实现两全其美的格局。做一次研发投入,既能满足国内市场的激烈竞争,又能满足海外市场的品牌竞争。

现在让金腾川头大的是,已安排公司产品经理对星通科技的 4G 芯片进行评估,但最后给出的结论是:等等再看。

金腾川当年也在万都通信工作,是杨鹏飞的老领导,关系熟络自然不必说,更何况金腾川在离职创业的时候,也给杨鹏飞抛出过橄榄枝。

当时,杨鹏飞是硬件经理,负责公司 2G 通信模组的硬件产品设计。很多有想法的同事都纷纷离职,杨鹏飞继续坚持留下来是出于多方面的考虑。薪水也还满意,天天有不同的芯片厂家和芯片代理商捧着,在公司里可谓如日中天。

杨鹏飞刚结婚不久,老婆的收入比较低,不仅有房贷,还打算生小孩。如果跟着金腾川去创业,未来的风险该如何应对? 盘算来盘算去,怎么盘算都觉得不是一门划算的生意,因此他也就婉言谢绝了金腾川。

让杨鹏飞自己没想到的是,自己手底下几员干将被金腾川挖走了。

时过境迁,也就几年的时间,金腾川创立的智邦通信成功登陆资本市场,本人也已成为引领全球物联网行业领域发展的著名企业家。杨鹏飞从万都通信被动辞职之后,跳了两次槽,转战到芯片设计公司星通科技,开始求着之前的老领导金腾川和前手下使用自家公司的芯片。

第 2 节　杯酒释兵权

　　早上,杨鹏飞没有进公司,而是直接从家来到了智邦通信。天空非常蓝,朵朵白云在微风的带动下缓缓飘移,错过了上班早高峰时间,路上一点也不堵。平常8点半前后,智邦通信所在的高科技园区拥有着超级魔法,把全市各地睡眼惺忪的打工人往一块吸,害得各个路口交通严重拥堵,开车的时候稍不留神就有人加塞,骑电瓶车的在十字路口感叹今天不开车是明智之举,地铁口的男男女女加快了前进的脚步。但是过了9点,严格地说是过了9点半,马路上瞬间空旷,大家都窝在了高档写字楼的格子间里。等到中午吃饭的时候,或者晚上下班的时候,整个园区才会恢复躁动的活力。

　　"杨总,这样,我问问产品经理,看看现在评测到哪个阶段了,如果技术指标如你所说,我们就开始谈细节,你回去和你们橙老板商量一下,我们一旦开始启动立项,你们芯片的产能也要能跟得上,一年几千万片必须保证,千万不能掉链子。"

　　金腾川一看到杨鹏飞就头大,智邦通信都快成他家了,来得实在是太频繁,再不用他家的芯片,就感觉是要亏欠他什么似的。

　　不过,金腾川心里有自己的盘算,一旦美国开始启动封杀华为,即使华为拥有超强的芯片研发实力,但不允许加工厂给其加工,结果必然是芯片断供。而自己公司每年要采购华为几千万片的芯片,这么大的缺口必须得有新企业的芯片来填补。目前,已经筛选了几家芯片方案在设计和测试,但这些家的芯片还没有经过市场大规模验证,风险系数不容小觑。再者来说,通信模组的市场竞争是白热化的,竞争对手非常多,智邦通信并没有绝对的优势。现如今,如果把星通科技的芯片方案作为重点推广,凭借自己的品牌优势和规模优势,足以碾压其他竞争对手,让竞争对手毫无还手之力。

但是,绝对不能这么轻易地答应杨鹏飞,星通科技不是高通科技,不是我们求他们,而是他们在求我们。

"金总,你放心,我们绝对是鼎力支持,你说吧,有什么要求,我们一定保证满足。"杨鹏飞一看金腾川有所松动,瞬间来了兴致。

已经游说智邦通信一年多了,就差天天来蹲点上班,一直在原地打转,始终没有突破。最近,杨鹏飞已经想好如何游说老板欧阳橙,为了拿下智邦通信,必须两头实现信息差。自己夹在两位老板中间,就看谁能屏住气。

杨鹏飞从智邦通信回到公司,直接就奔向欧阳橙的办公室,实在是按捺不住兴奋的心情,立刻、马上,要尽快告诉橙老板智邦通信已经答应采用我们星通科技公司的芯片了。

"橙总,我想给你汇报一下智邦通信的进展情况。"杨鹏飞并不想和老板聊一些无用的话题,尽快转向自己的焦点话题。

"鹏飞,智邦通信的事我们后面再说,我先给你说个事。"欧阳橙抬头看着杨鹏飞,脸上没有一丝表情,淡淡地说道。

杨鹏飞一听橙老板这种说话的语气,瞬间感觉有点不妙,难道有什么大事要发生,并且是和自己密切相关的大事? 杨鹏飞的脸色也跟着发生了变化,瞬间由晴转阴,由阳光明媚转成了乌云密布,嘴角、脸皮、额头、眼睛等,但凡能看得到的,就好像在一瞬间重新实施了排列组合。

杨鹏飞愣在那里,今天橙老板好像对智邦通信没有兴趣,之前可不这样啊。喜悦或者是兴奋,你倒是表现出来啊。今天怎么一反常态啊,老板这是要唱哪一出?

"哦,啥事?"

"我们要把公司做大做强,就一定不能拘泥于现在,所以呢,我决定引进一个人才,同时分担一下你的工作,让你有更多的精力去拓展客户、服务客户。"欧阳橙说完后顿了顿,想看看杨鹏飞有什么反应。

杨鹏飞忽然不知道该如何接橙老板的话茬,很快,他随口说道:"好啊,我们现在不缺项目、不缺客户,就是缺人。我们部门的每个人都很忙,事情也非常多,恨不得一天掰成两天来用。"

杨鹏飞习惯性就坡下驴,多年的职场经验让他学会了一种态度:只要不涉及原则性问题,凡事绝不能和老板顶着干。

"孙晓帆你认识吗?"

欧阳橙不想听杨鹏飞啰唆，直接就问他认不认识孙晓帆，并且还没等杨鹏飞接话茬，欧阳橙便继续说："我决定把她招过来做市场总监。"

天空中划过一道闪电，紧接着，噼里啪啦地响，杨鹏飞有点懵。

孙晓帆？

难道是她？杨鹏飞在尽力回忆和孙晓帆打过的交道。

传说中的美女，业内的女强人，一路披荆斩棘、过关斩将，大名鼎鼎的孙晓帆？她做市场总监？我做什么？是我管她，还是她管我？

如果孙晓帆是我的领导，难道是我杨鹏飞的克星来了，老板专门安插一个人来针对我的吗？

不会吧？

杨鹏飞的思绪已经飘到了爪哇国。

"我决定让她和你共同支撑公司的两大核心部门，你负责销售，她负责市场，希望你们俩互相配合，把星通科技的公司形象提升到更高的台阶。她明天来上班，我们三人开个会，聊聊你们俩之间该如何分工，如何设定目标。"欧阳橙继续说道，语气依然表现得非常平淡，平淡得就像这个招聘的新人和杨鹏飞没啥关系一样。

欧阳橙在此之前并没有和杨鹏飞说过这事，一方面是因为提交给董事会的公司最新战略还没有敲定，另一方面就是孙晓帆何时入职她也没最终确定。

杨鹏飞暗自长舒一口气，不是自己所想的最坏结果，勉强还可以接受，但心里面总觉得膈应。"好啊，橙总，那我们明天聊，我待会去楼下做个核酸，明天我进公司。"此时，杨鹏飞已经不再想和欧阳橙废话。

"你也抽空好好想想后续的工作计划，我觉得你还是负责销售比较好，这两年你为公司奠定了非常好的客户基础。让孙晓帆负责市场，一方面可以提升一下公司形象，另一方面也可以帮你分担一些公司事务，让你有更多的精力去拓展客户。"欧阳橙担心话没说清楚，再次给杨鹏飞强调一遍。

杨鹏飞的脸已成猪肝色，黝黑的皮肤稍稍盖住了一些内心的翻江倒海。

老板你这是商量吗？

分明就是通知。

杯酒释兵权吗？

老板你连酒都懒得倒。

杨鹏飞坐在办公桌前发愣，思绪出奇地乱，感觉犹如一团乱麻缠绕着自己。

当杨鹏飞斜靠在办公椅上晃悠的时候,侧面墙上的油画美女直盯盯地看着他。杨鹏飞瞬间灵魂出窍,感叹画中的美女为何能发出如此恬静的微笑,想想自己的这点烦恼,又算得了什么?

当时,公司搬新办公室,杨鹏飞就琢磨着在自己的小房间装饰点什么。如果挂一幅书法作品,比如"天道酬勤""上善若水""厚德载物"等,感觉就像没文化的人总怕别人说自己没文化一样,这不符合自己的腔调。想到欧阳橙的办公室里是一幅巨大的油画,自己为何不在网上淘一幅油画,向老板看齐。

杨鹏飞在电商平台上瞎逛了好久,终于看中了一幅油画,画中的美女身穿棕色衣服,白色的衣领,蓝色的包裹头巾与垂直而下的柠檬黄头巾相互映衬,侧身转头面向画外,嘴唇微微张开,左耳佩戴的珍珠耳环若隐若现,气质超凡出众,宁静中恬淡从容、欲言又止的神态栩栩如生,看似带有一种既含蓄又惆怅、似有似无的伤感表情,惊鸿一瞥的回眸使她犹如黑暗中的一盏明灯,光彩夺目,平实的情感也由此具有了净化人类心灵的魅力。

杨鹏飞盯着油画中的美女,渐渐地有点恍惚,忽然想起了什么,好像前段时间就有人给他提起过孙晓帆,只是他不怎么敏感而已。

"杨总,听说你们欧阳橙老板把孙晓帆给挖过来了?"

武亮平,法沃智能总经理,圆形的小黑框眼镜后面藏着灵异的小眼睛,看似平常的聊天,似乎也带着一丝丝诡异调侃。

上个月,杨鹏飞和武亮平都参加了四喜共享单车的供应商大会,武亮平趁势和杨鹏飞套近乎。法沃智能是通信模组领域的上市公司,很想导入星通科技的芯片,尤其是最近越来越感觉到供应链越发紧张,急切地想导入新的产品方案。作为在这个行业叱咤十几年的老兵,什么时候是大爷,什么时候装孙子,武亮平通常都拿捏得非常到位。可杨鹏飞偏偏不买武亮平的账,认为他们盘子太小,迟迟不肯和他们签协议。

"不可能,孙晓帆怎么可能到我们公司? 你是说瑞能科技的孙晓帆吗?"

"是啊!"

"那个大美女,你逗我呢吧?"

"我逗你干吗,又不能当饭吃。"

"她不可能来我们公司的,除非我们橙老板疯了。"杨鹏飞信誓旦旦。

瞬间气氛有点凝重,杨鹏飞黑里透红的脸庞,一下子没了微笑,不知道是酒精的作用,还是孙晓帆入职的事情。武亮平感觉有点话不投机。

"喝酒,喝酒,杨总,我们也是上市公司,最近客户的订单增长很快,再次邀请你到我们公司来指导指导,我们一起把市场做大。来来来,杨总,我先干为敬。"武亮平满脸堆笑看着比自己小一轮的年轻后生。

今年也就奇了怪了,芯片在年初的时候只是零星缺货,现在则是愈演愈烈,按住葫芦冒起瓢,公司采购总监总是向武亮平抱怨,抱怨芯片交货周期延长,价格也不断地往上调。

武亮平隐隐约约感到芯片供应链的波动,根据美国特朗普政府制裁中国企业的手段来分析,目的是逼迫中国企业放弃自主研发,继续依赖美国的芯片产业链。长此以往,自己公司必须加强和芯片企业的沟通,以应对未来的各种不确定性。

杨鹏飞腾的一下从办公椅上弹了起来,瞬间有点飘忽忽的感觉。在不舒服的状态慢慢消失之后,他缓缓地走到窗户边,双手扶在落地窗户上,看着脚底下车水马龙的中环大道。

欧阳橙把孙晓帆招入麾下,武亮平作为外人都知道孙晓帆入职这件事,我杨鹏飞作为当事人竟然不知道,问题到底出在了哪里?

入职星通科技也有两年了,杨鹏飞原本就是这个行业的老兵,能力出众、人脉广泛,还很努力。不仅做销售,还做市场,跑客户,挖情报,一个人分饰多个角色。公司的对外宣传和接待,与投资人的交流与对接,以及各种重大决策的讨论,杨鹏飞都是核心讨论成员。他觉得找到了适合发挥自己能力的平台,老板、公司高管、投资人甚至竞争对手都非常认可杨鹏飞的能力。

乱、乱、乱,杨鹏飞看着一辆接一辆的汽车在飞驰,思绪出奇地乱。

原计划明天下午要出差去深圳,因新冠疫情的管控要求,需要 48 小时以内的核酸检测证明才能上飞机,杨鹏飞拍了拍脑袋,想不明白可以慢慢想,但工作还要继续,不能乱了阵脚。

还是下楼去做个核酸吧。

"张开嘴,啊、啊……"

裹得严严实实的大白,看不出美丑,但从声音能感受到护士姐姐的温柔与可爱。

"凑近点,好了。"

杨鹏飞捏了捏鼻子,喷嚏一时打不出来。

最近,新冠疫情让杨鹏飞也不知道被捅了多少次鼻子,也不知道嗓子被戳了多少次。因为经常要出差,不得不做。

作为业内出了名的工作狂人,杨鹏飞自打开始在星通科技工作,有个习惯就是每周尽量只去一次公司,其他时间在全国各地跑客户,对客户嘘寒问暖。

杨鹏飞在办公室坐也不是,站也不是,心中默默盘算:欧阳橙的葫芦里到底卖的是什么药,我对公司来讲到底是责任重大,还是可以随时随地被替换?

"我们老板招了个新人,孙晓帆,你认识吗?"

杨鹏飞不愿意在办公室久待,就打车从浦东来到了浦西,但他没有去客户那儿,而是来找郭青云喝茶。

"孙晓帆?怎么这么耳熟?"

郭青云好像听过这个名字,通信录里有好几万人,如果不见个两三次以上的人,很难记得住对方的姓名和单位。微信备注字数有限,郭青云给所有添加的好友都修改了备注:全名+单位,否则清一色的@Peter、@Amanda,这人到底是谁,就变成了考验记忆力的神器了。

"就是瑞能科技的孙晓帆,负责 2G 芯片销售的那个美女。"

杨鹏飞觉得很诧异,业内这么有名的女人,你郭青云竟然不知道。

瑞能科技、美女、销售,对于孙晓帆,杨鹏飞和她打过交道,郭青云并不了解,只是略有耳闻。

"年轻时非常漂亮,行业内所有的大客户都认识她,喜欢喝酒,从上海喝到深圳,从日本喝到美国,从摩洛哥喝到撒哈拉,在公司内部擅于职场斗争,谁挡她的路谁就得走人,因此升职升得很快,好像最近单身,非常放得开……是不是传说中的这个女人?"

郭青云把他能回忆起来的信息串联了起来,非常惊讶地问杨鹏飞。

业内人士对孙晓帆的描述,远比见了真人来得精彩。

郭青云不想八卦,但联盟就是是非之地,唯有八卦才有长久的生命力。同样,在高科技行业,只要是有人的地方,就少不了八卦。农村里的八卦经常会涉及仨瓜俩枣,矛盾的焦点最后都转嫁到了针对利益的认知;高科技职场的八卦是农村版的升级,有些可以左右职场人士的职位升迁,有些则有可能左右企业经营的生死存亡。比如小公司的崛起、大公司的没落、新势力的弯道超车、未上市公司的突围、上市公司的非常规操作,以及在全球新格局之下企业的突围与无奈等。

"孙晓帆是出了名的厉害,她到我们公司,一上来就要抢走我一半的工作,我估计是斗不过她!"杨鹏飞嘬了一口热茶,略显失落地说道。刚泡好的大红袍,橙黄色的茶汤清澈透亮。

"你们还没过招，怎么这么快就败下阵来？"郭青云纳闷，好奇心让他对这个话题也来了兴致。

"你不知道，小李就是被她干掉的，她很会讨领导的欢心，如果领导喜欢她，她可以干掉她不喜欢的任何人。如果领导不喜欢她，她也会想着法子让领导在阴沟里翻船。"杨鹏飞的话里透着话，感觉孙晓帆就像恶魔一样。

杨鹏飞经常听小李说这个女人，并且是小李恨透的女人。

小李是杨鹏飞在万都通信的前同事，在一起共事超过了十年，私交非常好。两人从万都通信离职后，都加入了那家即将 IPO 的通信模组公司。当时，老板带着全公司的高管欢迎他们两位的加入，就在公司附近的陕西小餐馆，喝着老家带来的苞谷酒，一大帮人谈天论地、纵横古今，老板给所有人的感觉就是他将承担起拯救全球蜂窝物联网繁荣的重担。最后，因为那家公司在上市之前撤销材料暂缓上市，两人看不到希望和未来，就各奔东西。

小李入职了瑞能科技，负责 2G 芯片销售，顶头上司就是孙晓帆。前半年还可以，小李鞍前马后就像孙晓帆的跟班。半年后，也不知道小李触碰了孙晓帆哪根筋，孙晓帆天天看他不顺眼，一年时间不到，就把小李赶出了公司。

兜兜转转，小李去了艾斯科技，也是一家蜂窝通信芯片公司，老板何超明是星通科技的前任总经理，现在和星通科技是竞争对手。现如今，杨鹏飞和小李是各为其主，变成了火拼的竞争对手，但两人的私交还是很好，只不过在公开场合尽量避嫌。

这下可好，孙晓帆也加入了星通科技，早已不是小李的直接上司，反倒变成了竞争对手。仇人总会见面，见了面之后的火花该如何碰撞，会不会又变成了芯片行业内的娱乐八卦。

"孙晓帆有这么厉害吗？如果她情商非常高，为什么会被她的老板炒鱿鱼？难道是瑞能科技公司不行了，她也要良禽择木而栖？"郭青云好奇地问。

"孙晓帆如何被干掉我不管，她竟然能说服我们老板欧阳橙，我们橙老板招人可挑剔了，估计她有什么独特之处吸引了橙老板，我们公司难道要发生什么大事了吗？"杨鹏飞自问自答。

"你们俩如何分工？"郭青云对着一脸愁容的杨鹏飞问道。

"我负责销售，她负责市场。"杨鹏飞机械性地回答。

"那以后的产品定义归她管咯？"

"是的。"

"以后芯片的定价权也归她管咯?"

"不一定。"

杨鹏飞也没有底气,到底定价权归谁,没有橙老板的明确表态,他也不知道以后归谁管。过去,都是杨鹏飞根据客户的情况,看人下菜碟,然后回去征求一下橙老板的意见,大多数情况都是按照杨鹏飞的意愿行事。

那以后呢,工作方式估计要改变了,凡事都要和孙晓帆商量着办。虽然从骨子里认为孙晓帆不如自己懂客户、懂产品、懂价格,但扛不住江山要易主,自己也没底气啊!

权力,权力的重要性,对职场中人是何等重要。

自己做不了老板,只能去打工,不管职位高低,都得按照职场的规则行事。

"难道橙老板认为我哪里做得不对?"杨鹏飞冷不丁地紧张道。

"你是不是在公司太嚣张了,功高盖主,你们橙老板担心以后降不住你?"郭青云试探性地问道。

"哪有啊,我就是一心一意为公司,况且我也只是个打工的,入职以来为公司开疆拓土,也就工资稍微高点,其他没做什么对不起公司的事情呀。可我也不能直接去问老板吧:橙老板,我哪里错了?这不是没事找抽吗?"

杨鹏飞又开启了自问自答的模式。

郭青云习惯性地斟茶、聆听。

第3节　没事瞎琢磨

窗户外,春雨淅淅沥沥,白玉兰的花瓣被雨水打落满地,依依不舍围拢在树根的周围。

"两年之前,就在我刚来星通科技的时候,几乎没有一个像样的客户,我好不容易说服两家小公司测试我们公司的芯片,花了半年多的时间才逐步打开局面。现如今,几乎所有的通信模组公司都是我们的客户,都采用了我们星通科技的芯片,还有谁能做到这种效果?"

杨鹏飞说完后端起茶杯就喝,没想到郭青云换了一种茶,现在煮的是福鼎老白茶,本来是用于清热降火,只是茶汤太烫,害得他把舌头卷起来猛往里面吸气,发出吸溜吸溜的声音。

杨鹏飞说的确实是实话,大家都认可。这属于他的辉煌,但说了太多次,总这么王婆卖瓜,郭青云也不喜欢听他这么一个劲地啰唆。

最近这几年,国内掀起了一股"造芯热潮",资本蜂拥而至,不仅是芯片设计公司,就连带半导体设备和材料的需求也出现了剧增。随之而来的,半导体人才奇缺,工资也是水涨船高,连同全球半导体材料、高端设备、芯片代工价格都开始不断地涨价。

杨鹏飞懂通信模组的设计,也熟悉通信模组的圈内人,曾经的老东家万都通信号称是通信模组界的"黄埔军校",曾经的同事,曾经的下属,曾经的领导,都在不同的公司担任着至关重要的角色。

现如今,星通科技的芯片在杨鹏飞的不懈努力之下,客户遍地开花。

随之带来了新的烦恼,就像我们所有人只愿意憧憬未来的美好生活一样,所有芯片公司的老板都没有预料到会有全球新冠疫情的暴发,进而导致很多芯片加工厂无法正常工作。

杨鹏飞的焦虑,欧阳橙非常清楚,刚开始的担心是芯片能否设计出来,设计出来之后操心是否有客户愿意测试,现在的烦恼则变成了要准备多少芯片来满足市场所需。生产多了怕卖不掉,生产少了无法满足客户需求。为此,杨鹏飞和欧阳橙不知道讨论了多少遍。

最终,俩人达成了一致:小步快跑。

"我实在想不明白,我为公司尽心尽力,欧阳橙如果对我有意见,可以当面提啊,现在冷不丁给安插个抢饭碗的,我该咋办啊?"

"估计是你太强势了,你们橙老板想降低风险,必须找个备胎,免得被你左右。现在看来,孙晓帆就是你的备胎,万一你哪天撂挑子不干了,欧阳橙也不至于乱了阵脚。"郭青云在聊天的过程中,需要时不时地刺激一下,把杨鹏飞的思绪拉回到正轨上来。

"孙晓帆这个人……"

"打住,过去你和孙晓帆熟悉吗? 有过节吗? 再者说了,为什么现在你们俩还没有真正过招,就感觉你要败下阵来呢?"郭青云不喜欢杨鹏飞疑神疑鬼,本来杨鹏飞很有优势,反倒被流言蜚语吓破了胆。

"你怕什么?"

"怕丢失客户?"

"怕你不受重用?"

"怕你会被她控制?"

郭青云一连串的发问,目的是想让杨鹏飞清醒清醒,不要没事瞎琢磨。

"明天孙晓帆报到,橙老板通知我们一起来开会,还不知道我们俩之间如何分工。"杨鹏飞的焦虑,没人能体会到其中的微妙。

"不过你们橙老板也挺有意思,她擅长销售,就让她分管市场;你擅长市场,非要你分管销售。你不觉得这对你是好事吗?"

郭青云的观察角度,让杨鹏飞一脸诧异。

"怎么讲?"

"你公司现在的销售人员都是你招聘过来的,是不是都是你的人,你觉得她能把你的人挖走吗?"

"不可能,他们都听我的。"杨鹏飞斩钉截铁地说道。

郭青云随即问道:"那你觉得她有能力定义产品,来左右你们公司未来两三年之后的产品 Roadmap 吗?"

Roadmap 是芯片圈内朋友习惯性的术语,翻译成中文就是路标,通俗一点讲就是产品路线图,再解释得更明白一些就是今年计划推什么产品,明年计划推什么产品。

"更加不可能,我们公司有老板欧阳橙和系统架构师董德鸿,产品路线的制定还轮不到她。"

"芯片定价权你们橙老板都听你的,你觉得孙晓帆会左右你的价格吗?"郭青云继续发问。

杨鹏飞喝了口茶,热气糊住了眼镜,很快又变得通透。想了想,说道:"那不好说,说不定我得向她申请价格,之前只要给橙老板说一声就行,现在说不定就要先向她申请。如果她同意还罢了,如果孙晓帆不同意,我是向她解释呢,还是越过她直接找橙老板呢?"

杨鹏飞自己隐隐觉得这才是藏在他内心深处最大的焦虑。

"如果她干得不顺心离职了,或者被你们橙老板炒鱿鱼,后面的事情是不是还得你来接手?"郭青云的假设让杨鹏飞一惊,转瞬之间便呵呵一笑。

"有意思。"杨鹏飞摸了摸下巴。

"看,你的格局还是太小。"郭青云似乎看穿了杨鹏飞的小心思。

"胡扯,如果她影响到我的生存,我这属于保命,这和格局能扯到什么关系?"杨鹏飞不服。

"孙晓帆也许真的能把你的格局撑大,你之前顺风顺水,只能让你的胆子越来越大,现在你对美女同事的猜忌,很有可能会让你的格局真正变大。"郭青云一本正经,就像老和尚劝诫小和尚一样。

"稀罕啊,说来听听。"杨鹏飞把身子凑了凑。

"气场!气场你有感觉吗?你接触过那么多老板,为什么每个人的气场会不一样?每个人的气场就是格局的外在表现形式,当然了,内在的坚强是被很多委屈锻造出来的。你若想在公司立足,就必须要学会利用孙晓帆这样的人练就你的气场。你若想以后成为大老板,就必须把这些人当作你的员工来对待,这样你若遇到一些不如意很快就能释怀。最讨厌最憎恨的人,都是你练就格局的最佳演员。"郭青云抿了一口茶,娓娓道来。

郭青云说的是自己的肺腑之言,年轻时候的刚正不阿和疾恶如仇确实让自己吃了不少亏。

"杨总,早啊!"

杨鹏飞推掉了出差拜访客户的计划,应欧阳橙要求第二天来公司开会。一进电梯就遇到了孙晓帆。不管电梯里有多少人,反正这个甜美的声音吸引了整个电梯轿厢所有人的目光。

"早、早、早!"

杨鹏飞抬头看见一个美女冲着他打招呼,没错,就是孙晓帆,杨鹏飞的脸瞬间涨得通红,就像他刚喝完啤酒不胜酒力一样。当所有人的目光从美女转向略显憨厚的杨总时,杨鹏飞有点招架不住,那种笑怎么看怎么不自然。

昨天晚上,杨鹏飞一个晚上都没有睡好觉,满脑子都是各路狐朋狗友的嘘寒问暖。孙晓帆入主星通科技,在芯片行业算是重磅新闻了。

在芯片圈里,绝大多数从业人士都是大老爷们,零星个别女士,很容易成为传播热点,更何况是美女高管。话题越多,就越容易被传播。这些平常埋头电脑的"程序猿",可以不关心娱乐女明星的八卦,但业内美女高管的八卦则是必须得掌握,否则你就很难融入这个圈层。

昨天下午和郭青云聊完天后,杨鹏飞回到家,琢磨了半天,还是把公司的公众号转发到了朋友圈。虽然圈内人士已经在疯传孙晓帆入主星通科技、杨鹏飞地位难保等等,但对于杨鹏飞来说,为了宣示主权,还是要大度一点,装模作样也要给橙老板看看,我杨鹏飞是为公司着想的,不会使小性子。

重磅!前瑞能科技销售副总裁孙晓帆加盟星通科技

这是今天星通科技公司的公众号发布的文章题目。

杨鹏飞转发后留言:热烈欢迎孙晓帆总加盟星通科技!相信随着星通科技的快速发展,可以给业内更多顶尖人才提供大展宏图的舞台!

很快,迎来了一众朋友的点赞。比较懒的人就点个赞,表示我知道了,也有的人觉得有好戏看了。总之,千言万语难胜一颗红心点赞。

有好事的留言:老板给你招了个老板?

还有人煽风点火:我这边需要顶尖人才,杨总考虑考虑!

"听说孙晓帆到你们公司了,我给你说,她可不是善茬,你要当心点!"有朋友不愿意在朋友圈里落下把柄,因为认识孙晓帆,只能通过电话慰问一下杨鹏飞。

"孙晓帆到你们那,是你管她,还是她管你?"

"老杨你悬了,孙晓帆手腕多得很,对外不怎么样,但内部斗争绝对是一把好手!"

"老杨，你们老板是不是担心你功高盖主，找个人来平衡平衡？"

"孙晓帆的诡计多得很，她给你挖坑，你跳也不是，不跳也不是。"

"孙晓帆的撒手锏就是低价，你以后还放不放价格，以后定价权是不是就不归你了？"

"我倒不担心你，反倒担心你老板，你们公司以后悬了！"

……

刚开始，杨鹏飞对孙晓帆的了解，还只是停留在一些片面的猜测。

但是现在，但凡认识的朋友都告诫自己提防一点，到底是防，还是不防？

我杨鹏飞一心为公司，处处爱惜着公司的羽毛，到头来难道是一场空？

我是一个怎么样的人，欧阳橙应该是了解的，毕竟和他在一起工作的这段时间，我杨鹏飞绝对是客户拓展和市场宣传的主力，并且积极参与了公司的融资路演、产品路标、价格策略、人员招聘、产业链合作等等，最起码，开疆拓土绝对是功不可没啊。

都知道孙晓帆是个狠角色，没想到会变成同事，这种事竟然也会让我遇到，我们俩作为当事人还没有过招，就有这么多朋友进行善意的提醒。

是不是所有公司的老板都这样，自己也换过好几家公司，虽然每家公司老板念的经不一样，但在用人逻辑和备胎储备方面确实是出奇的一致。

睡不着，杨鹏飞满脑子都是这些，想让自己入睡实在太难。

一夜无眠。

今天早上，杨鹏飞昏昏沉沉地赶往公司，去迎接即将到来的暴风雨。

"杨总，早啊！"

杨鹏飞一脚刚进电梯，就听到这略带甜美的声音。他浑身一激灵，困意瞬间消失，抬头瞅了瞅，是孙晓帆，面带微笑，精致的妆容，披肩的波浪卷发，得体的套裙，胳膊上挎了一个精致的托特包，包上的超大 LOGO 恨不得提醒所有人注意这是个大品牌。

杨鹏飞把眼镜往上推了推，从声音传来的方向看了一眼电梯角落里的孙晓帆，略微点头以示应和。杨鹏飞不由自主地把注意力落在了孙晓帆的眼镜上，不由得刺激了一下他的神经。

讲究人，孙晓帆绝对是讲究人。水滴椭圆形无框眼镜，铰链处十分考究，亮眼的橘色和黑色的 LOGO 非常完美地融为一体，细细的镜腿是玫瑰金纯钛材质,略带暗红色的镜脚挂在耳朵上被卷发遮去了大半。

电梯里人多,杨鹏飞不便于寒暄,同时也不能让自己掉价。

按照以往的习惯,如果心情不太好,杨鹏飞会选择一副全黑框的眼镜,可以有效屏蔽黑眼圈和日渐隆起的大眼袋。但是,今天他特意选择了一副红木镜腿的黑框眼镜,通过经典复古和时尚潮流的灵感碰撞,借以提振一下自己略带无助的心情。

杨鹏飞是工程师出身,干净整洁,不是那种传说中的邋遢工程师,但也谈不上排场。蓝色的衬衫、牛仔裤、黑皮鞋,喜欢穿红色的袜子,双肩包上绣着醒目的LOGO,不是自己公司的,是其他公司搞活动时候赠送的伴手礼。第一感觉就是此人极不讲究,但经过这几年的历练,他习惯性地把稀疏的短发抹上锃亮的摩丝,以便于形成二八分。

杨鹏飞把鼓鼓的双肩包从背后往上推了推,方便让出了汗的肩膀得到哪怕是一秒钟的短暂休息。双肩包有点重,装满了一应的物品,证件、电脑、充电器、雨伞是必需品,日常洗漱用品,以及一些简单的换洗衣物,随时可以出差,随时可以工作。

七楼到了,杨鹏飞先下电梯,然后斜站在一侧,与电梯门呈 45 度角,非常绅士地等孙晓帆从电梯里出来。

按照以往,杨鹏飞肯定是头也不回地往里走,走过前台,走过会议室,走过长长的员工走廊,然后径直进入他那个宽敞明亮的落地窗办公室。

公司因扩张需求搬了新办公室,欧阳橙让行政总监选择了七楼。他很喜欢"7",这是他的吉祥号码。

在挑选办公室格局的时候,杨鹏飞特意问了行政总监,得知橙老板的办公室在靠近中环一侧的东头,他就叮嘱给他安排在靠近中环另一侧的西头。

别看杨鹏飞平时不怎么讲究,多年的职场经验告诫自己,自己不是老板,是个打工人,充其量是个职业经理人,在公司内部必须低调,必须和老板保持一个若即若离的距离。

等孙晓帆一脚刚踏出电梯,杨鹏飞就满脸堆笑地迎到。

"孙总,早,我们现在是同事了,以后还要仰仗孙总多多指点。"

杨鹏飞说这话的时候本来就有点不情不愿地,但人在职场,已经不是昔日的工程师身份,而是老板之下、他人之上的公司高管。有些客套话自己虽然感觉很假很别扭,但还是要强装淡定地表达出来,有很多人就吃这一套。

"杨总,哪里啊,我还指望你提携提携我呢。"孙晓帆娇嗔道。

听到孙晓帆略带酥软的回应，杨鹏飞心想完了，欧阳橙也是理工男，工程师出身，最近招了不少女高管，他哪能招架得住孙晓帆的攻势。

管她呢，走一步算一步吧，只要她孙晓帆不给我挖坑，一切都是为公司着想，朋友们的劝诫姑且先放到一边。

"你今天是第一天正式报到吗？我带你去橙总办公室。"杨鹏飞收拾一下随时都能飘走的思绪，用手示意孙晓帆跟着他走。

公司有前台，但没有前台接待人员，办公室大门是人脸自动识别，杨鹏飞把脸凑过去，玻璃门随即向两侧打开。

"杨总啊，我们还是好几年前见过的，当时你在万都通信负责硬件，我在瑞能科技负责销售，想让你采用我们家的 2G 芯片，你最终还是没有同意。"孙晓帆为了拉近距离，刻意让杨鹏飞回忆回忆历史。

"哦，是吗？我都忘记这件事了，现在我也改行卖芯片了，看来以后要对硬件工程师好点，说不定哪天就变成同事了，哈哈。"杨鹏飞说完之后便感觉到想吐，觉得自己已经不是原来的自己了。

杨鹏飞清晰地记得当时的情况，但不便于被孙晓帆套路住，所以只好说记不得。他不得不时刻提防，就像很多朋友的警示一样，不一定提防得住，但还是要处处留意，别让她钻了空子。

那次会面，孙晓帆领队，作为通信模组的第一品牌，万都通信迟迟拿不下，她也很着急。在孙晓帆亲自出马之前，就有下面的同事已经拜访了好多次，杨鹏飞始终不松口，连测试都不想浪费时间。下属回来汇报工作，说杨鹏飞很难约，约他吃饭不吃，约他唱歌不唱，趁他出差约外地不见，只肯在办公室象征性地见个面。

杨鹏飞对孙晓帆并不排斥，很想和孙晓帆建立起一种良好的合作关系，毕竟是美女，但作为甲方，他有自己坚持的原则。最后，理性战胜了感性，瑞能科技的芯片刚刚研发出来，肯定不稳定，测了也白测。更何况万都通信作为通信模组第一品牌，芯片选型也一定要用行业内全球知名品牌。瑞能科技虽然小有名气，除了便宜之外，性能指标和稳定可靠性离美国头部公司还是差了很多。

其实，杨鹏飞也不是铁板一块，他希望孙晓帆亲自来求他，并且多次暗示孙晓帆的下属把领导带过来，否则没什么好谈的。孙晓帆从各种渠道反馈的信息认为杨鹏飞是根难啃的骨头，需要花点时间和精力。按照她的做事风格，如果亲自出马，拿下杨鹏飞估计也没什么难度。

也许是巧合，那时孙晓帆正在闹离婚，无暇顾及杨鹏飞。孙晓帆纵然有对付男人的各种手段，但在杨鹏飞这种不食人间烟火的理工男身上，还不愿意花太大的代价。

因此，当时的孙晓帆并没有把杨鹏飞当回事，只要自己在公司里的地位屹立不倒，外面有的是客户，也不缺他一个，给公司的交代就是人家万都通信只用国外大公司的，看不上我们家国产的芯片。

这种事情，对孙晓帆来说，太好糊弄了。

风水轮流转，在芯片这个领域，已经不是三十年河东、三十年河西了。而是可以缩短成三年河东、三年河西，甚至演变成三个月河东、三个月河西。

杨鹏飞阴差阳错，从通信模组公司跳槽到星通科技，和瑞能科技形成正面竞争。孙晓帆阴沟里翻船，昔日欣赏自己的老板把自己开除了，赋闲半年了还得找个新东家去打工。

就这样，两个人变成了同事。

两个人变成了欧阳橙的左膀右臂。

一个负责市场，一个负责销售。

两人各司其职。

第4节　与美女过招

当、当、当。

以往直接推门就进老板办公室的杨鹏飞，今天在孙晓帆的面前，还是给新同事一个做人的规矩。

"哟，你们俩一起来了!"欧阳橙惊讶道。

"来，坐坐坐，你们俩之前认识吗?"

欧阳橙把两人安排在办公室的沙发上。

欧阳橙的办公室装修风格高调奢华，给人的感觉既不沉闷又显得时髦现代，落地玻璃窗，宽大的办公桌用的是非洲红豆杉，老板椅背后的书柜占满了整面墙，有些格子里摆满了花花绿绿不同颜色的书籍，有些格子里则是摆放着从全世界各地淘来的工艺品。接待区有一个三人皮沙发和两个单人皮沙发，沙发背后的墙上是巨幅油画。茶几下面是厚厚的地毯，茶几上的水晶玻璃花瓶插满了香水百合花，阵阵香气扑鼻，让人不由自主地要猛吸几口才过瘾。

平常来客人的时候，欧阳橙通常会安排客人坐在三人沙发上，自己坐朝门方向的单人沙发，以方便观察进出办公室的人。今天，欧阳橙自己坐在三人沙发上，让杨鹏飞和孙晓帆面对面坐在单人沙发上。没让秘书泡茶，给每人面前放了一瓶矿泉水，小瓶装的依云矿泉水。

"橙总，杨总我是久闻大名，他给公司立下了汗马功劳，所有的人都夸他，竞争对手一听说杨总去客户那了，就莫名其妙地担心。"孙晓帆一落座就开始恭维杨鹏飞。

"哪里，哪里。"杨鹏飞有点不自在。

杨鹏飞抬了抬屁股，把靠在左边扶手的半边身子靠到了右边的扶手，额头上渗出了微微的汗珠。换作是别人的夸赞，换作是在公司外面，杨鹏飞必定会欣然接受。但是，当着欧阳橙的面，今天你孙晓帆说这话，是几个意思？难道第一次过招，这坑就开始挖了？难道各路朋友的劝诫不是空穴来风？

"我们都是在橙总的带领之下，才有今天的突出成果。"杨鹏飞皮笑肉不笑，赶快收住即将飞出的魂魄，转换话题，不让欧阳橙掉入孙晓帆设好的温柔陷阱里。

"鹏飞、晓帆，董事会给我们提出了要求，今年星通科技一定要做到国内老大，在细分领域要和国外的芯片大佬掰掰手腕，并且公司已经开始筹备 IPO 上市工作。当下最重要的任务就是把芯片卖得越多越好，客户不嫌少，能导入就导入，销量有了营业额自然会有，规模有了利润自然也就不是问题。"欧阳橙直接切入正题。

欧阳橙并不想和他们俩客套，也不想和他们寒暄，自己在董事会许下的诺言，"压力山大"，必须得有人一起配合来实施。杨鹏飞和孙晓帆就是两员干将，目标定义清楚之后，就要这两人尽快发挥价值。

"鹏飞，我想让晓帆负责市场，你可以腾出精力把销售做好，把客户拓宽。晓帆，你负责市场，要树立公司高大上的形象，把宣传做好。我们现在已经不是小公司，一定要把星通科技做大做强，希望两位多多沟通，相互支撑，互帮互助。若遇到任何困难，尽管来找我，有我顶着。"欧阳橙不想把自己为何这么安排的思考让两名下属知道，而是把结果告诉这两人，照办就行。

作为公司总经理，作为职业经理人，欧阳橙把自己对公司的理解，把自己的抱负融入星通科技公司的奋斗目标之中，好让这些精兵强将变成自己的左膀右臂。

杨鹏飞一边听，一边琢磨："我有选择权吗？我杨鹏飞加上孙晓帆，到底是1＋1大于2，还是1＋1小于2呢？"

孙晓帆加盟星通科技的事件，很多人也很好奇，是1＋1大于2呢，还是1＋1小于2？

作为杨鹏飞的好朋友，几乎都在提醒他小心为上。

如果只是一两个人这么说，也就作罢，听听而已。

现在是但凡认识孙晓帆的人，都在提醒杨鹏飞小心点。

"难道她孙晓帆有什么媚惑之术，难道我杨鹏飞从此跌落神坛？"杨鹏飞思忖道。

欧阳橙是空降的职业经理人，对他来说，只要结果好，只要有利于公司的事情,都是可做的正确事情。至于用人是否妥当,先不管那么多,用了再说,合适的留下来,不合适的就让人事打发走。

做老板的必须要有这种心态,一团和气的团队是没有战斗力的。

"晓帆,这几天你好好了解一下公司现有的产品和未来的规划,再拟一个市场部的工作计划。鹏飞,希望晓帆能分担你一些工作,市场部的事情就交给晓帆来打理。"欧阳橙看了看孙晓帆,也看了看杨鹏飞。

"好的,橙总。"孙晓帆合上笔记本,扶了扶眼镜,看着杨鹏飞。水滴椭圆形无框眼镜把孙晓帆衬托得非常具有职业女性的气质。

就这? 老板啊,老板,这也叫工作分配? 我到底交出哪些权力给孙晓帆,哪些是我的自留地,哪些员工要划转给孙晓帆,哪些员工我继续留下? 老板啥也不交代清楚,如果边界太模糊的话,我们咋做事呢?

作为职业经理人,尤其是同级别的高管,就是要有明显的边界,不能互相打架。这种模式脱胎于欧美大公司,从总经理到高管,从高管到基层员工,都是打工的,说不定哪天就互换角色了,所以高明的管理模式就是职责边界清晰,甚至还会有一些缓冲地带,这样大家都舒服。

可星通科技的管理制度还不完善,每个人的职责边界很难划分,往往是一人分饰多个角色,能者多劳。这也是很多人喜欢在这类公司打工的逻辑,凭借自己的努力,有可能会快速跃升,而不是按部就班一步一步往上爬。

星通科技作为芯片设计公司,大部分都是研发人员,市场和销售人员原则上是能省则省。自打杨鹏飞入职以来,利用他的人脉关系,不仅能把客户搞定,还给公司扩大了市场知名度。

杨鹏飞技术出身,非常清楚蜂窝网络通信的设计逻辑,所以也就非常了解通信模组工程师的关注重点,能很好地反馈客户的声音,这样就能确保芯片定义的规格可以满足市场需求。

一旦确定了芯片规格,就要影响未来两到三年之后的行业走势。当芯片设计成功并且流片回来之后,还要找几个阿尔法客户(俗称"白老鼠")来做测试,以便快速发现其中的 BUG,为后续大规模量产奠定坚实的基础。

在现如今的产业链生态中,蜂窝物联网通信芯片的客户是通信模组公司,通信模组公司的客户是智能终端公司,智能终端公司再把整机产品卖给最终用户去运营和使用。

蜂窝物联网通信芯片企业的第一道坎就是找到愿意配合的通信模组公司,

第二道坎就是和通信模组公司一起找到有需求的智能终端客户，第三道坎就是产品定价，第四道坎就是芯片产能供应，第五道坎就是新产品的迭代和未来的长远规划。

对星通科技来说，第一道坎和第二道坎基本越过，目前正处在第三道坎和第四道坎上面。对欧阳橙来讲，最大的坎就是如何确保芯片产能。杨鹏飞的坎，就是如何执行产品定价，为公司争取最大的利益。

这些欧阳橙知道，杨鹏飞清楚，但就目前星通科技的芯片定价策略和供应链配套方面，回过头来看，大家还是稚嫩了许多。

杨鹏飞越想越不是滋味，我该释放哪些职责给孙晓帆，又该保留哪些权限呢？护犊子厉害了，会不会让橙老板起疑心，不保护自己的话，孙晓帆万一逾越我的底线，我又该如何应对？

下棋的关键是下一步看五步，而不是走一步看一步。

将军！

杨鹏飞最怕的就是被孙晓帆将军，这可是一局定胜负，没有推倒重来的机会。

"你懂技术，其实更擅长产品规划，你看看全球各大芯片公司，最要命的岗位就是市场，左右着公司未来两到三年之后的发展。"郭青云故意说道。

昨天，杨鹏飞和郭青云喝茶，两人推心置腹聊了好几个小时。

"我倒不这么觉得，在国内，研发和销售才是王道，市场部在国内芯片公司就是个辅助角色，成不了大器。"杨鹏飞斩钉截铁地说。

"这几年你虽然攻下了很多客户，很多人都是你原先在万都通信的同事，你也让他们见识到了星通科技芯片的竞争力，但是这些客户最后认可的还是公司，不是你个人，至于你以后还在不在星通科技，已经无关紧要了。"郭青云仔细观察着杨鹏飞的表情，看看这种刺激能否引起杨鹏飞的不悦。

郭青云对熟悉的人从来不绕弯子，尤其是对工程师出身并且曾经生性单纯的杨鹏飞。杨鹏飞喝了口茶，随即陷入了沉思。

郭青云见杨鹏飞不说话，继续说道："芯片公司的定价权一般都掌握在市场手中，你作为销售，以后就没有那么爽快的定价权了。是不是以后就得向市场部申请价格，孙晓帆会不会质疑你，或挑战你如此定价的动因？"

郭青云在帮杨鹏飞设想未来该如何开展工作。

"也就是多些麻烦而已呗。"杨鹏飞不那么自信。

"以后分货是不是你说了也不算。如果芯片不缺货则还罢了,如果碰到芯片严重缺货,你想想,自己在小心翼翼地维系着客户的关系,很多决策只可意会不可言传,你保证自己能全盘托出给孙晓帆汇报你的决策逻辑吗?我猜测你对你们橙老板都没那么多耐心,更何况是一个新同事呢。"

郭青云敏锐的分析角度,说得杨鹏飞直冒虚汗。

"对了,你有没有摸一摸孙晓帆的底细?"郭青云突然话题一转。

"我还用打听吗?你们这些狐朋狗友给我的信息量实在太大,足以让我全面认知孙晓帆了。"杨鹏飞呵呵一笑。

"你确定你对她非常了解?我问问你,你知道她和瑞能科技的老板是什么关系吗?你知道她为什么突然离开了瑞能科技吗?你知道她为什么要和老公离婚吗?你知道她有个儿子是她妈妈在帮她带吗?你知道她为什么要到你们星通科技上班吗?你知道她和很多公司老板的私交关系密切吗?"郭青云都不需要等杨鹏飞回答,一连串地发问。

"难道你知道?"

"我要是不知道,还会问你?"

"是吗?说来听听。"

"算了,你还是少知道为妙。"

"靠,你吊我胃口。快,说来听听。"

"橙总、杨总,都过了12点了,你们饿不饿,我们一起出去吃饭吧!"孙晓帆在大家聊天暂停的空隙,恰如其分地说道。

孙晓帆的精致,透露在任何一个细节上,作为常年征战在客户一线的销售,也绝对不会亏待自己的味蕾。

欧阳橙皱了皱眉头,稍做犹豫。虽然自己收入很高,但对吃饭确实是没什么要求,通常都要到一点钟左右才吃饭,并且大多数是吃从家里带来的便当。主要是因为他老婆觉得外面的饭菜不利于身体健康,坚持让他带自己精心准备的饭菜。

因为孙晓帆还不知道老板的习惯,而欧阳橙觉得孙晓帆第一天入职,还是不要驳她的面子,便叫上杨鹏飞一起出去吃饭。

在电梯口等电梯的时候,孙晓帆问杨鹏飞:"杨总哪里人?"

"安徽,合肥,肥东,农村。"杨鹏飞一字一顿地说,作为在大城市漂泊的新新人类,对老家的眷恋往往是躲藏在内心深处的。

"合肥有好多好玩的地方,杨总肯定都去过,下次我们一起去合肥约客户。"孙晓帆压低声音说道,但足以让周围的人都听得到。

腾的一下,杨鹏飞脸由黑转红,再由红转白。

天啊,孙晓帆你也太生猛了吧,不分场合就随便开车,这话要是让别人听到瞎猜可咋办。

欧阳橙微微一笑,也诧异孙晓帆在公共场合能这么调侃,但从心底泛起了一丝丝的涟漪,就像用羽毛在撩逗他略显沉闷的生活一样。

"你已经被下套了,她在试探你。"

杨鹏飞把这事说给郭青云的时候,郭青云果断地下了判断。

"你当时咋接话的,还不赶紧爽快地答应,互相分享一下心得。然后你们再在橙老板面前来点无所顾忌的荤段子,以显示公司哼哈二将的所向披靡。"郭青云说着说着也乐开了花。

"靠,我一个直男,人家是美女销售,头牌,我哪有她的能耐。"杨鹏飞的不自信表露无遗。

"我很想看到你们公司的文化变革,之前你们公司从上到下基本上是理工男的荷尔蒙爆棚,欧阳橙接手之后,空降了好多美女高管,你是不是觉得很幸福啊,这些美女高管会不会给你们公司带来不可预期的改变,哈哈。"

郭青云看热闹不嫌事大,也很期待能早日见到孙晓帆。

之前,杨鹏飞工作的万都通信,被业内冠以"通信模组黄埔军校"的荣誉称号,他主要负责硬件电路设计,几乎每天都要接待各种各样的芯片公司,不管是原厂,还是代理商,对杨鹏飞都是奉若神明。

杨鹏飞一个点头,就可以影响一连串的生意机会。

作为出货量最大的通信模组企业,只要同意测试一颗芯片,这家芯片公司的成长路径就有可能发生天翻地覆的变化。

芯片设计是长周期的事情,短则一两年,长则四五年,一旦一颗芯片被客户大规模使用,不到半年的出货量就可以把前面几年的投入给赚回来。

杨鹏飞深知其中的道理,在一轮一轮的供应商甜言蜜语之下,养成了额头要抬半寸高的习惯。至于在老板面前,还必须要时刻提醒自己,自己还是打工人,不能瞎嘚瑟。任何一家公司都不是常青树,在大树底下过着悠哉乐哉的日子也不是那么牢靠。因为公司老板和高管队伍的裂隙日渐扩大,杨鹏飞不得不作鸟兽散,另寻高枝。

人不可能一直一帆风顺,杨鹏飞兜兜转转,终于入职了星通科技这家芯片设计公司。

因为杨鹏飞过去的光辉履历,因为杨鹏飞熟悉各家通信模组公司,因为星通科技公司的重点客户就是通信模组企业,因为欧阳橙是空降的职业经理人,因为实在找不到合适的人选,所以,欧阳橙把杨鹏飞招了进来。

在外面动荡也快一年了,没有供应商的吹捧略显失落,对未来没有清晰的认知导致焦虑逐步增加,比期望的理想收入少点就少点呗,先安顿下来,再寻求突围。想明白之后,自信心重新涌向了杨鹏飞的眉梢。

经过自己不懈的努力,从早期没人愿意立项和测试,到现在客户一大把,甚至有时候还会供不上货,愁归愁,但这属于幸福的烦恼,一般人很难理解。

就今天,犹如晴天霹雳,直接劈在杨鹏飞的心坎上。

橙老板招了个高管,也不问问自己对这个新人怎么看。招个人也就算了,还要划走自己一半的权力。

我一个既懂产品又懂研发的人,只负责销售,难道是看不起我的能力吗?

让一个不懂产品的销售,来负责产品的定义和市场的规划,岂不儿戏?

橙老板啊橙老板,这么快就要卸磨杀驴了吗?

我成天在外面宣传公司,吹过的牛皮可以铺满整条长安街。如果就这么被干掉,我岂不成了笑话。橙老板不至于吧,这几年我在外面的行为是夸张了点,但对公司绝对是有百利而无一害,对你也还是忠心耿耿。

"以大局为重,我们要吸引更多的人才支撑公司的发展。"欧阳橙如是说。

橙老板你站着说话不腰疼,很多人认为我杨鹏飞是公司的二把手,行老板之决定。

那以后呢,我的人设咋立呢?

第5节　老领导不肯帮忙

"你是从智邦通信过来的?"

"你怎么知道?"

"我也刚从智邦通信回来,路过一个会议室的时候,我看到了你那自带发光的后脑勺。"郭青云打趣道。

"那你不叫我?"

"我哪敢打扰你,万一你们在密谋什么大事。"

"咳,狗屁大事,郁闷死了,智邦通信迟迟不肯点头。"杨鹏飞叹道。

郭青云从书架上拿了两个直筒玻璃杯,顺手拎了一包茶叶,黄色牛皮纸,系着红色的丝带——梅家坞龙井。杨鹏飞正巧赶上,这是杭州一家上市公司刚刚快递过来的明前龙井,打开来一起品尝品尝。

水烧开之后,郭青云把玻璃杯烫了烫,然后倒入大约三分之一的开水。拆开茶叶的包装,瞬间草香味清香扑鼻,龙井茶扁平光滑、色泽翠绿。他用茶匙盛了两勺倒入玻璃杯,轻轻地摇了摇,瞬间茶叶舒展直挺,根根直立。郭青云继续向玻璃杯里加水,茶叶在水流的冲击之下,上下翻滚。

"他们还没评测完吗?"

郭青云印象中已经测试很久了,纳闷为何到现在还没有出结果。

郭青云把泡好茶叶的玻璃杯递给了杨鹏飞。杨鹏飞捧起杯子在鼻子边闻了闻,小嘬一口,嘴里粘了两片茶叶,轻轻地又吐回了茶杯。

"应该是没怎么测,现在智邦通信采用其他家芯片的方案正如日中天,产品经理天天忙着数钱呢,哪有工夫评测我们家的芯片。我约人家出来吃饭都不肯出来,就说还在测试中,等等。"杨鹏飞一边说一边直摇头。

"你们家星通科技的芯片方案太便宜,当下能赚钱的生意都还忙不过来,为何要做未来都有可能不赚钱的生意,换作是我,我也不想评估。"郭青云一直瞧不起的就是用低价换市场。

"我也明白这个道理,可便宜又不是我的错。现在智能终端行业内卷这么厉害,我就不信他们可以用现在这么贵的芯片一条道走到黑。"杨鹏飞说起这个逻辑来绝对是信誓旦旦。

"金老板怎么说,他可是你的老领导,不会这点面子都不给吧。"郭青云觉得杨鹏飞用低价去刺激金腾川应该会起点作用。

"金老板是当着我的面吩咐他下面的人的,已经非常给力了,但产品经理没兴趣,阎王好见,小鬼难缠。我难不成要给金老板告状,说你们下面的人不听你老板的吩咐,阳奉阴违?"杨鹏飞说着说着也觉得好笑。

"那不太合适,你和智邦通信的产品经理都很熟,何不换个产品经理来负责你们的项目,这点手段你还是能做得出的,说不定就会有奇迹发生。"郭青云压低了声音,生怕那位不配合的产品经理听到他出的馊主意。

"再说一遍,没听明白。"

"千万别给金腾川说这馊主意是我出的。你想办法找个智邦通信的产品经理实现里应外合,把之前不配合的产品经理给换掉,这样你就可以畅通无阻了。"

"对哦,我怎么没想到。既然不配合,就别怪我心狠手辣。"杨鹏飞一拍桌子,就这么定了。

"金总,如果智邦通信采用我们星通科技的芯片,我一定全力保障智邦通信是我们的第一大客户,你看还需要我做什么保证?"杨鹏飞拍着胸脯问。

杨鹏飞说完后就有点后悔。自己在说话的时候就像个老板,只不过最后一句话还是压低了声音,因为他觉得自己啥也保证不了,这事还没给橙老板汇报,自己不就是在信口雌黄吗。

更要命的是,孙晓帆入职之后上蹿下跳,也想尽快搞出点业绩。孙晓帆曾多次要求杨鹏飞带她一起到智邦通信和金腾川交流,被自己一口回绝,并警告她绝对不能单独去约金腾川洽谈合作。

杨鹏飞知道孙晓帆在老东家瑞能科技的时候和金腾川之间有生意往来,但在星通科技,即便两人再熟悉,也绝对不能让他们单独会面谈合作,好不容易建立起来的微妙关系,岂能让她给捷足先登。

现如今,在金腾川面前,一定要让对方体会到自己能做主,至于回公司如何给橙老板交代,那就走一步算一步吧,否则永远是在原地打转转。

好在,橙老板是职业经理人,芯片卖不出去,他也干着急。

杨鹏飞想到这,不由自主挺了挺身子,目光也开始直视金腾川。但是,习惯让他的注意力落在了金腾川的眼镜上,稍带圆弧的长方形透明镜片让金腾川显得斯文和低调。很多企业家、金融家特别钟情于无框眼镜,乔布斯、马化腾、周鸿祎等把无框眼镜戴出了自己的气质。无框眼镜非常适合商务人士和精英人士佩戴,在设计上并不花哨,简约的款型很能突显出专业气质,镜片一闪,也许就是一道智慧的光芒。

金腾川感觉这副无框眼镜很符合自己的气质,好多年都不换,不像杨鹏飞,隔三岔五就换副眼镜,把 IT 圈混得像时尚圈,总觉得有点格格不入。

昨天,自媒体又在疯传华为任老爷子"活下去"的危机言论,今天早上杨鹏飞就特意挑了一款黑框眼镜,和偶像任老爷子的眼镜同款,没想到自己的冬天竟然来得这么快、这么急。

"我听说法沃智能采用你们家的 4G 芯片,在市场上报价 29 块 9,你之前给我们的价格,采购说 BOM 成本都不止这些,这是真的吗?"金腾川没好气地质问杨鹏飞。

现在大家都内卷到不谈利润了。BOM 成本就是把所有的物料成本加起来的价格,已经不计算人力成本的开销,也不计算运营成本的分摊,只要能有毛利就已经很不错了。现如今很多企业为了抢夺客户,直接采用低于成本价的方式来占领市场份额,这算不算恶意倾销?很多企业把算盘打得噼里啪啦响,战略性亏损,补贴市场,在现有法律框架之下也不能算作违法。

"啊,这你也知道?"杨鹏飞故作惊讶。

"我能不知道吗?法沃智能把广告都推送到我这里来了,你说气人不气人?"金腾川没好气地甩了一句。

让金腾川来火的是你杨鹏飞竟然在我面前耍花枪。

"我向你保证,我没有和法沃智能接触,我在公司内部一直主张必须优先和你们智邦通信进行合作,29 块 9 也不是我给他们的价格,是他们擅作主张,自己倒贴市场,他们对外公布这个价格的时候根本就没有和我们商量。"杨鹏飞显得一脸无辜。

"那人家也不可能空穴来风吧,没你们芯片公司的支持,为啥会宣传用你们星通科技芯片的方案,还制定出绝杀所有竞争对手的价格?"金腾川太清楚竞争对手的低劣手法了。

通常情况下，如果通信模组企业进行恶意倾销，受伤的往往是芯片原厂。一方面会扰乱市场，另一方面无法平衡众多的客户。价格一旦下探，通常情况很难再抬升上去，除非遇到特殊情况。近期多年难遇的大规模缺芯少料，产业链的所有环节都在涨价，打得很多人措手不及干瞪眼。

"如果通信模组的销售价格高于 BOM 价格，我们肯定不会过问，但如果低于成本价，我们肯定要知道，否则会扰乱我们的市场。你回去给你们橙老板强调一下，若想让我们用你们家的芯片，我可以保证采购规模，但你们必须保证给我的价格是全行业最低的。"金腾川敲了敲桌子，这是他作为大客户必须拥有的态度。

杨鹏飞因为这事，不知道被客户和欧阳橙骂过多少次了。欧阳橙当着全公司高管的面在例会上说他吹牛，平常总吹嘘金腾川是他的老领导，结果还是拿不下来。其他客户说他是价格屠夫，不遵守市场规则，成天胡来。

"金总，我的难处就不说了，如果你们智邦通信不导入，我们其他同事就会让别家的通信模组企业导入。欧阳橙已经给我下最后通牒了。"杨鹏飞实在没招，只好吓唬吓唬金腾川。

"这样，杨总，我认为法沃智能这种扰乱市场低价倾销的行为，你们没必要和他们合作，你看他们的新产品市场规划，做一家死一家，难道你还不信这个邪？"金腾川不想听杨鹏飞无用的呻吟，直截了当戳中主题。

"金总，你出个主意，我照办就行。"杨鹏飞两手一摊。

杨鹏飞心想，该来的总归要来的，智邦通信一定要拿下，即使是得罪其他家通信模组公司，也不能得罪行业老大。更何况，等智邦通信把自己的产品推广开之后，其他家爱做不做，老子还不伺候呢。想明白这点，杨鹏飞反而觉得踏实了很多，满脸堆笑地看着金腾川。

市场就像战场，瞬息万变。

星通科技迟迟得不到智邦通信的答复，不得不继续寻找合作伙伴。毕竟领导班子重新调整之后，欧阳橙作为总经理必须找到突破口，否则哪有业绩给公司董事会交代。

既然通信模组行业第一不答应，那我们就找行业老二。

一众人马杀到深圳，在法沃智能的会议室里，孙晓帆把星通科技公司的实力激情澎湃地分享了一遍，然后就对 4G 通信模组在物联网领域的地位进行无限展望，未来无比美好，就等你我之间的甜美蜜月了。

　　法沃智能的人在长条形会议桌的一边，从董事长到总经理，从产品经理到销售副总，从硬件工程师到软件工程师。星通科技的人在另一边，孙晓帆带队，包括产品总监、技术支持总监、办事处代表、代理商等，一众人马把略显局促的会议室挤得满满当当。

　　来之前，孙晓帆曾邀请杨鹏飞一起到法沃智能沟通，气得杨鹏飞不知道该如何拒绝。心想你孙晓帆只是负责市场工作，在公开场合露面就行，为何非要插一腿直接和大客户进行沟通。为了不驳她的面子，就借口说已经安排了重要客户，推脱不掉。

　　整个会谈出乎孙晓帆的预料，自己并不擅长市场，真正拿手的还是销售，这次和法沃智能的沟通是扛着大客户市场拓展的思路来尝试的，并没有想着能达成实质性的销售目标。

　　"星通科技是我们国产芯片的骄傲，我们一定要全力支持，会后组织大家开始对接，我们一定要把这个市场做大做强。"武亮平拍着胸脯保证。

　　武亮平作为法沃智能的总经理，从代理通信模组起家，到和美国芯片企业的蜜月合作，在智邦通信没有上市之前，法沃智能就已经是国内通信模组领域的头牌。

　　但是，现如今，不能再错过机会了！

　　双方的会谈卓有成效，大家都非常开心，武亮平把晚宴安排在公司定点的高档会所。孙晓帆和武亮平喝得七荤八素，谁也没能把对方灌翻。

　　随后的几天，风平浪静。

　　武亮平迟迟没有反馈，孙晓帆也没有急于催促。

　　过了一个礼拜，当孙晓帆收到武亮平的邮件之后，便噔噔噔地冲到欧阳橙的办公室。

　　"橙总，法沃智能也太欺负人了吧？"

　　啪的一声，孙晓帆在拿到法沃智能开出的合作条件之后，立马来到欧阳橙的办公室，直接把打印好的文件拍在欧阳橙的办公桌上。

　　"咋的啦，发这么大的火？"

　　欧阳橙一脸茫然，这还是我认识的孙晓帆吗？平常把职业女性的气质拿捏得非常到位，怎么现在感觉就像是看到了一个准备骂街的泼妇。

　　"你看看，你看看，前面都是些屁话，说什么我们双方之间要形成战略合作伙伴关系，互相支撑相互提携的一堆废话，你再往后面看看，就这，就这，这三条能把老娘我给气得半死。"孙晓帆指着 A4 纸上的条款,重点内容的字体做了加粗,显得格外突出。

一、签署排他协议,必须保护法沃智能一年的时间,一年之内不允许发展其他家通信模组企业。

二、需优先保证法沃智能一年至少 500 万片的规模,并且可以随时提货。

三、需保证法沃智能采购的是行业内最低的价格,第一年暂定价格是每片 2.5 美金,并根据市场行情向下调整。

"不行,我得找他们理论,不想做就明说,说一顿废话,然后又来这么一招。"孙晓帆气得直跺脚,高跟鞋把地板踩得咚咚响。

欧阳橙扶着眼镜腿一直在盯着这三条,但没有感觉到为啥这三条能让这位大美女如此暴跳如雷。抬头看了看孙晓帆生气的样子,随即说道:"别着急,别着急,你给我分析分析这三条,为啥让你发这么大的火?"

"你看看,我来分析分析。第一条,一年的排他协议,一年内不能让我们去碰其他家通信模组公司,哦,就他一家,他以为法沃智能是谁,能撑得起我们期望的市场规模吗。不行,这个我绝对不能答应。"

孙晓帆拿起桌上的星巴克,掀开盖子喝了两口,口红粘在了白色杯口上,顺手盖上白色的盖子,再推回到原位。欧阳橙透过眼镜的上方看了看孙晓帆,没说啥。

"你再看看第二条,我们要给他提供 500 万片的货,还要做到随时可以提货。按照常规,他得预订啊,不能把我们当作仓库,说提货就提货,也得按照行业规矩下订单、打预付款吧。"

孙晓帆的架势,就好像这条件是欧阳橙开的一样。

"这第三条,2 块 5 美金,想得美,现在我们在市场上的价格都不低于 3 块 5,他狮子大张口,直接砍掉了 1 美金,砍价也不是这么砍的呀。"孙晓帆用她的纤纤玉指在第三条内容上戳了戳,墨绿色的美甲上面贴着闪闪发光的水钻,害得欧阳橙不知道是要盯着她的手指,还是要看第三条内容。

从来都只是买当季名牌的孙晓帆,只对小数点前面超过 4 个 0 的定价产品感兴趣,但在工作的时候,尤其是和客户讨价还价的时候,用美金计算的芯片价格往往都可以精确到小数点后两位,0.01 美金也是她可以据理力争的兴之所至。

"气死我了。"

孙晓帆看都不看欧阳橙的反应,就像竹筒倒豆子一样哗啦啦地往外倒。

"慢慢来,一条一条来,你一梭机关枪,噼里啪啦,我哪接得住?"

欧阳橙看着孙晓帆,在美女面前,还轮不到他发火,手下的这些美女干将首先会先把他的火浇灭。欧阳橙手下多女将,男同志的生存状况堪忧。

"你看,第一条是排他协议,换作任何一家公司,是不是都想挤掉竞争对手,那看来我们的芯片还是有很强的竞争力。"欧阳橙回归理性,慢慢分析道。"我觉得吧,关于排他,让法沃智能列个排他清单,我们可以优先考虑他们的诉求,但不能关上我们所有的大门,排个一家两家可以,绝对不能就给他一家供货,这是底线,否则我们太过被动。"

"好,那我找他们要。"孙晓帆稍稍舒缓了一些情绪。

"这第二条呢,别说 500 万片了,就是 1000 万片的备货我们还是有能力的,如果他们付订金,我们就给他放仓库里等他提。"欧阳橙不紧不慢。

"如果不付订金呢?"孙晓帆迫不及待地问。

"如果法沃智能想把我们当作仓库,想什么时候提货就什么时候提货,这其实是可以答应的。一旦他们开始大规模销售,在执行过程中就得看我们的脸色。如果我们的芯片非常抢手,他拥有优先分货的权力。如果我们的芯片库存积压严重,我们还要倒逼他们快点提货。关于这一条,我觉得不是问题。"欧阳橙一直认为芯片公司可以左右整个产业链的市场走势。

"那价格呢,下降 1 个美金,干脆拦腰砍算了,哪有这么砍价的?"孙晓帆还是有点不悦。

"那我问你,我们现在定价 3 块 5 美金,你卖得掉吗? 如果你卖得掉,我们就不答应,如果你卖不掉,干吗不答应人家呢?"欧阳橙说完,盯着孙晓帆看她的反应。

欧阳橙的反问,让孙晓帆一时语塞。

孙晓帆也明白这个道理,新产品好不好是客户说了算,作为决策者不能自以为是,大家在会议室里讨论的销售基调只能作为参考,真正的能耐是在市场充分竞争的格局之下让客户接受自己的洗脑。

上船容易下船难!

销售的首要职责就是让客户先上船。

"橙总,有空吗?"

"鹏飞,有,什么事?"

杨鹏飞一屁股坐在欧阳橙办公桌对面的椅子上,把手机丢在桌上,气冲冲地说道:"我听说法沃智能要和我们星通科技签署独家供应芯片协议了,有这回事吗?"

"不是独家供应,是战略合作伙伴协议。"欧阳橙淡淡地说。

"智邦通信很快就能拿下,他们的规模比法沃智能大得多,协议能不能缓一缓,等智邦通信敲定之后再和法沃智能合作?"杨鹏飞直截了当。

"你去把孙晓帆叫过来,我们三个人一起聊。"欧阳橙不想和杨鹏飞纠缠这件事,孙晓帆也是当事人,你们俩最好把事情都捋清楚。

杨鹏飞很不情愿地把孙晓帆叫过来,还没等她坐稳,就当着欧阳橙和孙晓帆的面说道:"我主张重点支持智邦通信,他一家公司占了全球三分之一的市场份额,等他们家做了我们的方案之后,其他通信模组厂家就会跟着做,甚至会做成和智邦通信 PIN 对 PIN 兼容的封装形式,这对我们芯片的市场占有率会起到非常大的提振作用。"

杨鹏飞拉长了脸,没有了之前的嬉皮笑脸。孙晓帆一进欧阳橙的办公室,就明显感觉到了火药味。当杨鹏飞说完之后,她立刻就明白了此次谈话的具体原因。

"法沃智能也是上市公司,规模也不小啊,总不能在一棵树上吊死吧。"孙晓帆直接怼了回去。

杨鹏飞脸涨得通红,没好气地说道:"我们现在的定价是每片 3 块 5 美金,你 2 块 5 卖给法沃智能,我平常都是一分一分和客户拉锯谈判,没承想你一上来就卖血,公司还要不要利润了? 如果当初允许我释放价格,我早就和智邦通信形成合作了,说不定现在已经开始大规模出货了。"

"你现在还有把握拿下智邦通信吗?"欧阳橙想转移话题。

欧阳橙听明白了杨鹏飞的用意,也知道孙晓帆干的事是自己授意的,可现在两个人的观点形成了明显的对立面。对于这种涉及公司大是大非决策方面的冲撞,自己也是第一次遇到,犹豫了一会儿,欧阳橙也拿不定主意。

"从目前局势来分析,智邦通信必须找到一颗低成本的芯片来做替补方案,一方面美国会禁止台积电给华为生产芯片,另一方面其他家的芯片性价比还不如我们星通科技,所以用我们家的芯片是必然结果。"杨鹏飞冲着欧阳橙说道,压根就不想正眼瞧一下孙晓帆。

欧阳橙若有所思,随即说道:"鹏飞,你要明白一点,虽然通信模组公司是我们芯片公司的客户，按理说是乙方要求着甲方办事，但是，芯片公司永远是这个产业链中的执牛耳者，规则是我们定的，我们只不过是需要根据外部环境的变化随时调整我们把控的节奏而已。"

"橙总，你说的没错。关键是我们现在还需要竞争，才能获取一定的市场份额，如果我们不去想办法让客户满意，着实不知道该如何实现我们 KPI 的考核目标。"杨鹏飞对市场的判断，已经不是几年前的模样了。

"晓帆，你能放弃法沃智能吗？"欧阳橙期待孙晓帆能说服杨鹏飞。

欧阳橙的话虽然不多，但在孙晓帆和杨鹏飞的认知里，这确实是值得深思的事情。

"说实话，不能。法沃智能做了，智邦通信就不得不做，否则他就会犯战略性失误，这对我们是好事。如果我们星通科技在这个关头放弃法沃智能，其他的客户会认为我们不值得合作。作为芯片厂家，总不能把鸡蛋都放在一个篮子里吧。"孙晓帆从她的角度阐述了这其中的利害关系。

孙晓帆说的都是实话，但对于公司决策者来说，这等于没说。

孙晓帆故意盯着杨鹏飞，不紧不慢地说道。"更何况，智邦通信现在拥有多家芯片的解决方案，他们就像个通信模组超市，至于我们星通科技的芯片做进去之后能否实现规模化应用，现在来看还是个未知数。再者说了，如果我们不答应金腾川的苛刻诉求，他就不会重视。如果他们不重视我们，就不会有规模，这是一个死循环。"

孙晓帆想让杨鹏飞死心，说完后直接两手一摊。

第6节 火星四溅

台风"烟花"二次登陆,不仅风力没有减弱,反而是重复加强,气象台继续发布台风蓝色预警信号。以前的台风能够被预测到基本的移动轨迹,而此次"烟花"则不同,一直在改变路径,貌似还真的没有办法做到准确预测,只能告诉大家一个大概率的方向。

黄浦江畔的上海中心大楼在狂风中摇摆,媒体上竞相报道上海中心楼顶的摆动幅度高达一米之多,反倒没人关心台风的行进路线。雨水就像有人在天上泼水一样,一会儿有,一会儿没有,搞得很多人的心情极其复杂。

"在今天例会开始之前,我首先宣布一个好消息,法沃智能和我们星通科技已经签署了战略合作伙伴关系协议,意味着今年我们新研发的 4G 芯片保底有500 万片的销售规模。感谢孙晓帆的积极撮合,在这么短的时间内给我们带来了第一个超级大单。"欧阳橙说完后便仰靠在椅子上,双手抱着头,非常享受。

欧阳橙今天心情不错,长条形会议桌,自己坐在会议桌的领导位置,这样就可以看见所有的人。在他说完开场白之后环视一圈,看看大家有什么反应,忽然觉得整个会议室好像有点不对劲。

会议桌左手边一排全是男的,右手边一排全是女的,他们是商量好的吗?自己最近是在拼命招人,我啥时候招了这么多女高管,能顶半边天了。

"卖身求荣。"杨鹏飞小声嘀咕了一句。

董德鸿就坐在杨鹏飞的旁边,踢了他一脚。

孙晓帆坐在他们对面,只看见两人嘴动、脚动、眼神动,听不清他们在说啥,但觉得挺好玩。

"谢谢橙总,这是大家的功劳,我们的芯片有优势,客户没理由不选择我们。

法沃智能是我们的大客户,最近还有几个客户在沟通,我也和杨总交流过了,估计很快就能签下来。"孙晓帆说话带点台湾腔,估计是之前被很多台湾老板带歪的。

对面一排的大老爷们齐刷刷地盯着孙晓帆,看来美女也不全都是花瓶,来了没多久就能签下大单,牛、厉害。唯独杨鹏飞,越听越刺耳,眼神里的火星已经跃跃欲试地想迸发出来。

"孙总,你说的那几个客户规模都太小,我们还是不要在他们身上浪费时间。"杨鹏飞实在是憋不住,直接说道。

"再小的客户也是客户,再说了,很多大客户也是从小客户起家的,也许在我们的帮助下,这些小客户很快就能跻身第一梯队。"孙晓帆面带笑容,不紧不慢地说道。

孙晓帆已估摸到杨鹏飞会反弹,暗暗告诫自己要稳住,一定不能冲动,一定要让杨鹏飞自己先暴怒起来。

"我对他们太了解了,不要浪费时间,老板格局不够,团队不稳定,山寨别人的方案,用低价去扰乱市场。他们一旦导入我们的方案,通常不是去拓展新客户,而是用低价去骚扰我们现有的客户,这样做是没有价值的,最终反过来还会伤害到我们。"杨鹏飞不想看孙晓帆的眼睛,也不想看她精致的妆容,只是冲着欧阳橙说道。

杨鹏飞在孙晓帆面前,总有一种感觉,那就是:秀才遇到兵。

"我们现在不是客户多得维护不了,更何况,如果我们不支持,他们也会选择我们竞争对手的芯片,不也是在围攻我们现有的客户吗?"孙晓帆直接把话给顶了回去。

"好啦,好啦,你们俩是在说相声吗? 你们俩就是哈姆雷特和朱丽叶,最终不会有什么好结果的。"欧阳橙意识到再不打断他们的话,这两位冤家估计要开始大干嘴仗了。

"老板,如果莎士比亚他老人家在场的话,估计会被你这话给活活气死。"艾米莉冷不丁地插话道。

瞬间哄堂大笑,会议室的气氛一下子活跃了起来。欧阳橙还不明就里,啥玩意儿能让大家这么开心。

"唉,对了,你叫什么名字来着,我好像是上周面试的你。"欧阳橙不知道自己是哪里说错了话,为消除尴尬,赶快转移一个话题。

"Emily,新来的法务总监。"

"艾米莉,法务,我记住你了,刚才我有哪一条是违反了法律条款?"

"老板,开玩笑,别往心里去。如果你违法了,我会替你做无罪辩护。"

"哦,自己人。"

会议室的气氛轻松愉快,就连进来给大家倒茶水的小姑娘都觉得诧异,太阳打西边出来了。

"杨总,你也知道,我们是通信模组行业老大,关于老二,我希望你们不要支持他们。"金腾川不想对杨鹏飞太客气,总觉得他在和自己掰手腕。

金腾川一直忌惮竞争对手,尤其是有实力的竞争对手,因为他就是一路过关斩将,把之前横亘在自己眼前并且是别人认为很难逾越的竞争对手——超越,虽然自己现在是行业老大,一旦出现闪失,很有可能也会被别人翻盘并且超越。

决策果断,心狠手辣,市场不相信眼泪,要有饿狼精神,这些都是金腾川嵌入骨子里的精髓,不管是在公司初创期,还是在发展过程中的风雨飘摇期,甚至现在稳坐行业第一把交椅的阶段,他都会时刻提醒自己,竞争对手就是敌人,必须刺刀见血。

金腾川非常推崇任正非的狼性文化,买了很多描写华为的书籍让公司高管学习,在公司办公室的立柱上贴满了各种狼的图片,再配上一些打鸡血的文字,不了解这种文化背景的还以为是进了狼窝。金腾川要求全公司的高管必须有饿狼精神,一方面是要有敏锐的市场嗅觉,另一方面是要有不屈不挠的进攻精神,最后还希望大家有团结合作的默契。

"金总,你的意思是要我们放弃法沃智能?"

"你说呢?"

"他们已经导入了我们的方案,已经对外开始宣传,这……"

"别说那些没用的。如果你们不放弃法沃智能,那也要给我足够低的价格,我也去卖 29 块 9。你现在给我的芯片价格实在太高,别说赚钱了,不亏本就不错了。如果你们非要力挺法沃智能,那你和他们去玩呗,不要再来找我。"金腾川已经不想好好说话了。

金腾川有点来气,明知道对手是在扰乱市场,就是不知道该如何应对。

难道自己也倒贴,29 块 8,然后对方报价 29 块 7,自己再报价 29 块 6,卖一片亏一片,这有啥意义?

这些年,金腾川给智邦通信制定的目标:必须要做到行业第一。不管是整个物联网行业,还是细分行业领域,必须要做到 30% 以上的市场份额。一旦有了市场规模，就可以发挥供应链优势，同样的产品，同样的销售价格，最终也会比竞争对手多一些利润。即使是面对残酷的市场竞争，有些产品哪怕不赚钱，或者进行战略性亏损，也都是可以接受的，唯独市场份额不能低于竞争对手。

通信模组说好听的是高科技领域，但利润还真没有在菜市场卖白菜赚的利润高。白菜卖不掉拿回家还可以煮了吃，通信模组一旦卖不掉，那就是工业垃圾，一文钱也不值。

"这是个决策事故，这对智邦通信就是个耻辱，你们这些人，都怎么收集市场信息的，都怎么出谋划策的，养你们都是吃白饭的吗？"金腾川火气非常大。当得知星通科技和法沃智能走到了一起，金腾川对公司高管大发雷霆，因为这些高管给自己的反馈是 LTE Cat.1 没市场，做不起来。

4G 是第四代移动通信技术的统称，LTE 是其中的一种实现方式，翻译过来就是"长期演进技术"。根据上行和下行传输速率的不同，这个家族有二十多个成员，最典型的代表就是 LTE Cat.1、LTE Cat.4、LTE Cat.6。

LTE Cat.1 是 4G 低速率版本，通信速率降低了，芯片设计的复杂度降低了，最终导致智能终端的成本降低。所有的因素叠加在一起，就是 LTE Cat.1 芯片是4G 体系里最便宜最好用的解决方案。一个原则：够用就好。

副总裁东哥板上钉钉地说：在和高通科技交流之后，大家都对 LTE Cat.1 不抱有太多的期望。建议公司把精力放在 LTE Cat.4、LTE Cat.6、V2X（车联网）、5G上面来，LTE Cat.1 是十多年前的标准，明日黄花，很快就败了。

当时，杨鹏飞第一时间找智邦通信来推广星通科技的 LTE Cat.1 芯片，大家关系这么好，希望智邦通信能够大力支持星通科技，形成战略合作伙伴关系。智邦通信公司的十三太保有超过半数是同意的，但金腾川还是让副总裁东哥去问问高通科技对 LTE Cat.1 的看法。

金腾川在公司内部打造了一个决定公司命运的高管决策层，涉及公司研发、销售、市场、生产、测试、采购、售后、财务等多个环节。金腾川认为人数不能太多，也不能太少，总数控制在十三人，号称"十三太保"。

结果，想支持星通科技 LTE Cat.1 的高管们都闭嘴了，因为他们非常清楚老板的做事风格。若想在智邦通信这棵大树底下乘凉，必须首先学会闭嘴。

为什么智邦通信在 LTE Cat.1 方面没有当年推广 NB-IoT 的果断精神？这与当年万都通信断然拒绝 NB-IoT 的思维逻辑是何等相似。

NB-IoT 是窄带物联网，是 3GPP 组织专门为低功耗广域网设计的一套技术标准。NB-IoT 从面世到普及,成就了一票芯片公司、通信模组公司、智能终端公司以及依附于该产业链的上下游产业生态。这其中,金腾川的智邦通信是受益最大的,从一个名不见经传的小公司,短短几年时间就一举跃升为全球出货规模第一的头部企业。

> 3GPP 是一个国际性标准组织平台,成立于 1998 年,最初的目的是大家联合起来共同制定适用于全球的 3G 网络标准。随着无线通信技术的迭代,后期又制定了 4G(LTE)、5G 网络标准,以及正在规划的 6G 网络标准。
>
> 3GPP 并没有因为网络标准的迭代而改名,而是继续沿用最早定义的名称 3rd Generation Partnership Project,即第三代合作伙伴计划。
>
> 3GPP 是一个成员驱动型组织,依靠企业会员、个体会员等根据自身市场需要和技术发展情况提供提案,通过成员集体讨论和表决之后形成大家都遵守的全球技术标准。

当得知高通科技不看好 LTE Cat.1 市场潜力的结果之后,智邦通信的很多高管们只能悄悄地叹口气。

LTE Cat.1 的教训就在眼前,金腾川觉得因为自己的判断失误,错失了星通科技的 LTE Cat.1 芯片平台,被法沃智能捷足先登,和星通科技签了个排他协议,最终不是排斥其他家,而是就单独排斥智邦通信一家公司。

因为智邦通信和法沃智能在市场竞争中是冤家对头,刚开始的时候,金腾川并没有觉得有什么不对劲,认为是正常的市场竞争行为。

没承想,国内的运营商把 2G 网络和 3G 网络直接给关了,最大的 2G 网络运营商也给出了最后两年的腾频退网计划。

近 10 亿台采用 2G 网络的物联网设备,都面临着更新换代,还有这几年铺垫的蜂窝物联网发展趋势,预计在未来的五年时间,有超过 20 亿台设备需要运营商的蜂窝网络,这也是通信模组企业的兵家必争之地。

前几年,智邦通信把 NB-IoT 发挥得淋漓尽致,一路小跑,自己从名不见经传的通信模组小公司,快速成长为全球第一大通信模组供应商。

NB-IoT 的地位是稳住了,但 NB-IoT 又不能承载所有的蜂窝物联网,它只适合采用一次性锂电池供电的低速物联网。5G 网络是趋势,但从当下来分析,5G 只是未来,不管是网络覆盖,还是芯片成本,或是终端的多样性,都难以满足当下的物联网行业诉求。

因此，这个重担就落在了 LTE Cat.1 身上。

高通科技的见解也不是完全不对，因为国外运营商还有大量的 2G 网络，4G 网络仅在一些发达国家和有经济活力的城市部署，自家在 LTE Cat.4 领域拥有绝对的霸主地位，智邦通信也是高通科技在物联网领域最大的客户，因此不愿意自己和自己打架，也就对 LTE Cat.1 不怎么热情。

而到了国内芯片公司，如果研发 LTE Cat.4 芯片，不仅投入太大，风险也很大，并且最后结果还无法和高通科技形成正面竞争。既然你高通科技不看好 LTE Cat.1，那我们就从 LTE Cat.1 下手，形成差异化市场竞争。

现如今，已经不是过去的时代，高通科技严重低估了国内芯片公司的研发实力，低估了国内运营商的决断能力，低估了蜂窝物联网的本地市场活力，同时还低估了国内产业链玩家的内卷精神。

但是，这些意识却深深地影响了智邦通信，当智邦通信有实力称霸全球的时候，他们也要拥有全球化的视野，当然，跟着大哥高通科技的步调，自然不会吃大亏。

事态的发展，永远充满了变数，不像电影剧本可以提前写好。

国内蜂窝芯片商、通信模组商、智能终端商、电信运营商经过几年的角力之后，形成了一定的势力范围。过去是跟随思维，新进入的玩家靠性价比可以撕开一部分市场，勉强还能过日子。现在的市场竞争趋于白热化，只在某一个环节发力的企业已经无法和大公司抗衡。

新技术的出现给了大家新的期待，现在 LTE Cat.1 的风口来了，所有的参与方都非常积极，形成了一片热火朝天的独特风景。而作为通信模组行业老大，智邦通信不可能不知道事态的发展节奏，高管们坐不住了，金腾川也坐不住了。

"你们到底是干什么吃的，我们不能在 LTE Cat.1 领域畏首畏尾，我们必须要在 LTE Cat.1 这个领域也是行业老大。"金腾川直拍桌子，十三太保低头不语。

"高通科技的 LTE Cat.1 实在是太贵了，我们用高通科技芯片做的模组价格是人民币 70 多块，其他家采用星通科技芯片做出来的成本价格都不可能低于 35 块，但是，法沃智能在市场上的报价直接砍到 29 块 9，是我们的一半都不止。"公司副总裁东哥一脸无奈。

"星通科技现在没法给我们供货，也不和我们签署 NDA 保密协议，我们拿不到他们的技术资料，也无法进行提前布局。"东哥补充道。

金腾川怒道："为什么不给我们，难道他们不要这块市场了，杨鹏飞你们不熟吗？即使不熟，也可以约欧阳橙直接谈判啊！"

金腾川明明知道个中缘由，但在高层会议中，他还是要让这些公司高管觉得是他们自己的失职。

"听说星通科技和法沃智能签了排他协议，并且只是排斥我们智邦通信一家，不排斥其他家。"东哥低声说道。

"星通科技不就是杨鹏飞吗？他可是最早来找我们的，我们一直不给人家答复，人家也就没再理会我们。"有人附和道。

"你们说这些有啥用，这些我都知道啊，你们倒是给我一个有用的解决方案，怎么改变这个格局？"

会议室只有金腾川的声音最大，其他人连大口出气都不敢。

东哥为了打破沉默，小声地说道："艾斯科技找过我们，我们正在测试和评估。"

"艾斯科技，我听说过，何超明带了一帮人从星通科技辞职，系统架构都差不多，但不知道他们的芯片到底怎么样？"金腾川似乎看到了救星。

"听说艾斯科技的芯片还不成熟。"有人小声说道。

"我印象中没有与何超明打过交道，你们谁有联系方式？"

东哥接话说道："我们是不是先把拜访过我们的人约过来聊聊，先不急着要何超明出面，等时机成熟了，再让你们两位老板谈判。"

"明天把艾斯科技的人约过来，我来和他们谈谈。不管他们的芯片现在稳定不稳定，我们全身心投入和艾斯科技进行合作，联起手来和法沃智能竞争，和星通科技竞争。"

金腾川就这么拍板了。

金腾川非常清醒，高通科技的芯片价格太贵，在国内没有太强的市场竞争力，该死的法沃智能又和星通科技战略绑定不给智邦通信供货，但凡有替代的方案，为何不试试看呢。

"杨总，你搞什么鬼，你口口声声支持我们，最后不仅不给我们好价格，还和法沃智能签了单独排斥我们智邦通信的协议，你到底想干啥？"金腾川一看到杨鹏飞就显得火气很大。

杨鹏飞又来找金腾川，金腾川最近看见他就烦。

杨鹏飞摘下他的半框眼镜搁在桌上，欲言又止，一时不知道该如何组织语言和金腾川沟通，然后又把眼镜戴上，琥珀纹路的材质让他显得非常商务。杨鹏飞一脸无奈地说道："金总，你冤枉我，我一直在替你们向公司申请特价，欧阳橙就是不批。他们叫我去和法沃智能谈判，我直接拒绝就是不去。我还是坚持我的原则，一心一意和你们配合，没想到欧阳橙和孙晓帆他们把生米煮成了熟饭。"

杨鹏飞也不敢说是因为你们智邦通信的磨磨叽叽不做决定而最终酿成了现在的不如意。

"饭都熟了，你还来找我干吗？"

"我郁闷啊，你们只要有一天不同意，我就会一天茶不思饭不想。"

"你以为是追女朋友啊，在我这儿没用，你就是一个喜欢劈腿的渣男。"金腾川说着说着自己都笑了。

金腾川很快恢复了理智，说道："你们公司有人给了报价，比你死咬的价格低了很多，你说我是相信你，还是相信其他人？"

"谁给你们报价了，我怎么不知道，不可能，你又唬我。"杨鹏飞表情非常夸张，夸张得无以形容。

"我骗你又不当饭吃。"

"要是骗成功了，这饭可贵了。"

"我给你看邮件，是你们公司的邮箱，我的采购转发给我的。算了，还是不给你看了，你又做不了主。"金腾川开始怀疑杨鹏飞的真实能力。

"橙总，我们公司之前有人偷偷摸摸给智邦通信报过价，我竟然不知道。"杨鹏飞表现得非常生气，一边说一边把自己的眼镜扔到了会议室的桌子上。

杨鹏飞在例会上开炮，心里猜测估计是孙晓帆干的，但不想和这女人正面对峙，干脆就问欧阳橙，他不可能不知道，看他如何回答。

"他们答应导入我们的方案了吗？"孙晓帆笑嘻嘻地问。

"想得美，你和法沃智能签了排他协议，智邦通信怎么可能现在导入，人家选择了我们的竞争对手艾斯科技，是我们拱手送给何超明的一份大礼。"杨鹏飞的嗓门比平常高了很多。

"艾米莉，关于艾斯科技的调查有没有什么进展？"欧阳橙没有理会杨鹏飞，转头去问法务。

"老板，在你上任总经理之前，何超明已经离开了公司，之后便带走了一大票人在开发类似的产品，我们正在分析艾斯科技公司现有的专利，大概率会侵犯我们公司的知识产权。"艾米莉在不调侃的时候还是一本正经，圆形粗边框的金色眼镜把她白皙的脸庞衬托得清爽干练而且精致。

"有没有人违反竞业禁止协议,找几个典型去起诉起诉,告不赢也要恶心恶心他们。"欧阳橙觉得这也是一种市场竞争手段。

"橙总,之前我们公司并没有和这些人签署竞业限制协议,他们如果不是抄袭,我们也无能为力。现如今,只能留意我们内部有哪些人和艾斯科技还有勾结,证据掌握充分之后才能杀一儆百。"艾米莉清秀的面庞下露出一丝丝杀气。

"那对付艾斯科技还有什么办法?"

"我们不用马上采取行动,可以在他们大规模出货之后,利用专利诉讼索取专利授权费,让他们把赚的钱都给我们吐出来,他们卖得越多,付给我们的专利授权费用也就越多。"艾米莉有点秋后算账的味道。

"你们扯远了,我是问智邦通信这个客户还要不要?"杨鹏飞忽然感觉谈话的风向不对,严重偏离了自己所要的结果。

"你说呢?"欧阳橙反问道。

第 7 节　一万种不服

"你以为市场部就是搭展会、办活动、发发宣传资料吗?"

"难道不是吗?"

孙晓帆和杨鹏飞的火药味越来越浓,欧阳橙头疼,董德鸿纳闷,艾米莉看热闹不嫌事大,会议室里的火药味腾的一下就冒起来了。

"杨总,你这么说销售部就是搬砖头咯。"

"你搬得动吗?"

"我做销售的时候,你还趴在电脑前面绣花呢。"

孙晓帆的嘴炮功力绝对超过杨鹏飞十级以上的水平。

"哎、哎、哎,扯远了,扯远了,你们俩说相声不要扯上我们研发人员。天天盯着电脑屏幕画电路图容易吗,到晚上做梦都梦见眼前是花花绿绿的,竟然被你们说成是在绣花。你说让我们那些大老爷们工程师听到了,情何以堪。"董德鸿忽然插话道。

董德鸿实在看不下去了,平常不苟言笑的他,也加入了战团,本来就脸小,还戴个又大又圆的黑框眼镜,害得整个会议室的人都笑了起来。欧阳橙想笑,但又想哭,你们这些活宝,人模狗样的天天都在想啥呢。

"你们这属于职责不清,还以为大家都是经验丰富的职业经理人,在分工协作方面还不如产线工人。看来我是有必要在公司引入 IPD 流程管理了。"欧阳橙岔开大家的话题,顺势引到他想传达的精神层面上。

IPD 是集成产品开发的英文首字母缩写,是一种产品开发的管理模式,尤其适合于成百上千人参与的大型研发项目团队。欧阳橙很想把公司的流程管理和产品管理科学化,尽量降低人为因素,如果各个部门的人都像今天这样胡搅蛮缠地争吵,那公司怎么可能有市场竞争力。

"你们市场部应该把公司形象好好包装一下,外界都怎么形容我们公司的,大而不实、外强中干,媒体对我们公司的报道也是夹枪带棒。没事干不要去客户那儿,尤其是不要瞎报价。"杨鹏飞话里带刺。

杨鹏飞心想,既然你孙晓帆挑起了这个事端,就好生拿捏一下你这个不知天高地厚的女人。

"我们不也是为公司全局考虑的吗,大客户战略合作也是我们的职责范围,我就是要和行业头部企业形成战略合作伙伴,不只是现有客户,还有潜在的客户、运营商、终端商、政府部门、联盟协会,等等。我们的工作就是帮销售部打前哨,好让你们进行收割。再说啦,客户越多,你们的业绩就越好,销售提成就更不用说啦。不像我们市场部,死工资,做好事还会被你们冤枉。"孙晓帆加快了语速。

没人能说得过孙晓帆,这点她有绝对的自信。

"可你们打乱了我们销售把控客户的节奏,眼看就要临门一脚了,你们却把球门往边上挪了挪,你说气人不气人。"杨鹏飞回怼了一句。

杨鹏飞已经不是昔日的工程师性格,该斗还是要斗的。

"你的意思是中国足球踢不出国门,是因为球不圆? 还是因为门太窄?"孙晓帆调侃道。

"我自我检讨,主要是怪我们设计的产品不够优秀,否则的话,要你们市场部和销售部干啥。以后我们研发部要设计出全球最顶尖的芯片,让客户求着我们,到时候把你们市场部和销售部全部开除。"

董德鸿冷不丁地插把刀,大家瞬间石化,都愣住了。

杨鹏飞真没想到,平常看似老实巴交的董德鸿,竟然这样。"董总,你还好意思风言风语。我们芯片的技术指标比竞争对手差那么一点点,在做竞争对手分析比较的时候,我们只能秀那几个可怜的数据优势,其他的都不敢比对,客户在质问我们的时候,我只能说我们的芯片价格便宜。市场部也没有给我们包装包装,看看具体问题该如何具体应对,参谋长不给力,拿破仑也会遭遇滑铁卢。"

"杨总,你到底对我们市场部有哪些不满,绕来绕去又到我这里来了。"孙晓帆提高了嗓门。

孙晓帆对杨鹏飞的气不打一处来,总感觉杨鹏飞就是处处针对她。

"孙总,你觉得我说得有没有道理?"杨鹏飞表现出一副死皮赖脸的坏样。

"道理,我倒愿意和你掰扯掰扯,我们市场部要去调研客户吧,你看看你们销售部是什么配合态度,要么是约不到客户高层,要么是代理商百般推脱,要么是临时变卦。如果我们听不到客户的真实声音,我们怎么规划新产品规格,怎么制定芯片价格策略?"孙晓帆叉着腰坐着说,就差点站起来指着杨鹏飞的鼻子骂。

孙晓帆借机把苦水也倒一倒,平常只是市场部内部的抱怨,这次趁机让整个公司的高管也听一听市场部凄惨的叫声。

"我们就那几款产品,还需要你们市场部大张旗鼓去调研?客户内部有好多弯弯绕,弄不好就要捅马蜂窝,行业信息你们还没有客户掌握的多,话越多露馅的概率就越大,之前我们销售是积极地配合市场,但起不到正面作用,总是要我们去擦屁股,没事找事。"杨鹏飞得理不饶人。

"杨总,不能爆粗话,有话好好说,那你觉得市场部该如何配合销售工作?"欧阳橙眼看场面越来越火爆,不压一压的话有可能就要开始骂街了。

"橙总,我觉得市场部还是把公司网站设计得有点档次,公众号要保持热度多发点评论分析,公司展厅最好重新设计并且放点客户的产品,展会展台的形象也要提升提升,孙总那么喜欢美,为啥不把公司的整体形象好好打扮打扮?"杨鹏飞接话道。

杨鹏飞其实更想说的是:你孙晓帆为何不拿出点给自己化妆的耐心,公司的宣传肯定能上一个档次。只是话到嘴边,还是咽了下去。

"美国芯片公司的市场部可不是干这些的。"孙晓帆插话道。

"我们不是美国公司,我们也没有那么多的芯片类型和型号,再说了,让你定义产品规格,你有这能力吗?"杨鹏飞的脸涨得通红。

杨鹏飞很想说:孙晓帆你就是公司的花瓶,花瓶就该起到花瓶的作用。不过,他还是把这话又给咽了下去。

"好啦,好啦,怪我。"欧阳橙实在看不下去了。

"橙总,我……"

"晓帆,你先别说。我现在意识到在你入职的时候,没有把你们俩的工作分工划清界限。你没来的时候,销售和市场的工作都由鹏飞负责,鹏飞经常给我抱怨他忙不过来,一方面很多新客户要去拓展,一方面还要参加各种论坛和合作伙伴的会议。我原以为晓帆加入之后你们俩可以相互配合,大家分工协作,工作效率提高了,你们自己也会轻松一点。现在看来,是我自作多情了。"欧阳橙不急不慢。

欧阳橙在和稀泥方面,有职业经理人的风格。

"橙总,你这是批评和自我批评的升华版,我要向你学习。"艾米莉听了欧阳橙的肺腑之言,总感觉氛围有点压抑,没想到她说完后整个会议室躁动了一小会儿,大家趁这个间隙变换一下坐姿,争取让自己紧绷的神经舒缓下来。

"艾米莉,我想向你请教一些问题。"

在会议结束后,杨鹏飞叫住了艾米莉。孙晓帆一愣,瞥了一眼杨鹏飞,抱着笔记本出了会议室。

"别客气,杨总,我们就在这个会议室,还是换个地方?"艾米莉露出她习惯性的笑容。

"这地方太大,我们还是去我办公室吧。"

"好啊,你头前带路。"艾米莉做了个手势让杨鹏飞先走。

"我以后是叫你艾总好呢？还是叫你米莉好呢?"杨鹏飞扭头问艾米莉。

艾米莉很想在后面踢一脚杨鹏飞的屁股,但转念一想,自己刚来不久,和他们还不熟,随即说道:"杨总,叫我艾米莉,说全乎了,不能拆。比如你们随便喊一声'哎',我是答应呢还是不答应呢？如果你们叫我'米粒',别人还以为是我的外号。所以呢,还是叫我全名比较好。"

"好,现在叫你全名,等我们以后熟悉了,我再叫你小艾、小米、小莉。"

"随便你,我无所谓啦。"

"你要喝点啥,咖啡、茶水,还是饮料?"

"不用,啥都不需要。咦,想不到杨总的品位这么高!"艾米莉站在杨鹏飞办公室墙上的油画前,盯着画中的美女在感叹。

"就一幅画而已,还和品位挂上钩了?"

"杨总,我很喜欢这幅画,原画被珍藏在荷兰海牙莫瑞泰斯皇家美术馆,被称作'北方的蒙娜丽莎'。"

"你说这姑娘是北方人,蒙娜丽莎是南方人？她是哪个省的?"

"别逗了,杨总,你知道这幅画叫什么名字吗?"

"我只知道它叫油画,看着顺眼。"

"杨总,不会吧,你别骗我,这幅画是世界名画,维米尔的《戴珍珠耳环的少女》,你别告诉我你到现在还不知道这幅画的作者和名称是什么。"艾米莉露出吃惊的表情。

"哈哈,我确实不知道,我当时买的时候就觉得好看,没别的意思。"

艾米莉一边凝视着这幅画,一边说道:"这是荷兰画家维米尔在三百多年前的作品,就在二十多年前,当美国女作家雪佛兰看到这幅画的时候,瞬时被打动了。于是她就根据这幅神秘的画作创作出一部同名小说,杜撰了少女葛丽叶与画家维米尔之间似有若无的爱情故事。更为神奇的是,英国导演韦伯根据这本小说改编成感人至深的爱情电影,19岁的美国女演员斯嘉丽把葛丽叶演绎得令人窒息,电影《戴珍珠耳环的少女》上映之后便风靡全球,并且获得了多个奖项,包括奥斯卡金像奖。"

"我以为你只知道法律条款,没想到啊,你还是一个文艺女青年。你要是不说这些,我一直以为她就是一幅山寨的油画而已。"

"杨总,要不你哪天带我去荷兰海牙莫瑞泰斯皇家美术馆瞧瞧真迹去,我给你好好讲讲。"

"没问题,我们明天就走。"

"切,又哄骗小姑娘。"

"我这么老实,啥时候骗过人?"

"杨总,能不能不装? 我又不是18岁小女孩。我建议你看看这部电影。太好看了,电影将暗涌的情愫和欲望处理得恰到好处。整部电影从始至终,维米尔和葛丽叶之间并没有肢体和语言上的过分交流,但却能让观众感受到双向暗恋的情热。维米尔亲手为葛丽叶扎了耳洞,戴上了珍珠耳环,这一段浓烈的感情到达巅峰之后便立即崩塌。葛丽叶应维米尔的要求抿了三次嘴唇,微微张开,那简直就是娇艳的诱惑。这是整部电影中最不露骨的露骨表达,就像是隐藏在这幅画背后画家与女佣的故事,爱欲纠缠若有若无。那颗珍珠耳环见证了他们之间彼此心知肚明的爱情,也象征了这段短暂感情的结束。"艾米莉已经沉浸在画中,沉浸在电影中,沉浸在她憧憬的生活中。

"你再这么说下去,这部电影我不看都不行了,你是一个伟大的演说家。"

"嘿嘿!"艾米莉冲着杨鹏飞笑了笑。

"我叫你来是想向你请教事情的,不是让你给我上美术欣赏课的。"

"Sorry,Sorry,杨总,你吩咐,我洗耳恭听。"艾米莉随即恢复了正常。

"我都被你带歪了,净想着这幅画了,都忘了要问你啥。"

"不急,不急,你慢慢想。"

"哦,对了,我是想向你请教,我们星通科技和法沃智能签署的战略合作协议,其中的排他协议,有没有什么可以变通的方法?"

"杨总,你就直说,是不是你想和智邦通信做生意,但排他协议把你给限制住了,你想找个歪门邪道来瞒天过海?"

"什么话到你嘴里怎么就变味了,我是有这个意思,但不是你说的那个意思。"

"你的意思我明白,我说的意思你不一定理解,我就是想让你的意思和我的意思趋向一致,不就是规避风险,让所有相关方无理可挑呗。"艾米莉说完后扑哧一笑,自己都以为自己是在说相声。

杨鹏飞板着脸严肃地说:"别绕弯子,听你的意思是可以干,你就直接干脆了当给我说该怎么做就行。"

艾米莉撇了一下嘴角说道:"直男,工作和生活要有艺术。艺术,你懂吗?估计你不懂,给你说了也白说。"

"我服了你了,快点告诉我你的做事方案。"

"好吧,我给你出点子,你可不能把我给出卖了,出了这个屋,打死我也不承认是我教唆你干的。"艾米莉又翻了个白眼。

"你不知道,我们开始火拼了。"杨鹏飞气呼呼地说。

郭青云在煮安化黑茶,还加了一片新会 15 年老陈皮,今天杨鹏飞火气有点大,他把眼镜摘下来丢在桌子上,也顾不上茶水烫不烫,一边吸溜吸溜地喝着茶,一边绘声绘色描述着他和孙晓帆之间的过招。

"你和她之前有过节吗?"

"没有。"

"那这次火拼的导火索是什么?"

"不知道,就是最近看见她就觉得烦。"

"你是不是小心眼啊?"

"怎么可能,我处处为公司着想。"

"那估计就是你的问题了,你为公司着想,孙晓帆是为谁着想?"

"为公司? 为老板?"

"对咯,你是为公司着想,人家是为老板着想,你们两个人都没有错,错就错在出发点不同。"

郭青云就像一个半仙,如果有山羊胡,肯定是手捻山羊胡摇头晃脑。

"咦,好像是这么回事哦!"

"一个巴掌拍不响,夫妻吵架是如此,同事矛盾也是如此。"

"我触犯了她的利益? 好像没有唉。"

"我猜哦,大概率是因为她和法沃智能签的排他协议,你力挺智邦通信,她相当于是让你颜面扫地,不仅在金腾川面前丢脸,还让你在你老板欧阳橙面前失信。哪怕你之前已经拓展了一万个客户，但在这个大是大非方面，你确实做得有点格局小了。"郭青云猜到大概率是因为这个缘由让杨鹏飞纠结。

"为啥，你怎么能这么理解？"

"那我该如何理解？"

"智邦通信占了全球三分之一的市场份额，拿下之后就可以笑傲群雄了。法沃智能这几年因为战略决策失误，延误了好多时机，被智邦通信反超之后就再也没有什么起色。"杨鹏飞总是从业绩角度出发，很少顾及公司内部管理的事情。

"这是你的一厢情愿。假如你一直做不进去智邦通信呢，你们的芯片还卖不卖？还有，假设你花了很大力气做进去智邦通信，他们那么多平台，如果不主推你们家平台，你又能怎样？"郭青云的话就如同灵魂拷问。

郭青云的假设，杨鹏飞从心底一直是在回避，因为他无法面对如此纠结的格局。

"那也不能沉不住气，商场犹如战场，时机非常重要，不能因为击退了一小股骚扰兵力，就认为是整个战事大获全胜。"杨鹏飞就是一个斗士。

"你要想想，你们欧阳橙是职业经理人，他要的是什么？人家要的是眼前的业绩，要的是如何给董事会交代，而孙晓帆就是给他递刀的人，人家很清楚老板到底要啥，不是要你的清高。"郭青云不是局中人，但看得比杨鹏飞更清楚。

"那为啥不让孙晓帆做销售总监，她擅长的是销售，我擅长的是市场和产品，为啥让我负责销售，为啥不发挥每个人的特长，而是为难我们个人？"杨鹏飞对此一直不解。

"这就是你们老板的高明。"

"这也叫高明？"

"是啊，因为你占据了先机，你已经拓展了很多客户，基本盘在你手上，如果把你换掉之后，万一你要小孩子脾气，消极怠工甚至愤而离职，公司基本盘丢失了那就得不偿失了。"郭青云一边给杨鹏飞续茶一边说道。

"我有那么坏吗？"

"我哪知道，这还得你自己问自己。"

"克星、克星……"

杨鹏飞显得有点浮躁，不知道该相信谁，郭青云说得对吗？孙晓帆说得对吗？欧阳橙说得对吗？我说的错在哪里了？

"孙晓帆是不是让你不舒服？"

"是的。"

"让你不舒服的人，往往是来渡你的，你要善于利用。"

"你觉得孙晓帆是我的贵人？"

"是啊。你想，一个有能力让你嫌弃或者不乐意交流的朋友，她身上肯定有值得你去学习和借鉴的东西。这么好的机会，你要是错失了多可惜呀。"

"歪理。"

"怎么可能是歪理。你觉得平常谁会对你发火？"

"我老婆。"

"那是你们家私事，你老婆骂你，你肯定是在享受，否则早就离婚了。我是说在工作中，如果有人无情地嘲讽或者讥笑，不管是客户还是同事，我们都应该保持头脑的清醒，学会自我反省，为啥人家会这么说自己，自己的缺点是不是真的如人家所说。"

"难道人家讥讽你，你还要笑脸相迎，那岂不是死皮赖脸吗？"

"当你学会不要脸之后，生活立马会变得有意思多了。"

"我脸皮很薄的。"

"别把自己说得那么高大上，论脸皮的厚度，你已经超出了西安城墙的厚度。我不是要你比谁脸皮厚，而是在遇到让你不舒服的人，甚至是你讨厌的人时，千万不能意气用事，要学会自我控制情绪，并且努力进行换位思考，因为对方的行为肯定是自己某些方面的折射。"郭青云一直觉得杨鹏飞有做销售的天赋，那就是脸皮够厚。

"你想不想去终南山？"

"去那儿干吗？"

"我们一起去修行呗！"

第8节　生意场没有敌人

一场瓢泼大雨之后,如同洗尽了铅华,天空也透亮了很多,没有了云朵,没有了燥热,一切都显得温润如玉。

"金总,法沃智能雷声大雨点小,他们在通信模组领域,压根就无法和你们竞争,我不骗你,当时他们发布29块9的时候,我也不知情。现在我被他们搞得很被动,货吗没出几片,价格反倒是被他们拉了下来。"杨鹏飞这个坎一直没有迈过去。

"你才知道问题的严重性?"金腾川不想给杨鹏飞好脸色。

杨鹏飞一心想做智邦通信的生意,不管早晚。一方面智邦通信是全球标杆企业,另一方面,金腾川是自己的老领导。如果拿不下老领导,那回去给现任老板也不好交代。毕竟欧阳橙在面试自己的时候,自己大吹特吹了一番,说自己和很多通信模组企业的老板关系非常铁。

"你也知道,价格一旦降下来,要升上去得有多难啊。大家做生意是要赚钱的,不是闹着玩的,女人头发长见识短,不光是你我,还有整个产业链都被她害惨了。"杨鹏飞实在不知道该如何评价孙晓帆。

"你就不怕孙晓帆知道你这么说她?"

"怕她?怕她我都不姓杨。"

"牛,你真的是吹牛不打草稿。今天叫你来呢,是要和你商量一下我们后续该如何合作。"金腾川不想啰唆一些没用的。

现在智邦通信行业排名第一,排名第二是法沃智能,法沃智能比智邦通信早上市三年,在业内知名度非常高。智邦通信在早期是把法沃智能作为膜拜对象的,现如今,已被金腾川弯道超车。但是,作为智邦通信的竞争对手来说,法沃智能的实力依然不容小觑,不能让它有再次翻身的机会。

市场斗争最忌讳的是妇人之仁,该狠的时候要狠,该果断的时候要果断。

去年智邦通信还在犹豫是否上马 LTE Cat.1 的时候,就被法沃智能逮到机会翻盘,若不是果断采取补救措施,强力扶持艾斯科技,估计很有可能整个公司会被法沃智能反超。

想当年,要不是金腾川力挺 NB-IoT,也不会有智邦通信的今天。由于金腾川打心眼里过度依赖高通科技,失去了 LTE Cat.1 的先发优势,害得智邦通信差点马失前蹄。

这一次,金腾川不想再给竞争对手机会。

金腾川在和自己公司的十三太保商量之后,大家都觉得不能只做艾斯科技的方案,星通科技的方案也必须导入,所以他就让杨鹏飞来公司聊聊。

这十三位公司高管,一大半是老东家万都通信的同事,金腾川离职创业之后,把能干活的人挖了个遍。有擅长硬件设计的,有擅长软件设计的,有擅长产品测试的,有擅长技术支持的,有擅长通信模组销售的,有擅长产品管理的,有擅长市场策划的。挑选一位信得过的做副手,把公司框架搭好之后,就让各个部门的负责人自己去招兵买马,招人的原则就是不要毕业生,能从老东家挖的尽管挖,从其他家跳槽的也欢迎。

总之,十三太保是最后留下来和金腾川走到最后的,上市之后纷纷成了亿万富翁。而中途和金腾川闹掰分手的,结果令大家唏嘘不已,最具代表性的就是向老板丢烟灰缸的销售总监陈不同。这事过去了很久,但还是会被大家翻出来津津乐道,一个烟灰缸值一个亿。

"杨总,我听说你们有计划要推出一颗集成度更高的芯片,我可以包销你们这颗芯片所有的产能,有多少我买多少,你看如何?"金腾川看着杨鹏飞,笃定地问。

杨鹏飞心里一咯噔,今天这是咋的了,两年多了都没有松口,一松口就这么大手笔。杨鹏飞很清楚竞争对手艾斯科技在智邦通信的帮助之下成功跻身第一梯队,再加上从今年上半年开始全球芯片大规模缺货,能拿到货意味着就能赚到钱。看来,现如今艾斯科技的芯片产能已经无法满足金腾川的胃口了。

"是吗?有这等好事?"一时不知该如何回答,杨鹏飞只好乐呵呵地反问。杨鹏飞扶了扶眼镜,溜圆溜圆的镜片,鼻梁中间是古铜色的支架,就像个太师爷一样。

金腾川没好气地说："别装了，干不干吧？"

"金总，你的消息可真够灵通的，我们最近是要推出一颗性价比极好的芯片，集成度非常高，价格也更有优势。"杨鹏飞紧接着说道。既然你金腾川已经知道这事，自己也就不用再隐瞒什么。

金腾川笑嘻嘻地说道："杨总，你知道我们智邦通信的行业地位，强强联手，对我们两家来说，不管对谁都是好事。"

作为芯片公司，若想设计成功一颗芯片，着实不容易，有客户这么鼎力支持，当然是好事情。但是，同样，作为一家芯片公司，不可能绑死在一家客户身上，万一这个客户经营不善，公司该怎么办？即便是经营良好，万一哪天他们加码条件，在缺货时要囤货，不缺货时要降价，公司又该怎么办？

不行，大客户如果太单一，这就犯了芯片设计公司的经营大忌。

不过，得探探金腾川的真实意图，他不可能没缘由就这么出招。

"金总，你是和我在开玩笑吧？"

在不知如何搭话的时刻，杨鹏飞只好通过一些不痛不痒的反问来给自己争取时间。"最近，我跑遍了几乎所有的通信模组公司，大家都还是蛮期待我们这颗芯片，性价比绝对高。智邦通信的研发实力是最强的，如果你们想导入，我们肯定全力支持。"

杨鹏飞这几年练就了一项本领，很多商业领域的交锋没有必要亮刃，而是捧，一定要学会让对方听着舒服的捧。

"我可以让公司和你们签署战略合作协议。"杨鹏飞补充道。

"战略合作，怎么个战略法？"

金腾川签署过很多战略合作协议，有的是价值连城，有的是废纸一张。

"我们全力支持你们，作为阿尔法客户拥有一切的优先权。"杨鹏飞觉得这是非常好的开始。

"得了吧，这就是让我们做你们的白老鼠呗，让智邦通信给星通科技打前哨，等 BUG 修复得差不多了之后再把芯片提供给我的竞争对手，让我们同行之间形成互掐的市场竞争。你说的是不是这种战略合作？"

金腾川作为这个行业的领头羊，吃过的盐比杨鹏飞走过的路都多。

"金总，被你这么一说，感觉芯片公司都是在要流氓，不守规矩。可芯片领域的行业规则不都是这样的吗？一颗新的芯片，先经过几个阿尔法客户进行试验，等稳定后再进行大规模生产和销售。"杨鹏飞觉得自己没做错什么。

金腾川已经敏锐地感觉到杨鹏飞的成长，远不是几年前对他的认知。那时，杨鹏飞就是个IT直男,说话不会拐弯,也不会顾及别人的感受,因此也给别人留下了不容易亲近的印象。现如今,杨鹏飞经过几年的历练,已经老练了许多,但还是不如金腾川的变化大。

金腾川从老东家万都通信离职创业,历经各种意想不到的困难,产品、人员、市场、管理、资金、售后、收款、扩张等,到现如今成为上市公司的董事长,犹如唐僧取经,历经九九八十一难,才取得今天的成就。

"金总,你也不要纠结了,我保证,只要你用我们星通科技的芯片,我肯定会给你争取最优的价格。至于能不能独家,并且不给法沃智能供货,我得和老板商量,现在我做不了主。"杨鹏飞太想和智邦通信做生意。

"别给我提这事,一想起这事我就来火。测试也测试了,验证也验证了,我们内部都立项了,一切都准备妥当,我只不过是想让你从公司争取点价格优惠,没承想就几天的工夫,你给我争取来的是排他协议,并且还是只排斥我们智邦通信的协议,你说你干的是人事吗?"金腾川没给他好脸色。

"金总,那不是我干的,是孙晓帆干的,人家为了邀功,我也是受害者,这你得相信我。欧阳橙是职业经理人,也要给董事会交代,你们迟迟不表态,我百般阻拦也没用。"杨鹏飞急了,把委屈都说出来,反而更好受一些。

杨鹏飞也不愿意被别人提及这件事,尤其是被金腾川提起,显得自己是多么无能,连公司内部都搞不定,还在外面做哪门子销售。

那天,法沃智能对外发布采用星通科技LTE Cat.1芯片的通信模组价格是29块9,着实让自己也吓了一跳。杨鹏飞知道孙晓帆给法沃智能的芯片价格是欧阳橙特批的,但法沃智能更狠,放出来的通信模组价格肯定是亏本赚吆喝。转念一想,作为法沃智能的市场策略,补贴做促销,不仅可以扩大知名度,还可以快速让客户导入,没什么不好。

但是,杨鹏飞千算万算也没有预料到,自己的电话被打爆了。有客户打电话过来表示惊讶,说就喜欢价格屠夫,也有客户打电话直接开骂,说为啥给法沃智能那么低的价格,给自己的却是那么高。

杨鹏飞也接到了金腾川的电话,问题的严重性已远远超出了当初的认知。

"金总,我当时看到法沃智能发的宣传材料,就立刻打电话问他们为什么放这么低的价格,他们说自己要拿出几百万元来补贴市场,也没有和我们沟通,就这么发布了。欧阳橙也问我是不是和法沃智能商量好的,这不是冤枉我吗,我要是知道这事,肯定不会让他们瞎捣乱从而扰乱市场价格的。"杨鹏飞尽力想给金腾川解释清楚。

"你看你们干的好事,让我们也跟着遭殃,害得我们不得不跟着调整价格策略。"金腾川气得直想把杨鹏飞赶走。太不靠谱了,金腾川现在认为杨鹏飞就是属于掉链子的合作伙伴,并且是在关键时刻掉链子。

杨鹏飞也不想一味地承认是自己的过错,干脆扯开一点话题。"我们内部也在反思,本来我们挺瞧不上艾斯科技的,一帮公司叛徒干的半拉子芯片。可没承想,你的果断决定改变了芯片行业格局的发展趋势。因为你们智邦通信的力挺,让艾斯科技少走了至少三年的弯路,也让艾斯科技拥有了和我们星通科技掰手腕的能力。"

艾斯科技的第一颗芯片,也是命运多舛,最早定义产品规格的时候,考虑得过于简单,在做到一半的时候,何超明发现竞争对手的理解比自己深刻得多。

不行,必须推倒重来,不管付出多大代价,从长远来看,推倒重来估计才是最小的付出。否则,做一款没有市场竞争力的产品,对公司研发,对公司销售,对公司的投资人,都没法交代。

何超明顶着巨大的压力,终于研发出自己认为综合性价比还不错的第一颗芯片。当第一颗芯片流片回来后,何超明激动得直抹眼泪,这位不善言谈的芯片老兵,终于看到了属于自己独立决策设计的芯片。

金腾川也不想和杨鹏飞过多牵扯与艾斯科技的合作。"哈哈,过去就过去了,不提这事了。我现在要的是你们星通科技的产能,你如果现在答应不了我,就回去和你们老板商量商量,实在搞不定,就安排我和欧阳橙见面,尽快给我一个答复。"

"金总,你是不是听到什么重大消息了,给透露透露。"

"哪那么多废话,给你说了,岂不全天下的人都知道了。"

老板就是老板,不会因为一件事情原地打转,要么做,要么不做,总归能找到一种解决办法。职业经理人经常是站在自身角度考虑问题,而公司老板通常是站在公司全局角度考虑问题。

"橙总,我觉得这种方式不妥。"孙晓帆听了杨鹏飞关于智邦通信包销芯片的建议,立马提出了自己的反对意见。

"你是担心对法沃智能不好交代,是吗?"杨鹏飞每次听到孙晓帆对自己有不同意见就头大。

"不仅仅是法沃智能,而是所有的客户,因为大家都知道我们即将推出一颗高性价比的下一代产品,现在是充分竞争的市场,不能只服务于一家公司,而得罪整个行业,否则,我们其他型号的芯片也卖不动,最后吃亏的是整个公司。"孙晓帆觉得自己的解释非常到位。

"孙总,当初也是听你的建议,和法沃智能签署了排他协议,不仅没出多少货,最后的结果反而是倒逼智邦通信把我们的竞争对手艾斯科技培养了起来,这你又如何解释?"杨鹏飞反击道。

"我哪知道智邦通信的能量有那么大,这是一个个案,不代表全部。"孙晓帆装作一脸的无辜。

"一个个案就差点把我们摁在地上摩擦,我都不敢想象再来一个个案。"杨鹏飞冲着孙晓帆气吼吼地说。

"你们别吵了,就这么决定了。"

欧阳橙最终没有采纳孙晓帆的建议,而是同意了杨鹏飞的方案,和金腾川的智邦通信签署大客户战略合作协议。在客户面前,大者恒大,欧阳橙非常明白,只有客户壮大了,自己在董事会的地位才能跟着壮大,用数据说话,不能感情用事。

"星通科技的芯片得到了绝大多数通信模组企业的青睐,毫不夸张地说,排名前三十的通信模组企业都选用了我们星通科技的芯片,就连全球最大的通信芯片企业也 ODM 了我们的芯片,至于是谁,我在这里就不透露了……"

在春节后的第一次物联网产业联盟生态大会上,杨鹏飞侃侃而谈。

新冠疫情的突然暴发,改变了大家的很多认知,也打乱了很多企业的既定节奏。但对于星通科技,对杨鹏飞来说,是个非常难得的时代机遇。

芯片要稳定,得需要时间。

芯片要客户,得需要时间。

芯片要市场,得需要时间。

世界格局在重新改变,同时也给星通科技和杨鹏飞开启了非常难得的时间窗口。

第二章　内忧外患

† 创始人和投资人就如同男女谈恋爱，不成就分手，
　成了就结婚，结了还可以离，离了就开撕。
† 不能只顾着低头走路，别忘了抬头看天。
† 事出反常必有妖，言不由衷定有鬼。

第1节 造 反

"金总,我们星通科技计划在5G芯片进行大规模投入,我想向你请教请教,你觉得我们的5G芯片该如何设计,才能和高通科技形成差异化竞争?"杨鹏飞本来想和金腾川聊聊下个季度订单备货的情况,但转念一想,订单也就几分钟可以聊完的事情,还不如趁机和金腾川聊聊未来。

杨鹏飞没把金腾川当外人,作为曾经在万都通信的老领导,金腾川现在是功成名就,也是自己公司最大的客户,同时还能提携自己,时不时能给自己一些中肯的建议,这在其他地方是永远学不到的。

"是吗? 你们确定现阶段要做5G芯片吗? 这个挑战不仅需要足够大的勇气,还需要大量的技术储备、资金储备和人才储备,你们现阶段就准备启动合适吗?"金腾川一脸诧异。

"我觉得吧,这几年蜂窝物联网的发展趋势足够快,急需大量的蜂窝物联网通信芯片来实现数据的远程传输。我们公司的2G芯片、4G芯片、NB-IoT芯片都已经渗透到很多行业,从发展趋势来看,5G物联网芯片肯定会有前途,你对NB-IoT再熟悉不过了,它现在已经是低速5G物联网的事实标准。最近这几年,5G已上升为国家重点投入的大型基础建设,当大量的5G基站部署OK了,5G终端是不是就得跟上,是不是意味着需要大量的5G芯片? 所以我们星通科技要锚定这个领域,大干特干。"杨鹏飞非常笃定。

杨鹏飞很清楚公司的战略规划,最近在跑客户的时候,已经不在意现有产品的销售,而是大范围征求各种意见。杨鹏飞非常清楚这些调研不属于他的职责范围,而是孙晓帆的头等大事,但是,杨鹏飞对技术的痴迷以及对未来的憧憬,已经不是岗位职责范围限定和公司同事竞争能框得住的了。

"最近国产化替代的概念很强，5G 芯片又属于新技术更替带来的新机会，另外芯片是一种强周期产业，供需转换非常快，也就是要非常讲究时效性，切入的时间窗口很关键，太早了不行，太晚了也不行。"金腾川婉转地说道。

金腾川这些年经常在做决策，令他欣喜的是大多数决策都踩准了节奏，尤其是在新技术迭代的交替过程中，快速果断拥抱新技术带来的时代机遇。智邦通信的发展犹如时代的洪流，从摇摇欲坠的小公司发展成为引领全球蜂窝物联网行业发展的上市公司也就这几年的时间。

现在，金腾川每天依旧是忙忙碌碌，总有处理不完的事情，同时伴随他的是身价也在噌噌噌地往上蹿。

"我们公司就是要抓住这个机遇，我也想赶上这趟时代的高速列车，否则，错过了我会后悔一辈子。"杨鹏飞说完后拎起矿泉水猛灌一口，不仅可以解决口渴的诉求，还能满足他那饥渴的灵魂。

金腾川扶了扶眼镜，盯着杨鹏飞看了一会。杨鹏飞下意识地也扶了扶眼镜，长方形的黑色醋纤镜框，略宽的镜腿中嵌入了一根黄金色的支撑，从铰链处一直延伸到镜脚。

金腾川稍作停顿，郑重地说："好事啊，你们公司要不要投资？"

"你是要投资我，还是投资我们公司？"

"当然是投资你们公司了，投你有什么用？"

"如果我准备创业，并且目标方向是 5G 芯片公司，你会不会投资？"

"那可以考虑。"

"哈哈，首先谢谢你对我的认可。但是，我说的是但是，一旦我创业了，成立了芯片公司，我也不会要你的钱。"杨鹏飞说完后便收敛了笑容。

"你确定？这是看不起我吗？"

"我哪敢，你是我仰慕的对象。"

"好歹我现在是上市公司，给你投点钱还是可以的。"

"在这我谢谢啦，谢谢你看得起我。我需要的不是你的钱，而是你的经验，尤其是你创业的经验。你在早期就定下目标要做通信模组领域的全球老大，刚开始还以为你只是说说，没承想被你变成了现实。"杨鹏飞一脸的羡慕。

金腾川呵呵一笑，说道："咳，历史不可能再重复。天时、地利、人和，虽然我们很努力，但是可遇不可求。我是遇到了好时机，一是新技术的迭代，二是市场空间足够大，三是竞争对手的犯错，四是我们团队成员的进取，所以才有了我们今天的结果。如果要我现在重新创业，我恐怕也难以成功。"

金腾川说完后叹口气,瞬间的感觉就像历史在和自己开了个玩笑,非要让自己扛起改变世界的重担。

六年前。

2015 年的夏天,燥热得出奇,火辣辣的太阳炙烤着大地,树上的知了拉长了嗓音拼命地叫:受不了、受不了……

金腾川站在窗户边,看着脚下车流不息的中环,脑子里一片空白。金腾川摘下眼镜,揉了揉鼻梁上被眼镜鼻托常年挤压的两个凹坑。不戴眼镜的时候感觉世界一片模糊,戴上眼镜感觉世界清晰得可怕。

办公室位于 18 楼,落地窗,每天看着中环上疾驰向前的车辆,时刻在提醒自己,必须跟得上节奏。如果你跟不上前面的车辆,你就会被甩下越来越远的距离,想赶上就会越来越难。如果你跑得太慢,那后面的车辆就会变道超过你,看似暂时领先,实则岌岌可危。

金腾川每天都很忙,员工经常说老板是神龙见首不见尾,不是在出差去见客户的路上,就是在公司的会议室里,等到他独处的时候,还有永远处理不完的邮件。

此时,4G 手机已经大范围普及,眼花缭乱的 APP 争相占据着你的手机内存,之前的 2G 手机和 3G 手机都被消费者束之高阁。但与消费电子形成鲜明对比的是工业领域,比如交通、安防、医疗、环保等,为了提升垂直行业的生产效率,大家才开始尝试对设备进行远程联网来实现自动化数据采集和智能化运营管理。

金腾川对智邦通信的定位非常清晰,他笃定未来很多物体都要拥有联网的功能,就像我们每个人离不开网络一样。但是,话说回来,如果仅仅是为了让每台设备都联网,绑定一部手机就可以实现。不过手机是为人服务的,功能太过复杂,成本实在太高,甚至远远超过很多设备的价值,因此,对手机芯片进行功能裁剪,设计成性价比均衡的通信模组才能让客户用得起。

星通科技、瑞能科技等芯片公司把 2G 手机芯片进行裁剪和优化,设计出符合物联网市场需求的蜂窝物联网通信芯片。在无线通信技术升级的过程中,被消费者逐步淘汰的 2G 手机芯片还能发挥余热,开始赋能潜力无限的物联网市场。

随着物联网的市场逐步扩大,这个时间段正值国内企业 2G 通信模组的高光时刻,3G 通信模组还没有明显起色,更谈不上 4G 通信模组的影子了。因为内卷,国内充分竞争的产业链让海外 2G 通信模组企业低下了高贵的头颅,不得不逐步放弃挣扎,任由国内品牌慢慢地去蚕食从高端到低端的市场。

智邦通信公司成立已经三年多了,说不上好,也说不上坏。不过,整个公司发展趋势还不错,人员在不断扩充,产品线也在不断扩张,虽然利润目前来看还不怎么样,但总体销售额是在不断地增长。

得益于在老东家万都通信积累的基础,不管是核心人员,还是技术储备,不仅有成熟的供应链,还有深厚的客户积累,甚至有天使投资人梁剑锋的加持,金腾川觉得自己创立智邦通信的时机,简直就是万事俱备。

可谓是要啥有啥,天将降大任于斯人也,自己也暗下决心一定要成为蜂窝物联网通信模组行业的执牛耳者。

天有不测风云,人有旦夕祸福。

可谓是人倒霉了,喝凉水都塞牙。

就在今天例行的高管会议中,销售总监陈不同大发雷霆,竟然向自己扔烟灰缸。幸亏副总裁东哥眼疾手快,迅速抱住自己,烟灰缸砸在了东哥的背上,在会议室的桌子上滴溜溜滚了几圈之后,掉在了地毯上,烟灰和烟屁股撒得到处都是。

大家都吓傻了,整个会议室的空气就像按了暂停键一样。片刻,陈不同左右两边的人,一人拉一只胳膊,死死地按住陈不同,以防他再次做出过激的行为。

对面,金腾川挣脱开东哥的搂抱,扶正在躲避烟灰缸时被甩歪的眼镜,指着陈不同的鼻子,半晌说不出话来。金腾川脸上的表情逐渐变得僵硬,眼神变得冰冷而深沉。他感到自己的权威受到了挑战,但又不愿在员工面前表现出来,因为他知道这会让他失去理智和尊严。

"凭什么要供着那些洋爹,他们又不产蛋,还那么花钱,这些钱难道不是我们辛辛苦苦在国内挣的吗?"陈不同发现自己把金腾川气得够呛,管不了那么多了,没等老板骂自己的时候,先让大家知道自己为什么发火失态。

陈不同也没有想到自己一时冲动竟然会向老板扔烟灰缸。

平常开会,陈不同都是一边玩着游戏,一边竖着耳朵在倾听。

在智邦通信公司刚成立的时候,梁剑锋作为最大的投资人给金腾川推荐了一员大将,此人便是陈不同。陈不同作为销售总监工作非常认真,分析竞争对手,点评客户潜力,开会表现也非常积极。渐渐地,仗着自己承担了公司超过三分之二的营业额,仗着投资人梁剑锋经常请自己吃饭聊天,陈不同渐渐地觉得自己才是公司的顶梁柱。

金腾川要求公司高管在每个季度末都要集中在一块开会，一方面总结这个季度的工作成果，另一方面再对下个季度做一个预测规划。从研发到销售，从测试到售后，从生产到采购，从代理商到竞争对手，只要涉及智邦通信公司经营的方方面面，各位高管都要知晓，必要的时候还要相互配合。

智邦通信的这些年轻高管都是半路出家，大多是研发工程师出身，并且没有在大公司或跨国企业历练过的阅历，因此，这种管理模式对每位高管的成长至关重要。但是，陈不同只关心自己感兴趣的内容，和销售无关的工作根本就不想听。在一次会议中，陈不同实在憋得慌，又不敢溜出去不回来，就偷偷地玩起了手机游戏。

后来，陈不同越发肆无忌惮，直接跷着二郎腿在公司高管会议期间公开玩起了手机游戏。金腾川提醒过几次他都不听，依然我行我素。金腾川作为老板，被气得七窍生烟，但念在他管控着公司太多的客户，同时又是投资人梁剑锋的心腹，因此能忍也就忍着。

让金腾川没想到的是，今天开会在沟通海外战略布局的时候，陈不同冷不丁地把眼前的烟灰缸扔了过来。

当时，陈不同的手指头正在狂点手机屏幕，游戏玩得正嗨，但他的耳朵是竖起来的，随时听听各位都在说啥，有没有和自己相关的事情。

陈不同一直反对金腾川在公司体量太小的时候走海外扩张路线，主张优先做好国内的客户基础。而金腾川的野心不只是局限在国内的市场，他立志要做全球第一大通信模组供应商。

智邦通信的口号是：打造一个智能世界。

金腾川要利用国内相对较低的人力成本，以及丰富的供应链配套资源，来实现他称霸全球的梦想。但陈不同则不同，他只对国内的客户感兴趣，一方面是因为他英语口语不好，没法和老外正常交流，另一方面，国内的客户处得都像哥们，喝顿酒或者打个电话，很多事情就能搞定。

现在，公司有超过三分之二的营业额是自己负责的，几乎超过90％的利润是自己贡献的。而老板花大价钱雇的老外，都快一年了，还没有签到一个像样的订单。更让陈不同光火的事情，是这些老外员工的薪水是自己的五六倍之多，都赶上美金和人民币之间的汇率了。

当金腾川分析完欧洲市场之后，就说要在北美招个销售总监，条件已经谈好，很快就能到岗。正在给大家介绍这位老外如何优秀的时候，有一团黑影扑向了自己。

金腾川从来没想到还会有这种事情发生,在整个公司高管的面前,员工竟然敢这样对付老板,他气得脸都绿了,也不知道该如何应对这个场面,随即甩开屁股底下的椅子,离开了会议室回到办公室。

站在办公室的落地窗前,从南边走到北边,从北边踱到南边,想起刚才的窘境,金腾川气得牙根直痒痒。看来员工是不能惯着,蹬鼻子上脸了,他本来还有一丝愧疚,觉得大家跟着自己挺辛苦,好在公司经营逐渐有了起色,可这些一起打拼的公司高管,竟然说翻脸就翻脸。

陈不同,陈不同,你等着,看我怎么收拾你。别以为你有投资人梁剑锋撑腰,就可以为所欲为;别以为你负责的销售额最大,我金腾川不敢拿你怎么样……

这几年虽然辛苦,但金腾川从整体来说还可以接受现状。管理团队逐步成型,就是公司规模还是太小,很多大客户并没有实现突破,零星可以从老东家万都通信积累的客户那里撬一些订单。

同样的芯片,同样的封装,自己就得用低价才能敲开客户的大门。好不容易让客户使用了,但采购规模一直上不来,通常都是作为第二供应商、第三供应商,很多客户依旧大规模采用老东家的产品。

只有在老东家的产品出现了问题,或者供不了货的时候,自己的产品才有机会。

但是,这不是长久之计。

金腾川时刻提醒着自己:必须突围,必须弯道超车,必须下更大的一盘棋。

时间过得飞快,一周时间眨眼就过去了。

"今天,我想给大家宣布一个事情,我打算从新三板退市,冲击创业板。"金腾川在高管例行会议上,给大家宣布了这个重要的决定。

一年多之前,智邦通信公司在政府政策的鼓励下,登陆了新三板。因为公司体量太小,上不了创业板,更不用说登陆主板市场了。在上市辅导期顺便对公司进行了规范化调整,尤其是对财务和销售方面。现如今,公司已经成为公众公司,不能再干抽屉底下的事情,一切必须合规合法。

政府补贴企业上市过程中产生的改制费用,还有挂牌补助和挂牌后奖励。对公司来讲,几乎不用花钱就可以上市,何乐而不为呢。

在成功登陆新三板之后,智邦通信公司上下为之兴奋了好一阵子。

令所有人没有想到的是资本是逐利的,智邦通信在新三板的市场中没有活跃的交易量,二级市场对新三板公司也不怎么待见。公司的经营行为倒是规范了,但不能从二级市场募资,也就无法给公司补充急需的资金,好看不中用啊。

从兴奋到失落,从怀疑到笃定,金腾川经过一年的观察和判断,在朋友的刺激之下,决定退出新三板,转战创业板。

当今天金腾川宣布退出新三板、冲击创业板的决策之后,有些公司高管开始怀疑自己对老板的认知是否正确。

过去力挺的老板,以后是信他还是不能信他?

三年了,工资几乎没涨过,业务在不断地扩大,任务在不断地加码,但收入却看不到实实在在的变化。家里的老婆也开始有些抱怨了,每天累得跟狗一样,对家里也不管不顾,到底图的是啥?

收入不增加,股份仅限于老板的口头承诺,如果公司做大了,就看老板能给自己分多少,如果半途自己辞职了,好像啥也落不到。

那天,陈不同向金腾川扔烟灰缸之后,大家还是各忙各的,表面上看似风平浪静,实则暗流涌动。

有些人隐隐约约感觉到老板金腾川已经在偷偷地安排人员接替陈不同的职位,只是还没有正式宣布。陈不同也不是好惹的,自己知道一时的鲁莽带来的结果就是迟早要离开,离开这几年辛辛苦苦创业的团队。事已至此,听天由命吧。

就在烟灰缸事件的第二天,一个很久都不联系的老同学打电话约陈不同到一个高档会所。当陈不同如约到场之后,才发现要见自己的人是梁剑锋,心里还纳闷为何不直接联系,而是多此一举让别人来约自己。

梁剑锋嘘寒问暖之后,试探性地问:"不同,你的客户对你的忠诚度如何?"

"那当然没问题了,公司的销售体系都是我建立的。毫不夸张地说,我走到哪里,这些客户就会跟到哪里。"陈不同拍着胸脯给梁剑锋说。

梁剑锋看了看陈不同,等他信誓旦旦地说完之后,淡淡地说:"现在公司里的高管,哪些人是金腾川的心腹,哪些人是你可以争取的对象?"

陈不同嗅到了杀气,一股莫名其妙能让自己兴奋的杀气。

梁剑锋顿了顿,也没等陈不同接话,紧接着说道:"金腾川和我商量要从新三板退市,转战创业板。但是我投资的企业太多,大家之间经常会有生意往来,如果智邦通信想上创业板,还有很多事情要做,股改和合规是当前最棘手的事情。"

"什么意思?"陈不同瞪大了眼睛。

陈不同不太明白梁剑锋的意思,自己平时只关心客户买不买公司的产品,对什么公司上市、什么资本市场一概不清不楚。

"我这么说吧,现在对智邦通信公司来说,要么我退出,要么金腾川退出,你明白吗?"

梁剑锋也不想绕弯子,敢给老板扔烟灰缸的人,看看有没有可用之处。

"你的意思是?"

"改变智邦通信的实际控制人,把金腾川踢出局,甚至多踢出去几个他的心腹,大家重新组队,完全听我的指挥,核心骨干都给分配股份,我保证把大家带上市。"

梁剑锋必须快速物色合适的人选,陈不同绝对是当下的不二之选。

"这个……问题不大,我知道最近大家意见都很大,三年了都没怎么涨工资,招的老外个个都是高工资,金总拿着我们在国内赚的辛苦钱,养着一群吃干饭的老外,还不许我们发牢骚。"陈不同觉得非常委屈。

"你这么干……"

梁剑锋贴着耳朵给陈不同吩咐道,他自己也越说越兴奋,当年是因为赏识金腾川,才给他投钱给机会,现在他翅膀稍微有点硬,就想把投资人踢出局。看来要在大家摊牌之前,先把你金腾川踢出去了。

第 2 节　摊　牌

　　杨鹏飞一边在认真倾听着金腾川的回忆，一边在组织过去支离破碎的记忆，没想到现如今风光无限的金老板还有如此悲壮的历史。杨鹏飞不想打断金腾川，也不想做任何点评和附和，只有默默地聆听着金腾川的讲述。

　　在金腾川宣布从新三板退市转战创业板的时候，整个智邦通信公司里的各位高管也开始犯嘀咕。

　　陈不同怎么知道这个事情，并偷偷摸摸约自己沟通公司股份的事情。有些人是在抽烟的时候，有些人是在喝酒的时候，有些人是在出差跑客户的路上，陈不同抓住各种有利时机，分别和重点人员进行单独沟通。

　　陈不同向老板扔烟灰缸，老板并没有直接开除他，也没有做任何动作。难道金腾川真的害怕陈不同吗？真的怕他把客户带走从而导致整个公司前功尽弃吗？如果陈不同还继续留在公司，那以后大家该如何相处呢？

　　大家对陈不同的热情聊天很犯难，就像地下党秘密接头一样，不想让其他人知道自己和陈不同走得很近，担心惹祸上身，又不能直接拒绝和他交流，毕竟他是销售总监，还是公司创始元老。

　　只不过，陈不同有一点戳到了大家的心坎之上，那就是要确保自己在公司所拥有的股份，白纸黑字的股份。

　　如果公司做不大，大家自认倒霉，然后各自寻找继续打工的地方。如果公司做大了，必须得有法律保障，得有个股份合约，否则，老板说给就给，说不给就不给的案例实在太多了。

　　"金总，我们支持公司从新三板退市，转战创业板，但我们的股份该如何分配和保障呢？"陈不同按照平常的口吻问道。

之前，大家都觉得陈不同是个刺头，在任何场合他都有可能出其不意，对于他做的很多出格的事情，大家也都不以为然，认为他就是这么一个人。

现在，再听到类似的声音、类似的口吻，反倒有一种不一样的味道。

投资人最担心的是创始人的不靠谱，创始人最担心的是投资人指手画脚。恋爱期间是甜言蜜语，结婚之后就要开始面对油盐酱醋。相敬如宾，那就是模范夫妻；互相指责，最终肯定会导致离婚。

得益于陈不同提供的信息，梁剑锋对金腾川的公司经营状况摸得一清二楚。哪些是金腾川的夸大其词，哪些是真实情况，金腾川总感觉梁剑锋永远比自己快半步。曾经怀疑过梁剑锋在公司内部有眼线，也怀疑过陈不同是梁剑锋的卧底，但在不影响公司正常经营的情况下，金腾川也就没有太在意。

陈不同的跳脚，难道是受梁剑锋的指使？

金腾川这几天并没有开除陈不同，主要是因为智邦通信有更重要的决策要做。如果立刻开除陈不同，赔偿几个月的工资是小事，很有可能会给公司员工落下一种自己心胸狭隘的口实。如果陈不同再闹点什么幺蛾子事，自己的精力恐怕也顾及不上。

忍忍，等我手头上的大事做完之后，再慢慢收拾这个不知天高地厚的陈不同。

"不同，你想怎么搞？给你们的工资也是业内最高的，另外，我答应给大家的股份，也绝对不会忘记，等我们把企业做起来了，盘子做大了，挣钱了，这些小事都不是问题。"金腾川强压对陈不同的怒火，轻描淡写地说道。

"金总，我觉得这次新三板退市，最好给我们一个明确的股改方案，把大家的股份都敲定一下，反正以后创业板上市，这些都是必须公开的，还不如趁现在把这些落实了吧。"陈不同眼巴巴地瞧着金腾川说道。

陈不同这么一说，会议室立刻躁动了起来。其他高管顿觉有理，老板虽然给大家许诺有股份，但每个人的股份是多少，就像不能打探工资一样，大家也都不知道其他人的股份是多少。

"公司如果被折腾关门了，大家啥也拿不到。我们现在的势头正猛，一切都在往好的方向发展。现在大家要打起精神，把产品做好，把市场做大，资金的事情我来想办法解决，股份的事情在公司股改的时候会给大家一个明确的纸质承诺。"金腾川板着脸说道。

在金腾川说话的时候，大家不敢发出任何一丁点的声音。

金腾川向来说一不二，果断。

天下最难的事莫过于利益分配。

在公司刚开始成立的时候，金腾川并没有想太多股权的事情，总觉得自己是老板、自己的股份最多，大家就是想一起把公司做大做强，然后再来分配利润。没承想做企业太难了，人心隔肚皮，暂时的隐忍不代表可以一路贴心走到底。

公司在注册的时候，金腾川作为带头人，对股份的占比确实是非常看重，他对大伙的逻辑就是先挣后给，用时间挣，用业绩挣，你为公司做贡献越多，未来分配给你的股份就越多。自己拥有绝大部分的股份，一方面是因为自己承担的责任和压力最大，另一方面是为以后稀释股份做铺垫。未来肯定会有新人的加入，也许需要股份才能吸引其入伙；未来肯定也会有创始元老散伙，所以也需要提前制定分手协议。

"在创业的第一天，不仅要有度蜜月的无限激情，也要有离婚时的冷静分手。丑话说在前头，只有想好如何分手，才能更好地谈场恋爱。"金腾川和郭青云在事后聊天的时候谈到此事，总有一种无声的感叹。

恋爱容易分手难。一旦某个人因种种原因不能和大家一路走下去，比如生病、离婚、意外等等，必须无条件退出公司，相应的股份溢价或者股份折价都是由接手人进行支付。

金腾川在最初的时候，就预留了 20% 的股份作为期权池，用于激励核心员工和未来的合伙人。这是一种只增不减的股权分配方式，在公司不断发展的过程之中，随着投资人的增加、合伙人的加入、核心员工的激励，创始人的股份一定是被稀释得越来越少，但随之而来的是股份总价值的提升。

"我愿意把股份分给大家，稀释点股份没关系，只有整个公司赚钱了，大家的股票才会更值钱，你们也会因此获利最大，以后天上掉下来的财富永远是你们现在无法想象的。"金腾川这些年一直是用这种逻辑在说服高管。

金腾川最初对自己的持股比例以及对公司的估值不太在意，因为公司的体量还小，最在意的是自己对公司的绝对控制权，一定是自己说了算，一定要做带头大哥，公司的实际控制权绝对不能旁落他人。

陈不同的烟灰缸事件，很快就在圈内传开。杨鹏飞当时还在万都通信，智邦通信发生的任何事情他都非常上心，左打听右打听，都是一些旁人的添油加醋。当时在现场的曾经的老同事都是三缄其口，不愿意透露哪怕是一点点真实的信息。

"人生最悲惨的事,莫过于初恋时不懂爱情,创业时不懂股权。我在最初创业的时候,就犯下了大忌,四个合伙人平分股份。"郭青云每次说到此事,内心就无比后悔,四个合伙人志同道合、意气风发,每人25%的股份,一定能做出惊天动地的业绩出来。结果是没能坚持半年,其他三个人都找工作打工去了,留下郭青云一个人在苦苦挣扎。

金腾川在运作公司的时候,花心思最多的也就两件事:钱和人。

关于钱,要么去融资找钱,要么是卖产品挣钱。

关于人,随时随地留意合适的人,觉得还不错就抛橄榄枝,铁打的营盘、流水的兵,高科技公司的人才是最值钱的。

当有人提出要股份的时候,金腾川向来手很紧,宁愿多给点工资,也不愿意分配股份。半路进来的高管能带给公司的资源和价值到底有多大,有待时间的考验。万一不能胜任时,给出去的股份若想再要回来,可就没那么容易了。有一些自恃能力强的人,坚持不给股份就不入职,金腾川最后也只好婉言谢绝,来日方长。

"金总,我觉得吧,趁这次股改把股份的事情落实了吧。"

"金总,我们相信公司肯定能上市,提前做准备吧。"

"金总,我下面有三个人被竞争对手挖走了,双倍工资。"

"金总,现在猎头非常疯狂,我几乎每周都会收到骚扰电话。"

"金总,你看看法沃智能上市,所有的高管股份都公开了。"

大家一致同意陈不同的建议,纷纷附和道,这下把金腾川吓了一跳。

"关于公司的股份制改革,我还得和投资人商量商量,等确定好方案之后再和大家沟通。"金腾川不想在高管面前表露太多,毕竟他们不是老板,公司在发展的过程中,人员数量在增加,每个月的工资开销急剧膨胀,公司还要研发新产品,高通的专利授权费用非常高,测试仪器的价格也都是天价,还有捉襟见肘的流动资金。

大家总以为公司的产品线越来越丰富,客户规模越来越大,公司口碑也越来越好,那公司肯定会越来越赚钱。

可是,在座的公司高管,谁又能真正体会老板有多难呢?

"各位投资人,公司去年经营业绩非常好,远远超过我们年初制定的增长80%的目标,全年营业额翻了2倍还多,毛利率达到了28%,亏损面进一步缩小,预计今年可以实现盈亏平衡。"金腾川在年初的股东会议中给大家做例行汇报。

"但是，今年公司经营面临最大的挑战，就是缺乏足够的流动资金，因我们的经营流水规模相对较小，也没有固定资产可供抵押，银行对我们的授信额度无法满足公司的资金周转。我希望各位股东继续大力支持公司的发展，今年我想启动第一轮商业融资，如果各位股东对公司有信心，欢迎大家增加投资。"金腾川放慢语速，期待股东们一致同意的欢快场面。

"金总，我们当初创业的时候，不是说过 5 年之内不启动融资吗？我印象中你给大家的承诺是利用公司现有资金周转，量力而行，为什么现在急于融资呢？"最大的投资人梁剑锋首先发话，面带不悦地说道。

"确实是我之前承诺过，非常感谢大家的天使投资，让公司有了启动资金，当初预估每年的利润滚动起来可以支撑公司至少 5 年以上的发展，但现在各种成本都在上升，人员、房租在上涨，大客户的账期也在延长，业务拓展虽然很快，但明显感觉到现有资金无法满足公司的发展所需。"金腾川压住火气淡淡地说。

令金腾川没想到的是，曾经对自己支持最大的投资人，第一个给自己抛橄榄枝的金主梁剑锋，现在开始有点绊脚了。

"公司从新三板退市，我有信心带领公司冲刺创业板，但在 IPO 之前，我们要实行更加完善的股改，吸引更多的财务投资，后面还会有各种待支出的成本，公司的现金没办法支撑后续的业务发展和 preIPO 的运作。"金腾川继续说道。

换作平常，金腾川不会和投资人谈增资的事情，可现在处于关键时期、关键阶段，不得不厚着脸皮向大家要钱。

"你行不行啊，实在不行就做个股东，经营的事情选一个合适的人来操盘？"梁剑锋对金腾川的回答不甚满意，说完后摘下眼镜仔细端详，把可以随意弯折的镜腿折来折去，然后又戴了上去，盯着金腾川。

"你什么意思？说明白，我、我、我，我是经营不善，还是能力不足？你、你竟然敢质疑我？"金腾川瞬间感觉不对。

金腾川被梁剑锋气得直发抖，一会儿指着梁剑锋，一会儿指着自己，腾的一下站了起来，头也不回地离开了会议室，害得其他投资人面面相觑。

金腾川回想起最初的创业历程，很多老同事纷纷辞职创业，自己也按捺不住冲动要另立山头。原计划是想拉一票人慢慢干，有订单有利润就能周转开，自己过去的薪水还不错，对付平常生活也还可以，但这几年攒下来的钱根本不够公司的经营开支。更何况，如果把过去的积蓄都投进去，万一能力不足把公司搞砸了,老婆孩子只能喝西北风了。

就在金腾川办理辞职手续的时候,业内小有名气的投资人梁剑锋主动找上门来,表达了对金腾川的赞赏之情,并愿意出资支持公司的发展。

"投资人让我签协议,条条框框好多,你啥时候有空,我过去向你请教请教。"金腾川约了之前的万都通信老同事姚孟波交流。

在操作的过程中,投资人发过来好多协议文书,金腾川看得头大,便想起已经是上市公司董事长的姚孟波,看看他能否给一些指导和建议。

"协议文书一定要仔细看,如果觉得不妥或者觉得有歧义,必须慎重,一旦你签了,不管以后是对是错,约定就会生效。因为法律会把你的签字当圣旨,你可不能把你的签字当儿戏。"姚孟波看完后把眼镜稍微往上抬了抬,看着金腾川非常中肯地说道。

"投资人说这些协议是君子协定,防小人不防君子,我又不会赖他,签了也就签了。"金腾川不知道该听谁的。

"那不行,白纸黑字,空口无凭。纸面文字是没法更改的,口头承诺随时会变卦。有时候投资人并不是故意给你挖坑,只是他们吃过的盐比你走过的路都多,他们也是为以后可能发生的纠纷提前埋下伏笔。"姚孟波的话不无道理。

"对赌协议我肯定是不会签的,我看到网上有很多创始人过高估计了自己的能耐,最后被投资人踢出局。"金腾川从网上了解到很多著名的对赌失败案例,好像很少有对赌成功的新闻报道。

"那些你是能看得出来的,你宁愿不要他的钱,也不能随意承诺每年的业绩指标或上市时限,有很多因素不是你个人能把控的,天时、地利、人和、机遇、财运,等等,你现在很难想象你十年后会是什么样子。"姚孟波算是成功人士,带领公司一路开挂并且成功上市,但吃过的亏也不见得比谁少。

"十年后,我的公司说不定就烟消云散了,到时候,跳槽到你们公司给你画电路图。也说不定我从此飞黄腾达,客户遍布全球各地,我们俩想见个面也只能是约在巴黎广场的街头咖啡厅了。"金腾川越说越开心。

"会有那么一天的。"

"我小时候就有周游世界的梦想,未来我还将引领全球行业格局的改变。"金腾川心怀雄心壮志。

姚孟波一边听金腾川畅想未来,一边不停地扫视协议条款。"你看看这条协议,投资人在持股期间或在公司上市之前,管理团队买卖公司股份需投资人同意,建议你不要签。"金腾川顺着姚孟波的手指看去。

"为啥,股份不是可以买卖的吗?"

"股权转让是常有的事,尤其是大股东卖老股,不需要董事会批准,但需要知会所有股东,若有半数以上的股东同意,就可以买卖。也就是说,即使有不同意的,只要不超过半数,你就可以实施。但如果你签了这个协议,你只有听他的份儿。"姚孟波不仅经验丰富,还愿意分享。

"天使投资人也有这么多心眼?"

姚孟波盯着金腾川,感觉眼前的这位不是企业老板,而是一位很傻很天真的工程师,笑嘻嘻地说道:"你是不是觉得他们道貌岸然就以为他们是天使? 资本是带血的馒头,他们和你做企业的逻辑是一样的,最终都是为了赚钱。如果有投资人给你说他是天使,千万别上当,就像很多小老板总喜欢说自己是老板,而那些大老板从来不说自己是老板。"

"你是不是老板?"

"我这个老板的命,比员工的命苦。"

第3节 谈 判

第二天,金腾川还是去找了投资人梁剑锋。

经过一个晚上的思考,一夜无眠。金腾川觉得公司股权的事情总归要解决,尤其是和梁剑锋之间的隔阂,不能意气用事,要快刀斩乱麻,即使花再大的代价也要清清爽爽。

"我提个建议,你给公司补充2000万元现金,我按照现在的公司估值给你折算股份,这样公司业务就能正常周转,我也可以踏踏实实把公司搞上市,你的回报在未来将会非常可观。"金腾川不想拐弯抹角,直截了当给梁剑锋一个解决方案。

"我当时掏了200万元让你注册公司,念你开公司没有启动资金,还给你提供流动资金进行周转。你现在让我再掏2000万元,根据公司现在的体量、现在的规模、现在的估值来折算股份,你是当我傻啊,还是把我当冤大头?"梁剑锋越想越不对劲,没好气地问金腾川。

"我不想和你绕弯子,第一种方案就是你掏2000万元,给你增加股份;第二种方案就是我掏2000万元,回购你的股份,你退出公司。"金腾川有备而来。

"你有2000万元? 你有这么多钱吗?"梁剑锋听了金腾川的方案,气得要吐血,说话也一点不客气。

金腾川看着梁剑锋,略带微笑,不紧不慢地说:"你别管我有没有这么多钱,我就是砸锅卖铁卖房子也要和你撇清关系。2000万元你也不亏啊,至少是10倍的回报率,3年时间10倍回报率,绝对是非常划算的。"

金腾川昨晚已经打定主意,借钱也好,融资也罢,一定要把梁剑锋清除出去,否则以后会后患无穷。当初在创业的时候,觉得这个人有行业敏锐度,有人脉资源，也觉得他不缺钱，即使公司没做起来，这点小钱对梁剑锋来说就是毛毛雨。

"要不这样，我给你2000万元，你把股份卖给我，这样你就可以解套潇洒自由了。"梁剑锋也算是行业内小有名气的投资人，投资的多家公司有部分已经上市，智邦通信正赶上物联网的大好时机，自己又不缺那2000万元，略带调侃地回应了金腾川。

谈话不欢而散。

令金腾川没想到的是，早上和大家开会时，一些自己认为最铁的公司高管们也对他发难，难不成要逼宫不成，我对你们是不是太好了，拿着高工资，还怕我不兑现股份，这都啥年头啦，公司都快经营不下去了，你们还惦记着股份那破玩意儿。

金腾川站在落地玻璃窗前，中环上的汽车走走停停，下班高峰期，天天如此，难道你们非要挤在这个时候回家吗？难道就不会待会儿再走吗？难道深一脚浅一脚踩刹车舒服吗？

忽然，金腾川感觉到胸口有点不舒服，两腿有点发软，脑袋里忽然感觉有一种跳下悬崖的愉悦感。

金腾川赶快坐回到椅子上，背对窗户缓口气，额头上已渗出密密麻麻的汗珠，感觉背后的衬衫就像胶带一样裹缠在身上。

这是咋的啦？

金腾川把眼镜摘下来，眼前一片模糊，啥也看不清楚。他趴在办公桌上，眼镜扔在一边，过了一会，金腾川慢慢缓过神来，随即又在琢磨：我怎么会有这种念想，难道会想不开要跳楼吗？

不至于啊，虽然公司目前在经营上遇到点小困难，但我也不至于要跳楼吧。这些年，虽然谈不上暴富，但收入也还不错，老婆孩子都移民美国了，不愁吃不愁穿，在上海还有房子住，怎么会有这种冲动的感觉。

大不了把公司卖了，也不能便宜了他，怎么样我都不会卖给他梁剑锋。

当初离开前东家万都通信要创业的时候，梁剑锋抛出橄榄枝，说给钱给资源，不干涉经营管理。当时的感觉太奇妙了：瞌睡的时候有人送枕头。没承想，现在来看就是个带刺的枕头。

还好当初没有签对赌协议，看来以后也不能和任何投资人签对赌协议。万一遇到了野蛮投资人，只能自认倒霉，公司在发展过程中不可控的因素实在太多，绝不能戴着枷锁为野蛮人卖命。

想夺取我的控制权,做梦去吧,我一定要把他们踢出去。

我要是没有绝对的控制权,我搞这公司干啥?

不行,我要去借钱,哪怕把房子卖了,我也要把股份赎回来。

"今天,我想和大家商量一下,关乎公司的命运。"一大早,金腾川又把所有的公司高管叫到一起。

"我想把投资人的股份回购,重新调整一下公司的股份结构,如果你们谁愿意出资购买,我给大家优先购买的机会。"金腾川现在对这些高管也不敢太强势,也不能光打感情牌,估计最好的方式就是谈钱,反正钱这玩意儿是迟早要面对的。

"如何操作呢?"陈不同没等金腾川喘口气,就直接问道,其他人还懵着呢,怎么老板忽然提出这个话题。

"现在公司估值至少 2 个亿,我们要用 2000 万元把投资人的股份回购,如果你们愿意出资,我们就把他的股份买回来,如果不够的话,我再向其他人募资。"金腾川觉得这是高管增加股份的绝佳机会。

"疯了吗? 我们哪有这么多钱? 更何况投资人的资源不用了? 卸磨杀驴了?"陈不同就像倒豆子一样,一连串地发问,其他人更显得有点懵。

"老板,如果公司真缺钱,我把房子卖了给公司周转吧。"副总裁东哥发话了。东哥是金腾川的心腹,公司的二把手。

"东哥,别说大话了,你就一套房子,还有贷款,卖的钱也不够啊,更何况,你卖了房子住哪里? 你老婆孩子同意吗?"陈不同盯着东哥说道,心里想这个傻帽,缺心眼啊。

其他人也不知道该如何插话,打工这几年,过日子还可以,可拿出来投资,不敢啊。好不容易读完书,从农村、从小地方来到这大城市落足,再怎么辛苦都没有问题,唯独对口袋里的钱要精打细算。

"陈不同,你到底想咋样? 我是老板,我就这么决定了。"金腾川对陈不同吼道,上次扔烟灰缸还没给你算账,现在又处处使绊。

金腾川对陈不同这个刺头恨透了,总感觉如鲠在喉。在最初创业的时候,觉得这个人是个销售奇才,能说会道,善于和代理商打交道,对客户的关键信息把控和分析非常到位。自己把控公司的整个格局,销售交给陈不同,镇守全国智能硬件最活跃的城市深圳。从这几年的销售情况来看,此人还算不错,就是小毛病太多,自己还能忍,以后一定要物色一个理想的职业经理人。可没想到还没等到自己下手,陈不同反倒对自己开始下手了。

金腾川非常在意客户,多年养成的习惯就是喜欢亲历客户现场进行交流,这样销售的反馈信息就不会掺杂太多的水分。金腾川常年西装衬衫领带,给客户的印象也非常职业。最近陈不同就如同跳梁小丑,尽管跳吧,公司大客户自己都去过了,坚信大多数正规客户是认可智邦通信,并不会被销售个人牵着鼻子走。金腾川坚持跑客户,哪怕销售认为老板打乱了他们的报价策略,金腾川也毫不在意,能拿下客户,能和客户面对面交流,比起那点微薄的让利,绝对是最有价值的。

"别看我们公司现在小,要规模没规模,要利润没利润,但我们有已经打磨成型的高管团队,恰逢全球蜂窝物联网发展的绝佳时机,我们的目标就是要做全球最大的通信模组供应商。我们很快就能超过国内的头部企业,超过海外的通信模组企业也指日可待。如果你们能提供资金,我甚至可以把全球最大通信模组企业的 CEO 给挖过来。"金腾川在给投资人规划愿景。

在后来的 preIPO 融资时,很多负责尽调的投资经理对智邦通信的发展前景半信半疑。当这些人回去给投委会汇报投资标的时,但凡是对智邦通信正向表述的,最后都积极参与了智邦通信的融资。尤其是在股票解禁之后,这些基金公司的合伙人都乐开了花。

同样的时间,在万都通信,一众人都在热议智邦通信发生的事情。有些人就像在现场一样,杨鹏飞也不例外,把他所听到的信息绘声绘色地在办公室里发表演说。老同事感觉到非常兴奋,感叹自己当时选择留在公司是多么的英明之举。新同事则感觉到莫名其妙,一帮离职苦苦创业的人能让这些老杆子这么失态。

创始人上一秒还在临阵杀敌,下一秒就被资本打得趴下求饶。

其实,金腾川在精神层面非常孤独,只有一位老同事,离职后开始创业,现在是风生水起。金腾川越来越依赖这位过去的老同事姚孟波,遇到心理上的坎坷,老婆都很难理解,反倒是和姚孟波进行沟通,方能引起共鸣。

"当你没有引入资本的时候,一切都是你说了算,即使是拍脑袋的决定,你也会为自己的得失承担一切的后果。当你引入投资之后,企业的很多重大决策就得征求投资人的同意。当你的满腔热情得不到回应甚至被否决之后,接下来的路可就难走了。"姚孟波语重心长。

"那如何改变呢?"

"要么是掌控大局剔除异己,要么是捶胸叹气深夜买醉。"

"非要这么决绝吗?"

"必需的,对投资人一定要强势,对小股东一定要签一致行动人协议。"

"是不是随着股份的稀释,公司的控制权有可能会丢掉?"

"是的,你作为公司创始人,可以通过一致行动人协议增强你的话语权和控制权,说白了就是你代表大家行使公司的表决权,免得以后股东多了你想实施的决策无法执行。"姚孟波希望金腾川尽量不要犯错。

"那我给员工做了股权激励,实际上他们也是公司股东,这岂不就是剥夺了人家的决策权吗?"金腾川不懂。

"不能太天真,给股权激励的员工,不管他是拿钱买的,还是你免费赠予的,都不能把他们当作资本意义上的股东,他们还是员工,你还是他们的代言人。万一有人联合起来折腾你,你会吃不了兜着走。"姚孟波很想把细节说清楚。

"如果早期给了股权激励的员工,在工作一段时间之后发现其并不符合公司的岗位诉求,那该怎么办?"金腾川不想把陈不同的事情说出来,就换了一种角度来问,看姚孟波有没有经验可以借鉴。

"若只是口头承诺,就好聚好散。如果是纸质承诺,最好注册一家有限合伙公司,你作为执行事务合伙人代表大家行使权力,提高公司的决策效率。然后把给过承诺的员工都塞到这个有限合伙公司里,即使之前是公司的显名股东,也可以商量变更到有限合伙公司里。在操作的过程中,把不符合要求的员工减少股份比例或剔除出去,留下来的肯定都是认可公司的发展理念和经营规划的。"姚孟波的经验相当丰富。

"好复杂。"金腾川眉头一皱。

"不复杂,你的目的是筛选你的合伙人,让他们发挥主观能动性,你不可能天天盯着人家干活,也不可能一直涨工资。对于偶尔冒出来的杂草,拔掉就行了。"姚孟波都快成哲学家了。

"金总,现在公司就是缺少流动资金,一种模式是让现有股东增资,我们每个人的股份用白纸黑字签好,不管是我们出钱,还是我们赌上未来几年的时间,总得让我们有个盼头,回家也好给老婆作个交代。"陈不同非常了解这些高管的窘境,除了那个傻帽铁杆副总裁东哥,其他人都是靠工资赚钱养家的,可怜的存款又不是大风刮来的。

"第二种模式呢,就是老板你让出控制权,投资人购买你的股份,我们这些人也可以涨点工资,公司在不缺流动资金的情况下,大家的风险系数都最小。金总，你觉得呢？大家觉得如何呢，你们也表个态啊？"陈不同说完后，环视一圈大家。

"陈不同，你怎么知道我和投资人的谈话内容？"金腾川越听越觉得不对劲，自己和投资人商量的细节，好像他都知道。难不成他是投资人的眼线，安插在自己身边的奸细，你们这么玩也太阴毒了吧。

"我怎么知道的你不需要管。"陈不同也不示弱。

"我们不需要你的口头承诺，三年了，我也不信你那一套，我们要的是白纸黑字的明确股份，哪怕公司最后黄掉了，我们也无怨无悔。"陈不同觉得是时候代表大家表达心里的疙瘩。

陈不同觉得火候差不多了，随即站起来说道："金总，我看你最近也挺难受的，如果你搞不来钱，也别在我们身上打主意，我们都是一穷二白，只会出卖我们的劳动力。"陈不同放慢语速，好让大伙都有时间思考。

"要不你别干了，我们跟着投资人干，要钱有钱，要资源有资源，大不了把我们卖给他投资的其他上市公司，也能变点现改善改善生活，这样对大家都好。"

"你放屁，你给我滚出去。"金腾川实在不想忍了，对陈不同咆哮道。

"好、好、好，我滚，我劝你们好好想想，我的建议是最好的解决方法，否则大家这几年的努力也会化成泡影，泡泡，砰的一声，没了。"陈不同也不多啰唆，梁剑锋交代的任务也完成了，他哼着小调离开了会议室。

安静，
寂静，
死一般的无声，
掉根针也能听得到声音。

第三章　风口上的猪

† 迎风而上，超级爽。
† 逆风而行，拼意志。
† 无风起浪，耍手段。

第 1 节　锦上添花

"金总,我确实是非常佩服你。当年,你在公司最困难的时候,一方面要和投资人斗争,一方面要安抚公司高管,同时你还不忘拓展客户,你这是多进程并发工作,一个脑袋八个核,不成功的话那绝对是天理难容。"杨鹏飞的恭维已经练就成随时随地随场景,金腾川刚喝进去的水差点给喷了出来。

"杨总,你现在可不得了了,士别三日,定当刮目相看。那个时候你还在万都通信,对我们绝对是心慈手软,如果对智邦通信穷追猛打,哪有我们的翻身机会。也许,你们当时就是看不起智邦通信,认为我们是小打小闹根本做不起来,这才给了我们喘息的机会。"金腾川说完后叹道。

杨鹏飞把身子挺了挺,说道:"说实在话,当时我也很轻敌,2G 通信模组是万都通信的天下,大家都认为你们智邦通信难成大器。就在你们盯着新技术 NB-IoT 不放的时候,万都通信抓住了共享单车的时代机遇,我当时作为项目负责人是何等的风光,那规模,那销售额,那行业地位,嚓嚓嚓地往上蹿。好像在一年之后,你们才醒悟过来,非要挤进共享单车市场赛道。我印象中你也参加了四喜共享单车在陆家嘴举办的供应链生态大会。"

"咳!我当时是五味杂陈,好像也领了一块奖牌。"金腾川叹道。

那天,2017 年的夏天,就在黄浦江畔的陆家嘴。

"老板,还有 5 分钟,会议准备开始,你现在可以带嘉宾去会场了。"

"好,知道了。"冯德程抬头看了一眼美女助理,随即站起身来,把领带往上推了推,顺手捋了下西装的衣角。

今天,冯德程要举办"四喜共享单车战略发布会和供应链生态大会",特意邀请了两位重磅嘉宾,一位是政府领导,一位是当红主持人,并且冯德程要对外宣布:公司D轮融资5亿美金,把总部搬迁到上海,并且要在魔都上海投放超过50万辆共享单车。

这么好的消息不能只是让自己人知道,而且是要让全国人民知道,乃至让全世界的人民都要知道。

作为具备公众话题的共享单车领军企业,举办活动就要在每个城市最繁华的地段,挑选最具代表性的大楼,人靠衣装马靠鞍,花钱就要花出效果。在陆家嘴国际会议中心门口的绿地上,摆满了整整齐齐的四喜共享单车,车头全部呈现45度角摆放,一辆接一辆,全部稍息立正。巨幅海报从楼顶垂下来,超大的LOGO,还有醒目的"免费"两个大字。

白天的东方明珠,就像没有灵魂的水泥柱和玻璃球静静地矗立在一堆高楼大厦之间。四周旌旗飘扬,陆家嘴环岛人行天桥上人流如梭,四喜共享单车的大型会议就在这些游人的眼皮底下,在打卡留念东方明珠的同时,也没有忘记给国际会议中心的热闹场面拍个照。

杨鹏飞是特邀嘉宾,作为2G通信模组的第一大供应商,万都通信派杨鹏飞参加此次四喜共享单车的供应链生态大会。杨鹏飞在会场门口拍了张照片,到会场内部拍了一张舞台大屏幕的照片,再加上大会的宣传海报,总共3张照片发到了朋友圈,并标注了国际会议中心的地址。

孙晓帆作为瑞能科技的销售副总裁,也受邀参加了此次大会。她带了助理,在不同的位置让助理给她拍了很多照片。有东方明珠、国际会议中心、整整齐齐的单车、四喜共享单车的LOGO、会场签到处、会议主题、印着自己名字的席卡,以及和熟人聊天的场面。孙晓帆选了9张还算满意的照片发到了朋友圈,每张照片的主角都是她,背景恰到好处。

很快,朋友圈的照片传遍了大江南北、延伸到五湖四海,就连远在欧美即将睡觉或者刚刚起床的朋友,也很快知道在遥远的祖国上海陆家嘴正在进行一场轰轰烈烈的商业模式创新。

金腾川也来了,在门口到处溜达,观察着每一处细节,遇到熟人就点头打个招呼。他不喜欢拍照,也不喜欢发朋友圈,偶尔翻翻朋友圈,给熟悉的人点个赞。

"李主任,我们去会场吧!"冯德程整理好衣装后,非常绅士地邀请李主任去会场就座,会议要在约定时间开场,离现在已不足五分钟,得尽快让嘉宾到会场就座。

"好、好、好,冯总,请。"

"贾处,我们一起过去。"

冯德程在邀请了李主任之后,也没忘了边上的贾处长,虽然自己还不到 30 岁,但这几年的阅历让自己成长很快,和政府公务员打交道,一定要机灵,谁都不能得罪。

"王老板、Peter、胡总,我们也一起过去。"冯德程一个一个邀请,这些人都是特邀嘉宾,待会儿还要登台发表演讲。

大家在 VIP 贵宾室的门口,因谁先走谁后走谦让了一会儿。最后,还是李主任跟随穿着高衩旗袍的礼宾小姐走在了前面。

当一众人进入会场的时候,嘈杂的会场感觉就像着了魔一样,瞬间安静了下来,轻柔的背景音乐也能听得清了。大家纷纷收住了话题,赶快找座位坐下。

大屏幕上的广告还在滚动播放,鲜艳亮丽的单车和俊男靓女在城市的街道穿梭,时不时弹出四喜共享单车的主题口号:

> 骑行让城市更加美好
> 想骑就骑,一路风随
> 当红的你,特立独行
> 骑士之路,勇者之心
> 让世界没有陌生的角落

"尊敬的各位女士们、先生们,尊敬的各位领导和嘉宾们,大家下午好！我是电视台的主持人莉莉,非常荣幸受四喜共享单车的邀请,作为此次大会的主持人……"

莉莉作为本地电视台的当家花旦,今天穿着得体的白色套裙,脚踩镶满水钻的高跟鞋,一只手拿着话筒,一只手捧着手卡。话筒上套了一个正方体,印着四喜共享单车的 LOGO,手卡背面也是四喜共享单车的 LOGO,主持人的一举一动,被摄像师捕捉得非常清晰,尤其是对来不了现场只能看直播的各位观众,效果好得出奇。

"哇,美女主持人莉莉都请出来了。"

"这得花多少钱啊！"

"看着比电视上瘦。"

"专业就是专业,刚才看见她在角落不停地背东西,现在主持的时候都基本上不看卡片了。"

台下的听众一边机械性地鼓着掌，一边嘀嘀咕咕，主持人念了一串的单位、姓名和职位。很多人盯着主持人发愣，字正腔圆、娓娓道来，至于是哪位嘉宾来到了现场，不认识，也不感兴趣。

"下面让我们有请李主任为大会讲话，大家掌声欢迎！"

莉莉从主持台附近的踏板处走了下来，斜站在一侧，满脸微笑地迎着李主任，当身穿旗袍的礼仪小姐把李主任迎上主席台之后，她才稳稳地站在大厅的角落，随时观察会场，随时待命。

李主任站在主持台后面，会务组特意摆放了一块 15 厘米高的脚踏，这样嘉宾就不会被前面的鲜花遮挡住，直播和录像的效果才会更加完美。

李主任把鹅颈话筒抬了抬，习惯性地敲了敲，轻轻地咳了两声，然后扶了扶他的琥珀色玳瑁半框眼镜，当听到会场喇叭发出瓷实的咚咚声，他就像战士扛上了枪，精神满满地开始干活了。

这种场面李主任不知道经历了多少次，自从当上行业主管部门主任之后，这种商业应酬活动就不太愿意参加了。之前做处长的时候，隔三岔五就要出来致辞讲话，已经练就得炉火纯青。在更早之前自己刚升到副处长的时候，对任何活动都非常认真，总担心会出现纰漏，还特意请教提拔自己的老领导，让他传授一些实战技巧。

"尊敬的冯总，尊敬的各位同仁和嘉宾，今天我怀着激动的心情来参加我们四喜共享单车的战略发布会和供应链生态大会……"

李主任穿着藏青色的夹克，白色的衬衫，不打领带，除了略微隆起的腹部之外，整个人显得精神和干练。在说话的间隙，时不时会抬起头环视一下台下的观众，然后低头念着秘书准备好的稿子。

其实李主任非常不喜欢念稿子，特别喜欢临场发挥，想到哪说到哪。但是，现在是自媒体时代，每个人都是传播渠道，有些人的传播能力比官媒的影响力还大。曾经有位领导因为脱稿演讲，被自媒体抓住说话的漏洞到处放大，害得他用了好几个月的时间和上面领导沟通认错。现如今很多领导都不敢脱稿，向上级领导赔礼道歉是小事，别把自己的政治生涯断送才是大事。

共享单车，是划时代的商业模式创新。当我看到大街小巷都是统一涂装的共享单车，心里琢磨这是谁的发明创造，神奇的是，它不仅方便了我们老百姓的短途出行,也解决了我们政府管理的顽疾。

我们在几年前组织了很多专家探讨市民出行的难题,地铁公里数越来越长,公交线路越来越多,但在上下班高峰的时候,我们还是前胸贴后背,拥挤不堪。

有很多专家提议搜集市民的出行规律,然后进行数学建模,重新梳理公交线路,合理规划地铁站的新站点,还有开辟公交专用通道,开辟中运量公交专线、在园区建设有轨电车等。

我们城市几乎用遍了专家提出来的建议,每年在交通领域的投入占比非常大,但我们还是无法缓解上下班高峰时间的拥堵。尤其是在近郊和工业园区,黑车、黑摩的、黑三轮更是屡禁不止。

……

美女助理悄没声息地来到冯德程身边,半蹲下来低声地问:"要不要让礼仪小姐举个时间的牌子,告诉领导还有一分钟。"

在举办高峰论坛的时候,开场的老规矩就是邀请当地的领导进行致辞,通常留给领导的时间为5到10分钟。这次,本来留给李主任的讲话时间是5分钟,这都超过10分钟了,李主任还在激情澎湃地演讲。

冯德程稍微侧身看了看会场,发现大家都在聚精会神地听李主任演讲,在桌子下面朝助理摇了摇手指头。

令我们欣喜的是,共享单车解决了困扰我们政府监管多年的苦恼。黑车没了,黑摩的没了,黑三轮没了,很多人也觉得没那么拥挤了,上班也不迟到了,就连自行车也没人偷了。

更令我欣喜的是,我们四喜共享单车的创始人冯德程冯总,也决定把公司总部迁到我们上海市,这又为我们上海市的经济带来了创新活力。

……

最后,我恭祝大会取得圆满成功,谢谢大家!

台下爆发出热烈的掌声。

"感谢李主任的精彩致辞,有请李主任到台下就座。"莉莉迈步走上演讲台,边走边说,满脑子都是下一位演讲嘉宾的欢迎词。

冯德程也起身相迎,李主任的座位就安排在会场第一排的中央,特意让会务组在前面三排摆上沙发,没有政府会议室的那种布沙发,也没有白色的靠背纱幔和扶手纱幔,就直接用白色的皮革沙发来代替,效果也还可以。

杨鹏飞、金腾川在第一排边上就座,孙晓帆在第二排边上,都靠近主持台一侧,当李主任走下台的时候,他们也起身静候,期待领导看自己一眼,便于以后有事找李主任汇报工作的时候也能让他感觉到似曾相识。

李主任瞥了一眼给自己安排的 VIP 沙发,然后径直朝会场出口走去。秘书拎着黑色皮质公文包,紧跟其后,还不忘回头看会场一眼。

秘书主要是看冯德程和贾处长有没有跟过来,当眼角瞥到他们已经冲这边猫着腰走了过来,就长舒一口气,小跑两步跟在李主任的左后侧。

"主任,李主任,留步。"冯德程猫着腰走出会场之后,赶紧加快脚步走到李主任的跟前说道。

"冯总,我很想留下来在这里学习,学习你们年轻人的思维,可惜啊,我还要赶回去参加市里面一个重要的会议,就不能在这陪你们了。"李主任放慢脚步,一边往外走,一边说道。

出了酒店大堂的旋转大门,李主任停下脚步,朝冯德程说道:"冯总,预祝你们大会取得圆满成功!"

"李主任,非常感谢您对大会的致辞,你的提纲挈领让我们备受鼓舞,我一定把公司经营好,造福百姓造福人民。非常遗憾您不能留下来指导我们,这样,改天我专程向您汇报,把详细材料带给你,再聆听您的高见。"冯德程不能等,抓住有限的时间把客套话说全。

"好啊,后面我们约时间详聊。"李主任低头进入已在门口等候多时的帕萨特公务车,当秘书帮他关好车门,他便按下车窗玻璃按键朝冯德程说道。

当秘书在前排刚刚坐下,安全带还没系好,车子就低吼一声蹿了出去。

第 2 节 麻雀变凤凰

"当传统自行车遇到共享单车,我们是更愿意买一辆自行车作为自己的固定资产,还是不花钱就可以在大街上随便骑一辆自行车,并且是骑到哪里就随手丢到哪里?时代在改变,我们怎么样才能跟得上时代,接下来,让我们有请天津麻雀自行车厂的王老板,给大家分享他对共享单车的独到见解,让我们掌声欢迎!"

莉莉想调动会场的气氛,让大家不要走神,简明扼要地告诉大家下一位演讲嘉宾的核心内容。

王老板坐在第一排,当主持人莉莉开始介绍的时候,他就意识到该自己上场了。从座位起身,经过杨鹏飞和金腾川,走到礼仪小姐的身旁。莉莉到底说了哪些内容,其实他并没有听进去,整个人有点僵硬,步子走得有点别扭,心跳有点加速,脑袋也有点嗡嗡响,整个人只有下意识地往台上走。

当掌声响起来的时候,王老板知道自己可以上台去演讲了,接过礼仪小姐的话筒和翻页笔,从莉莉身边擦肩而过。

王老板今天穿了一身唐装,本来还犹豫要不要穿西装,把衣柜里珍藏了多年的西装套在身上,但怎么穿都感觉自己像个包工头。最后还是挑了一套量身定制的唐装,还有他那副老花镜,圆圆的镜片,镜腿上绑着深棕色的牛皮绳,挂在脖子上,瞬间就有了学者的气质,也彰显了王老板内心的满足。

至于演讲内容,管他呢,想到哪说到哪呗,有 PPT 撑腰,也不至于在紧张的时候忘掉要讲的内容。

在筹备会议的时候,这个 PPT 不知道被修改了多少遍,先是自己公司的业务骨干拼凑出一个初稿,秘书整理好后开会讨论,让他们又反复修改了三遍。

交给四喜共享单车的市场部之后,又被打回来三次进行修改。最后人家实在看不下去，就帮着对文字内容重新调整，重新配了精选的图片，重新对 PPT 进行了排版设计。

现在的 PPT，既有内容，又设计美观，尤其是在 P3 小间距超大 LED 屏幕的衬托之下，显得高贵大气上档次，这是王老板从来都不曾想到的，自己还能有幸用这样的演讲材料在这么高大上的场合来演讲。

舞台下面摆了四台大电视，左边两台，右边两台，背对着观众，用黑色绒布包裹着，其中两块屏幕和舞台上 LED 大屏同步播放 PPT 内容，另外两块屏是倒计时。这样演讲的人不用回头看大屏幕就可以切换要演讲的内容。

王老板，麻雀自行车厂的老板。在 20 世纪 70 年代后期、80 年代早期的时候，自行车属于家庭的固定资产。年轻人结婚的彩礼，最具代表性的就是三转一响：自行车、缝纫机、电风扇，还有一款收音机。

麻雀牌自行车，在全国可谓是响当当的品牌，也是年轻人最想去上班的工厂。但是，时代在变，到了 20 世纪 90 年代，买自行车的人越来越少，很多人爱上了摩托车；到了 2000 年之后，很多人又喜欢上了小轿车，自行车的生意就像王小二过年，一年不如一年。

现如今，厂里的效益一直没有起色，年轻人宁愿去电子厂上班，也不愿意来自行车厂工作，厂里面全是些老弱病残的职工，没啥事干的时候，总喜欢泡杯茶侃大山，每天重复回忆着年轻时候的快乐时光。

在 20 世纪 80 年代末的时候，国营企业改制民营企业的大潮来临，不管是投入的资金，还是分配的利润，政府都不再插手，全部交给企业家自主决定。

麻雀自行车厂也属于最早一批和市场接轨的改制企业，自此，王厂长摇身一变成了王老板。

其他，照旧。

生意还是一天不如一天，曾经做了很多次力挽狂澜的梦，都被岁月这把杀猪刀割裂得支离破碎。

小平同志在南海边画了一个圈，现已成为全球瞩目的经济中心。

老王当然没那本事，但他在天津划的一块地，现已成为很多房地产老板垂涎欲滴的香饽饽。

但为了情怀，为了自己几十年的自行车情结，王老板一直在坚持。儿女在国外读了大学都不愿意回国，留在国外过着悠闲自在的小资生活。

时不时还劝老爸别折腾了，气得老王直跺脚，要不是我给你们积累的财富，别说是住着别墅喝着咖啡,你们很有可能就是在资本主义的蓝天白云下面喝着清凉刺骨的西北风。

天天瞅着快要倒闭的企业,王老板愁得茶不思饭不想,头顶已经锃亮,只剩下脑袋后一圈少得可怜的头发,每个月还要去门口最大的理发店找那位熟悉的发型总监把头发修理打理。

今天,在去厂里之前,先去理个发。发型总监非常仔细,足足花了半个多小时才把头发修剪好。店里刚来的洗头小姑娘一直在纳闷,如果发型总监把每根头发支棱起来一根一根地剪,也用不了半个小时啊,他是怎么做到 VIP 客户 VIP 对待的?正好轮到她给王老板洗头,小姑娘犹豫了半天,该不该给王老板的脑袋顶上抹洗发水呢?

王老板刚到办公室不久,冯德程就带着一众人马杀到了麻雀自行车厂考察。

办公室主任早已在厂门口等候,冯德程刚到,就让门卫赶快打电话让王老板出来迎接。很快,王老板带了一众随从一路小跑冲到厂门口,大家相互寒暄之后,办公室主任提议在厂门口拍个合影。摄影师非常认真,在确认照片 OK 之后才让大家跟随办公室主任去厂里最大的会议室。

桌上有席卡,粉红色的纸张上印着各自的姓名。当大家落座之后,在办公室主任的主持之下,把双方参会人员的姓名和职位都介绍了一遍。

就在办公室主任点名的间隙,两位上了年纪的阿姨给每位客人面前的白瓷杯续水。杯子里已事先放好了茶叶,一位阿姨拎着印着大红牡丹的老式暖水瓶,另一位阿姨把杯子盖打开,倒满水之后盖上,再摆到每位客人的面前。

王老板面前是一个不锈钢保温杯,办公室主任的面前是一个积满陈年老茶垢的玻璃保温杯,厂里来参会的每个人面前摆放的茶杯一看就是有年头的,并且都不带重样的。

当办公室主任把大家介绍完一遍之后,两位阿姨也给每位客人倒上了水,主任随即提议大家去展厅参观参观,然后再回到会议室里进行具体的会议。

麻雀自行车厂有个展厅,设计得迂回宛转。入口处是公司的 LOGO,金字招牌在射灯的照射下显得既富丽堂皇又拥有立体感。再往里走就是公司简介,密密麻麻很多字,就像高中生的作文一样,必须要有点耐心才能看得完。有员工提议就放一句口号彰显公司价值观,但王老板思来想去还是舍不得这一篇精心打磨的公司简介。

紧接着就是公司发展历程,从企业创立到公司改制,几十年的历史都不想错过，最后实在是内容太多，就在每年的重大事件中挑选一件最值得上墙的事件，个别年份是两件。带着一个个时间标签，乍一看还以为是在《史记》中摘抄的历史典故。再往里面一个拐弯，一大面墙上是错落有致的精美相框，每张照片下面还配有简单的文字介绍，绝大多数都是王老板和政府领导以及大客户老板的合影留念。

再拐一个弯，一眼望去，超级震撼，简直就是自行车博物馆。带后座的 28 大杠男式自行车、带车筐的 26 斜杠女式自行车、带后轮支撑的儿童自行车、山地自行车、公路自行车，不同颜色的涂装，不同设计的外形，不同软硬的坐垫，琳琅满目。

最吸引参观者的是 28 大杠自行车展台，白色圆柱形的展台，离地面也就 30 厘米的高度，在电机的带动之下缓慢转动，和我们去汽车展参观豪华车的环境很像，美中不足的就差一个穿着极少布料的美女扶着这辆 28 大杠。

在设计展厅的时候，王老板总觉得这块缺点什么。在展厅即将完工的时候，他找到了全市最著名的摄影师，也是他小学时期的光屁股同学。最后做了一块硕大的背景板，一个帅哥穿着黄绿色的军装骑着自行车，前面大杠上斜坐着一个小姑娘，后座上是个梳着两个麻花辫的大美女。每个人脸上都洋溢着幸福的笑容，在背光灯的照射之下，高质量的照片人物毛发清晰可见，背景虚化得恰到好处，再配上白色的展台以及台上的 28 大杠自行车，绝对是完美，相得益彰。

王老板多年养成的认知：旺季没有大客户，淡季没有小客户。现如今是淡季中的淡季，任何客户都是座上宾，一辆自行车也是大客户。王老板亲自接待，从 28 大杠到 26 女式，从定速到变速，从山地到公路，从过去的辉煌到现在的落寞，王老板带着冯德程和一帮学生面孔的年轻人，参观完展厅，再参观车间，一边转一边聊。

当大家参观完展厅之后，便返回会议室落座。冯德程直截了当，说要把所有生产线都包下来。全部开工，三班倒，按照自己的要求生产自行车。

王老板刚开始以为自己听错了，但冯德程把图纸和合同都带了过来。

几个月之后，王老板对这些平均年龄比自己儿子还小的团队非常敬佩。自己只负责生产，都不用发愁销售，车间里的嘈杂声和工人们的欢笑声掺杂在一起。不仅工人们开心，连银行也很开心。

最初的时候，款到发货，一百辆、一千辆、一万辆、两万辆……厂门口的货车开始排队，延伸到马路外面。民警和交警都来过，还以为是卡车司机闹事。到工厂一打听，原来是排队拉货。王老板顺势邀请他们到办公室喝杯茶，然后再提点小小的要求，就是不要给厂门口的卡车贴罚单。

也不知道是哪一天，企业开户银行的支行行长拜访，闲聊了一会儿也没谈什么具体的事情。王老板这几年的资金链周转非常好，金额不大，但收款付款都是自有资金。临走时，行长也没聊正事，看着热火朝天的车间和进进出出的大卡车，非常开心地回去了。

几天之后，有个陌生来电，王老板本想掐掉，最近垃圾广告电话实在太多，但转念一想，万一是哪个客户的电话呢。在犹豫的过程中极其不情愿地接听了电话，一个声音非常甜美的女孩子打电话邀请王老板参加一场银行举办的高档晚宴。支行行长要给各家受邀企业发放大礼包，大额授信，并且利息很低，说中央有政策要扶持中小微企业，要给中小微企业输血。

王老板想想满负荷的流水线，想想满大街都是自己生产的自行车，想想新闻媒体的疯狂报道，他答应了。

"金总，听说你们也开始给王老板提供自行车智能锁了?"杨鹏飞尽力贴着沙发扶手向金腾川靠近，低声说道。

"杨总，你们万都通信的势力太大了，我好不容易才挤进来，你可要手下留情哦，你们吃肉，我喝点汤。"金腾川看着自己曾经的下属，也不知道该说啥好。

杨鹏飞和金腾川隔着沙发在窃窃私语，舞台上的王老板依旧神采飞扬。

"过去，我们设计自行车，生产自行车，销售自行车，从疯狂时候的一票难求，到仓库里挤压满满当当的零配件，我都不知道自行车产业还有没有春天。"

王老板略显沧桑的脸上挂满了无奈的表情，比那些专业演员变脸还快。

"现在，我看着一排排靓丽的自行车，别提心里有多高兴了。之前我们发出去的货都是零配件，到销售网点之后再由师傅现场组装。现在我们直接把整车组装好，货车很快就装满拉走。"

王老板看着台下聚精会神的目光，自信心油然而生。

"更让我想象不到的是，这些货车把自行车往马路边一扔，走了。"

台下发出一些骚动，冯德程听到这儿也会心地一笑。

"这是春天的种子，四喜共享单车在到处播撒种子，种子刚落地，你们就有可能把它从一个地方传播到另外一个地方，时间越长，播撒的面积就越大。现在是在市区，以后就会延伸到郊区、到厂区、到农村，你们放心，这些供你们播撒的种子，就源源不断地产自我们麻雀自行车厂。"

"谢谢大家，我是麻雀自行车的老王!"

王老板向大家鞠了一个躬，台下爆发了热烈的掌声。

王老板与主持人莉莉擦肩而过，冯德程起身相迎，握着王老板的手连说感谢。

类似的会议，王老板也记不清参加过多少次了。

前几年自行车工厂快要倒闭的时候，哪有心情开大会，面对一帮老弱病残的工人，都不知道从何说起。

自打给四喜共享单车生产自行车以来，天天面对这些年轻人，自己的心情也明朗了，走起路来也不觉得沉重了，每天在大街小巷都能看到统一涂装的自行车，别提有多开心。

冯德程要求公司市场部每个月都要举办大型的活动会议，有新品发布会、大数据发布会、记者招待会、媒体见面会、城市投放启动会、战略合作伙伴大会、供应链大会等，别说冯德程不知道参加了多少会议，就连策划会议的市场部都不一定能说得全乎。

王老板是每季度一次供应链大会的重要嘉宾，近三分之一的自行车是他生产的，他看到了这家公司的成长活力，也注意到了铺天盖地的媒体宣传。

王老板笃定要把自行车产业干一辈子。

第3节 关键是赛道

"我想问一下在座各位,你们骑过共享单车吗?"

主持人莉莉就像问小朋友一样问大家,但台下的听众没什么反应。

"我再问一下大家,你们现在骑四喜共享单车还花钱吗?"

台下还是没有什么反应,全场空气感觉都凝固了,鸦雀无声。莉莉没想到会有这么尴尬的场景,自己本以为是可以挑起会场气氛的问话,现在就像你在朋友面前讲完笑话,期待大家疯狂发笑的时候,可结果是大家不动声色、面面相觑。

"莉莉,你骑自行车吗?"

忽然台下有个年轻人站起来发问,说完后连腰都还没站直就坐了下去。顿时整个会场躁动了起来,伴随着忽大忽小的笑声和唏嘘声。

看过莉莉主持节目的一些人知道,她曾经在节目里炫耀说:自打做主持人以来,从来没有坐过公交车、没有乘过地铁,每次出门都有人愿意做她的司机,实在没心情的时候才会一个人坐坐出租车。

她给大家的理由是:怕大家认出她来,影响公共秩序。

"我不会骑单车,但是非常羡慕你们可以骑共享单车,并且还是我们四喜提供的免费共享单车。"莉莉要把这个话题绕开,还不能太较真,脑袋在飞速运转,嘴巴还不能停。"你们知道他们为什么要做好事,为什么免费给你们用,这些钱来自哪里?下面让我们有请美国狐狸基金的中国区合伙人 Peter,让他来给大家分享一下他们的投资逻辑。我们掌声欢迎!"

说完之后,莉莉长舒一口气。这些无聊的人,干吗非要提我不会骑自行车的事情,真无聊,若不是我临场应变能力强的话,估计又会被一些不怀好意的媒体人变成热搜事件。

共享单车美女主持人不会骑单车

看不会骑自行车的美女主持人如何砸场子

四喜共享单车创始人冯德程为何喜欢不骑单车的主持人莉莉

现如今,主持人走穴风险太大,尤其是有点名气的主持人。莉莉顿了顿神,把飞出去的魂魄拉了回来。

主持人作为公众人物,限制非常多,时间不自由,不能承接商业广告,最多只能是在不影响台里工作的情况下参加一些商业活动,或是主持婚礼,赚点外快,但是也很辛苦,更糟的是有一单没一单。

Peter 经常在电视访谈节目上侃侃而谈,标志性的白色透明框眼镜、水牛角镜腿足以让他非常具有个性,与众不同。今天在会场的演讲也是驾轻就熟,显得非常老练世故。

"赛道、赛道,投资最讲究赛道。如果这个赛道是好的,我们就一定会在这赛道里挑选最优质的项目,然后和我们的项目共同成长。"

Peter 说出去的话,被很多创业者奉为圣旨,尤其是第一次下海做老板的职业经理人,在众创咖啡聊天的时候动不动就会蹦出来这些金句。

"我们狐狸基金进入中国 20 多年,也见证了中国高科技投资领域这 20 多年的高速发展。我们重点关注 TMT 领域,从互联网到物联网,从电商购物到社交娱乐,从计算机软件到通信设备,从人工智能到半导体芯片,我们在中国投资的大大小小项目已经超过 200 多个。"

这是 Peter 的典型开场白,不管是在线上还是线下,或者是在录制电视节目,开场的目的就是让大家可以快速进入他的思维逻辑里。

TMT 分别代表 Technology、Media、Telecom,是科技、媒体和通信三个英文单词缩写的第一个字母组合在一起。通常被大家用来代表高科技数字产业经济,典型行业包括移动通信、计算机、半导体、大数据、电子商务、即时通信、人工智能、物联网、智能硬件、金融科技、网络游戏、元宇宙等。

"赛道不对,努力白费。当今的时代,对任何人都很公平,你可以自由地选择任何一条赛道,条条大路通罗马。但如果你选择了一条不适合自己的赛道,那就是浪费时间、浪费生命。有些创业者非常自信,哪怕他是在一条假的赛道上狂奔,最后的结果就是越用力死得越惨。"Peter 的演讲非常自信,已练就了符合自身投资地位的演讲风格和演讲逻辑。

Peter 觉得这些道理属于普世价值,在美国如此,拿到中国也是如此。即使是如此简单的道理,很多人就是想不明白。作为投资人选赛道,是要站在过去积累之上提前选择未来有可能成功的项目。但作为创业者,没有时间的沉淀,根本就入不了明星赛道,见风使舵的创业者只会停留在侃侃而谈,感叹自己曾经错失的机遇,擦干眼泪继续寻找属于自己梦想的赛道。

投资人从来不担心钱的事情,没有钱就去募资。在过去,投资人就是有钱人家的大管家,只不过现在的管家只负责钱生钱。

投资人每天面临最大的挑战就是"选择"。对于我们每个人,从出生到长大,从成家到老去,要面对无数个选择。大的领域包括选择学校、选择工作、选择伴侣,小的方面涉及穿什么衣服、去哪家饭店、和谁聊天等等。

有些人认为投资人主要工作是从堆积如山的商业计划书中选择心仪的标的对象。但事实并非如此,著名投资人最喜欢扎堆凑热闹,一家看走眼很容易,但有多家捆绑在一起肯定是风险最小的。在投委会表决的时候,大家最愿意听到的就是某某著名基金是主投,我们是跟投。

对于投资人的选择,每次都能听到哗啦啦的金钱声。

当初的大意,Peter 对排名第一的共享单车没能投进去,那排名第二的就不能落下,一定要确保自己在这个赛道里。

Peter 并不是四喜共享单车的天使投资人,而是迄今为止冯德程获得最大一笔的投资人。

当初在创业的时候,冯德程如过往一样,忙着感觉永远忙不完的事情。有个财务顾问打电话说要给他介绍一位全球知名的投资人,希望他去北京东三环的国贸三期办公室聊聊。

见了太多的投资人,冯德程也不抱太大的期望,但也不愿意错失机会,哪怕是一丁点的渺茫机会。失落感稍纵即逝,然后又是满血复活,每次去做项目路演,冯德程就暗示自己,不管结果如何,就权当给公司做广告,权当自己出去旅游了一圈,权当给社会经济添砖加瓦了。

冯德程在约定时间提前 15 分钟来到国贸三期。东三环的车流滚滚,对面的中央电视台大楼在中度雾霾的笼罩之下朦朦胧胧。大裤衩是谁起的名字,太有才了。如果是沙尘暴,大裤衩里的人看外面的天该是怎样的奇观,自己会不会有一天受邀去央视接受采访,切身体验一下穿着大裤衩的感觉。

若不是同伴提醒他,冯德程的思绪早已飘到了爪哇国。当天的会谈气氛很好,投资人对冯德程的未来憧憬频频点头。

根据冯德程的回忆,当时他说完自己的项目计划之后,也没有详细问问对方的投资重点和投资喜好,也没有抱有太多的希望,对方没有邀请他留下来吃饭,自己也就喝了半杯咖啡,简单聊完之后便匆匆离开了。

当冯德程拿到1000万元人民币的天使投资时,兴奋程度不亚于自己作为当地高考状元拿到大学录取通知书。

当投资款到账那天,他把四个合伙人都带到了凯宾斯基大酒店,每个人开了个房间。在顶楼的行政酒廊,冯德程摇晃着杯中的洋酒,不无感慨地说:"我这辈子从来没见过这么多的钱!"

从几个略显寒酸的穷光蛋创业起家,到拿到第一笔1000万元人民币,再到5000万元人民币,到2亿元人民币,再到5亿美金,冯德程的四喜共享单车,在短短的一年多时间里,拿到这么多的投资,冯德程之前做梦也没有梦到过。

Peter是美国狐狸基金的中国区合伙人,大家都叫他Peter,也不知道他的中文名,也不知道他的籍贯,就知道他很忙,很难约,但在电视里经常可以见到他。他管理的基金很有钱,投了很多明星项目。

这次冯德程的共享单车项目要融资5亿美金,他在简单了解冯德程的未来抱负之后,直接决定领投3亿美金。

年初的失策让他的心在滴血。他在参加一次电视访谈节目的时候,有人就对共享单车侃侃而谈,自己虽然觉得有道理,但感觉烧钱太狠,就像给池塘里扔石头子一样,啥时候才有出头之日。

另外一个共享单车的商业计划书很早就收到了,助理还提醒他抽空看一看,结果人家上周融了6亿美金。据说资金刚到账没几天,就宣布要启动下一轮融资,目标是10亿美金。

Peter很清楚投资圈的游戏规则,尤其是早期互联网融资的时代,对外宣布融了10亿美金,有可能到账的只有5亿美金,或者只有更少的10亿元人民币。有些还会设置对赌条件,分批到账,如果项目方达不到预期设定的目标,投资方可以暂缓打款,甚至可以不打款,有更狠的还会设置回购条款。

大家玩的是击鼓传花的游戏,A轮的想让B轮接盘,B轮的想让C轮接盘,D、E、F、G都可以继续,如果实在接不动了,就启动IPO上市计划,把绣球丢给二级市场的韭菜们,这样才算一套完整的游戏。

如果中间有某个环节掉链子,在舞台上表演的企业家有可能就玩不下去,这样大家宣布自认倒霉，再去找下一个可以玩的击鼓传花大游戏。

Peter 给投资人表达的逻辑就是这些被投企业都是自己的提线木偶，自己就是操盘手，一旦企业家开始登台表演，就必须受他的指挥和操控。这样一来，募资的规模越来越大，慕名想让他投资的企业也越来越多。

"我给四喜共享单车出了一个主意：免费。"

Peter 在稍作停顿之后，蹦出来两个字：免费。大家瞬间石化，台下死一般的寂静，翻看朋友圈的人也收起了手机，生怕错过什么有价值的内容。

"也别收什么押金，什么 199，什么 99，统统不要。"

Peter 说完后又暂停了几秒，故作停顿。

"只要你愿意骑，我们就免费给你骑，不仅免费，说不定还给你倒贴，骑车还有奖励，既能让你们锻炼身体，又能为社会实现节能减排，甚至还能让骑行的人赚到钱。"

Peter 抬高嗓门，舞着手中的卡片。

疯了吗？资本家哪有不赚钱的道理？

"互联网经济最大的商业模式就是免费。过去我们买报纸，你不大可能买昨天的报纸。过去我们看电视剧，你临时有事错过也就错过了。过去我们逢年过节给家人朋友邮寄明信片，现在你随时拿起手机就可以全球视频聊天。你可以免费使用很多很多资源，大家有没有想过这个问题：那些为大家提供免费资源的互联网平台是不是慈善家？他们为什么会给大家免费提供你想要的资源？最后的事实是你们使用的免费资源越多，那些给你提供资源的互联网平台反而会更加赚钱。羊毛出在猪身上，让狗熊来买单。这句经典名言不知道出自谁的嘴里，确实是道出了免费商业模式的最佳哲理。"

Peter 侃侃而谈。这么多年，Peter 练就了在任何场合都能把大道理和具体对象相结合的能力。

有钱就是任性，免费也是一种商业模式。

"免费骑行这种好事，你们干不干？"

Peter 单臂举起手中的卡片，整个会场的喇叭也被他的声音抬高了八度。

有钱就要任性，倒贴也是一种商业模式。

"我们为四喜共享单车提供充足的资金支撑，此次四喜融了 5 亿美金，我们狐狸基金领投 3 亿美金，我们非常看好共享单车这个赛道，既满足了大家最后一公里的出行诉求，又能诞生一种领先全球的共享经济商业模式。"

Peter 在舞台上从左走到右,从右走到左,期待全场的听众都能跟随着他的步伐和他的思维。

"只要你们有好的创意,我们美国狐狸基金就会鼎力支持,钱不是问题!"

Peter 在任何场合,都不忘了给自己打广告。

"谢谢大家!"

雷鸣般的掌声,让大家听到了钱的响声。

让金腾川耿耿于怀的是,当他看到满大街的共享单车之后,立刻组织公司高管进行分析和讨论。令他非常失望的是:所有高管对这个新鲜事物没有任何见解。

不知道共享单车的规模有多大,不了解共享单车的核心技术是什么,不知道有哪些品牌,更不清楚客户采用的通信模组是哪家的,大街上已经投放了大量的共享单车,这些人理所当然地认为这个新鲜事物就像不存在一样。

"现在,放下所有的东西,我们所有人到大街上,去体验一下共享单车。"金腾川本指望有人能给大家分析分析共享单车的通信模式,没想到大家的木讷让他非常吃惊。

就在公司附近的十字路口,地铁站的出入口附近停满了各种颜色的共享单车,靓丽的颜色非常具有辨识度,一看就知道是哪家的。有些是密码锁,有些是电子锁,大家好奇的不是车身颜色和车辆规模,而是迫切想知道他们采用何种技术方式实现手机远程开锁。大家你一言我一语,带着疑问和好奇,没有人能说服对方。最后不得已,金腾川让每个人都下载了 APP,扫码打开共享单车,绕园区骑行一圈,回去后尽快研究共享单车到底采用了哪些远程通信技术方式,如何实现车辆的定位信息回传。

第二天,有人告诉金腾川,说一年前他的老东家万都通信就已经参与了四喜共享单车的方案设计,并且具体的产品负责人是杨鹏飞。这把金腾川给气得脑袋直冒青烟,又立马召集所有的高管开紧急会议。

"你们就知道山寨,你们就知道跟风,你们的创新呢?你们的情报呢?你们知道竞争对手在干啥吗?你们和聋子有啥区别?……"

金腾川气得都坐不住,站起来对大家吼道。

"刚才谁说了杨鹏飞,他是相关产品的负责人吗?我约一下他,你们这些人,难道不认识杨鹏飞吗?为什么连这点敏感性都没有?"

在金腾川一连串的质问下,所有的高管都低下了头若有所思。

　　这件事情确实让金腾川光火，如果公司要发展，如果要实现自己的远大目标，只做现有的产品简直是天方夜谭，那么多的竞争对手，那么大的市场空间，自己公司必须要有探索的精神，要有创新的精神，一定要摒弃山寨跟随的思维。

　　今天，金腾川来参加四喜共享单车的高峰论坛，是被销售硬拖过来的，说他们每年有上千万辆的共享单车规模，每个单车用一个通信模组，更何况之前的唯一供应商还是老东家万都通信，他们已经测试了智邦通信提供的产品，很快就要量产。

　　金腾川从来都不想放过哪怕是非常微弱的机会，一场晚宴，一次领奖，如果能让自己成为四喜共享单车的供应商，干什么都行。一旦进去了，就想办法变成第一供应商。

　　这几年的创业彻底改变了他之前打工时候的佛系思维，必须抓住机会。当年华为找自己沟通 NB-IoT 通信的时候，大家都还一脸懵，不知道 NB-IoT 是何物，金腾川当场拍板全力配合。

第4节 权当做公益

"我想好奇地问一下大家：你们谁没有买过自行车？谁没有丢过自行车？谁的自行车没有爆过胎？"

主持人莉莉站在舞台中央，环视一周，然后问道。

莉莉也不顾之前被人调侃的尴尬，依旧按照主持稿的设计内容不失俏皮地在问大家。

"不会骑自行车的就没有买过自行车。"

"你问问你自己，有没有买过自行车？"

台下有好事的人大声说道，一个人站起来刚说完，另外又有一个人站起来补充道。顿时，整个会场又引起一阵骚动。

"谁没有在打不到出租车的时候绝望过？"

"谁没有在大太阳底下走路汗流浃背？"

"谁没有觉得还有十分钟就要迟到而心急火燎的？"

莉莉为了控场，短暂顿了顿，在不知道如何回话的时候，干脆就不搭理台下那些不和谐的声音，继续按照自己的节奏在主持。

"你们谁没有骑过共享单车？"

"谁没有安装四喜共享单车的 APP？"

"下面，让我们有请四喜共享单车的创始人冯德程先生给大家分享他的宏伟蓝图，大家掌声欢迎！"

"先生们，女士们，尊敬的李主任，尊敬的贾处长，尊敬的媒体朋友们，尊敬的战略合作伙伴们，大家下午好！"

冯德程虽然年轻，但大场面的历练绝对是经验丰富，曾经的学生会主席，也是能镇得住场面的。一身名牌西装、鲜艳的领带、锃亮的尖头皮鞋，18K 白金无框眼镜，精明、干练、自信、时尚，人靠衣装马靠鞍，更加衬托了冯德程的气场。

李主任刚才致辞之后就匆匆离开，其实冯德程也不指望领导能留下来指导工作，习惯了，但场面话还是要带到。

李主任走的时候，嘱咐贾处长留下来好好学习。按照以往，李主任若离场，贾处长也得找个借口一起走。今天领导交代留下，自己也就顺坡下驴，待在了会场聆听大家的分享。

领导干部愿意来捧场，不是你企业日常经营得好就行，还要替领导着想，为你在公共场合站台必须给他提供充足的理由。冯德程是在高人的指点之下才邀请到李主任来给自己企业站台。

当有老板羡慕他能邀请到李主任为活动致辞的时候，冯德程的心里就像明镜一样。若没有答应把总部迁过来，若不是全球创新的新型商业模式，若没有上下铺垫，李主任才不会出席自己的商业活动。

当初做的预案就是：如若李主任不答应出席，就让贾处长致辞。

李主任答应致辞也令贾处长纳闷。很多活动都拒绝的李主任，为何这次能这么爽快地答应。既然有他李主任在，自己就不能上台讲话了。

另外，冯德程不太善于和媒体打交道，而竞争对手出身于媒体，很会借力使力。冯德程的逻辑就是媒体必须用金钱开道，除了场面话不能少，还要投放大量的广告。

凡事一定要谨小慎微，小心驶得万年船。

"现如今，大家在马路上随处可见各种颜色的共享单车，有黄色的、橘色的、蓝色的、绿色的，还有红白相间的、蓝白相间的、红绿黄相间的，五颜六色，而最多的，就是我们的蓝色单车，和天空一样的颜色，那就是我们的四喜共享单车。"

冯德程激动地挥舞着胳膊说道。

"最近，媒体上经常曝光，说有人把共享单车挂到树上，有人把共享单车扔到河里，有人把共享单车藏在家里，有人在共享单车的各种位置张贴小广告，还有人把共享单车再加一把锁，只能自己骑，别人骑不了。这些不文明的行为，是我们最初意想不到的，我们要利用公众的良知和媒体的力量，共享单车也是大家的公共财产，呼吁老百姓提高公共素质。"

在共享单车投放初期，有些人觉得新鲜，恶作剧频繁出现。对于冯德程来说,刚开始还非常头疼这种事情的发生,投资人也让他拿出可行的解决方案,不能让自己真金白银投入的固定资产被肆意破坏。后来,大家发现不仅自家的自行车被破坏,同行竞争对手的也未能幸免。随着电视新闻、官方媒体、自媒体开始不停地报道这些不良的社会行为,大家发现这对共享单车的运营方来说就是免费的宣传,利用媒体对社会上不道德行为进行抨击,损失些单车反倒是非常划算的事情。

"如果共享单车被卸掉车座,你们怎么骑?如果自行车被卸掉一个脚蹬,你们怎么骑?如果你不需要自行车的时候,满大街都是自行车,如果你想骑的时候却找不到共享单车,那你又能怎么办?"

对于大家习以为常、见怪不怪的事情,冯德程只有拿问题进行转化,转化成勾起大家的猎奇愿望。

"我想告诉大家的是:这些都不是你们要操心的事。如果你们找不到共享单车,我们会加大投放规模。如果有人破坏共享单车,我们还会加大投放规模。如果你们不喜欢共享单车,我们就要用各种方式让你体验,并且体验一次就上瘾。"

听众的胃口,就是这么一步一步地被吊起。

"我们不仅要加大投放规模,还要提升共享单车的技术含量,你们可以更加方便地通过四喜共享单车 APP 找到你附近的车辆,我们也更容易地知道共享单车的位置分布和骑行时间,我们不仅要让小广告不容易张贴在车身上影响市容,还要解决乱停乱放的管理难题。"

冯德程练就的演讲技能,绝对是同龄人羡慕嫉妒恨的那种。

"今天,我们在此向社会隆重发布我们推出的第二款共享单车,请看大屏幕。"冯德程退到舞台的一侧。

短短的三分钟视频,彰显了四喜共享单车的价值观和世界观,在视频快要结束的时候,有四个背着精致双肩包的年轻美女,穿着超短裙,有说有笑,当看到路边停着一排整齐的四喜共享单车,纷纷掏出手机,打开 APP,扫码,随即"啪、啪、啪、啪"四声,四位美女骑上共享单车朝我们骑行过来。

大屏幕上的视频非常清晰精美,配上浑厚的男中音,越发显得沉稳大气。

就在视频最后一帧画面出现四喜共享单车的 LOGO 时,音乐突然躁动起来,灯光开始摇曳,用二氧化碳干冰制作的烟雾效果逐渐升腾,在音乐和彩灯的配合之下,有四个人骑着自行车从屏幕后面缓缓出来。

台下一片躁动，坐在中间的半蹲着身子，坐在后面的都站起身来了，甚至有人已经站到了蒙着白色罩布的椅子上，口哨声都出现了，大家随着音乐也嗨起来了。

四位美女骑着四喜共享单车来到舞台中央，她们一只脚点在地上，一只脚踏着脚蹬，呈 45 度角依次排开，左手捏着刹车，右手拨了拨铃铛。

瞬间，音乐戛然而止，四个聚光灯打在每个人的身上，她们穿着和视频里一模一样的超短裙，背着一模一样的精致双肩包，披肩长发，朝着台下的观众略带微笑。

此时，冯德程从舞台的角落缓缓走了上来，聚光灯跟着他的步伐。

"这就是我们今天发布的第二代共享单车。"冯德程站在美女的边上，一只手拿着话筒，一只手扶着车把。

"我们四喜第二代共享单车非常智能，采用了北斗卫星定位导航系统，这辆车停在哪里，你骑行了多远距离，你骑行了多少时间，你消耗了多少卡路里，你降低了多少二氧化碳排放量，你是不是环保公益达人，你拥有多少种代表荣誉的徽章，它都会告诉你。同时，我们还为大家打造了全新的社交平台，能否邂逅你的梦中情人，就看天使会不会降临在你的头顶。"

冯德程作为年轻人，对同龄人有一种莫名的亲切感。

"另外，它会非常聪明，采用 RTK 高精度定位和低功耗蓝牙定位，你停放车辆的时候，必须放在马路牙上规划好的白线框里。如果斜着停放，或者卧倒停放，平台会继续计费，必须摆放整齐才能还车。通过这些技术手段，不仅让出行者用车方便，还能让我们的城市变得更加整齐。"

如何描绘新技术带给共享单车运营平台公司的真正价值，冯德程让市场部提炼了很多遍，一方面为了满足自身市场品牌的宣传，一方面也是为了满足城市管理的监管诉求。

"这款车彻底改变了第一款车的短板，我们采用了 2G 蜂窝无线通信方式，采用了低功耗蓝牙通信方式，以确保你们通过智能手机和共享单车实现快速交互，不仅寻车快、开锁快、还车快，还能让大家形成各种各样有趣的社群生态。"冯德程的逻辑是一环套一环，充分调动会场人员的听觉神经。

"如果四喜共享单车经营失败了，我也无所谓，就权当给社会做公益了！"

台下一阵骚动。

"没错，我很欣赏我的竞争对手，尤其喜欢她说的公益。"

冯德程继续分享他的宏伟蓝图和创业情怀。

风,刮起来了!

共享经济的风口,从共享单车的疯狂开始。

"我们今天还要给大家公布一下四喜共享单车的战略决策。因为我们刚刚融资了5亿美金,我们不仅要加大第二代共享单车的投放,还要让大家免费用车,不仅免费,你们骑车有可能还会赚到钱。"

现在,冯德程对资本的看法已经不是最初的认知了。

"我们就是风口上的那头猪!"

台下又一次躁动。

当初带着一帮小兄弟开始创立这家公司的时候,举步维艰,没有资金,没有工厂,没有市场,也没有媒体愿意免费宣传。

经过不厌其烦的演讲,参加了不知道多少次的创业项目路演,也见了不知道多少个投资人,从项目经理到项目总监,从普通合伙人到全球合伙人,从开始的兴奋到最后的麻木,冯德程的坚持让很多持观望心态的投资人慢慢地动摇了。

投资人特别喜欢交流新生事物,不管是技术创新还是商业模式创新,不管是自己有钱还是没钱,必须及时了解行业的发展现状,宁愿错失一个个优质标的,也不能不了解一个个新鲜事物。

每个项目就像一首古诗,有些人喜欢,有些人不喜欢,有些人怎么看怎么别扭。

但需要知道一点点,哪怕是强行记住一些生僻名词也行。

否则,没有聊天的资本,就无法募资。

如果募不到钱,就没有基金管理费。

如果没有基金管理费,自己就没有钱进出高档消费场所。

如果没有高消费的能力,就不能遇见真正的有钱人。

这是一个循环,没有突破的投资经理就像走迷宫一样绕来绕去,而寻找到某个突破口的投资经理就可以摇身一变,变成投资总监,乃至合伙人。

这样,你就可以站在高处俯瞰迷宫里形形色色的创业家。

职位越高,站在的山岗也就越高,你也就能看得越远。

会议还没有结束,各大媒体平台的新闻宣传就已经见诸报端了。

从自媒体到官方报纸,从互联网平台到合作伙伴的公众号,估计晚上的电视新闻也很快就会播报了。

"各位嘉宾,各位朋友,感谢大家莅临四喜共享单车的发布会。请各位媒体朋友们留步,我们冯总会接受你们的采访。其他朋友请移步到隔壁的宴会厅,我们晚宴在 6 点半准时开始,届时还会有精彩的文艺表演和供应商颁奖大会。再次感谢大家,此次大会圆满结束,谢谢大家!"

主持人莉莉担心会场人员的走动,略带加速的语气把要主持的最后一环赶快收尾。然后长长地舒了一口气,找了把空椅子坐下,顺便把高跟鞋踢下来,让双脚舒缓舒缓。

很快,冯德程的身边围拢了一大票人,有递名片的,有要加微信的,有恭维的,还有很多媒体记者挤进来要对冯德程进行采访。七嘴八舌,也听不清说啥,莉莉一边休息,一边看着这帮人直乐。今天也没安排媒体见面会,自己的论坛主持任务完成了。

晚宴在小提琴的伴奏之下开始,身穿白色连衣裙的美女在舞台上尽情地演奏马斯涅的《泰伊斯冥想曲》。

麻雀自行车的王老板拿到了"自行车最佳供应商"的水晶奖牌,沉甸甸的,底座上刻的是四喜共享单车的 LOGO。

一个季度颁一次奖,麻雀自行车厂展厅门口的牌匾展示区都快被四喜共享单车承包了,甚至在王老板的办公室也摆的有。

王老板这次没有往日的兴奋和快乐,而是觉得这奖牌越来越沉。

压在王老板心坎上的就是资金,为四喜共享单车垫付的资金越来越多,银行的授信额度是越来越大,但王老板总有一种暴风雨即将到来的恐惧感。

但是,遍地的共享单车,依旧大规模地采购,有时候让他觉得自己的恐惧是杞人忧天。

坐在王老板左边的是金腾川,也领了一块奖牌"通信模组新锐供应商",金色的字体和透明的水晶,显得非常高档和大气。坐在王老板右边的是杨鹏飞,边上放着一块"通信模组核心供应商"奖牌。

金腾川端着白酒杯,和王老板开心地碰杯。两人很快交换了名片,也互相加了对方的微信。杨鹏飞与两个人都认识,也端起酒杯和大家碰到了一起。

"王老板,听说四喜共享单车的车架绝大多数都是你们公司生产的,我的公司是智邦通信,我们做通信模组,他们今天推出的新款单车其中的通信部分是我们提供的。"金腾川语速很快,快得要让对方竖着耳朵听。

王老板把金腾川的奖牌拿了过来,把挂在胸前的老花镜戴上,顺嘴念道:"通信模组新锐供应商,很好,很好,恭喜你,金总。"

　　"之前他们选择的是我们的竞争对手,就是你右边的杨鹏飞干的,这次被我们拿下,投入了大量的人力、物力和财力,现在终于等到他们的新产品开始量产了。"金腾川把酒杯续满,又和王老板去碰杯。

　　"恭喜你,金老板。给你说个秘密,冯老板喜欢打高尔夫,经常在高尔夫会所谈事情,如果遇到一些坎,就让你的人多约约他去打球。那玩意是绿色鸦片,粘上去就上瘾。哈哈,来,喝酒。"

　　王老板和金腾川碰完杯后并没有急着去喝酒,反而是等把话说完之后再美滋滋地一仰脖子干掉整杯酒。

第四章　时不我待

† 只要有情怀，一切皆有可能。

† 不再跟风，没条件可以创造条件。

† 千行百业，每一个行业都需要有人去折腾。

第 1 节　机遇不期而至

物联网概念已经被热炒了好多年，不同技术标准的竞争就像不同武林门派的 PK 一样，谁都说自己是天下第一，谁都不服对方。华山论剑，估计是解决争端的最有效方式，过去如此，未来也是如此。

2016 年的春节前三天，很多人已经开始进入迎接新年的状态了，订机票的订机票，订酒店的订酒店，最热闹的是抢火车票，抢到后开始置办年货，回老家的琢磨今年该见谁，出国游的要对网红打卡点进行攻略，全国上下洋溢着一片祥和的气氛。

此时，上海市已经非常冷了，尤其是室内温度比室外温度还要低。委办局领导和运营商一众十几个人来到了温暖如春的深圳，每个人手里拎着厚厚的羽绒服，坐着当地知名通信企业安排的豪华面包车阿尔法来到了贵宾接待室。

接待室落地窗，错落有致的树木被修剪得如同穿上了高档的职业装，绿油油的草地犹如地毯一般，墙上挂着略显档次的油画，奢华大气又不庸俗。郭青云对环境没有太多的注意，找到印着自己姓名的席卡，把双肩包放到椅子上，然后站在了领导的身后。

企业的领导和政府部门的领导在寒暄，嘘寒问暖。路上辛苦不辛苦、天气暖和不暖和、有没有来过这里、之前大家有没有见过、老家在哪里，等等。郭青云对这些套路太过熟悉，每次陪不同的领导，不管职位高低，这些客套话可以拉近彼此之间的距离。最初的时候不是很习惯，觉得这些人在浪费时间。但接触过几次外国友人之后，发现老外更喜欢这些，除了不聊老婆孩子等私人话题之外，啥都可以聊。

这次商务考察，职位最高的政府领导是贾处长，运营商职位最高的是戴总，总共十几个人。当地企业派出的最高领导是蒋总,包括他们上海代表处的客户经理、无线产品线的研发总监、市场营销、解决方案等,也有十几个人。负责招呼大家落座的美女如同空姐一般,整个接待室充满了欢声笑语。

当大家落座之后,美女主持人开始正式介绍,把每个人的全名、单位、职位都报一遍,然后大家掌声欢迎。会议桌是长条形,每个人的位置上有一个鹅颈话筒,边上摆着一瓶依云矿泉水、一个锃亮的直筒玻璃杯,白色骨瓷杯里是刚泡好的龙井,皮质垫夹板上有一摞印着小格子的 A4 纸,还有一支印着企业 LOGO 的红色精致水写笔。

郭青云不知道为何贾处长要在春节前几天来深圳考察,不知道这次会晤的重点是针对政府还是针对运营商,不知道当地企业这次大费周折的商务安排到底想达到什么目的,反正自己是蹭来的机会,原本没有自己这个小人物什么事,但这次有幸沾光领导,跟着混就是了。

在来深圳的飞机上,舷窗外是层层的云海,间隙可以看到脚下的山川河流,大地的皮肤纹理是如此的清晰,越发显得我们人类的渺小。郭青云习惯性地打开电脑,正在琢磨该干点啥的时候,忽然前排的乘客把椅背放到最低的位置,差点把电脑屏幕挤成碎渣渣。郭青云气得直想揍他,转念一想有那么多领导都在飞机上,不好滋生矛盾,换作是一个人的时候,一定要让对方赔礼道歉。

电脑屏幕展不开,只能成锐角,压根就无法办公。郭青云推了推前面的座椅靠背,期待对方识趣点把椅背抬起来,但是人家压根不搭理这事。无奈,郭青云收起小桌板,把电脑塞到椅背后面的置物袋。闭起眼睛就开始养神。郭青云之前在深圳做研发,对深圳高科技企业研发产品的 IPD 流程管理特别推崇,例如像华为,以至于他后来看到很多企业学华为,不得不感叹:谁学华为谁死得快。不为别的,就是让这些企业不要只学表面不学内涵,什么狼性文化、加班文化、激励文化,华为的文化都已经落实成华为基本法了。很多老板在公司内部管理混乱的时候,总喜欢花大价钱聘请咨询专家来给公司把脉,最好是有华为高管工作经验的人来传经诵道,期待公司可以一夜之间改变自我、满血复活。在郭青云的认知里,这种咨询救命的方式若不是天方夜谭,那就是把刀直接架在这些老板的脖子上。

"任总,我建议在办公楼搞个健身房,在工作之余可以锻炼锻炼,毕竟身体是革命的本钱……"

某次任正非在讲完话之后,示意大家可以随便提问,一个女同事站起来大声说道。

"错,身体是你自己的本钱,革命没有了你,照样能够成功……"

郭青云对任正非的这句话记忆犹新,十几年过去了都不曾忘记。后面是如何详细解释的,原话已记不清楚。大致意思是自己要对自己负责,员工锻炼好身体不应该是公司考虑的事情,社会上有很多健身房,可以花钱去健身,在公司内部搞健身房,不仅占用本就紧张的办公场所,还要花钱雇服务人员,不仅不专业,利用率还不见得高,公司给大家的薪水足够去支付社会上的健身房费用,为什么还要多此一举在公司内部搞健身房?

任正非常年通过写文章的独特方式进行公司管理,他的语言艺术长期以来都是外界研究的对象,他对语言的掌控力已达到炉火纯青的地步,博大精深的深奥道理可以讲得直白通俗,习以为常的表面现象可以提炼出学术的高度,寥寥数语就可以具备最大限度地调动员工情绪的能力。

大家在正式寒暄完之后,蒋总作为出席此次接待的当地企业最高领导,给大家做了详尽的汇报。PPT 内容很丰富,有文字、有图表、有数字,逻辑清晰、结论鲜明。每页 PPT 设计得也富有美感,字体、颜色、大小、加粗、背景、配图、动画,都那么协调,与某些高校老教授的红黄蓝材料形成鲜明的对比。

郭青云环顾四周,领导们纷纷点头,在自己带的笔记本上写写画画。但是,郭青云没听懂,第一次听说窄带物联网,第一次听说低功耗广域网,更别提什么是 NB-IoT 了。IoT 知道,毕竟给政府部门相关领导写了四年多的物联网材料,偶尔也自诩为物联网领域的行业专家。

今天,IoT 前面加了个 NB,"牛逼",啥是"牛逼","牛逼"个啥? 郭青云确实一脸懵。

蒋总温文尔雅,枪色的钛金属镜架,张弛有度,轻奢时尚,更加衬托他的学者气质。蒋总给大家总结了当前物联网在发展过程中遇到的难题,并且给出了解决方案,由运营商部署 NB-IoT 基站,不需要终端用户选址建基站;网络覆盖范围很大,几公里范围只需一个基站;终端功耗很低,一节电池可以工作 10 年以上;并且价格也不贵,通信模组有望低于 5 个美金。

句句是要害,字字戳中痛点。

广覆盖、大连接、低功耗、低成本,这四个关键点,直戳当前物联网的短板,也戳中了郭青云的软肋。

哪里有问题,我们就把解决方案给到你。

郭青云自认为很懂物联网,就像很多政府领导和行业专家一样,在罗列问题的时候总是滔滔不绝,一旦提到该如何解决问题的时候,纷纷表示要加大科技投入、增加项目试点,等等。

春天即将到来。郭青云听完蒋总的汇报之后,感觉物联网行业离春暖花开的日子不远了。

不知道同行的领导考察企业的目的是什么,反正对于郭青云来说,蹭来的跟班机会,最大目的就是观摩,观摩高科技公司如何接待政府领导,如何引导运营商采购他们的产品。没想到能有这样的收获,物联网的痛点就被他们这么无情地化解了,还有这个叫什么 NB-IoT 的技术,还能改写物联网的行业格局。

晚宴时刻,莫塞尔葡萄酒获得各位领导的赞誉,郭青云不喝酒,每次举杯只是象征性地沾一下嘴唇,莫塞尔的美妙口感和他背后的故事一样神秘。

春节期间,郭青云在上海过的年,不像上海本地人那样可以走亲访友,由于整个城市禁止燃放烟花爆竹,安静得出奇,街边的店铺几乎都关门歇业了,门口理发店的旋转彩灯也停止了转动,小区门口是稀稀拉拉的行人和零星快速驶过的汽车,彰显出一股大城市萧条落寞的感觉,完全没有在老家过年的欢快气氛。

网络媒体又开始鼓吹逃离北上广深,感觉在北京、上海、广州、深圳这些大城市的年轻人都是生活在水深火热之中。有自媒体把城里租住的小窝和老家的大院子放在一起对比;有公众号文章把之前发表过的高房价压垮有志青年的文章改个标题又发布了出来。

电视里一片欢乐祥和,各省卫视的春节联欢晚会抢在除夕夜央视春节联欢晚会之前播放,初中同学群里又开始吆五喝六聚会了。作为一个从山沟里走出来的孩子,郭青云没有回老家的勇气,只能待在大城市里寻找属于自己的机遇。

手机叮叮咚咚响个不停,现在这个时间段,正是群里抢红包的绝佳时机。发红包的就像身穿绫罗锦缎的富家公子哥在空中撒钱,抢红包的就像一群衣衫褴褛的乞丐在哄抢天上掉下来的馅饼。有抢到 1 分钱的,有抢到几十块的,偶尔能抢到上百块的,红包多得都分不清是谁发的,各种恭喜发财、老板你最帅的动图让群里沸腾。城市里不让燃放烟花爆竹,但微信非常善解人意,只要你发的内容带新年、快乐、恭喜、发财等字样,它就给你用最高礼遇在手机屏幕上燃放礼花。

自从了解到国内头部企业要主推 NB-IoT 之后,郭青云就感觉是在茫茫的黑夜中看到了一丝丝曙光。那天会后,他主动向企业联络人要材料学习,得到的答复是因保密要求现场不能拷贝，只能在审核通过之后通过邮箱发出来。

郭青云每天都在刷新邮箱，甚至还要留意一下垃圾邮件。但是，春节都过完了，还没有收到心心念念的材料。活人不能被尿憋死，自己先从网上搜，不信搜不到 NB-IoT 的相关资料。

令郭青云绝望的是，网络媒体上的报道几乎千篇一律，翻来覆去就说广覆盖、大连接、低功耗、低成本，感觉所有的媒体记者就只是一个人似的，很少有能说明白的文章和材料。

"老杨，你了解 NB-IoT 吗？"郭青云想到了杨鹏飞，杨鹏飞在万都通信已经做到了通信模组的产品总监。既然是做通信模组的，想必他肯定知道 NB-IoT。

"听说过，但不了解。咋啦？"

"还有你不懂的东西，稀奇啊！我想干一件不太可能的事情。"

"啥事情，能让你这么起劲？"

"你要是给我讲讲 NB-IoT，我就给你透露我想干的事情。"

"好啊，你请我喝咖啡。"

"一言为定。"

郭青云最近非常焦虑，感觉物联网已经做到头了，没完没了给各位领导写材料，梳理各个企业提交的申报材料，参加各种物联网项目评审。在最开始的第一个年头是兴奋，第二个年头是迷茫，第三个年头是无助，第四个年头是怀疑，现在已经第五个年头了，简直就是混乱。

"贾处，想给你汇报一个事情，我想成立一个 NB-IoT 产业联盟，来推动 NB-IoT 在物联网产业领域的生态建设，还想请贾处给指点指点。"

春节过后，郭青云逮到一次能见到贾处长的机会，趁他边上没人聊天的时候赶快凑上前去汇报。

"什么 NB-IoT 联盟？这是什么东西？"贾处长一脸茫然，眼镜挂在鼻尖上，翻着白眼透过粗大黑框的顶部看着郭青云，就好像不认识这个人一样。

"贾处，就是春节前你带我们去深圳考察的，3GPP 针对蜂窝物联网将要制定的国际标准，也是国内要全力推广的一种物联网技术。"

郭青云对领导向来毕恭毕敬，尤其是处长以上级别的领导，说话时身体要微微前倾，大约 5 度就好。如果衣服穿得厚的话，就用手把肚皮往里按一按。

令郭青云诧异的是，这才几天啊，去考察的时候贾处长还频频点赞，还说国内企业终于可以做国际标准了，还说一流企业做标准、二流企业做品牌、三流企业做产品、四流企业忙山寨,等等,难道这么快就忘了?

应该不是忘记,贾处长在新加坡读完博士,回国后考上了公务员,一路爬到处长,不论是智商,还是情商,或是手腕方面,都是人中龙凤。

难道他有什么隐情?

第2节　快刀斩乱麻

今天去企业调研智能交通,明天去企业交流智慧医疗,后天参加工业互联网的评审,大后天去有机农业示范基地探讨农业物联网……郭青云看着密密麻麻的工作安排,开始怀疑自己到底在干什么?

这些工作,在外人的眼里是多么吃香,几乎每天都有收获。有时候是信封,有时候是购物卡,有时候是交通卡,有时候是大米,有时候是茶叶,有时候是土特产,琳琅满目。

家里人以为郭青云在外面混得风生水起,每天都有惊喜。可郭青云的苦,没人能体会得到,包括身边的朋友和家里的亲人。都是物联网,但物联网的应用场景五花八门。自己之前只是搞通信的,交通有交通的话题,医疗有医疗的话题,工业有工业的话题,农业有农业的话题,什么危化品运输、水质监测、电梯物联网、智慧城市等,只要领导随便说一个事情,郭青云就得对这个领域进行分析和总结。

在大家对物联网还是一知半解的时候,领导最初的要求就是尽量提炼每个行业应用领域的痛点。郭青云每次领命之后,就会对这个细分领域进行调研、分析和总结,有时候扛着政府领导的名义,可以去拜访一些企业家和高管,虽未谋过面,但效果还挺好,大家虚虚实实、真真假假可以聊很久。

政府领导想掌握行业里一手的信息,企业家想得到重点项目扶持补贴,郭青云想切入物联网领域寻找潜在的机会,这样大家就可以形成一种默契,一种各取所需的默契。对于领导交代的行业分析任务,郭青云每次都非常认真地梳理和总结。不求找到解决方案,但求能让领导体会他对这个领域的专业。领导的学习能力都很强,你给他的任何材料,他都可以很快消化吸收并举一反三。

随着时间的推移,郭青云的压力越来越大,领导不仅要知道当下行业发展的问题,还要郭青云给他提供相对应的解决方案。

郭青云的焦虑感也越来越强,焦虑往往来自无助。这个行业很有意思,大家在谈论问题的时候,没有任何顾忌,一旦说到解决方案的时候,大家都把它当作市场竞争的撒手锏,不会轻易示人。

如果只是梳理问题,郭青云逐步把自己打造成了一位熟练工,即使不知道某个细分领域的发展方向,几个电话就可以搞定。可领导的诉求日渐提升,不仅要知道问题在哪里,还要有听得懂的解决方案。无奈之下,自己只有拍脑袋瞎编,先说服自己,再说服领导。有些观点正好戳中领导的痛点,他不会说啥。有些观点你知道的还不如他多,那他也不会说啥。

眼看着很多企业通过各种手段拿到政府的资金补贴,眼看着很多企业家快速成长并且踏足资本市场,郭青云越发觉得自己的忙忙碌碌遇到了发展的瓶颈。

前景在哪里,希望在哪里,自己的未来到底在哪里?

得给自己找条属于自己的出路,郭青云暗暗给自己定了个目标。

机会总是会留给有所准备的人。

春节过后,一切恢复日常,大家都进入了习惯性的忙碌生活和工作。

郭青云也是如此,开会、交流、拜访,每天忙忙碌碌,每天依旧迷茫。

NB-IoT 是不是上天赐给自己的绝佳机会?

郭青云不想错过,也一定不能错过。约运营商的朋友,看看他们是什么规划;约华为的朋友,听听他们是什么战略;约智邦通信的老板金腾川,探探他的口风;约万都通信的杨鹏飞,也许能榨出点内幕出来;约智能水表、约智能燃气表、约智能烟感、约智慧停车、约智能路灯……

但凡有了确定的目标,工作效率也就高出了许多。

"老杨,你们万都通信对 NB-IoT 是什么态度,我想把产业联盟搞起来。"郭青云在电话里问杨鹏飞。

杨鹏飞叹了口气,说道:"别提了,我和你聊过之后,就给公司提起这个事情,但老板不愿意投入,说要等其他家做起来之后,我们万都通信再决定是否跟进。"

"了解,随便你们,我找别人。"郭青云不想和杨鹏飞多啰唆。

从最初对 NB-IoT 的懵懵懂懂,郭青云在一圈调研访谈之后,对它也了解了个七七八八。NB-IoT 不同于 RFID、不同于 Wi-Fi、不同于蓝牙、不同于 ZigBee、不同于任何小无线,和之前所有非蜂窝物联网的通信技术都不同。

有些人知道 NB-IoT，有些人不清楚 NB-IoT，没有人能完整地讲清楚，但很多人觉得这玩意儿有前途。郭青云在征询大家愿不愿意一起打造 NB-IoT 产业联盟的时候，大多数人都积极表态：只要你郭青云能搞得起来，我们就积极参加。

"贾处，就是您春节前带队去外地调研，对方主推的 NB-IoT 通信技术，在我们这里，拥有从芯片、通信模组、通信基站、物联网云平台等领域的最强产业基础，这也是 NB-IoT 得天独厚的土壤，我想打造一个 NB-IoT 产业联盟，推动整个产业链的发展……"

郭青云不想放过机会，若后面单独约贾处长，也不知道得等到猴年马月了。

"我们不是有物联网行业协会了吗，为什么还要再搞个产业联盟？"贾处长停下了向前走的脚步，疑惑地问郭青云。

"协会和联盟并不冲突，协会是服务我们本市企业，联盟是想把全国的蜂窝物联网产业链凝聚起来，我们只有在您的指挥和领导之下才能把这些价值发挥出来。"郭青云脑袋里想的是如何通过两三句话让领导快速认可，如果领导一冲动答应了，这事就好办。

"哦，现在国务院要求各地方政府和协会联盟脱钩，政府不再插手和补贴，也不允许退休干部在协会联盟任职拿饷，这个事情我们以后再议。"

贾处长冷冰冰地说完，上粗下细的黑框眼镜挂在了鼻尖上，就像上下两条粗大的眉毛夹着中间的眼睛，他顺手往上推了一下，径直走了。

郭青云愣在那半晌，气得不知道该如何是好。

什么脱钩不脱钩，脏活累活不得协会干吗？

有些你们不便于出面的，不是协会干吗？

多年来，政府主管部门、行业协会、产业联盟、某些企业、高校专家、研究所领导已经形成了一种默契，不在局中的人压根就不知道这其中的乐趣。

不管是什么大事小事，都要邀请行业专家进行评审。美其名曰是让专家把关，其实专家就是挡箭牌。不出问题，大家其乐融融；一旦出了娄子，专家都看走眼了，领导只能怪这个项目太具挑战性。

不是什么人都能做评审专家的，高校教授、研究所高工、企业高管等，拥有一定的知名度，还要有拿得出的证书，才有资格进评审专家库。每个城市都有很多这样的评审专家，但若细分到每个行业，人数就不显得有那么多了。大家形成了一个圈子，这次是你邀请我，下次是我推荐你，这是一个互相捧场的圈子。

在给贾处长汇报之前,郭青云已经打定主意,不管领导同意不同意,他都要把这个联盟搞成。在没成事实之前,所有和这件事情相关的领导都要汇报,同意最好,不同意就当作知会。不求政府领导拨款支持,但求大家不要破坏使绊。

郭青云一边借机给相关领导汇报,一边研究国务院对民非组织的最新政策。2015 年 7 月 8 日,中共中央办公厅、国务院办公厅联合印发《行业协会商会与行政机关脱钩总体方案》。方案要求政府主管部门和行业协会进行脱钩,导致当年有很多行业协会的会长和秘书长纷纷辞职。

郭青云翻出之前交换过的主管单位领导名片,说明意图之后被告知,若要注册联盟必须要有行业主管部门的授权批示才可以,还是按照老规矩办事,至于国务院颁布的新政策,直接就说不了解。再回去找委办局的主管领导,被告知现在要求行政主管部门和协会联盟脱钩,不能盖章授权。

这就如同一个死结,大家互相推诿。郭青云被逼急了就问,既然不给我注册,为何还有协会、联盟、科创中心等民非组织纷纷成立？得到的答复就是不知道,你问他们去。

Wi-Fi 是个联盟,蓝牙是个联盟,就连开汽车的 F1、踢足球的 FIFA、打篮球的 NBA 都是联盟运作机制,让郭青云想不明白的是：为什么在国内搞个联盟这么费劲？

过去,各地的行业协会需要业务主管部门进行经费支持,在帮助协会成员申请政府项目补贴的过程中有相应的商业运作机制。就拿委办局的一个科员来说,主管一个或多个行业,日常要写很多汇报材料、要汇总企业运营数据、要部署上面的下发政策,没有协会人员的辅助,很难把工作开展起来。协会就像他们的外包服务机构,既听话又卖力,还不受太多的约束。

当郭青云在这种环境下待得时间长了,越发感觉到自己的卑微。自己对行业的梳理和总结,得到的不是积极的鼓励和建议,而是领导的质问。明知道有很多是弱智话题,但还得绞尽脑汁、满脸堆笑地迎合领导。有些行业泰斗劝郭青云,不要和领导拧巴,越拧巴你越难受,还不如顺着领导的意思来。

当郭青云翻到国务院发文鼓励基于市场化的产业联盟和协同创新,就像捡到宝一样。什么民非不民非,什么注册不注册,我要学 Wi-Fi 联盟、学蓝牙联盟,我要打造一个市场化的产业联盟。既不要政府的资金补贴,又不干违法的事情,只要不给我扣个非法经营的帽子,我就会大胆地尝试。

一盏微弱的灯光,估计是很多人都看不见的灯光,却照亮了郭青云的前途和梦想。

打定主意之后，就要付诸实施。

郭青云利用自己在物联网领域积累的人脉，利用在通信领域的前同事，利用在运营商领域的朋友，一遍遍地沟通，一次次地解释，完全没有可参考的经验，必须蹚出一条别人没有走过的路。

因为 NB-IoT 是一个全新的国际标准，不仅有国内的运营商和通信设备商参与，还有国外像沃达丰、高通、爱立信等国际大佬的参与，这是全球化的事情，这已经跨越了地域，一个地方政府某个领导的不识货，根本阻挡不了这个技术对物联网产业界的影响。

2016 年 5 月 18 日，国际电信日的第二天，首届 NB-IoT 物联网产业生态大会暨物联网产业联盟成立仪式隆重举办。

由于经费紧张，会场是一个老板免费赞助的，位于市郊的一个新建产业园，附近没有地铁，没有星级酒店，离最近的虹桥机场还有几十公里。

整个会场座无虚席，很多人都是拎着行李箱，从全国各地赶过来，会场后面的角落，摆了一排五颜六色的拉杆箱，上面贴满了机场托运用的白色标签纸，有些还有红色的易碎玻璃杯贴纸。

舞台上，郭青云拿着话筒，声音有些发颤，腿有些发抖，西装下面的衬衫已经湿透。

过去，郭青云都是作为幕后，帮领导写致辞稿，帮嘉宾审核 PPT，现场指挥工作人员，签到接待，挑选背景音乐和登场音乐、PPT 切换、倒计时等。

第一次主持自己主办的大会，郭青云难免有些紧张，不仅要安排整个会务，还要做主持和主题演讲。舞台下，金腾川、杨鹏飞、武亮平、姚孟波、董德鸿、孙总、王总、姚总、宋总、张总、卫总、曹博士等，聚精会神地听着，时不时拍个照，生怕错过一些关键的细节。

很快，就到了 6 月 6 日，3GPP 国际标准化组织发布 NB-IoT Release-13 版本的冻结。

这是一针强心剂。自此，物联网产业联盟的工作开展得如火如荼，主题演讲、举办会议、出版书籍、技术培训、行业研讨、产业分析、投融资服务等等，只要郭青云有兴趣，这些都在尝试，并且还能取得一定的成效。

当很多人开始恭维郭青云的时候，他从来没有想到自己会走上这条道路。

　　金腾川也没有想到，智邦通信在解决掉投资人梁剑锋的羁绊之后，一骑绝尘。

　　杨鹏飞也没有想到，共享单车生意带领万都通信冲上了公司经营的巅峰。

　　没想到的还有很多，智能水表企业上市、智能燃气表企业上市、智能烟感企业上市，通信模组企业上市，智能终端企业上市，还有很多以往默默无闻的行业，智能停车、智能路灯、智能消防栓、智能灭火器、智能空调、智能穿戴，等等，因NB-IoT找到了希望。

　　几年之后，郭青云翻到这次会议的照片，发现台下有太多熟悉的面孔，有上市公司老板、有大公司高管、有世界500强企业、有创业公司、有在排队等着上市的、有改行做投资的、有跳槽做高管的……

　　他们才是这个领域的真正玩家，郭青云只是搭了个舞台。

第 3 节 决策者的纠结

转眼过了一年,2017 年进入七月,炽热的阳光猛烈地照射在大地上,瓦蓝瓦蓝的天空没有一丝云朵,路边的树叶打着卷垂头丧气。郭青云从地铁站出来,热浪犹如桑拿房的蒸汽扑面而来。从地铁口到金腾川的智邦通信公司大约 200米,只能走路,郭青云眯起眼看了看天,翻出双肩包里常备的偏光墨镜,瞬间舒服了很多。

最近,运营商的基站出现了问题,之前工作正常的 NB-IoT 终端设备,在有些区域竟然掉线连不上网,从运营商到通信设备商,从芯片商到通信模组商,从智能终端到物联网云平台,大家都在找原因。虽然 NB-IoT 是新技术,但断网的事件从来没有发生过,突如其来的断网,使 NB-IoT 的未来蒙上了一层阴影。

在智邦通信的前台接待大厅,郭青云已经汗流浃背,衬衫就像粘在身上,前胸贴后背,他从前台要了一些面巾纸,拼命地擦拭脑袋上的汗珠。

郭青云并不急着上楼,先在凉爽的前台大厅让自己凉快下来,把衣服从身上抖开,期待湿透的衣服可以快速地干透。一边抖一边想:曾经遇到过一些日本人、香港人,在这么热的上海也照样是穿西装打领带,过去不理解,现在总算明白了,西装可以遮盖住里面湿透的衬衫,不影响外在形象。

"我们投入这么大,最近 NB-IoT 基站又出问题,整体进展现在看起来是很缓慢,你觉得 NB-IoT 能搞起来吗?"

郭青云刚坐下来,金腾川就迫不及待地问。郭青云的暑热还没有完全消散,看着西装领带的金腾川就感觉他是自带空调一样。

郭青云最近经常来找金腾川,及时沟通行业的发展现状和遇到的问题。自打开始运作物联网产业联盟,智邦通信作为联盟的发起单位,便给予了联盟非常大的支持。大会是用来公开宣传的,小会是用来私密交流的,经常沟通可以互相分享信息,共同探讨大家遇到的难题。

"我觉得你不用太过担心,我们要看大趋势,NB-IoT 通信是时代的产物,这几年搞物联网产业生态,你就会发现,各行各业都希望提升本行业的智能化运营管理水平,都希望提高自己的生产效率。"

郭青云一边说一边拎了拎胸前的衣服,好让热气尽快地散去。

"话虽这么说,但是还有别的技术,又不是只有 NB-IoT 这一种通信技术。"金腾川也找不到说服自己不搞 NB-IoT 的合适理由。

"确实是,好多无线通信技术都盯着物联网大场景,但之前的技术根本无法撑得起这块庞大的市场,不管是 Wi-Fi,还是蓝牙,或者是你熟悉的 2G 通信,要么是传输距离太短,要么是功耗太高,成本也不低,到目前为止,还没有一张大网可以支撑得起低功耗广域网的诉求。"

郭青云在说服别人的过程中,其实也是在说服自己。

"运营商只是在试点,NB-IoT 基站还没有大规模部署,别搞到半截黄掉了。"金腾川说出了自己的担心。"我们智邦通信现在赚钱的产品还只是 2G 通信模组,如今好不容易挤进共享经济这个领域,我还指望四喜共享单车能给公司带来销售额的突飞猛进呢。"

若换作是别人这么说,郭青云也只是当作闲话,但这话是金腾川说出来的,味道就明显不一样。

"哈哈,我们要朝前看,NB-IoT 是 3GPP 国际标准,是全球标准,是这些行业头部运营商、芯片商、通信设备商共同妥协制定的标准,包括高通,也是最大的牵头推动方。再说了,一家看走眼容易,这么多大佬同时看走眼也不是那么容易的事情。所以,我认为低功耗广域网需要一项新的无线通信技术,大连接、广覆盖、低功耗、低成本,即使现在还不能完美解决当下物联网的短板,经过后续的迭代,我觉得以后的想象空间还大着呢。"郭青云继续给金腾川打气。

自打 NB-IoT 从诞生到现在,看衰的大有人在。如果是竞争对手放烟幕弹也就算了,关键是有很多吃瓜群众跟着起哄,其实压根和他们没有半毛钱关系,就是过过嘴瘾。

"政府对 NB-IoT 是什么态度?"

金腾川估计觉得再纠缠这个话题一点意义都没有,也就换个话题来聊。

"今年 6 月 16 日,工信部下发《关于全面推进移动物联网(NB-IoT)建设发展的通知》。这和之前的风向已经完全不一样了,去年上海市的相关领导还不支持NB-IoT 产业联盟的建设,今年国家层面开始大力推动了,他们也就跟着立项进行扶持补贴了。"郭青云不得不搬出政府的态度。工信部的通知对郭青云打造物联网产业联盟就是强心剂,支撑着其前进的动力。

"这个事就别提了,我们竞争对手前段时间拿到了上海市的政府补贴扶持项目,就是针对 NB-IoT 通信模组的资金支持,我们是 NB-IoT 的排头兵,走得也是全球最快的,反而拿不到政府补贴。"金腾川一直不理解这种操作。

"这怪不了别人,你又不和领导积极走动,当然不会给你了。"

"难道扶持补贴不是针对最有竞争力的企业吗?"

"你想多了,我曾经也问过一位老领导,每年有那么多资金补贴,为何有些行业头部企业申请的项目却拿不到扶持资金,你猜他怎么说?"

"咋说?"

"他说:领导只会给他们看得懂的企业。"

"啥叫看得懂?"

"深奥吧,领导的话总是意有所指。这么说吧,你是行业头部企业,哪怕你是全球 500 强,如果领导和你不认识,也没有考察过你的企业,那就属于他们看不懂的企业。如果你是行业头部企业,领导却不知道你们,就更不敢给你扶持补贴了。他们的逻辑是怕担风险,自己辖区的企业都没去调研过竟然敢给政府补贴,会不会存在利益输送的链条等。"

郭青云的话虽然很糙,但也从侧面反映了现实情况。

"这是啥逻辑,难道给看得懂的企业就不会产生利益输送了? 过去也就算了,现在我们智邦通信作为 NB-IoT 行业的领军企业,马上安排人邀请政府领导到我们企业来参观考察,让他们也看得懂我们公司。"金腾川想明白了就要去做。

"咳,这不像你做客户,我东西好、价格便宜,老板一动心,生意立马成交。但是,做政府关系属于心急吃不了热豆腐。你看看新闻,市里面的大领导每天有多忙,调研、考察、慰问,光看电视就知道人家很忙。所以很多事情需要提前安排,最好是找到合适的中间人运作。"

郭青云信口开河,其实他也不知道该如何表达这里面的逻辑。

"怎么运作才有效?"

"你想想万都通信当年是如何运作政府关系的,你可以问问杨鹏飞。"

"前几天我想让杨鹏飞辞职到我们智邦通信,被他拒绝了。"

"哦,他这么恋旧! 不管他加入不加入智邦通信,有些事情可以向他打听。当初万都通信为了让市领导来公司考察,前前后后安排了五拨人来踩点。每次踩点的人主要就关心一个关键问题:让领导来干吗? 看你们的办公室工位吗? 你们这里有什么值得看的?"郭青云曾经参与过接待市委书记、市长等高层领导,复杂程度远不是新闻里几十秒播放的那么简单。

"我们设计公司除了人还有什么? 就那几块铁片片,要不我把屏蔽罩掀开,让他们看看板子上都焊了哪些芯片,可这些芯片也没什么可看的呀!"金腾川也觉得自己公司没什么可参观的,实在是不会包装。

"所以嘛,做市场和做关系是两种不同的思维。最起码你要有酷炫的展厅,通信模组除了大小不一样,其他都一样,确实没有什么可看的,主要是让他们有想象空间,也就是你的通信模组可以用在很多很多领域,移动支付、车联网、工业、农业、智慧城市,等等,任何一个行业都要提升行业的管理效率,每个行业的智能化都离不开你的通信模组,这样他们肯定满意。"郭青云适时地引导。

"难道就是给领导吹吹牛就行了吗?"

"给领导吹牛的人多了,又不缺你一个。你要给领导秀肌肉,把你取得的成就放大,然后再分享一下你宏大的理想抱负。再然后就是等,等待领导的关心。通常领导会问:企业经营有什么难题,有什么需要我们解决的? 这时候你就必须要学会就坡下驴,千万不能说啥也不需要,领导给了你台阶,你就要开始进行合理诉苦。什么国际竞争激烈、美国打压中国企业、人力成本上涨、办公环境紧张、仪器设备投入太大等。"郭青云说起这些非常兴奋。

"这是要揭自己的短吗? 在客户跟前我可不会说这些,我只会说我们拥有全球最贵最先进的仪器设备,我们有全自动化机器人生产线,我们有全世界最全面的测试认证。"金腾川一直觉得自己就是全球最牛的通信模组企业,突然换个180度转弯说自己缺这缺那,实在不知道该如何表达。

"这不是揭短,这是在领导面前勇敢地晒伤口,还是撒了盐的伤口。领导心里想,这么优质的企业不能让它迁到外地去,尤其是你们这些有分公司的高科技企业。至于你说的那些问题,在领导眼中根本就不是问题,他扭头给一起来调研的分管领导一句话,你后面就安排人员赶快去对接,十拿九稳就会有大资金进行扶持。"郭青云对这些是熟门熟路。

"我以为就是拿到项目指南后根据情况填写材料就行。"金腾川满脸惊讶。

"哈哈,你的竞争对手能拿到 NB-IoT 通信模组的重点项目扶持资金,肯定不是靠申报材料写得好就可以做到的。你们作为行业头牌却拿不到,主要是很多提前工作还没有做到位。"

"就是我们没有领导支持呗?"

"领导一句话,胜似企业的千军万马。如果某位领导问:这家公司的产品是不是填补了国内空白?那下面的人就心领神会。如果他说:好像不太清楚这家公司。那你就基本没戏了,而作为企业,就应该把这条线的各个环节打通,至少让他们知道你们公司的存在,知道你们公司在行业内的地位。"

郭青云并不想隐瞒什么,尽量让金腾川明白这其中的弯弯绕。

"你点醒我了,那我就要让领导看得懂我们。"金腾川忽然拍了一下桌子。

"现在我还是劝你别费这个心思,老老实实打市场吧,领导要见老板,你愿意陪他们浪费时间吗?还有你们现在的十三太保没一个适合干这个事情,以后等你规模再做大点,招个擅长做政府关系的人做高管,天天和各个领导混在一起,很多事情会水到渠成的。"郭青云话锋一转。

"政府补贴能拿就拿,不能拿就算了。我现在纠结的是 NB-IoT 投入太大了,都快两年了,还没产蛋呢,到底是继续投入,还是果断放弃呢?"

金腾川其实很明白郭青云说的道理,可作为公司决策,如果看不到希望,那会不会让公司万劫不复。更何况,自己之前的竞争对手都还在观望,并没有真正下场参与市场竞争。

"确实是,高通在推,华为也在推,两家芯片你都在用,我觉得你既然是这个赛道的选手,又被这两大巨头捧着,他们都不担心,你怕啥?"郭青云非常担心金腾川不再坚持,这样自己那股莫名其妙的自信也会被打碎一地。

金腾川随即说道:"你说得轻巧,高通和华为是家大业大,如果这个板块失败了,还有其他板块顶着,我就是一块小舢板,随时会被小浪花打翻的。"

"不用担心,现在声称在做 NB-IoT 芯片的企业有二十多家,即使是高通和华为都不做了,其他家也能顶上。"郭青云信誓旦旦。

"星通科技的何超明找过我,说他们家的 NB-IoT 芯片也快出来了。虽然我是他们家 2G 芯片最大的客户,但在 NB-IoT 领域,我总觉得他们不靠谱,哪里是高通和华为的竞争对手。"金腾川疑惑道。

"也许吧。星通科技太乱了,好多人辞职出来创业,何超明作为总经理,还不知道能待多长时间,说不定哪天就被替换掉了。"郭青云从不同的渠道了解过星通科技的现状。

"反正 2G 芯片也不需要更新迭代,好用就行。星通科技的 NB-IoT 还是悠着点,不着急用,等他们成熟了之后再导入也不迟。"金腾川非常清醒。

此时的杨鹏飞,正在眼巴巴期盼着跳槽过去的通信模组公司上市成功。

此时的欧阳橙,作为大公司的高管,正在和一些老板悠闲自得地聊天。

此时的孙晓帆,瑞能科技的销售总监,正在收割 2G 芯片的历史红利。

此时的何超明,在给董事会汇报工作,经营理念的矛盾冲突日益升级。

此时的董德鸿,作为 NB-IoT 芯片的产品总监,被客户骂得无地自容。

"按照你们现有的规模,还不能把战线拉得太长。根据通信模组的行业排名,现在智邦通信排第几? 我们掰着指头数一数,恐怕两只手都数完了,还轮不到你们吧。"郭青云不急不慢地说道。

"我要做全球老大,必须能做到。"金腾川非常夸张地说道。

"你们现在有老大的基因,不管是三大运营商的 PPT,还是华为的 PPT、高通的 PPT,都会提到 NB-IoT,在讲 NB-IoT 市场的时候,必然会把你智邦通信的 LOGO 带出来,这是花多少钱都买不到的广告啊。"

郭青云不想让金腾川放弃 NB-IoT,金腾川从心底里也不想放弃 NB-IoT。

金腾川心里明白,尤其是最近,公司的知名度越来越高,不管是在公开的场合,还是去拜访企业,自己都不需要过多地介绍公司的历史,之前总担心客户不了解自己公司,把智邦通信仅有的几年成长历史,以及自己过去的辉煌业绩给大家讲讲。

现在,好像很多客户也不愿意听自己介绍公司了,客户直接就打断说:"我知道你们公司,你从万都通信离职后创办的这家公司,发展很快,给我们多介绍介绍 NB-IoT 的情况。"

很多客户,都是老东家万都通信的客户,在老东家的时候就认识,可自己刚开始创业的时候,很多公司都推脱不见,若不是凭借自己的坚持,靠代理商根本就撬不开这些重点客户的大门。

就在金腾川感觉到智邦通信即将冉冉升起的同时,杨鹏飞却看到了万都通信的没落与衰败。共享单车的繁荣把公司的 2G 业务推上了顶峰,很快,共享单车的无序竞争又让公司踏入了深渊。大股东想卖掉公司,管理层在暗中使绊,与多家收购方在谈判拉锯的过程中,杨鹏飞心灰意冷。

新技术跟不上节奏,老产品的市场份额逐步萎缩,仅存的就是公司品牌知名度。对外人来讲,万都通信依然是大公司,对杨鹏飞来讲,就感觉公司是千疮百孔。

杨鹏飞萌生了退意，得尽快跳槽，不能在万都通信耗费青春了。

很快，杨鹏飞和小李跳槽到那家即将 IPO 的通信模组公司。没到一年的时间，两人因为公司撤销 IPO 申请又开始到处面试。

又过了一段时间，杨鹏飞入职了星通科技。

"金总，你想想，之前有多少撕不开的客户，现在是主动找你们，哪怕是购买一片 NB-IoT 通信模组，是不是也是你的客户了？是不是就有机会卖其他产品给他们了？"郭青云也不愿意金腾川放弃，好不容易攒个局，成立了物联网产业联盟，不能就这么夭折了呀。

"现在你们是香饽饽，一片难求，虽然这不是你的本意，但对你们公司产生的连锁反应，绝对是千载难逢的机遇。"郭青云换着法子给金腾川打气。

"是啊，我们的竞争对手比我们反应慢，我比他有先发优势。"

金腾川非常明白，只是很多话不能在客户面前说，也不能在高管会议上说，反倒是和郭青云交流的时候，什么牢骚和不满都可以说。

"你们一定会有意想不到的回报。我们一起把联盟经营好，华为在支持，运营商在支持，还能笼络很多你都不知道的行业用户支持，你就负责把 NB-IoT 通信模组做好，再坚持一段时间，效果会凸显出来的。"郭青云继续打气。

之前每次开销售会议，令金腾川头疼的就是各种各样的抱怨，研发搞定了，采购搞不定；采购搞定了，客户搞不定。在没有拿到合同的情况下，销售的任何抱怨都会传递到公司。最近，他发现这些抱怨少了，销售抱怨最多的就是 NB-IoT 通信模组严重缺货，哪怕是一片给客户都行。

金腾川很享受现在的状态，隐隐约约能看到智邦通信的发展前景，除了 NB-IoT 通信模组，公司的其他产品线生意越来越大。

第 4 节　全联接大会

　　2018 年 10 月 10 日,秋高气爽,朵朵白云就像挂在天空一样一动不动,被誉为"世界第一拱"的卢浦大桥犹如一道彩虹横跨在浦东和浦西两岸,黄浦江的水静静地流淌着,每天都在追寻着繁华都市中的寂静。第二届全联接大会在黄浦江畔的上海世博中心拉开帷幕。

　　随着全球化业务的扩展,全联接大会因势而生,去年第一届全联接大会举办得非常成功,聚焦前沿科技,汇集各路精英。今天更是万众期待,通过不同肤色的人群就可以感觉到这是一场全球的盛会,巨幅海报悬挂在各个不同的醒目位置,每个人脖子上挂着相同颜色的胸卡,有的是单独行动,有些是三五成群。

　　"秘书长,我看到全联接大会的宣传海报和会议议程,发现你要去做个主题演讲,牛啊。"杨鹏飞打电话给郭青云。

　　"我要演讲的内容对你来说就是班门弄斧,还请杨总指点一二。"

　　"哪敢啊,我是想请你给我搞张入场券,好让我现场聆听您的高见。"

　　"明白啦,你压根就不是想听我的演讲内容,而是主办方没有邀请你,你进不去。"

　　"还是秘书长了解我,怎么样,搞张门票没问题吧?"

　　"搞不定,今年的主题是人工智能,要人脸识别和身份证对应的,你花个 5800块钱买张票,就可以进来了。"

　　"花那钱干吗,我们橙老板又不会给我报销。"

　　"你这间谍当的,连这一点费用都没有。"

　　"我跟着你混进去,就说我是你的助理。"

　　"堂堂星通科技的市场总监兼销售总监,你就不怕别人笑话你。我搞不定,你找别的渠道吧。"郭青云说完后便挂断电话。

华为的领导在大会上发表"构建万物互联的智能世界"的主题演讲。面对上万名现场专业观众,以及上千万的网络直播用户,侃侃而谈。

> 人工智能是一种新的通用目的技术。任何技术只有准确地定位,才会充分发挥其价值。给人工智能技术进行合理的定位,是我们理解和应用此技术的基础。
>
> 华为在实践中发现,人工智能不但可以替代人,还能够自动降低生产成本。这是人工智能与信息化最大的不同,也是其最有价值的特点。
>
> 人工智能触发的产业变革,将涉及所有行业,从交通、教育、医疗到翻译、运维和自动驾驶等。

就在此次大会上,华为对外正式公布了自己的 AI 发展战略:

> 1. 投资基础研究:在计算视觉、自然语言处理、决策推理等领域构筑数据高效、能耗高效,安全可信、自动自治的机器学习基础能力;
> 2. 打造全栈方案:打造面向云、边缘和端等全场景的、独立的以及协同的、全栈解决方案,提供充裕的、经济的算力资源,简单易用、高效率、全流程的 AI 平台;
> 3. 投资开放生态和人才培养:面向全球,持续与学术界、产业界和行业伙伴广泛合作,打造人工智能开放生态,培养人工智能人才;
> ……

在物联网行业论坛中,郭青云受邀针对物联网专业观众发表"物联网在规模发展过程中的难题与对策"的主题演讲。

杨鹏飞所在的星通科技和华为的部分业务是竞争关系,他并不在邀请参会的范围之内。这些对杨鹏飞来说并不是障碍,只要他想去参会,总会有渠道搞到入场券。杨鹏飞对新鲜事物非常感兴趣,只有不断地学习,只有和高人做朋友,自己才会有更大的成长空间。

> 大家下午好,我是郭青云,非常高兴受华为之邀来到全联接大会与大家分享我们对物联网的认识和理解。

众所周知,万物互联是大势所趋,我们都在期待物联网连接的规模性爆发。但是,大家在推进的过程中,必然会遇到各种各样成长的烦恼,有些是技术问题,有些是产品定义问题,有些是商业模式问题,我们该如何理解物联网,该如何面对各种各样的挑战?

物联网的世界非常精彩,我们都置身其中,大家有没有想过,我们该如何打造属于自己的产业生态? 大家来看这两张雪山图片,其实都是珠穆朗玛峰,区别是一个是近景,一个是远景,我们用它来阐述两种不同的商业模式。一种商业模式是:兄弟们,前面没有路,我带着大家一起蹚出条路来;另一种商业模式是:兄弟们,前面到处都有路,看你们谁能蹚出条路来。第一种模式需要身先士卒,风险极大,走得对了,后面跟着的弟兄们都受益。第二种模式属于圈地运动,风险较小,能进来的都是我的菜。大家琢磨一下,你更喜欢哪一种商业模式?

很多高科技公司喜欢用大山比喻自己的目标,尤其是我们心中的神山:珠穆朗玛峰。登上山顶就是公司的目标,登山过程的艰辛预示着公司成长必须脚踏实地。郭青云看过很多老外讲 PPT 也喜欢用雪山,这次在众多行业专家面前班门弄斧,就必须弄出点特色出来。

郭青云在 PPT 中放出两张照片。近景照片是登山者一字排开,看不见整座山,皑皑的白雪和鲜艳的登山服形成了非常强烈的视觉冲击,大家牵着一根绳子吃力地往上攀登。就像很多老板身先士卒一样,带领所有员工朝着目标前进。远景照片就是高耸入云的山峰,看不见人,但意味着山里全是人,老板站在山脚下给大家说:看到远处的山顶了吗,那里全都是财富,我现在免费给你们干粮,你们爬到山顶获得财富之后还要下山,必经我的山门,到时候你们就分我一点点就行。

郭青云想给大家带来的思维是两种商业模式的对比,一种是卖产品的思维,一种是搭平台的思维。两种商业模式都有非常成功的企业,但是有很多人没有坚定的意志,在两种商业模式之间左右摇摆,最终一事无成。

2016 年,我们主要是在普及 NB-IoT 的技术优势,有些人参与了,有些人在观望。

2017 年,国内三大运营商都上马了 NB-IoT 网络,物联网垂直行业逐步认识到了 NB-IoT 的创新优势。

2018 年,也就是今年,我们重点的工作是挖掘哪些行业能率先突破百万规模的连接,各个细分行业的解决方案公司逐步凸显。

2019 年,明年很快就要到来,我们预计垂直行业会普遍接受 NB-IoT,大家已经不再需要解释 NB-IoT 的技术优势,而是如何根据行业的现实诉求,提供切实可行的解决方案。所以我们将会看到很多创新功能付诸实践,同时在规模化连接之后,我们更期待出现新型的商业模式。

到了 2020 年,有可能行业会出现上亿规模的连接,这种规模化的结果就是对行业的惯性驱动,早期深度参与的企业将会赚得盆满钵满。

大家有没有这样的体会,物联网不是一个人干的事情,这是一条全产业链共同参与的事情。首先有中央和各地政府的大力支持,其次,运营商部署 NB-IoT 是参与物联网的绝佳机会,政府的职能部门在推进智慧城市建设的过程中找到了着力点,由于 NB-IoT 是开放的国际标准,所有的蜂窝物联网通信芯片企业都纷纷推出 NB-IoT 芯片,包括华为、高通等,还有一些新入行的,比如星通科技等。NB-IoT 同时让通信模组企业焕发了新的青春,这包括智邦通信、法沃智能等。因为有规模化连接的需求,才有物联网平台的戏份,像华为的 OceanConnect、天翼物联的 CTWing、中移物联的 OneNET 等,业内各位大佬都在摇旗呐喊未来是物联网的天下。大家的努力,最终受益的是各个垂直行业应用,水表、燃气表、白色家电、烟感、停车、路灯,等等。另外还有很多联盟、开放实验室、研究院、培训机构第三方服务平台。在如此众多角色的推动之下,我们说物联网已经是一种不可逆的产业生态,不是你犹豫用还是不用,而是要琢磨如何用好。

杨鹏飞也在会场,不停地拍照,郭青云翻一页 PPT,他都要举起手机拍照。虽然他知道可以向郭青云要 PPT 文件,但在现场,大家都在拍,他也就随波逐流。并且时不时在朋友圈连发 9 张图片,配上会场地址信息。

很快,好友开始陆续点赞,有些还留言问他坐在第几排,来个偶遇,等等。

此时,杨鹏飞已经入职了星通科技,试用期已过,并且顺利转正。杨鹏飞一改前段时间谨小慎微的做事方法,开始高调行事,必须让所有人知道自己不再是通信模组的大佬,而是变换了一个赛道:卖芯片。

对于郭青云所分享内容,杨鹏飞都懂。但他自己很清楚,如果让自己来演讲,很难达到郭青云的演讲效果。

咳!人无完人,杨鹏飞觉得自己还是老老实实卖芯片吧。

所有的新生事物都要经历成长的烦恼,当你遇到问题时,到底该从哪里入手?对研发来说,在这条产业链中,谁最弱势?是不是谁离用户最近,谁最弱势?因为它要赚取产业链中最多的利润,是不是这个道理?有些企业在交流的时候抱怨,说前几天设备工作得挺好的,突然不行了,工程师对着电路图和软件分析了好几天,一点进展都没有。到底是什么原因?物联网设备不是消费类电子,它需要一条产业链共同协作,当你遇到问题时,可以问问运营商、通信模组、物联网平台、天线、电池等,也许是它们的问题,我们要学会向产业链求救,你不是一个人在战斗。

我们不只是遇到物联网技术的难题,而是整个行业充满了各种各样的焦虑。三大运营商在三足鼎立的时候,也是吃瓜群众最津津乐道的三国杀。

有人问我运营商 NB-IoT 网络有没有实现全国覆盖?我就问他,你的业务在哪个区域,他说我就做上海市的应用。你只做上海市的业务,干吗要关心运营商有没有实现全国部署呢?

有些人常常抱怨 NB-IoT 资费定价太高。那定价多少可以接受呢?其实很多人没有概念,只是转移话题而已。

郭青云环视台下的听众,乌压压一片,根本顾及不上每个人的反应。这不像在小会议室,发言人可以观察每个人的表情,并适当进行现场交流。对于大型会议的演讲,内容上有别于小范围会议,必须大开大合,演讲人必须要有气场,不能低声细语,不需要关注每个人的反馈,只要能调动大多数人的兴趣即可。

运营商在 NB-IoT 的部署过程中,逐步在引领蜂窝物联网的话语权,也引来了无数企业的参与,但现在很多人在纠结,陪运营商玩物联网到底能不能赚到钱?

大家自觉不自觉地总会关心别人的商业模式,总想探究别人如何赚钱,这是茶余饭后永不过时的话题。

大家都想拿下订单,但总觉得自己产品的价格没有竞争力。因此,我们见了运营商,就说运营商的资费太贵;见了模组厂家,就说其他家模组便宜;见了物联网平台?好吧,我现在平台不收费,看你咋说?神奇的话题诞生了,你平台现在不收费,啥时候收费啊?

尬聊谁不会?问问对方啥时候降价,就是一个神奇的尬聊!

有些人会抱怨前期投入太多的人力物力财力,但总有人抄近路。我想说的是,抄近路的总归要回到大路上来,你要是想做行业老大,就要有老大的思维。市场竞争是动态循环的,我们就是要永不停止地创新,满足行业的切实诉求。

当时,郭青云认为大家面临最大的挑战就是如何说服自己接受新技术,并且还能让企业获得成功。在公众场合演讲,不能像朋友聊天那么直白,只好用一种近乎学术的方式来阐述自己的观点。至于听众能否认同,仁者见仁智者见智。

有很多人问我,为什么 NB-IoT 能得到这么多的关注? 神奇吧,确实很神奇。过去,2G、3G、4G 的设计主要是为人服务的,但到了 5G 时代,开始关注场景了。典型的三大场景,一是继续为人服务,二是为车服务,三是为物服务。罗马帝国非一日建成,在 5G 尚未到来的时期,如何适应场景的发展诉求? 在运营商、通信设备商、芯片商的共同努力下,在 LTE 的基础上进行简化,实现 GPRS 的功能,同时再叠加新的技术能力。因此,NB-IoT 的初衷是替代 GPRS,充分挖掘运营商的频谱利用率来为物联网服务。在发展的过程中,顺便和其他无线技术交织在一起,互相成就,互相推动。

我们的理解是场景化的发展诉求将引领技术的演进方向,在未来的场景中,我们要不要提前介入 5G 物联网的战略部署? 每种场景都需要多种功能,而每种功能又要靠多种技术来实现,这是一个错综复杂的组合。现在介入 NB-IoT,预示着未来 10 年到 20 年,你在物联网领域的部署模式不会发生颠覆式的变化,这同时也是保护你们的前期投资。

物联网分行业,并且行业之间有明显的分割线。比如做车联网的不用关心远程抄表,做智慧医疗的不用关心智能安防,大家自成体系,各玩各的。但随着互联网、移动互联网、云计算、大数据、人工智能的快速发展,今年全联接大会的主题是"+ 智能,见未来",物联网平台变成了大佬们的兵家必争之地。他们把中间的功能提炼出来,形成核心竞争力,然后告诉行业,你们在接入 1 万台、10 万台设备的时候,完全可以自己玩。但当你们接入 100 万台、上千万台智能设备的时候,你们就不擅长了,这些专业的事情就交给专业物联网云平台干吧。

郭青云时不时在舞台中央踱步,因为前面有提词器,PPT 的内容和 LED 大屏的内容完全同步,所以他就不需要扭头看大屏幕的内容。

这种演讲方式,郭青云已经炉火纯青,精心准备的 PPT 内容,没有套路,不用教条,通过极富煽动性的言论,足以点燃现场听众的认知所需。

模式变了,机会就来了。全球各大电信运营商、通信设备商、芯片商、互联网平台、行业解决方案等,好像没有一个人落下,大家都盯上了物联网平台。

过去,我们在谈物联网平台的时候,总会有人问你是做设备管理平台,还是连接管理平台?是做应用使能平台,还是业务分析平台?因为我们习惯了根据功能进行定位,由于这个产业够大,到现在为止,还没有任何一家物联网平台能同时具备这四种功能。

当我们还在纠结选择困难症的时候,物联网平台开始逐步向生态演进。大家对生态的理解可谓千姿百态。所有的平台都有 BUG,没有任何一家平台敢承诺没有问题。平台具备迭代的功能,有问题解决问题,缺功能增加功能,能适应场景诉求的迭代就是一个完美的平台。

平台就是生态,需要依赖参与的合作伙伴一同完善,在提出诉求、实现功能、解决问题的螺旋式上升的过程中,创新商业模式,找到二次变现的能力,在规模逐步壮大的过程中,实现生态合作伙伴的共生共赢。

在物联网的世界,客户的预期会处在上升通道,而所有的实现成本都将处于下降通道,根据经济学规律,这都将会达到一种动态平衡。NB-IoT 通信模组从前年的 100 多块人民币降到现在的 30 多块,运营商资费从指导价每年 20 块降到实际成交价的几块钱,物联网平台现在不收钱,还在想着未来如何帮你赚钱。我们要做的就是如何满足行业的诉求,为提升行业的管理效率发挥自己的聪明才智。

前面我们提到,围观群众花了太多的时间用于杞人忧天。总担心 NB-IoT 做不起来,总喜欢用 NB-IoT 对比其他技术。2018 年,我们用事实说话,智能水表、智能燃气表、智能烟感、电动自行车监控将率先突破百万规模上线。不久的将来,还会有超过千万规模、上亿规模的连接。

最后,给大家分享一句话。物联网,没有你想象的那么简单,也没有你想象的那么复杂,其实,它就在你我的身边,影响和改变着我们的生活!谢谢大家!

最后一句话,郭青云觉得特别有哲理,并且非常有气势,在每次演讲结束的时候,他都会把这句话作为结束语。

然后,享受现场听众给予的热烈掌声。

"秘书长,我们找个时间合计一下 2G 腾频退网的事情,让那些 2G 用户尽快转到 NB-IoT 上面来。"

曹博士在郭青云演讲结束走到舞台下之后拦着他说。

曹博士在公司里负责 NB-IoT 的生态建设,自然而然地就和郭青云走到了一起。

会后,郭青云、曹博士、杨鹏飞、赵启东、周茂胜、方菲菲、姜苏阳、卫总、小李、小陶红、小蔡一众十几个人到梅赛德斯-奔驰文化中心的 6 楼找了个饭店聚餐。

脚底下就是黄浦江,夜晚已经听不到白天货轮航行的汽笛声,间隙驶来流光溢彩的游船顶着巨大的广告牌发出耀眼的光芒。卢浦大桥的灯光璀璨夺目,犹如身姿曼妙的少女舞动着彩带从浦东跳到了浦西,又从浦西跳到了浦东。

第 5 节　现实很残酷

岁至深秋，天高云淡。

走在福州的街头，到处都能给你点"颜色"看看。从粉色的美人树下走过，心情也能随之愉悦并且明亮起来。在秋风吹拂下，路边的狼尾草缓缓摇曳，宛如层层波浪，上下起伏。

"赵总，你有没有听说：2G 网络要关了？如果真的关了，你觉得 POS 机会采用 NB-IoT 技术吗？"杨鹏飞来到福州，见到了全国最大的 POS 机生产厂家的老板。

赵启东拎起油光发亮的紫砂壶，往两个小杯子里快速地倒水，随即用手示意杨鹏飞喝茶。"我听说了，自打去年央行叫停蓝牙 POS 之后，我们就集中火力在推动 2G POS 的产品研发和生产，本来 10 块钱一个的通信模组，被你们这帮人炒作到超过 15 块了，并且时不时还断货。"

赵启东这些年一直扎根在移动支付领域，POS 机都不知道迭代多少个轮回了，总感觉是有人在牵着这个行业的鼻子在走，但却不知道是谁，反正自己就只是个 POS 机硬件生产厂家，有生意做就行。

"2G 要退网，我们就得再次寻找替代方案，我听说大家都倾向于 LTE Cat.1，觉得 NB-IoT 网络覆盖不好，价格便宜我们也不敢用，铺出去之后如果没信号，那不是自己给自己找麻烦吗？"赵启东表明了自己的态度。

"现在支付小白盒采用什么通信方式？"杨鹏飞转换了一个话题。

"Wi-Fi。"

"收款云喇叭呢？今年云喇叭有可能超过 5000 万台。"

每当发觉有些话题将要被聊死的时候，杨鹏飞总能快速调整，继续下一个话题。现如今,支付小白盒和收款云喇叭遍布祖国大地的各个商家。移动支付普及已经有五六个年头了,消费者和商家店铺已不再需要教育,大家轻车熟路。

当你付款的时候,店家指着一个四四方方的白色盒子,压根都不用说话,意味着你要掏出手机,打开你的移动支付二维码,冲着它照一下就可以完成支付。这个四方的白色盒子被大家起了个俗名叫"小白盒"。如果店家指着一个二维码,那你就掏出手机扫描二维码完成支付,然后很快就能听到让老板肾上腺素飙升的声音:已收款 5 元。这个设备的俗称就是"云喇叭"。

"云喇叭也是用 LTE Cat.1 网络,不会用 NB-IoT,你就死心吧!"赵启东对 NB-IoT 的认知,主要来自自媒体,积极向上的文章没有传播力度,反倒是看衰的文章和语不惊人死不休的标题党深得吃瓜群众的喜欢。

"赵总,我这次来不是向你推销 NB-IoT,而是向你介绍介绍我们星通科技的 LTE Cat.1 芯片,怎么样,跟得上你们的节奏吧!"杨鹏飞话锋一转。

"还是我们大名鼎鼎的杨总灵光。"赵总趁机捧道。

"赵总,我在推广 NB-IoT 的时候,你说 2G 通信模组 10 块钱,NB-IoT 通信模组 20 块,2G 便宜又好用,当然选 2G。现在 LTE Cat.1 通信模组 30 多块,NB-IoT通信模组都低于 15 块了,你还是不选 NB-IoT,反而是选择更贵的 LTE Cat.1,你和 NB-IoT 有仇吗?"杨鹏飞明知其中的逻辑,但还是不忘调侃一下客户。

"你看你看,看把你急的。2G 我都用了多少年了,1996 年我就买了一部 2G 手机,诺基亚,可贵了,我攒了大半年的工资才买的。那时腰里还挂了个 BP 机,摩托罗拉汉显的。"赵启东拍了拍腰部,现在已经不是当时代表身份的 BP 机了,而是一块带皮籽料和田玉皮带扣。

"哈哈,那个时候我还没上大学。你有用过大哥大吗?"杨鹏飞在用香港马仔哥的电影画面脑补当时的场面。

"大哥大是模拟手机,都是做生意的大老板才能用得起,万元户,普通万元户根本就买不到。十几年之后,印象中是在 2008 年北京奥运会前后,我开始使用 3G 手机。那时候 2G 通信模组超级贵,我要花 1000 多块才能买得到,你看现在都已经跌到 10 块钱左右了。"赵启东对移动通信时代变迁的总结,也就寥寥数语,道尽无数人的感怀。

"时代变化快哦,现在运营商都在推 5G,你们还死守着 2G,中国电信和中国联通相继关闭了 2G 网络,中国移动也在加速腾频退网的工作。"杨鹏飞和这些上了年纪的早期创业家聊天,总觉得有一种错乱的感觉。

"不是我们死守 2G 网络,而是物联网的很多行业领域采用 2G 就够了,我们要考虑设计简单、成本便宜、网络覆盖好、费用还不能高,有些场合还要能通话,有些场合一年才通信一次,你说还有哪个网络能比得上 2G 网络?"赵启东作为企业家的精明体现得淋漓尽致。

"2G 是老古董了,你如果是运营商,800M、900M 的频谱资源多么宝贵,2G 网络的频谱利用率实在太低了,并发数也低,功耗也高,很多基站都没有配件维护,运营商收你那点可怜的流量费,都不够他们平常运营维护的,若我是运营商的话,这就是亏本买卖,早该关停了。"杨鹏飞说的是实话。

"你们这些人,真的是上嘴唇碰下嘴唇,死人都能被你们说活了。你说运营商要关停,前两天中国移动的客户经理到我这儿还拍着胸脯保证:我这么大一张网络,岂能说关就关。瑞能科技的孙晓帆说她们家的 2G 芯片销售规模依然在增长。智邦通信的金腾川给我说他们的 2G 通信模组还是在大规模出货,你说我是相信你还是相信他们?"赵启东没好气地回怼杨鹏飞。

常年在生意场上摸爬滚打的赵启东,总觉得现在的年轻人太过狂妄,不考虑眼前的事实,净瞎折腾未来。

"2G 退网是趋势,现如今,包括中国在内,还有美国、日本、韩国、加拿大、澳大利亚、新加坡、泰国、新西兰、芬兰、挪威等,这些国家你都去过吧,那里的运营商已经在陆续关闭 2G 网络。为了实现 2G 网络市场客户的切换,大多数运营商已经开通了 NB-IoT 网络,促进大家进行新型网络的升级换代。"杨鹏飞继续说道。

杨鹏飞心想:国内你赵启东不认可,国外呢?骨子里崇洋媚外的你总该会认可吧。

"别的国家我们不管它,就国内覆盖这么大的网络,我们在新疆的边境线都有信号,前后花了几十年建设,投入了那么多钱,配套的芯片、终端产业链又成熟,就被你们这些人给糟蹋了。暴殄天物啊,暴殄天物!"赵启东感叹道。

"岁月催人老,时代要人命。你自己更换手机不是适应挺溜的吗?一发布新机你就买,老手机还能用,为什么更换这么频繁啊?"杨鹏飞觉得给赵启东讲道理没用,还是调侃他比较愉悦。

"我这是属于拉动消费,促进科技进步。"赵启东接了一句。

"那你物联网应用为啥不用新技术呢?你看那些积极拥抱新技术的公司,活得是不是都挺好?"杨鹏飞想从正面引导。

"拉倒吧,to C 和 to B 不一样,有些人被新技术带到沟里去了。到现在还没爬上岸呢。"赵启东不上杨鹏飞的当。

业内人都喜欢用简称,to B 的全称是"Business to Business",是指面向企业用户,为企业提供服务;to C 的全称"Business to Customer",是指面向终端用户,直接为消费者提供服务。

"从中国移动 2G 网络的腾频退网来看,如果你的设备连不上 2G 网络,将会是一种常态。也许,还会有很多渠道供应商继续游说你使用 2G 网络。但是,这些供应商说停就停,他们很快就会切换到向你们推销 NB-IoT、4G 和 5G。"杨鹏飞并不死心,也许是出于职业毛病,遇到那些叫不醒的老板,总想用尽所能说服对方。

"作为智能终端的提供商,你若没有几个月的准备时间,根本无法实现快速切换。当你眼睁睁地看着老客户的订单被你的竞争对手拿下,而你,只能望洋兴叹。2G 网络的腾频退网,对于很多具有创新精神的客户,反而是市场上难得的逆袭机会!"

杨鹏飞不愿意放弃这个客户,说不定哪天赵启东就能跟得上时代的潮流,也说不定哪天他就变成自己最主要的客户。

就在杨鹏飞和赵启东聊天的同时,瑞能科技的销售副总裁孙晓帆和金腾川在智邦通信的办公室里沟通。

"金总,你们现在是我们瑞能科技最大的客户,2G 芯片我们肯定尽最大努力供应,你不用担心。"孙晓帆本想拍拍自己的胸脯进行保证,当手在空中向胸部靠拢的时候,她不由自主地刹住了车,轻轻地按在胸部的上面。

"孙总,我不管你对未来如何保证,眼前的难题是我们的客户在拼命催着要货,你们的芯片供应远远无法满足我们的需求,我要的是你如何解决这个难题。"金腾川也不管孙晓帆是男是女,自己不缺芯片才是正事。

"说实话,我们在年初做 forecast 的时候,并没有预估到今年采用 2G 的规模会增长如此之大,我们绝大部分的产能都是供应给你了,不仅仅是你缺,而是全行业都在缺。不信你可以问问你们的竞争对手。"孙晓帆显得一脸无奈。

"说这些都没用,你们如果不重视这块业务,我们明年的规划可就要调整调整了。"金腾川吓唬道。

"金总,我正好想向你请教,大家都在说 2G 要腾频退网,说不定哪天就要关闭 2G 网络了,我们心里直打鼓,成天在讨论 2G 芯片还能持续多久,你觉得 2G 的市场需求会不会萎缩?"孙晓帆赶快转换一个话题,不能让金腾川一直纠结供货的事情。

"我也知道大家都在疯传 2G 网络要关停,但事实告诉我,我们的 2G 业务在疯狂增长,都不用研发,直接加工生产销售就好,看似单价很低,但利润率可不低啊。你们啊,就别想那么多了,我们不仅有国内市场,还有全球市场,2G 网络不可能全部都关停的。你们就放心大胆地生产,有多少我要多少。"金腾川信誓旦旦地说。

"原以为共享单车是 2G 网络最后的倔强,没想到 POS 机又给 2G 网络一个焕发青春的红利,金总,你觉得今年会不会是 2G 网络的回光返照?"孙晓帆狡黠一笑。

"你个乌鸦嘴。"金腾川没好气地冲着孙晓帆说道。

"关不关 2G 网络,运营商可以说了算,也可以说了不算。"郭青云在没有任何铺垫的情况下给大家说道。

"为什么这么讲?"有人随即就问。

郭青云顿了顿,说道:"比如,运营商建不建 5G 网络,好像不完全是运营商说了算。"

"那谁说了算?"

"政府不给你发放牌照,在我们国家就是无委(无线电管理委员会)不给运营商分配频谱,你想建也建不了。政府给你发了牌照,你想不建,好像也不行。"郭青云说得就像绕口令。

有人插话道:"现在网络上喷 5G 无用的实在太多了。有些人说技术还不成熟,投资回报率太低,4G 网络足够用了,根本就不需要 5G 网络。秘书长,你觉得 5G 到底有没有用?"

"这属于图一时快乐,吃瓜群众过过嘴瘾而已。做这些决策的人肯定是经过深思熟虑,体现大智慧的战略思维。"郭青云感叹道。

"吹吧,你就使劲吹吧。"杨鹏飞冷不丁地说道。

"我这不是吹牛,也不是妄下结论。你看,在网络建设初期,依赖国际标准、通信基站、芯片、终端等方面的成熟度,达到一定的平衡之后,自然会加速建设。当老百姓开始接受性价比较高的智能终端后,会倒逼网络建设加速部署。"郭青云耐心耐烦地说道。

郭青云组织了一些人聊聊当下的热点话题,在说服别人的时候,也要说服自己。如果被对方的偏激言论带到了沟里,有时候想爬出来反倒是非常困难的事情。

　　回顾历史,我们会惊奇地发现:在 3G 网络向 4G 网络切换的时候,很多人在抨击 4G 没啥用,3G 投入那么大,不能说废就废了。现如今是属于 4G 切 5G 的时候,有很多保守派依然会重复相似的论调,说 4G 高速网络还没有发挥其价值,再花大资金投入 5G 网络建设并不划算。

　　2G 网络的管理,NB-IoT 网络的部署,一样承担着运营商网络为社会服务的使命感。5G 网络更是宏大的战略决策,一切是为场景而生,不仅仅是针对为人服务的网络,还要满足车联网和物联网的诉求,从而逐步实现万物互联的理想诉求。

　　中国移动日前发布 2G 网络腾频退网公告:

　　　　中国移动将 2G 网络的 5M 频段(904–909 MHz/949–954 MHz)转让给中国联通发展 4G 网络,并制定了具体时间节点。
　　　　2019 年 12 月之前:完成 30%～40% 省份的腾退工作。
　　　　2020 年 5 月之前:完成全部的腾退工作。
　　　　同时,中国移动计划拿出至少 5M 的频谱用于发展 4G 网络。

　　中国移动用在 2G 网络的 900MHz 频段资源,将从 20M 减频到 10M 及 10M 以下。随着 2G 频谱资源的减少,中国移动 2G 网络体验将大幅度下降。反观中国电信和中国联通,因其 2G 网络价值趋近于 0,早就心甘情愿关闭了 2G 网络。

　　但对于中国移动来说,尴尬来源于多个方面。一方面想继续发挥 2G 网络的剩余价值,另一方面又担心其他运营商 NB-IoT 网络的崛起。前两年共享经济的崛起,又让保守派占了上风。在不继续投入 2G 基站网络优化和网络维护的同时,又想让用户实现规模化发展,可谓难上加难。

　　没过多久,孙晓帆辞职。
　　严格地说是和瑞能科技的老板闹翻之后被老板踢出局。
　　瑞能科技的 2G 芯片业务江河日下,新业务还未能衔接上,孙晓帆眼看着很多关系很铁的客户转投竞争对手的怀抱,自己心里就不是个滋味。
　　摆在瑞能科技老板面前的问题是:2G 网络腾频退网,相关业务何去何从?
　　摆在孙晓帆面前的问题是:离开瑞能科技这个平台,自己的未来又会何去何从？

现如今，很多物联网企业老板普遍感到焦虑，同时也裹挟着运营商和产业链的焦虑。一方面来自 2G 网络的腾频退网，另一方面之前还能正常工作的 2G 终端设备，现在因为网络覆盖越来越差从而和 2G 基站失联。

早在几年之前，一些大型运营商就释放信号要关闭 2G 网络，产业链上的一些企业积极转型，投入运营商主营网络的怀抱；有一些企业则是转战海外市场，从发达国家往欠发达国家和地区转移。

这是市场规律使然。

第 6 节　创业会传染

转眼进入 2020 年的尾声,很多人一方面在总结和回忆这一年来的心路历程,另一方面还要对来年的计划和目标做个展望。2020 年确实是极其特殊的一年,新冠疫情的暴发让很多城市按下了暂停键,在疫情防控渐趋平稳之后,复工复产又吹响了劳动人民的号角。

"我要创业。"曹博士下定决心。

曹博士即将从原公司退休,老板给上了年纪的老员工两条出路:一是主动辞职,公司给保留股票分红的权利;二是继续工作,投入更多的精力参与残酷的市场竞争。

曹博士左思右想,和家人商量了之后,最终选择了主动退出。可他才 40 多岁,在社会上正是当打之年。

"曹博士,别说是你了,我也想创业,公司内部斗争太无聊了。"杨鹏飞也跟着起哄。

"杨总,我发觉你最近缺乏斗志,欧阳橙和孙晓帆把你打趴下了吗?"郭青云发现自己最近若不调侃一下杨鹏飞,总觉得不过瘾。

"杨总现在是红人,风生水起,大家都求着他,他想让谁家赚钱,就给他们多分点货,因此大家都求着杨总赏饭吃呢。"朱老板眯起眼睛打趣道,胖嘟嘟的脸庞总会给人一种人畜无害的感觉。

朱老板是杨鹏飞的客户,杨鹏飞是朱老板的芯片供应商。因公司规模不大,朱老板要求着杨鹏飞赏饭吃。这个世界就是这么神奇,有时候是甲方求着乙方,有时候是乙方必须依赖甲方。做老板的经常是甲方乙方随时切换,丝滑且流畅。

杨鹏飞腾的一下站了起来,指着他的鼻子就说:"朱老板,不能乱讲,我这么刚正不阿,别让我橙老板对我起疑心。你们总觉得我风光无限,其实我的内心是非常煎熬的。一方面要服务你们这些客户大爷,一旦不遂心愿就到处造谣说我坏话;一方面我还要为公司考虑,让所有客户都有的做,一家独大之后会给公司造成潜在的隐患。我现在里外不是人,如果不是因为我心理素质强大,早就去精神病院了。"

"杨总,和过去不一样了哈,逻辑还一套一套的。我现在才深刻体会到厚脸皮才是职场的生存之道。"朱老板开心地说道。

郭青云双手在空中压了压,示意大家缓缓,随即说道:"杨总,坐坐坐,别把我们杨总搞急了,等人家以后飞黄腾达,就没空理我们这些小喽啰了。不过话说回来,我最近感觉杨总没有了之前的冲劲,现在老练了许多。"

杨鹏飞呵呵一笑,坐下来喝口茶,说:"我现在是老员工了,之前是因为自己在星通科技的根基不牢靠,不仅要了解产品,还要拓展客户,不仅要熟悉各部门的领导,还要摸准欧阳橙老板的喜好。现在的情况可就不一样了,我已经是老员工了,芯片和客户都已经是轻车熟路,所以我现在的重心就是学习,学习各位老板的经验。算了,给你们说这些你们也不懂。"

"牛啊,杨老板,孙晓帆和你握手言和了,不再同床异梦了吗?"朱老板冷不丁地打岔。

"你们这些坏人,净惦记着我和孙晓帆的花边新闻。我和她的斗争已经属于常态化,如果没有她的反驳,也无法让我客观冷静地做决策。"杨鹏飞说完后咧着嘴笑了笑,环视一周看看大家的反应。

"牛啊,杨老板,几天不见,长本事了。看来孙晓帆已然成了杨总的贵人,定当成就杨总的宏伟大业。"郭青云也跟着捧道。

"杨总,你刚才说你的重心是学习,最近在学啥呢?"曹博士缓过神后对杨鹏飞的学习很感兴趣。

"曹博士,要学的东西多啦。你看看现在科创板开闸放水,多少家芯片公司争先恐后去上市,商业计划书怎么写,招股说明书怎么写,融资怎么谈,券商怎么选,媒体怎么接触,还有股权激励怎么做,大家的薪水如何调整,股价上涨做哪些,股价破发做哪些,政府关系如何做,还要了解全球格局的变化,尤其是中美对抗带来的风险因素,人民币兑美元汇率的波动影响,知识产权保护,PCAOB检查,337调查,等等,等等。"杨鹏飞一口气说了这么多,自己都惊讶,随即喝口茶压一压。

"杨总,你这哪是销售总监该考虑的事,这些都是老板要思考的事,况且也不是所有老板都清楚这些,只有在事情发生了,或者是迫在眉睫了,这些才是会考虑的事情。"朱老板感到很诧异。

杨鹏飞随即接话说:"朱老板,这些都有现成案例,活生生发生在我们身边,我只是好奇,学习学习而已。"

郭青云呵呵一笑,说道:"朱老板,你把窗户纸捅破了,杨总的心思压根就不是做个高管纯粹打工,他这是要做老板的节奏。"

"做老板有那么容易吗?你们净惦记着贼吃肉,却忘记了贼挨打。"姜苏阳说完后放下茶杯,空气瞬间凝固。

姜苏阳属于连续创业者,现在连他都不知道是第几次创业了。现如今的公司已经坚持了三年多,一直有信心,却一直没起色。

"难道创业会传染吗?你们今天是咋的啦,这是要立志改变世界,还是要维护世界和平?"郭青云感觉天要变了。

郭青云约了一些人在喝茶聊天,聊聊最近业内发生的事情,不知道哪根筋触动了这些人,争着嚷着要创业。

"曹博士,你从公司退休后就开始养老呗,瞎折腾啥呢?你看我,现在养了20多个人,每个月都要往里面倒贴,没有三五年的积累,公司不可能赚到钱的。"姜苏阳扶了扶他的眼镜腿,习惯性把半框眼镜往高处抬一抬。虽然大家都是同龄人,但出道有先后,就显得自己老成了许多。

姜苏阳的行业解决方案在业内小有名气,但规模就是一直没做起来。好不容易把华为的芯片研究透彻,准备大干特干的时候,又碰到美国特朗普政府打压华为造成芯片无法生产。蛰伏之后,好不容易说服大客户采用新方案,又因为漫长的评估和测试需要继续等待。白天要跑客户、见供应商、挖掘潜在商机,晚上还要修改电路图和评审软件代码,每天就像打了鸡血一样兴奋。这种状态已经持续三年多了,还依旧如此。

"我才40出头,博士读完就快30了,真正的工作也就十几年,如果现在啥也不干,天天去钓鱼,这哪是退休,这等于在我脖子上套根绳,一点一点收紧,最终走向人生的终点站。"曹博士道尽了人生的无奈。

"人这一辈子,别老想着一直赚钱,能赚个10年的钱就不错了。打工的人,前几年属于学徒工不算,运气好的人三五年就可以财富自由。做老板的也别指望基业长青,公司如果能有5年左右的高速发展,就已经算是成功企业家了。"郭青云顺着曹博士的话说道,也道尽了他对人生阅历的理解。

"我们打工人就羡慕这种日子,却被你们说得这么惨兮兮。我是要立志做老板,哪怕到了 80 岁,我也要做老板。"杨鹏飞被曹博士和郭青云的言论气得够呛,摘下他的潮牌眼镜往桌上一扔,黑色和红色的撞色设计,再配上金色的 LOGO,除了高档,还是高档。

"好啊,好啊,曹博士、杨总,你们若想成立公司,就来我们高新园区注册企业吧,我帮你们申请高端人才补贴、高科技创业企业补贴,还给你们提供免费的办公场所、免费的人才公寓,拎包入住。如果你们需要资金的话,还有政府引导基金可以给你们投钱。"小马好像捡到了宝,急忙像倒豆子一样把家底全亮出来。

小马是邻省国家级高新技术开发区常驻上海市的招商代表,今天可算是碰着了,一下就有两个人想着创业。

"我们光喝茶哪行,我来点个咖啡,外卖很快就能送到,你们喝什么口味?"离吃晚饭的时间还早,小马机灵地要为大家提供额外服务。

"曹博士,你这几年也认识了那么多老板,人家之前都是求你办事,你干吗不找个对胃口的企业去上班,随便做个高管,也能发挥发挥你的余热。"

郭青云非常了解曹博士,这些年他确实在和很多老板打交道。

"秘书长,我何尝不想啊。我也试了几家,老板客气归客气,招待我吃招待我喝,一说起给安排个工作,就各种扭捏。要么是没有好的职位,要么就是给不出高工资,要么就说庙小难容大菩萨。总之,没人愿意给我抛橄榄枝。"曹博士隐隐感觉有那么一点人走茶凉的味道。

"你有没有考虑过去高校当老师,把这些年积累的经验传授给大学生。任老爷子好像曾经说过:华为的任何一位高管,都足以胜任大学教授的岗位。"

郭青云理解曹博士的无奈,现如今的世道就是这么现实,这么残酷,这么赤裸裸。

郭青云做梦都想做高校老师,但没有博士学历,也没有海外求学经历,只能去高校客串做个业余导师。以至于在任何场合,郭青云但凡遇到个博士,就想鼓励人家去高校当教授,好给学生们进行传道、授业、解惑。

"你们有谁认识大学校长,我咨询过几所高校,现如今教授门槛也忒高了,我虽然有海外博士学历,但需要最近两年之内发表的学术论文,可我工作十几年期间根本就没有再碰过学术论文。"曹博士也有自己的无奈。

"你可选择的道路实在是太多了,我现在最想做的事就是跑到老板办公室,把桌子一拍,老子不干了,我要辞职当老板,以后你混不下去的时候记得来找我,我给你施展才华的空间。"杨鹏飞兴奋地站起来比划。

"你想好没有？在创业的第一年，不要总想着要赚多少钱，而是要考虑能亏多少钱。你不仅没有打工做高管的高工资，还要给员工发放高薪，你的心态能转变得过来吗？"郭青云喝了口咖啡说道。

咖啡的香味叠加了牛奶的丝滑，胜过那被炒上天价的茅台。郭青云不喜欢喝酒，一瓶飞天茅台配两只小酒盅，倒满一酒盅约等于30块，相当于一杯咖啡的价钱。从商务交流的性价比来讲，还是喝咖啡的性价比高。

"第一年的目标不高，能盈亏平衡就行，不至于一上来就算计要亏多少钱吧？"曹博士不解。

"我都亏了三年了，曹博士，做公司一年就想翻身，比咸鱼翻身还难。"姜苏阳虽然这几年一直在投入，但从来不掩饰公司不赚钱的烦恼，因为他坚信，迟早会赚回来的。

"很多打工的人想创业，第一意识就是我只要赚得比打工挣的钱多就行。可大多数的结果都是投入，经济实力强的就权当炒股票亏掉，经济实力弱的便采用回头是岸再去打工。所以我劝你，开始的时候先想办法搞到钱，要么是你自己的钱，要么是投资人的钱。"郭青云直白地说道。

郭青云和曹博士这几年的交情还不错，两人之间没有芥蒂。

"还有，从大公司出来的人，第一次创业的失败概率非常大。你我都非常熟悉大公司的工作方式，大家讲究的是分工协作，一颗螺丝一颗钉。除非你能全编制挖墙脚，干的还是原先的业务，有成功的，但概率太小。"

郭青云离开华为后连续创业失败多次，已经没有创业的激情，但面对想创业的朋友，还是愿意分享一些只有踩过坑才能懂的故事。

姜苏阳扶了扶眼镜，说道："大公司培养你们这些高管，不是为了让你们做老板的。"

"此话怎讲?"杨鹏飞也来了兴致。

"你想啊，你们这些高管，拿着高工资，住五星级酒店，坐飞机头等舱，可以随意报销招待费用，老板就是让你们拥有做打工皇帝的感觉，同时也让你们没有做老板的勇气。"姜苏阳娓娓道来，说完后便端起茶杯喝茶。

郭青云话锋一转，说道："像你们可以选择退休还是非常好的，毕竟是自己的选择。有很多人离职，不是因为公司不好，据说有80%以上的人是因为和自己的直接上司产生了不可调和的矛盾，迫不得已辞职的。曹博士，你们有竞业限制吗？"

"当然有了，限制很多，但凡和原公司业务有冲突的都可以算是禁止范围。

如果被发现违规或有人举报,股票分红就再也领不到了。"曹博士说的是实话。

"难怪有那么多人离开华为之后都喜欢搞咨询公司,专门给一些公司提供咨询服务,什么 IPD 流程管理、PMP 项目管理、薪酬体系管理等。"姜苏阳补充道。

"是的,这些都是被允许的,或者说是鼓励的方向,在做业务的同时也在宣传华为。这也是为什么很多人离开了华为,还在说华为的好。一方面自己在华为学到东西挣到钱了,另一方面还能利用华为的影响力再次谋生。"曹博士一方面感激华为成就了自己,一方面也在为余生的事业纠结。

"谁学华为谁死,难道这不是业界公开的秘密吗?"郭青云又摆出这样一副腔调。

"你们是不是把华为经验妖魔化了?"曹博士不解。

"华友会你知道吗? 就是华为离职人员的圈子,有很多做咨询服务的,收费不便宜,把华为的管理经验输送给一些企业。这些企业老板对任正非可推崇了,狼性文化深得老板们的喜爱,当他们自己没有能力说服员工的时候,就请个咨询专家来给大家上课。就像一个人生病了一样,找个老中医把把脉开副药,有可能就把病给治好了。"

郭青云每次都很喜欢调侃华为离职员工做咨询的事情。

"没这么神吧,肯定有治不好的吧?"姜苏阳确实不解。

"当然多的是,大概率是治不好。你想啊,能在华为做高管的,都是能说会道、能写会吹的,没两把刷子在华为也爬不上去。出来后在民营企业家那里就是神,花点钱雇他们就是专治公司里不听话的妖魔鬼怪。"

郭青云说的是实话,但不中听。

"哈哈,我也可以干这个啊!"曹博士忽然感觉灵光乍现。

"是啊,你有这个基因,认识的老板多,是喝过海外墨水的洋博士、做过大公司高管,见多识广,就差手段毒辣了,哈哈,我看好你,曹博士。"郭青云调侃道。

"我接触的很多客户,包括我们公司内部,成天嘴上喊着要学华为,要有狼性,要加班,要奉献,就没有哪家愿意和华为的薪资看齐。"杨鹏飞也属于山寨华为管理模式的受害者。

杨鹏飞对膜拜华为图腾的人往往嗤之以鼻,基本上都是表面一套背后一套,也只有像他那样的资深销售老油条才能读懂这人性背后的复杂。

人一旦有了创业的萌芽,迟早都会发芽。

年纪轻的就说人家比尔·盖茨大学都没毕业,不也成为世界首富了吗？年纪大的就说人家肯德基老爷爷都 60 多岁了才创业,不也成为全球连锁品牌了吗？

有很多人是遇到了挫折,才被迫创业的。有看不惯顶头上司无能的,有抱怨年终奖分配不公的,有公司倒闭的,有被人煽风点火的。心底埋藏多年的创业萌芽,只要遇到一点点火星,就会燃起埋藏在心中的熊熊烈火。

做老板的,慢慢会习惯别人称呼什么什么总的。做不了老板的,名片上也可以印上联合创始人这类头衔。哪怕是职位不高,见了人也会说自己是公司的投资人。

每天,有很多公司注册成立。也许,这其中总会有几棵萌芽可以长成参天大树。有些就是长不大的灌木,但也要和大树争抢点阳光。有些就是地上的野草,随时会被人连根拔起。有些则会依附在大树上,顺着大树获取少量的阳光雨露。

"曹博士,你想好创业要做哪方面吗？"

"没有。"

"有去谈融资吗？"

"没有。"

"有合适的团队吗？"

"没有。"

"那你有什么？"

郭青云实在不解,啥都没有准备好,开哪门子公司。

"我觉得就是先把旗子竖起来,至于干啥,走一步看一步。我就是公司的天花板！"曹博士拍拍胸脯说道。

很多人喜欢说：老板就是公司的天花板。关键是天花板也有高有低,高度足够的天花板也可以引领公司发展。有些老板说自己不是天花板,而是公司的地板,关键是地板也有厚度之分,铁打的营盘流水的兵,基业长青靠的是足够结实。

对于初创企业,老板一定是天花板,在不断地调整天花板的高度,也就能带领企业实现快速的发展。但企业成长到一定的程度,如果老板不改变策略,天花板容易被捅破,然后就没有然后了。有些老板则成功转型,由天花板转换为地板,员工永远没有天花板的限制,反而会夯实地板的厚度。

"霸气,霸气侧漏啊！我就喜欢曹博士这种态度,同道中人,我要向你学习。"

杨鹏飞站起来伸出手要和曹博士握手。

"杨总,你想好创业做哪块业务了吗?"郭青云以为杨鹏飞只是说说而已,没想到创业的萌芽已经在他那孵化了很久很久。

"你觉得我能做啥? 我肯定要为芯片事业奋斗终生,我立志要做到行业老大,你们都得听我号令。"杨鹏飞豪气地说道。

现如今,杨鹏飞已经迷上了芯片设计公司的经营理念,总觉得比之前在通信模组企业的套路高级很多倍。他逐步找到了自己心中的酸梅树,他要学曹孟德,让所有员工朝着他的目标望梅止渴。

"你都喊了多少年了,也没见你动静,再这么喊下去,你要么是东郭先生,狼来了也没人帮你;要么就是祥林嫂,把大家啰唆至死。"郭青云打岔道。

"不信? 你等着。"杨鹏飞又站了起来。

"现在公司招人可难了,我现在严重缺人,就是招不到合适的人。"姜苏阳特喜欢在大家群情激昂的时候泼点冷水。

"招人有什么难的? 你把工资开高点,办公环境弄好点,三条腿的蛤蟆不好找,两条腿的打工人多的是。"杨鹏飞成功把话题转向了姜苏阳。

"你是站着说话不腰疼,我把办公室设在陆家嘴,工资比同行高两倍,我也认为是可以招到人,但我们做的东西利润空间就这么一丁点,客户也不会为我们的高消费买单,那我们做老板的图啥,图好玩啊!"姜苏阳气得想吐血。

"这就是格局,说明你的格局不够。你有没有看到很多公司在亏钱,但老板给他们自己发的薪水都高达几个亿,是他傻,还是他们投资人傻?"

杨鹏飞非常羡慕领工资可以领到成千万、上亿元的那群人。

"都是人精,怎么可能傻?"小马抽空补一下刀。

"这不就对了,我要是开公司,我就把未来的大饼画圆,越大越好,告诉投资人现在不赚钱,还要往里倒贴钱,未来可以赚大钱,未来一定要让各位投资人功德无量阿弥陀佛。我不仅是公司最大的股东,所有员工还要和我都是一致行动人,我不仅要给自己发很高很高的工资,还要给员工发很多很多的钱,多得让他们无法拒绝。"杨鹏飞对梦想从来不吝啬。

"老杨,啥时候把我招进去?"

姜苏阳作为现实中的创业老板,也被杨鹏飞带到了沟里。

"你等着,我招聘高管,一定要招我熟悉的人,曾经的同事、过往的对手、看顺眼的、看不习惯的,统统招过来,我要打造一个芯片产业帝国,能带兵打仗的必须是我认识的。其他员工就让他们从高校招人,常春藤、985、211,国内的、海外的,学习好的、有想法的、敢挑刺的,统统招过来。"

杨鹏飞一会儿用左手指着大家,一会儿用右手指向天空。群情激昂。

"这牛皮吹得是不是有点大?"小马不信。

"何止是有点,而是跨过了山河,冲破了宇宙。"曹博士补充道。

"你那个美女死对头,叫什么来着,要不要把她也收入麾下?"姜苏阳继续补刀。

"孙晓帆,要,不仅要,还要委以重任,能和我抢食的人,若不重用,那就是我这个老板无能。现在是移动互联网时代,必须要用熟人,熟人也在进步,这样试错的概率才会很低很低。"杨鹏飞表现得无比大度。

"你挖墙脚,有很多人是签了竞业协议的,我看你咋挖人家?"

"这也好办,个人挖不动,我就收购他们公司,连人带技术一并买过来。"

大家都被杨鹏飞的夸张震撼了,郭青云收敛了内心的躁动,随即说道:"有意思。那在别的公司犯过错误的人要不要,比如我们那位可爱的陈不同同学?"

"要,陈不同当年扔烟灰缸事件也许是被人利用,或许是因为年轻气盛。这么多年过去了,他应该也进步了。像这类人,阅尽世事沧桑之后,才会更加珍惜当下。说不定我还要三顾茅庐去请他出山呢。"

杨鹏飞心想如果今天戴一副算命先生常戴的古董眼镜,就更加应景了,再学着诸葛亮的样子摇着鹅毛扇,本来想捋一捋胡子,发现今天把胡子剃得干净,就顺手把扔桌子上的时髦眼镜又戴了起来。

"你这是要宁负天下所有的老板,和天下老板对着干吗?"

"我要重新建立新秩序,我就是斜杠青年,不服来干。"

"说得跟真的似的,老杨,啥时候辞职创业啊?把我带上。"

一个月后,曹博士的芯片设计公司成立了,杨鹏飞还没有动静。

曹博士把公司注册在小马的高科技园区,当地政府引导基金入股。

不久,曹博士的公司拿到了高层次人才专项补贴。

又过不久,听说一家公司的大半个团队离职创业。

再后来,在曹博士的公司里见到了这大半个团队。

之后,曹博士拿到了一家上市公司的战略投资。

再之后,曹博士又拿到了一家基金公司的股权投资。

曹博士的公司推出了第一颗芯片。

好消息接连不断。

"老杨,你最近好像没啥动静啊?"当杨鹏飞来找郭青云喝茶聊天,郭青云忍不住问道。

"啥动静? 我还是老老实实跑客户啊!"

"别在这装傻充愣,你不是说过你想创业吗? 你看人家曹博士,说干就干。今年半导体产业链的融资渠道绝对是历年来最通畅的,你只要有想法并且想要钱,就有人抢着给你投资。"

"我想做老板的心已经很久了,你觉得我行吗?"

"你已经是江湖老油条,为啥不行?"

杨鹏飞做出一副夸张的表情,说道:"我觉得我还是嫩了点,虽然我觉得在星通科技干得还不错,但这是平台的能力,不见得是我个人的能力。要想做老板,融资、研发、销售、生产、财务、管理等,都得有经验,你觉得我有这些能力吗,面面俱到、八面玲珑?"

"你是不是经常焦虑啊?"

"是啊,我也发现我最近经常焦虑,客户接触得越多,就越发觉得自己的渺小和无知。马老师有超过 2 万亿估值的公司倒在了上市前夜;柳小姐把生米煮成熟饭急吼吼赴美上市,最终换来的是公司被调查以及 APP 下架;有股票市值下跌超过 80% 的著名芯片公司,有大股东疯狂套现差点被 ST 的物联网上市公司,有业务亏损的企业老板给自己发 5 个亿的薪水,有上市当天就破发的芯片明星企业,有商誉减值减得都快六亲不认的上市公司,你说这些事情要是摊在我的头上,我都不知道要死多少回了。"

杨鹏飞说完,就感觉像是喘不上气的样子。

"这些事情不可能都发生在一个人的身上,小概率事件,稍微了解了解,当个故事听就行了。"郭青云缓和道。

"那哪行,我要了解这些企业的实时动态,不仅要学习,还要琢磨,最终还要能理解。以史为鉴,如果自己公司遇到了这些事情该如何处理,如果自己作为掌舵的老板又该如何应对。"杨鹏飞越说越带劲。

"等你啥都精通了,黄花菜都凉了。你认识的老板,哪个是你所说的全能,哪个不是边干边学,人有多大胆,地有多大产。"

郭青云似乎觉得杨鹏飞有点道理,似乎又觉得不太现实。

"老话说得好,不想当将军的士兵不是好士兵,那不想做老板的打工人就不是称职的打工人。"杨鹏飞反驳道。

郭青云没好气地说:"这不是老话,这句话是拿破仑说的。你想想,他咋不把这句话说成'不想当皇帝的士兵不是好士兵'呢?"

　　杨鹏飞叹口气,说道:"人贵有自知之明,懂吗? 我虽然经历了很多,但不可能什么事情都要亲身经历,所以我要学习,要体验,要分析,争取让自己的未来少踩点坑。"

　　"不是所有的条件都具备了才能做老板,只要有心,什么时候都不嫌早,什么时候也都不嫌晚。"

　　郭青云把紫砂壶里的茶水倒在了公道杯里,不急不慢地说道。

　　"等等,不急这一时,条件成熟了,我自然会号令江湖。"

　　杨鹏飞等不及郭青云给自己续茶,拎起公道杯给自己倒上了茶水。

第五章　工作生活两不误

† 每天满脑子都是工作的人,那是机器人。

† 吃喝拉撒,七情六欲,全都不能耽误。

† 周围的每个人都是你的变量,唯一不变的
　是你自己。

第 1 节　喝酒调节气氛

杨鹏飞经常参加各种会议和论坛,只要给机会,他都会积极地去演讲。按照常规来说,在孙晓帆未入职星通科技的时候,这些活都是杨鹏飞分内的事情。但在孙晓帆成为市场总监之后,这些在公开场合露面的工作就不该是杨鹏飞分内的事情了。

"杨总,月底在深圳搞个 5G 物联网产业高峰论坛,你们有兴趣参与吗?"郭青云打电话给杨鹏飞。

"去啊,你组织的会议必须去。"

"那是你去,还是孙晓帆去?"

"你最好问问她,她如果想去就让她去,她如果不去我就去。"

"你们公司内部自己搞定,我只通知一个人,至于你们谁去,对我来说无所谓。"

"我想一下,晚点给你答复。"杨鹏飞挂断了电话。

当天晚上,杨鹏飞给郭青云回复说自己去演讲。郭青云不想戳穿他,也许他压根就不想让孙晓帆去,也根本就没有和孙晓帆沟通。按照郭青云对他的认知,杨鹏飞的小算盘打得是噼里啪啦响,事后不管是老板欧阳橙询问还是孙晓帆质疑,杨鹏飞都可以说成是郭青云指定他去演讲。

郭青云经常举办物联网行业高峰论坛,杨鹏飞绝对是积极分子,从来不肯错过任何一次可以演讲的机会,即使最初没安排他们公司,他也要挤进去。

一个毫无灵性的 PPT,被杨鹏飞演讲了不知道多少遍。

"杨总,你的 PPT 能不能修改一下?"

"怎么改,你教教我。"

郭青云每次收到杨鹏飞的演讲材料就很无语。

要美观，根本就没有美观的概念，不同颜色不同字体堆砌在一起，忽大忽小，中间还会掺杂一些从网上拷贝的极不清楚的图片，连人家的水印都懒得抠掉。

要内容，也没啥内容，最新规划的芯片还没有成功案例，也没有销售数据，只是从芯片的规格书里拷贝一些数据，再和竞争对手的指标做个对比。

没有公司的愿景展望，没有拿得出手的世界 500 强客户清单，也没有行业的深度分析，只有赤裸裸的炫耀，我指标好，我价格低，我是一个极具发展潜力的芯片公司。

牛仔裤、红袜子、黑皮鞋，以及超量摩丝打理的二八分头，这是杨鹏飞的标准打扮。唯独带给大家新鲜感的就是各种造型的眼镜，就像女人每天要换不同风格的衣服一样，杨鹏飞的眼镜给大家的印象就是可以确保每天不重样。

更要命的是，杨鹏飞之前做研发，很少在公开场合进行大众演讲，一激动脸涨得跟猪肝颜色一样，不熟悉他的人还以为他就是脸黑而已。

今天，杨鹏飞选了一副工程师熟悉的大框眼镜，没有修饰，材料普通，一看就像是个做研发的老大哥。

就因为这样，杨鹏飞的演讲效果是出奇的好。

很多行业老板对他留下了清晰的印象，很多工程师觉得他就像是自己的老大哥，亲切自然。很多人在看到高峰论坛宣传里有杨鹏飞的名字，都有冲动去报名，都想目睹一下杨鹏飞是何方神圣。

第一次听他的演讲的人，都对他留下了深刻的印象。很多拥有社交恐惧症的理工男工程师，默默地给自己暗示，我也要改变我自己，总有一天，我也可以万众瞩目。

"杨总，加个微信！"

"加个微信，杨总！"

每次杨鹏飞演讲结束，都有很多粉丝冲上前来要加杨鹏飞微信，害得排在他后面的演讲嘉宾恨得牙根直痒痒。

"我给你提个建议，下次，你演讲完之后，不要坐回到座位上，而是从中间过道穿过会议厅，不要猫着腰，一定要昂首挺胸，让所有人知道你在哪里，然后从后门出会议厅，站在门口接待你的粉丝，这样你既可以耀武扬威，同时也不会影响其他嘉宾的演讲。"郭青云提醒杨鹏飞。

作为会议的主办方，郭青云总会遇到新问题，一遇到不合时宜的情况，就必须快刀斩乱麻,既要让这些金主满意,又不能影响整个会议的节奏和氛围。

"是、是、是!"

杨鹏飞不敢怠慢,非常认真地认可郭青云的建议。

郭青云经常把行业用户聚集在一起,这些人大多数是竞争对手,但在杨鹏飞的眼里,这些人都是他潜在的客户。通过联盟举办的行业论坛,一方面可以快速认识客户,另一方面可以降低和客户的沟通成本。换作以前,别说不认识这些人,就是认识,挨个拜访的话,一年也跑不了几个客户。

过去,大多数芯片公司是依赖代理商挖掘客户和组织拜访客户。这是美式思维,大型芯片公司每年都会举办新品发布会或开发者生态大会,目的就是自己花钱搭台,让代理商和客户走得更近一点,顺便让大家认识到原厂的能量。至于是哪家代理商挖掘的客户,反倒无关紧要,只要是自己的客户就行。

现在,作为国内的蜂窝通信芯片企业,往往是靠一两颗芯片打天下,自己没有很强的市场号召力,也不愿意花大价钱邀请大家聚会,大多数的芯片公司就是依赖通信模组企业挖掘客户和组织拜访客户。

之前,杨鹏飞经常央求着通信模组公司的销售带他去见客户。但是,效果总觉得差那么一丁点。因为自家的芯片还没有知名度,客户可选可不选,压根还达不到爱用不用的地步。

要么是需要提前很多天预订行程,经常会遇到临时取消行程的无奈之事。要么是好不容易预约了客户老板见面,但到了对方公司后,左等右等,老板说临时有个政府领导的重要接待,安排其他人与大家沟通。要么是用各种理由推三阻四,大客户的老板不好约,不是说见就能见的,顺便再给你透露一些这些大公司内部错综复杂的关系网,不是不帮忙,而是条件不允许。

杨鹏飞已经习惯了,通信模组企业是自己的客户,指望客户带自己去见客户的客户,肯定是有点强人所难了。杨鹏飞大多数是自己直接上门拜访,有贴得紧的通信模组销售愿意参加就一起去,不愿意参加也没关系。

在有实力的通信模组企业眼中,杨鹏飞单独拜访客户是有点逾越商业潜规则。业内有个不成规矩的规矩,就是蜂窝芯片和通信模组最好是联合拜访客户,否则会产生混乱。杨鹏飞不管这些,对于已经采用自家芯片的客户,就加深印象;对于尚未采用自家芯片的客户,那就自己公关。

杨鹏飞的精力绝对是足够旺盛,绝不愿意放过任何一个潜在客户。

"今天认识了多少人啊?"郭青云一看到杨鹏飞,打趣地问道。

"太好了，一百多家企业，十几个老板，几十个研发负责人，有些老板我让通信模组公司约了好多次都没有约到，没想到啊，他们今天就在会场。"杨鹏飞非常开心。

"有用就好，下次我们再把其他行业也搞搞。"

"一定要搞，一定要搞，我一定全力支持！"

杨鹏飞非常明白，这种会议的效果，就像是天上掉馅饼一样，多方共赢。郭青云也明白，只有满足行业客户对专业内容的渴望，才能让这些演讲企业心甘情愿地进行资金赞助。

"哟，杨老板，请你喝酒从来都不给面子，今天怎么了？开始喝上酒了，太阳打西边出来了吗？"小陶红端着酒杯，非要和杨鹏飞挤在一张椅子上。

小陶红常年在芯片代理商工作，贴靠是她的拿手本领，嘴巴又甜，穿着简单，对付男性工程师绝对是一把好手。现如今，小陶红已经有了自己的公司，妥妥的老板娘，还是干芯片代理，并且是星通科技的代理商。

杨鹏飞之前做研发的时候，从来不喝酒，因为不能喝酒，反倒是非常羡慕其他能喝酒的人。一杯啤酒，足以让自己的内脏翻江倒海，脑袋能明显感受到心跳的加速，通红的脸就像猪肝一样。

可现在，从研发转行做销售，这些客户都是久经沙场，个顶个都是喝酒好手。并且他们通常喜欢喝白酒，平常电视剧里高科技公司的商务人士都是红酒杯摇啊摇，摇半天也喝不了几口的场面，在这个圈子里，根本不存在。

"小陶红，以后不能喊我老板，万一你哪天在橙老板面前说漏嘴喊我杨老板，你岂不是在害我。"杨鹏飞假装不悦。

"那你喝酒，如果你喝完这壶酒，我以后就不叫你老板。否则，我会把杨老板喊习惯的，说不定在橙老板面前也收不住嘴……"

小陶红从来不肯透露她的年龄，看上去年纪不大，喝酒非常豪爽，传言能喝一瓶高度白酒。一旦和客户喝上了，没有一个能逃得掉的。

"令狐冲，令狐冲，老杨，今天就豁出去了，美女要和你拎壶冲。"朱老板在旁边起哄。

杨鹏飞冲着小陶红傻笑，说道："我抿一口，你随意！"

"老杨，小陶红这么有'事业线'的女人，你竟然敢当众拒绝。"

"朱老板，我是有'事业心'，不是'事业线'。"小陶红嗔道。

"都一样，都一样，小陶红，总之，你是有'事业'的女强人，就看你今天能不能把老杨拿下。"朱老板趁着酒劲，撒了欢地说道。

杨鹏飞没有酒量，只有靠耍赖皮的嘴上功夫，才能化解一些尴尬。

可没承想，他越是扭捏，大家越是开心。

杨鹏飞经过这几年的历练，啤酒勉强可以喝上一瓶，白酒估计顶天一二两。为了做客户，为了和客户拉近距离，杨鹏飞的酒量逐日见涨。

有些人喝了酒舒服，可有些人喝了酒反而难受。

有时候实在喝不了，杨鹏飞就坐椅子上睡，开始是装睡，可在酒精的刺激之下，很快就真的睡着了。

"喝，小陶红，我喝一杯，你喝一壶！"杨鹏飞今天很开心，开心的是一场活动认识了梦寐已久的很多客户。拎起酒杯，抬高嗓门，一方面要为自己壮胆，另一方面也让围观的客户对自己记得牢一些，便于后续客户拜访。

"哟，杨老板喝酒了！"

"是吗，他不就是哑巴一下舔个酒吗？"

"老杨也是为公司拼了，喝不了酒还喝，都成工伤了。"

"美女要他喝酒，一定要逗能啊，不信你去和他喝杯去？"

"小陶红喝白酒跟喝壶茶一样，老杨今天非得要醉倒在人家石榴裙下。"

大家一方面起哄，一方面看热闹，大半天过去了，杨鹏飞的酒杯还满着呢，没空到嘴巴边上。小陶红就当看热闹，被她喝趴下的老板已不计其数。

有些人喝多了，话特别多，各种八卦消息满天飞。

有些人喝多了，眼皮一耷头一歪，再吵再闹也能睡着。

有些人喝多了，唱歌跳舞脱衣服，大嗓门都快赶上了帕瓦罗蒂。

有些人喝多了，吵架的、打架的、劝架的、看热闹的，乱成一团。

有些人喝多了，一场不够，还要二场三场，在酒精的刺激之下，全天下唯我独尊。

"小陶红，我要是喝多了，你得送我回家。"杨鹏飞拎着酒杯就是不往嘴里倒。但是，杨鹏飞特别欣赏小陶红的酒量，总想招个美女销售替自己挡酒。

"杨老板，我可不敢送你回家，你老婆见到我还不把我给吃了。要不，你到我那去住？"小陶红开玩笑说道。

"走吧，现在就去。"杨鹏飞眯起了色眯眯的眼睛。

"去吧，去吧，老杨，别喝了，赶紧去。"大家跟着起哄。

"你们这些坏人，上次是你们谁，竟然把我搞到派出所，朱老板，是不是你干的？"杨鹏飞把话题成功转移到朱老板头上。

"杨总,你真的是冤枉我。你那时很清醒,不让我送你回家,然后我帮你叫了出租车,还让你说出了小区地址,告诉出租车司机后你就走了,没想到你竟然被司机拉到了派出所。"朱老板边说边笑。

"咋回事,说来听听。"小陶红好奇起来。

"还能怎样,杨总在出租车上呼呼大睡,人家司机到小区门口根本叫不醒他,只好把他拉到派出所。这还算是好心司机,没把他扔路边草丛里算是对得起苍天了。"朱老板自斟自饮,乐呵呵地说道。

"这算啥,有次杨总喝多了,我们只好向饭店借了一个平板拖车,拉到车上送他回家。你猜他老婆如何对他?"小李咂巴一口酒,故作神秘。

"不让他进家门?"

小李站了起来,捋了捋袖子说道:"刚开始是不让杨总进家门,叫我们去酒店开房。我们一看他喝成那样,哪敢把他一个人丢在酒店,只好央求他老婆开门。就在家门口,他老婆用脚就踢,感觉不过瘾,直接跳到他身上踩。我们实在是看不下去了,才把杨总拖进屋子里。"

"然后呢?"

"然后他老婆就把他丢在客厅,不让进房间,也不让他睡沙发,直接把我们撵出来了。我都不敢想象,杨老板在地板上睡一宿是啥滋味。"小李叹了口气。

"人才,人才,杨总,你确实是人才!"小陶红冲着杨鹏飞直竖大拇指。

当大家酒足饭饱之后,有人提议去唱歌,楼上就是 KTV,大家继续 HIGH。

"杨总,杨总,你猜我刚才看到什么了?"小陶红从洗手间回来,故作神秘地当着大家的面冲杨鹏飞说道。

"你手机掉马桶了?"杨鹏飞故作震惊。

"你才掉马桶了。"小陶红嗔道。

"捡起来洗洗还能用,没关系的,除了打电话的时候带点味,其他也没什么。"杨鹏飞一说完,小陶红就把手机扔给了杨鹏飞,说道:"杨总,你把我这部手机说臭了,你得给我买新手机。"

"凭啥? 我又不是你老公。"杨鹏飞不服。

"老杨,买吧,若不买的话,你估计以后又要添加一项八卦罪名。"小李插话道。

"我买了岂不更是有口难辩,小陶红,你刚才到底看到了什么?"杨鹏飞赶快转移话题。

"不告诉你,气死我了。你把耳朵堵住,我告诉他们,你不许听。除非,你把这瓶酒干了。"小陶红指了指杨鹏飞面前的啤酒瓶。

"除了喝酒,其他的都可以听你的。"杨鹏飞露出猥琐的笑容。

"我刚才看到了孙晓帆,就在隔壁的包房,吆五喝六的,和一群大老爷们在拼酒。"小陶红压低了声音。

"是吗? 这有什么稀奇的,你不也是和我们这些大老爷们在 KTV 里喝酒吗?"杨鹏飞冲着小陶红笑嘻嘻说道。

"杨总,你难道就不好奇? 就不好奇孙晓帆在和谁喝酒? 我说出来能把你吓死。"小陶红把杨鹏飞的心态拿捏得很到位。

"谁? 让我去瞧瞧,别骗我。"杨鹏飞信不过小陶红,随即冲出了包间。

小李呵呵一笑,端起酒杯要和小陶红碰杯。"小陶红,说说,那人是谁? 孙晓帆我是领教过的,绝对是杨总的克星,人家现在是欧阳橙的红人,手段绝对多,步步为营,已经把杨总逼到了墙角。小陶红,到底是杨总生猛,还是孙晓帆厉害?"

"李总,好奇害死猫,来来来,喝酒。"

"小陶红,你太厉害了,你成功地把人民内部的矛盾挑唆成了阶级斗争的矛盾。杨总会不会过去干架去了,别酿成大祸。"朱老板看热闹不嫌事大,恨不得自己的猜测立马变成真的。

"我借杨总十个胆,他最多是在隔壁门缝里偷着瞧,绝对不敢推门进去。"小陶红说完哈哈大笑。

"到底是谁和孙晓帆在喝酒,杨总出去了这么久还没回来。"有人耐不住性子想出去瞧瞧。

"杨总回来了,淡定,淡定。"随即这些人回到沙发上坐好。

"杨总,回来了,看清楚是谁了吗?"小陶红眯起眼睛调侃杨鹏飞。

"切,我当是谁呢,都是老熟人。"

"既然都是老熟人,你为啥不进去打个招呼喝杯酒啊?"

"你以为我不敢啊,酒杯拿来,倒满。"

"你的酒压根就没喝,满着呢,去啊!"

"我服了你们了,我还是陪你们,他们那边我就不去了。"

"认怂了吧,杨老板。"小陶红继续挑衅。

"到底是谁和孙晓帆在喝酒,让我们杨老板抖抖索索。"

"杨总,谁呀,谁和孙晓帆在喝交杯酒啊?"小陶红挎着杨鹏飞的胳膊,端起酒杯就想给杨鹏飞灌酒。

"好好好,我说。我看到了武亮平武总,其他几个不认识。"

"你会怕武亮平?不就是法沃智能的总经理吗,我们两家公司在客户那边经常会拼刺刀,我去找他喝酒。"朱老板拎起酒杯就想出去。

"别别别,朱老板,你冲过去喝酒很简单,万一你把人家的好事给撞破了咋办,再说了,人家问你和谁在喝酒啊,你岂不把我给供出来了。"杨鹏飞非常清醒。

"都是生意人,你还怕这些。表面功夫就是演戏,背后捅刀才是核心。杨总,你要是连孙晓帆都搞不定,以后在江湖上还咋混啊?"朱老板气呼呼地坐下喝酒。

杨鹏飞一边和大家打着嘴仗,一边在默默地叹息。今年芯片产能出奇地紧俏,开始是零星芯片的缺货涨价,到现在已经演变成全球芯片产业链到处缺货。去年还在担心芯片库存太多卖不出去,今年就演变成了没货可卖的另外一种尴尬境界。

百年难遇啊!

杨鹏飞心想,从业十多年来,破天荒第一次,就被我遇到了。

千载难逢啊!

武亮平心想,一定要多囤点货,脸皮又不值钱,不挣白不挣。

是喜是悲?

变化实在太快,都来不及细想。

星通科技公司产能跟不上,有足够多的订单却没有充足的生产能力。客户上门来要货的感觉就像上门讨债一样的尴尬,好话好说与拍桌子瞪眼就在转瞬之间。

"秘书长,你又不喝酒,怎么能做好秘书长?"

"你们喝你们的,谁规定秘书长就必须能喝酒了?"

郭青云自己都不理解,基本上滴酒不沾,不喜欢聚大餐,不喜欢 KTV,不会人前人后,咋就稀里糊涂做了个秘书长。想当初自己在大公司因不满顶头上司的腐败和分配不公愤而辞职,在初创公司不懂股权分配和缺乏高管斗争经验而沦为老板的牺牲品,在自己做老板的时候被台湾供应商欺骗而损失惨重,在行业协会被直属领导利用并充当获利的工具人,等等如此,如此等等。就在郭青云感到绝望的时候,新技术的出现给他带来了一丝微弱的曙光,当心情迎着太阳升起的时候,过去一切不顺的阴霾从此销声匿迹。

当郭青云做了秘书长之后,才发觉秘书长的工作真心不易。

很多人标榜服务产生价值,但在郭青云看来,很多服务经常不能产生价值。

当没有迫切利益诉求的时候,情怀便是支撑郭青云前进的动力。有些老板喜欢郭青云,可以帮助自己拓宽视野,快速建立客户群体。有些老板对郭青云恨之入骨,恨的是行业从此再无秘密可言,联盟经常公开很多信息给产业链合作伙伴,令他们无法形成信息差。

秘书长就是个工作岗位。郭青云自打做了秘书长之后,深刻体会到一点:秘书长就是服务员。行业联盟的秘书长,是为各家企业服务的。联合国的秘书长,是为各个国家服务的。政府部门的秘书长,是为领导服务的。

不管是去哪家公司调研,还是组织行业会议,都少不了吃饭和喝酒。对郭青云这个年纪来说,吃饭就是一种负担。身体健康情况每况愈下,吃多了还得去减肥。朋友圈里的三高人士还挺多,高血压、高血脂、高血糖,还有什么脂肪肝、胃穿孔,就连很多喝酒豪爽的也招架不住天天喝,等到某天医生嘱咐不能喝酒的时候,还要偷偷地抿上两口。

不懂喝酒也就算了,一上酒桌就会有很多讲究,尤其在山东举办活动的时候,郭青云经常被上课。

在高朋满座的酒桌上,端起酒杯站起来的那一刻,每一位山东人都成了职业演说家。主陪、副陪、三陪,主人坐哪里,客人坐哪里,不能乱了规矩。主陪的架势一定要端足,讲话要一套一套的,就像基督徒吃饭前要祷告一样,山东的主陪要让你切实体会一下孔孟之道,文化人就是不一样。副陪要有江湖气,梁山泊一百单八将的豪爽气概一定要有,如果扎上胡子背绑大刀,你还以为是在拍电视剧。三陪主要是陪好左右两边的客人,不能喧宾夺主,在乱战的时候不能让客人感觉受到冷落。

郭青云一直觉得他们喝的不是酒,而是气势。

每到一个地方,喝酒的花样都不一样。有些人只喝酱香型白酒,有些人觉得清香型白酒也还不错,有的人拿出了茅台镇的定制酒,有的人捧出来的是泡了大蒜的一大坛子白酒,有的人拿出了自家澳大利亚酒庄生产的葡萄酒,配上硕大的红酒杯,倒个杯底,然后摇个不停。

西班牙的巴塞罗那,威尼托大道餐厅,欧阳橙和金腾川在品尝着南欧大陆盛产的老藤葡萄酒。

现如今,金腾川一改往年的认知,还是要和芯片供应商的老板建立直接的联系。如果前几年不和杨鹏飞纠缠,直接和欧阳橙沟通,说不定就不会发生那么多的不愉快。

　　2021 年,完全不正常的一年,全球产业链缺芯少料,大家都在拼命地抢芯片,只要能拿到货,就能赚到钱。所有的人都像疯子一样,曾经做不进去的客户也给订单了,价格高点就高点,只要能供货,其他的一切都不是问题。

　　金腾川的目的很明确,就是让你欧阳橙认为智邦通信是重点客户。

　　欧阳橙的心思很清晰,就是让你金腾川成为星通科技的铁杆盟友。

　　千言万语道不尽,一切尽在不言中!

第2节　家有儿女初长成

杨鹏飞儿子十四岁，初三刚开学没多久，老师就要求家长给孩子一段人生寄语。

"儿子，你们老师不仅给你们布置作业，同时也不会忘记我们家长，也给我们布置了作文。"杨鹏飞对正在做作业的儿子说道。

"是吗？要不你也不交作业，看看我们老师如何对付你。"杨鹏飞的儿子用水笔把蓝色近视眼镜往鼻梁上顶了顶。

"那不行，我是你们老师眼中的好家长，一定要完成老师布置的点点滴滴，你就甭管了，写好了给你看。"杨鹏飞顺势摸了摸儿子的头。

杨鹏飞嘴上如是说，但却不知道如何下笔。好不容易，花了一个晚上整了一篇小作文。

亲爱的儿子：

　　恭喜你进入青春期最重要的14岁，阳光灿烂的笑容里总能带那么一点点诙谐。

　　当爸爸妈妈看到你非常努力非常认真地每天做作业，看着都心疼，但你的成绩无法体现你的努力，我们就觉得你很可怜。

　　八年级第一学期，你晚上做不完作业，第二天早上自己设闹钟爬起来做作业，我们想让你改变，但你有你的坚持。结果是你上课效率变低，学习成绩下降，第二学期禁止你的这种行为之后，是不是反而会给你带来学习效率的提升？

　　爸爸妈妈的学习能力都很强，也相信儿子你能找到你的学习方法和自信。不是爸妈不给你上补习班，而是觉得你需要找到属于自己的学习效率。

学习就像跑马拉松，起跑慢的人通过积极的心态调整和中段努力，也能笑到最后的冲刺。

有时候翻翻你们的课本，感觉内容也不是很多，就想不通你为什么学得这么艰难。不过你的很多题目我也不会做，绕弯、拆解，把简单的问题变复杂，把直线思维变成螺旋思维。

人生的每个阶段都充满了期望，只要你拥有一颗积极向上的心态，为自己树立一个目标，再通过不断地调整，你会感觉全世界的宠爱将集于你一身。

爸爸带你去过我生长的农村，根本无法预料我的人生变化会如此之大。在读书的时候从来就没有奢望过考第一，但现在我可以站在大学的课堂上给老师和同学们上课。有时候我会给你讲讲什么是物联网，目的是想让你在学习的过程中体会到知识与实际相结合。

你喜欢音乐，感觉音乐一直萦绕在你的周围，我们觉得挺好，音乐是甜的、酸的、苦的、辣的，当我们看到你的作文时，能感觉到你的真性情。但描述语文老师的作文，就有点过分了，幸亏你的老师度量大，还给你认真地批阅，要是我的话，真想把你胖揍一顿。如果你能鼓起勇气给老师一个道歉，我们将为你的成熟鼓掌。

爸爸妈妈也经历过 14 岁，回想起来，趣味无穷，我们也将见证你 14 岁的改变。

春有百花秋望月，夏有凉风冬听雪。

懵懂的青春，将会为你未来的生活添姿加彩。

上有老，下有小，是杨鹏飞这个年纪最大的现实。可人到了 40 岁，人生就像分水岭，一边是回不去的过去，一边是不确定的未来。

40 岁之前，有太多的放不下。小时候刻苦读书，是对父母最大的安慰和回报。毕业了要找个好工作，工作之后要结婚，结婚之后要生子。在这个过程之中，全是眼前优先级最高的事情，无暇顾及太多，租房、买房、买车、跳槽，还要购物、娱乐、旅游等。

40 岁之后，杨鹏飞在外人眼中属于光鲜亮丽，属于邻居家的好孩子。但是，在拼命工作的背后，却是对家庭关怀的缺失。工作就像一架疾驰的马车，由不得你停下来思考该不该做这些事情。上未能对父母尽孝，下不能陪伴儿女的成长，很难在公司和家庭之间寻求一种都满意的平衡。

40 岁是不惑之年。媒体上每天都会报道某某某为了工作亏欠家人太多的感人故事。有警察、有医生、有书记、有劳模，唯独没有老板。似乎每个老板的能耐都很大，赚钱和顾家两不误。

杨鹏飞既不是老板，也不是明星。作为一位热爱工作的职场高管，杨鹏飞明白一个道理：没有什么事是用钱摆不平的。

对父母，每个月给足生活费，偶尔打个电话，即使一年半载见不到面，父母也觉得儿子很辛苦，能有这份孝心已经知足了。

对老婆，逢年过节送个花、发个红包，哪怕杨鹏飞每周只是把家当作酒店住上一两个晚上，也就没什么怨言了。

对孩子，要啥买啥，出差回来带点惊喜，不是土特产就是新玩具，小孩子只要不管他学习，他永远都把你当作神。

什么鸡毛蒜皮，什么东家长西家短，杨鹏飞根本无暇顾及，每天有忙不完的工作，唯有挣到钱，才能维持这个家庭的动态平衡。

"嘘……"

杨鹏飞忽然竖起食指放在嘴边，示意大家不要说话，盯着手机屏幕犹豫了一会儿，最后还是接通了电话。

"今天你在哪里？"听筒里是女人的声音。

"我在和客户吃饭，怎么啦？"

"今天是什么日子，你不知道吗？"

电话里的声音突然加大，在座的大老爷们立马心领神会，领导来查岗了。可现在是吃晚饭的时间，不是半夜 K 歌喝酒的时候，这还是我们熟悉的杨总吗？

"什么，什么日子？"

杨鹏飞用手捂着扬声器，压低了声音说道，脑袋不由自主地耷拉下来，脸上的肌肉拧巴起来，拧出来的不知道是哭还是笑的表情。

"来，我们一起大声说：520。"

有人起哄，大家都朝着杨鹏飞大声喊 520，杨鹏飞瞬间心领神会。

"我错了，老婆，我错了，马上补，别生气，稍等……"

杨鹏飞的老婆听到了电话那头的起哄声，知道老公又在应酬客户。她很心疼老公，知道老公挣钱不容易，但就是控制不住自己的情绪，尤其是在重大节日面前，何况今天还是两人的结婚纪念日，不能把她一个人丢在家里伺候那不知天高地厚的调皮儿子。

"你们这些坏人!"

"杨总,你把单买了,回家去吧,不然回家要跪搓衣板了。"

"杨总家哪有搓衣板,都是电路板,DIP 封装的。"

"杨总,我那还有好多报废的电路板,要不改天给你挑几块好的送过去。"

"杨总,嫂子发飙了,你还好意思在这喝酒。"

"小事,马上就能解决。"

"我就喜欢杨总的临危不惧、坐怀不乱!"

杨鹏飞和大家一边打嘴仗,一边打开手机,嘴里还一边叨咕:"520,转多少呢? 算了,再加个 0,5200,必须搞定。"输完了数字按确定,很快短信叮咚一下,6 位数密码一输,OK。

"喂,老板娘,给我包 18 朵玫瑰,你再看配点啥,贴合今天的 520,搞好后叫个闪送,给我送到万象城的唐朝酒家。"杨鹏飞在发完红包之后,火速又给老婆买了一束花。

大家又一次发出了嘘声,惊叹杨鹏飞解决问题的能力。

"这点小事都搞不定,怎么面对你们这些大爷客户的刁难,来,喝酒。"杨鹏飞端着酒杯站了起来。

父母说:儿子,咱不要那么辛苦!

妻子说:老公,能不能少出点差!

儿女说:爸爸,周末陪我去楼下玩!

杨鹏飞除了赚钱,对家庭的很多事情已经没有太多的期待,父母会老去,儿女会长大,对熟悉得再不能熟悉的妻子,也放下了对彼此的强求。

很多公司都不招 40 岁以上的程序员,一些高科技公司直接要求 40 岁以上的普通员工退休。高科技公司不喜欢年纪大的普通员工,唯有爬升到一定的管理岗位,才能让公司舍不得开掉你。

杨鹏飞现在是什么都有,芯片高科技公司高管,拿着高薪,拥有股票,出门时飞机、高铁、网约车,怎么快怎么来,五星级酒店、高档饭店,电话微信忙个不停,一个决策可以影响整个行业乃至全球格局。虽然自己已经年过 40,但事业却是如日中天、名利双收。

杨鹏飞最大的诉求就是:后院不能起火。

"你平常给你老婆诉苦吗?"

很多朋友都认为杨鹏飞怕老婆,在郭青云看来绝不是那么简单,杨鹏飞已经是非常厉害的销售总监,怎么可能搞不定自家的领导。

"有时候会说一些烦恼事,有时候也会转发一些公众号文章,比如互联网大厂大规模裁员、40岁以上程序员没人要,等等。"杨鹏飞露出狡黠的笑容,他认为这些小聪明足以让老婆既为他骄傲,又为他担心。

"通常她什么反应?"

"她让我洗碗的时候,我就会有电话进来。她让我睡觉的时候,我就说再发几封邮件就睡。"杨鹏飞边说边笑。

"你太会蒙人了,难道她不知道芯片行业人才奇缺吗?不管是研发,还是销售,都是越老越吃香。"郭青云听到过很多业内人士的抱怨,也听到过很多其他行业人士的羡慕嫉妒恨。

"这你千万不能给我老婆说,本来是高级知识分子用于自嘲的'程序猿''IT农民''编码工人',被自媒体一传播,很多外人真把这事当真了,说什么大家吃的都是青春饭,过了40岁就没人要,万恶的资本家就知道欺负程序员等等。"杨鹏飞说着说着自己都乐了。

"我要改变你老婆的认知,这么高大上的职业,被你们这帮人说得如此惨兮兮。"

"别,千万别。将错就错呗,对我反而是一种保护。"

"你可以在你老婆面前卖惨,来博得她的同情,说,你是不是向日本男人学的伎俩?老婆面前一套,老婆背后一套。"

郭青云有时候觉得调侃杨鹏飞也是人生一大乐趣。

深圳,夜生活相当丰富的城市,孙晓帆正在陪客户喝酒,看到老妈打电话过来,前两次没接,又打来第三次,随即拎起电话走出了包房。

"帆帆啊,你啥时候回来?你家儿子我管不了,吃饭不好好吃,作业也不做,就知道打游戏,这以后咋办呀?你说你也老大不小了,成天在外面出差,离婚后非要抚养这个儿子,你要挣那么多钱干吗?还不如找个男人老老实实过日子,把孩子也好好教育教育,只管生不管养,以后咋办呀?……"

孙晓帆的妈妈在电话里唠唠叨叨,孙晓帆已经习惯了,这种论调也不知道重复多少遍了。前夫在研究所上班,四平八稳,婚后生了孩子,本来一家人其乐融融,小日子过得让邻居们很羡慕。

有一次,一家上市公司的老板在饭桌上吹牛,说公司才上市半年,老婆就吵着要离婚,最后被法院判了分给老婆 6 个亿,害得他心疼得好多天吃不下饭。然后给大家说:"不管有钱没钱,人心叵测,一定要学老外那样做个财产公证。"

孙晓帆回家后就和老公商量财产公证的事情。老公一听就火大,质问她是不是在外面鬼混有了外遇。不说则已,老公话一出,立马把她的熊熊烈火给点燃了。

孙晓帆指着老公的鼻子大骂:"我跟了你真是倒了八辈子的霉,你看你那点破收入,连小孩都养不活,你还好意思冲我发火。今天,我就是要和你把财产公证做了,我们现在住的房子是我爸妈支持买的,你爸妈一个子没掏,其他的家电家具和装修费用算了,就权当我扶贫了。"

"这日子还过不过? 都结婚几年了你竟然要把我扫地出门?"孙晓帆的老公气得鼻子都歪了。

"签完协议我们照常过日子,我们还有儿子要抚养。"孙晓帆忽然和颜悦色,想安抚安抚老公。

"你现在嫌我穷,结婚前为啥不让我签协议? 如果你那个时候要做财产公证,这婚我还就不结了。你们一家子人是不是都是嫌贫爱富的嘴脸,见钱眼开啊,现在你是怕什么,怕分给我一半的家产,还是你有其他打算?"孙晓帆的老公说话声音越来越大。

两人争吵到深夜,孙晓帆歇斯底里地吼,她老公实在是精疲力竭,然后收拾一个行李箱出门住酒店去了。

没过多久,两人离婚了,儿子归孙晓帆抚养,她老公只需按月提供抚养费到18 岁,并且放弃探视权。

孙晓帆还像往常一样喜欢工作,儿子交给爸爸妈妈带,自己想回家就回家,不想回家就四海为家。

就在郭青云一个人喝茶发愣的时候,儿子学校班主任在微信里留言,诚挚邀请郭青云给同学们的十八岁成人礼做个演讲。

"老杨,我印象中你去你家小孩的学校做过汇报,能否把你的演讲材料发给我看看。"郭青云想起杨鹏飞曾经在朋友圈炫耀过。

"咋啦,你家娃的学校也给你派任务了?"

"是啊,十八岁成人礼,给他们讲点东西,我对付职场的人没问题,但对高中生,还真不知道讲哪些内容会更合适。"

"我家娃是初中生,你家娃是高中生,两个维度,讲的东西肯定会不一样。"

"别废话,把你的稿子发给我看看。"

郭青云对杨鹏飞的磨叨显得有点不耐烦。

每个人都曾经未满十八岁,能讲什么,不能讲什么,讲哪些合适,到底可以讲什么? 自己在十八岁的时候,还是个懵懂的少年,只知道一门心思备战高考。没有电视,没有网络,没有手机,没有和外界打交道的一切途径,只有天天像看护小鸡一样的老师,还有几个调皮捣蛋放弃高考的坏同学。

郭青云如约来到学校的大礼堂,同学们已经穿戴整齐按班级落座,洋溢着满脸的青春,瞬间感觉自己老了很多。

国歌奏响,全体起立。

郭青云的思绪回到了自己 18 岁的那个年代。那个时候也是高三,课桌上有一半的空间摞着厚厚的复习资料和历年的考试卷子。一个班 80 多个同学,整个教室也到处洋溢着青春的气息,大冬天都不用开暖气依旧不会觉得冷。晚自习的时候,讲台上坐着老师,那时没有手机,老师只能是看书或者批改作业。

忽然,警报声响起,呜啦呜啦地如同哀号一般。

"地震演习,地震演习,大家赶快找地方躲……"

讲台上的老师开始指挥大家,真的就像地震马上就要来临一样。

又是演习,很多同学都已经麻木了。但是,安静的教室瞬时沸腾,有同学往桌子底下钻,有同学冲出教室大门,地震警报一直在嘶鸣着,老师对那些无动于衷的同学继续喊。

郭青云和同桌相互对视了一眼,两个人都太胖,没往桌子底下钻,也钻不进去,两人也没有快速冲出教室,而是慢悠悠地从老师面前穿过讲台,溜达到教室外面。整个学校都在沸腾,1 个年级 10 个班,还有 4 个高三补习班,一个班大约 80 人,3 个年级总共 34 个班,连上教职工人数已超过 3000 人。楼道里、楼下空地里、操场上到处都是人,在地震警报鸣笛的回荡下,相当热闹。

郭青云和同桌溜达到操场,权当是放松一下复习的紧张心情。郭青云的老家在中条山下,典型的中原腹地,为了给朋友们炫耀,关羽老家和最大的关帝庙已不足挂齿,直接上升到尧舜禹的远古时代。

中条山的风,每年冬天都会呼呼地刮着,光秃秃的树枝也非常乐意地配合,吹着口哨,不分白天和黑夜。生活在这里的人们都已经习惯了,可唯独不适应的就是有可能会发生大地震。

不知道是哪个王八蛋总结的,说张衡在发明地动仪的时候,预测在中国将发生三次大地震。一个是陇西大地震,在公元 134 年就已经发生,史书上也有记载。一个是唐山大地震,在 1976 年发生,有些人已有痛苦的经历。另外一个说是会在郭青云的老家发生,至于什么时候发生,也没有说,没有时间期限的预测,至今也还没有发生。

郭青云也不知道参加了多少次地震演习,还住过地震防灾帐篷。当地的很多人家里有地震床,就是在床的上面再架一个钢床,胳膊粗的钢管支棱在四角,上面用拇指粗的螺纹钢焊接成网格状。一旦发生房屋垮塌,有这些钢架的支撑,不至于把人压死在下面。

郭青云自打离开家乡上了大学之后,就再也没有体验过类似的地震演习,也不想再体验自己早已麻木的地震演习。

主持人开始报幕了,最靓的女同学和最帅的男同学在主持。

郭青云收回了思绪,班主任老师这次邀请他在十八岁成人礼上代表家长给同学们做个汇报,同时强调要给同学们讲点有意义的内容,这对习惯于大型演讲的郭青云来说,绝对是信手拈来。

郭青云经常在公开场合演讲,不管是行业大佬,还是高等院校,已经非常老练。但是,就在今天,在座的是自家小孩的同学和老师,难免有些紧张和激动。郭青云一手拿着写好的稿子,一手拿着话筒,腿不由自主地有点抖,手也控制不住有点发抖。郭青云只好把双臂放松,环视整个会场,并调整呼吸,稍作休整之后再开始演讲。

尊敬的乔校长、老师们、同学们、大家早上好。

我是郭青云,非常高兴今天受邀作为家长代表来参加同学们的十八岁成人礼。各位同学这周也收到了你们家长的殷切祝福!十八岁之前,你们需要仰仗父母的恩威并施;十八岁之后,你们不用再顾及父母给你们设定的理想路线。

在我们十八岁的时候,总觉得自己的父母不理解我们,他们希望我们拥有铁饭碗,希望我们从事他们看得懂的事业。但是,在互联网快速发展的二十几年中,我们的父母根本不了解我们在忙些啥。我相信,未来你们所从事的一些创新领域,你们的父母也许根本看不懂。

曾几何时,智能手机、液晶电视、电动汽车、高铁飞机,是我们 18 岁那时想都不敢想的事情,但是在你们的认知当中,这些已经是司空见惯的局面。

地球是圆的,地球也不是圆的。

当你在中国的空间站遥望地球,妥妥的就是一个圆球。当你登上珠穆朗玛峰还能有 5G 信号的时候,你会感叹一览众山小。当你坐着"彩虹鱼"号下潜到万米深渊的马里亚纳海沟,你会怀疑这么崎岖不平的地球为啥说它是圆的。

这就如同你们的认知,不同的年龄、不同的阅历、不同的环境,会随着时间的变化而变化。

台下的老师瞪大了眼睛,台下的学生也瞪大了眼睛,从来没听过这样的论调,从来都不知道中国的语言文字有如此的魅力。

郭青云进入了自己平常正常的演讲模式,在舞台中央缓缓地踱着步,台下就是业内人士,台下都是老板高管,只能用他们平日很少听到的逻辑来给他们讲一些容易忽略的认知和精髓。

十八岁,不要纠结你们的过往,目前成绩的好坏都是属于你们自己历史的精彩。

十八岁,可以憧憬你们的未来,看似一切的不确定,都是你们一步一步走出来的。

有些人头疼写作文,未来也许你会成为知名作家。

有些人头疼做数学题,也许你会在股市上赚得盆满钵满。

有些人头疼学英语,也许你会成为国际贸易的大亨。

在我们无法改变世界的时候,我们只能适应形势。当我们有能力改变一点点的时候,我们也决不退缩。从你们出生到现在,科学技术的演进迭代给社会带来了天翻地覆的变化。

智能手机改变了我们的工作、学习、出行、娱乐、消费。人工智能、自动驾驶、全息成像、元宇宙等已开始逐步进入我们的日常,太空行走、火星探测也已经不是天方夜谭。

你们现在是不是人手一部智能手机,可以学习、可以聊天、可以购物,还可以点外卖。在你们出生的年代,我们所用的是 2G 功能手机,主要是打电话和发短信,什么 B 站、王者、微信、抖音、网课等等,想都别想。现如今,我们已经离不开手机,工作、娱乐、支付、社交、导航,我们可以不带钱包,但不能不带手机。

4G 只是一种无线通信技术,但 4G 确实改变了我们的生活。过去,我们经常去超市,买你们小时候吃的奶粉和用的尿不湿;现在,我们可以足不出户,躺在床上用手机就可以京东、淘宝、拼多多。

在你们上小学的时候,移动支付才开始推广,非常大胆的预测就是以后出门不用带钱包了,也不用带钥匙了。那时有很多人会嗤之以鼻,觉得怎么可能。现在你们是不是不用带钱包了,有些人家里装了智能门锁的是不是也不用带钥匙了。同时,移动支付干掉了小偷这个职业,假币也随之销声匿迹了。未来,还会有更加方便的移动支付技术的出现,影响和改变着我们的生活。

在你们上初中的时候,共享单车开始普及。大家有没有想过,共享单车、共享充电宝这些共享经济在早些时候为什么出现不了,反而是在4G时代的中后期才冒出来?

这些得益于智能手机、无线通信、位置服务、移动支付、传感器、大数据、云计算、人工智能等技术的普及,才会有这些创新的应用场景诞生。

有些人会发现:我们家里有宽带,水表、电表、燃气表都远程抄表了,小区出入口和楼道门禁都装上了摄像头,父母时不时还能收到几张电子警察的罚单,疫情防控期间使用的红码黄码绿码让我们无处遁形。你们说,这难道不是科技在改变我们的生活吗?

没错,这是我们的当下,你们已经是高中生,不仅要学会看清现实背后支撑的技术,而且还要试着去着眼未来。现如今,我们正处于4G网络向5G网络切换的时代,5G不仅仅是一种技术,而且还承担着改变社会的重担。自动驾驶、全息成像、远程医疗、高清视频、无人机、智能制造、社交形态、社会治理,等等,都将因5G网络的普及而改变。

世界格局因科技而变,万物互联因需求而生。

当下,世界格局正在发生急剧变化,芯片、网络、软件、卫星、安全、火星探测、人机接口等科技领域的演进将左右未来的发展趋势。人类对美好生活的需求永无止境,互联网、物联网、车联网的融合发展的最终境界是万物互联,我们要根据需求的变化来引导科学技术的演进方向。

郭青云观察到校长在台下频频点头,老师们也聚精会神,还有很多学生一脸茫然,估计他们还无法从复习数理化考题的状态中快速切换到这位同学家长在舞台上的高谈阔论。

三年的高中生活,你们不仅是在努力学习,同时也在与老师和同学的相处之中,逐步建立你们对世界的认知。

　　未来 10 年,高科技引领社会的变化将比过去的 10 年还要迅猛,你们即将踏入大学的生活,也许还会有研究生和博士生的日子,你们不仅是学习者、使用者,而且还是发明者、创造者,你们将被科学技术包围,并且从中寻找自己的青春和快乐。

　　同学们,十八岁,你们的羽翼逐渐丰满。

　　同学们,未来是你们的黄金 10 年,一切都是未知,一切都值得憧憬。

　　女生越发细腻的柔情,将描绘一抹浓淡相宜的风景。

　　男生越发厚实的肩膀,将撑起未来无比广阔的天空。

　　相信世界不曾亏欠每一个努力的人,也会成就每个人的梦想!

　　我们作为家长,非常乐意和同学们,和老师们一起探索科技带来的未来美好生活。

　　最后,在迎接人生重要节点的高考冲刺阶段,祝愿同学们都可以迈入心仪的大学。

　　谢谢大家!

当郭青云演讲完毕之后,郭青云的儿子手捧一束鲜花上台,递给了郭青云。小声地说道:"爸爸,你讲得真好!"

　　郭青云搂了搂儿子的肩膀,两人站在舞台上,台下响起了热烈的掌声。

　　郭青云的眼眶湿润了。

第3节　专治各种不服

"这哪里是高尔夫球场啊,和我在电视上看到的高尔夫比赛完全不一样啊!"杨鹏飞环顾一圈之后发出惊奇的感叹。

"杨总,这是高尔夫练习场,你在电视上看到的是正规的球场。"高才喜笑道。

高才喜是智邦通信的董秘,经常要和不同类型的人打交道,企业老板、投资人、券商分析师等,除了公司主营业务不参与,其余的都少不了他。当然了,喝酒、唱歌、高尔夫,样样精通。

"啥时候带我去正规的,据说每个人会给配一个美女球童。"杨鹏飞眉飞色舞。

练习场瞬间凝固了,附近有几个练球的美女突然开始笑得花枝乱颤。所有的人都停止了挥杆,齐刷刷地想看一下这是何方妖孽。

整个练习场就是一块大草坪,到处都是球,中间零星放了几块指示牌,有50、100、150、200和250,左右两侧以及正前方是20多米高的网,入口这一侧呈弧形,用挡板分隔成一个一个小隔间,每个隔间的配置都一样,一块绿色的垫子,左上角一个洞,从洞中伸出一个橡胶Tee,架起一颗白色的高尔夫球。

杨鹏飞看见架在Tee上的高尔夫球,直接用脚去踢,只听得"哎哟"一声,杨鹏飞抱着脚直跳。很快,Tee沉下去之后又顶起一颗白色的高尔夫球。

高才喜不得不上前安慰杨鹏飞,让他坐在椅子上休息休息。"杨总,这是练习场,任何人都要从练习场开始,不管你是美女还是大佬,必须得在练习场把基本功打好,这样你才能下场和美女切磋。"

郭青云拎着7号铁杆走了过来,"我终于明白了,杨总打高尔夫球的目的是为了美女。"

"是吗？杨总，练习场也是有美女的，要不我给你找几个过来？"高才喜不得不投其所好。

"一个，一个就行，多了应付不过来。"杨鹏飞嬉皮笑脸。

"正好，来，梦梦，给你介绍一个老板，教教他如何打球。"高才喜正好看到一个美女销售在巡场，随即把她叫了过来。梦梦是高尔夫课程教练助理，没事干的时候就到处转，主要精力是物色高尔夫学员。看到熟悉的人就打个招呼聊几句，看到不认识的，尤其是动作不熟练的，梦梦小心思就上了头。

"来了，高总。"梦梦听到高才喜喊她，一蹦一跳地过来了。

"梦梦，这是杨总，不会打球，你有没有兴趣把他给教会？"

"放心吧，高总，包教包会。杨总，我是梦梦。"梦梦随即伸出了右手。

杨鹏飞立马伸出右手握住了梦梦的手，随即把左手也搭了上去，说道："梦梦，你把高尔夫球内功给我输入之后，我忽然发现我的功力大增，打出去的球肯定是又直又远。"

梦梦被杨鹏飞逗乐得前仰后合，随即正色道："杨老板，内功以后慢慢练，欲速则不达。我先帮你找个好教练，绝对是美女教练，等你学会了打球，还会有更多的美女围着你团团转，你的功力肯定会快速猛涨。"

"要钱吗？不要钱我立马报名。"杨鹏飞抓着梦梦的手不放。

"杨老板，你要那么多钱干吗？艺多不压身，最重要的是打球既锻炼了身体，又能使你快乐！"梦梦作为常年混迹在此的美女销售，见的人多了，便能根据火候掌握合适的进度。

"我会唱歌，会跳舞，要不要我给你跳段脱衣舞？"杨鹏飞还是不肯松开梦梦的手，眯起小眼睛色眯眯地看着梦梦。

"杨老板，来啊，就在这跳，让大家都看看，如果跳得好，我给你免费请教练。"梦梦心里想：小样，老娘见的色鬼多了，看我如何治你。

"那不行，我跳舞很贵的，比你们的教练费贵多了。"

"是吗？我那边有包间，来来来，我们去包间聊聊。"

"别、别、别，我卖艺不卖身。"

杨鹏飞被美女销售拉着，极不情愿地朝着包间走去，其他打球的人被这两个活宝搞得都笑岔了气，挥杆都没了力气。

今天是周末，下午，微风不燥，阳光正好。高才喜约周茂胜练习高尔夫，顺便把杨鹏飞和郭青云也叫了过来。周茂胜是湖海证券的首席分析师，和杨鹏飞以及郭青云都很熟,平常也经常沟通行业信息。

"秘书长,你如果想多结交一些老板,就得学会打高尔夫球。"周茂胜停下手中的挥杆,冲着坐在椅子上的郭青云说道。

"我们金老板也打高尔夫,你们俩以后不要总在办公室里谈事情,应该约到高尔夫球场去聊天。"高才喜凑过来说道。

"高尔夫我不会啊,据说很贵,每年要花上好几十万元,我可没钱在这上面浪费。"郭青云有点怵。

"哪有你说的那么玄乎,你看我们现在的练习场一个小时才 120 块,下一次场便宜的也就七八百块,球童小费 100 到 200 块,你如果不赌球,花不了几个钱。再说了,你如果不会打高尔夫,怎么和那么多老板打交道。"周茂胜觉得郭青云不是那种缺钱的人,应该掌握这项技能。

关于高尔夫,周茂胜点到了郭青云的心坎。郭青云很早就想去学打高尔夫,苦于一直没人带入门,自己也不知道其中的水深水浅,也就一拖再拖。自打成立了物联网产业联盟,就发现很多老板和高管喜欢打高尔夫,有时候见面聊天的时候,说的一些黑话自己都听不懂,什么打了几个鸟,OB 了几个,几个下水,又是三轮车,等等。

当高才喜和周茂胜邀请郭青云和杨鹏飞去练习场学打高尔夫,郭青云显得有点迫不及待。郭青云之前总觉得高尔夫很神秘,当得知身边越来越多的人去打高尔夫,就暗暗下定决心掌握这项技能。

郭青云平常不注重锻炼身体,还特喜欢开车,缺乏锻炼的结果就是随着年龄的增长小毛病越来越多,腰椎间盘有点突出,跑步膝盖受不了,游泳体力跟不上。有时候想约个朋友打网球,要么没场地,要么难凑齐,要么打个 15 分钟就气喘吁吁跑不动。

高尔夫不挑人,无论你高矮胖瘦,无论你年长年幼,一个人能练球,一组人能约球,一群人还能比赛。即使晚上看看大师杯比赛,也可以津津有味。

"高尔夫太折磨人了。"杨鹏飞一直没找到高尔夫的乐趣,在练习场经常有不同的美女销售来指导,这个人教他如何握杆,那个人教他把腰杆挺直,还有人教他永不抬头。高才喜在他后面的打位上琢磨如何打得又直又远,也顾不上杨鹏飞被那么多美女围着转啊转,随他去吧。

"球吗,球打不着。杆吗,杆抡不圆。腰痛、脖子痛、肩膀痛、膝盖痛、屁股痛,好像哪哪都痛。"杨鹏飞一边说一边用手指,好像大家不知道他说的是哪个部位一样。

"老子说：胜人者有力,自胜者强。"高才喜拽了句古文。

"是你说的,还是老子说的?"杨鹏飞调侃道。

"老子,孔子、孟子、庄子、老子,那个老子,不是我这个老子说,Understand?"把高才喜急得都飙上了英文。

"如果在珠穆朗玛峰顶插上一根旗杆,打高尔夫的人照样会攻上去!"郭青云好像在哪里看到过这句话,顺口说了出来。

"这又是哪个老子说的?"杨鹏飞非要把话聊死。

"再这么聊天,我把你轰出去。我必须让你们真正理解高尔夫的精髓,别轻易放弃。一个能战胜自己的人才是强者。高尔夫是一项战胜自我的运动。高尔夫精神,会渗透在每个打球人的骨髓里。"高才喜在给郭青云和杨鹏飞上课,一定要把他们带入坑。

高尔夫是一项非常考验人耐性的运动。从刚开始学握杆姿势,到熟练之后进行练习场击球,再到标准的 18 洞下场,确实是一个漫长的过程,缺乏耐心的人可能在练习的过程中觉得枯燥乏味就放弃了。若坚持练习,从练习中总结经验,在下场中磨炼意志,一点一点调整,一点一点进步,假以时日,你就会发现连自己的心态都会发生很大的变化。如果你掌握了这项技能,你会深深地爱上它;如果你觉得它难以驾驭,那它就会和你渐行渐远。

高尔夫是一种需要不断学习的运动。对于初学者而言,模仿是最需要做的事情,但是对于在高尔夫球场中摸爬滚打多年的爱好者来说,技能学习也是必不可少的。每挥出一杆,都应该进行思考、总结和归纳。从一开始需要教练或朋友的指导,到后来需要自己成为自己的老师。选择球杆或者挥杆的姿势都是为了找到最合适自己的,只有不断地进行调整,才会不断进步。

自打郭青云喜欢上了高尔夫,精神头也不一样了,只要有时间,就到处约人去打高尔夫。一场球通常需要四五个小时。聊聊天、锻炼锻炼身体,在蓝天白云下尽情挥杆,心情也会舒畅很多。

很多人都说高尔夫是绅士运动,是一种为他人着想的运动。比如你在 T 台开球,必须得考虑和上一组打球人的距离。如果你要打个暂定球,一定要让同组人知晓并等他们击完球之后才可以重打。如果在果岭上推杆,一定不能干扰对方推球。

打高尔夫球的人都学会了严于律己,在任何事情面前都会谈笑风生,礼让他人。如果遇到一个不讲规矩的人,那以后就再也不会有同组打球的机遇了。球品见人品,高尔夫具有独特的社交属性。如果大家相互认可,那就可以经常约球了。

"你打球多长时间了?"球友好奇地问。

"才学不久。"郭青云每次都会在心里默数,到底是哪一年开始学球的,到现在有几个年头了,感觉每次回忆都有一种穿越的感觉。

"我都打了十几年了,是这个球场的老会员,还没你得好,你打球还是很有天赋的。"球友善意地恭维。

"不稳定啊,偶尔打个小9,不熟悉的球场还经常三轮车。"

郭青云的行话对于经常打高尔夫球的人绝对是秒懂,但对于其他人,压根就听不懂他到底在说些啥。

"好球!"

球友打出了一记好球,三杆洞,白色的小球落在果岭环上,顺着坡往旗杆边滚了滚,远远看去,貌似只有不到一码的距离。边上的球童比打球的人还兴奋,拼命地喊:"进去,进去。"高才喜曾经给郭青云传授过一些球场老炮的潜规则,那就是一定要毫不吝啬地赞美同组球员。

如果失误了呢?坏球、臭球、烂球,都不合适。打高尔夫球的也不见得都是绅士,也有在球场互殴的。每个人手中都握着球杆,不爽的时候就是武器,所以为了自保,也不能惹对方生气。

"高尔夫专治各种不服!"

当球友打坏一个球,郭青云刚开始的时候不知道该如何安慰,最后找到了一句可以舒缓对方心中烦躁的哲理。

打球的人都有一套自己的哲理。

明明是很宽的球道,非要大右曲下水,嘴上还只念叨:要是小废(Fade)就完美了。

明明知道左边是长草,非要大左曲进树林OB,同样还会念叨:拉的太左了,本来只是想做个小啄(Draw),可惜了,可惜了。

明明知道7号铁可以打到150码,非要唛起一大片草皮,飞出去100码就稳稳地嵌在那里,一点也不往前滚动,哪怕是一码的距离。

明明是果岭边切个30码,非要来个青蛙跳。

明明是想着推鸟要过洞,结果非要停在离洞口一个球的位置。

"看球、看球……"

球童清脆的喊声拥有非常强的穿透性，无论你在球场的哪个角落，第一反应一定是双手抱头找遮挡物。这有可能会救命。

打好一杆，心情愉悦。

打坏一杆，锻炼身体。

郭青云从老球友那里经常能学到很多哲理。

"有一些老板特别喜欢打高尔夫，同时也让公司高管都去学习打高尔夫球。不仅给他们买球杆，还给他们花钱请教练，一方面是让高管们锻炼身体，另一方面是让他们增加一项和客户打交道的技能。"高才喜一边打球，一边和郭青云聊天。

"这玩意儿就和管理公司一样，要设多少个职能部门，不是越多越好，要适可而止。高尔夫球包规定最多只能装 14 只球杆，可以少，但不能多，如果不加限制，估计有些人会拿 20 只球杆下场。"高才喜有自己的逻辑。

"在打每一洞的时候，你要分析当下的实际情况，距离有多远，风速有多大，有没有逆风，是冬天还是夏天，并且还要根据你自己的能力，再选择适合你的球杆，如果是 150 码的 3 杆洞，7 号铁平均是 150 码左右，那你就选这根杆。如果杆选大了，会打远，杆选小了，距离肯定不够。"高才喜的球技一般，但绝对是打得一嘴好球。

"最后还要看你的执行情况。不管什么情况，都要对结果负责。一杆进洞了，是你的能力加运气，一杆进沙坑了，你得想出补救的方案。总之，就是不进洞都不算完，不达目的不罢休。"高才喜有说不完的哲理。

"不管是设计产品，还是销售产品，中间过程做对了，结果自然也差不到哪里。好像道理都是相通的哦！"郭青云顺着高才喜的思路，自己都觉得自己的联想能力超强。

"你不觉得打高尔夫球的人都很自律吗？"高才喜问道。

"现在社会让很多人的心态都变得十分浮躁，急功近利、缺乏耐心。打球的人拥有足够的耐心，他们可以等待最好的机会，实在不行就不要强攻，多放两杆比下水强多了。"还没等郭青云回答，高才喜继续说道。

确实是，打高尔夫球的人永远都是在和自己过不去。

不需要别人督促，练习、下场、总结、改进，一杆又一杆，一场又一场，刮风、下雨、酷暑、严寒，都挡不住高尔夫人的进取之心。

每次都会遇到新问题，还不带重样的。

面对困难,迎难而上。不顺心的事情可以通过挥杆来释放,想不明白的事情还有比下水更糟糕的吗,打完一洞还有一洞,即使是爆洞了也要咬着牙把 18 个洞打完。

既需要技术,还需要耐力。

既考验体能,还锻炼心智。

面对失败永不放弃、面对困境勇于突破。

"我咋没有看到自律,我感觉很多人一旦对高尔夫上瘾,必定玩物丧志。想当初我和我们公司销售一起去向四喜共享单车要账,都跑到高尔夫会所去堵冯德程,这厮几乎天天去球场,在办公室根本逮不到,到球场反而很容易。不过,我在球场上观察到一个有趣的现象,那就是打球的大多数是老男人和小美女,还有一群赌棍。"杨鹏飞话锋一转。

"精辟,你的观察角度很独特啊,说来听听。"郭青云非常好奇。

"别装清纯。打球得有钱有时间吧,你要是没钱你会来吗? 你要是没时间你会来吗? 你要是无所求你会来吗? 你觉得在为生计奔波的年轻男人会有这种条件吗? 你觉得那些老板过来打球真的是为了谈生意吗? 再说了,为什么老男人身边总有年轻的美女? 因为你们这些有钱的男人经常在这里聚会,美女们习惯性地能嗅到金钱的味道。"杨鹏飞一板一眼。

"瞎扯,你是不是从短视频看到的歪逻辑,拿过来学以致用。球场和其他场所一样,什么人物都有,麻将馆有赌博的,也有自娱自乐的;KTV 里有喝酒的,也有不唱歌的;球场里还有很多小孩和太太,这是一项体育运动,只是被不同的人赋予了不同的功能。"高才喜被杨鹏飞气得说话都哆嗦。

"我知道了,你拥有什么样的心态,你的眼里就会看到你想要的场景。杨总打球的动力就是因为穿着清凉的美女,只要你有心,球场上确实有很多。"郭青云感觉有点顿悟。

"你知道为啥很多人喜欢扛着球包到处飞吗?"高才喜找了个新话题,在打球的间隙和郭青云聊着天。

"在我不会打球的时候,我是不理解,那么重的球包,每次坐飞机都要托运,不嫌麻烦吗? 当我喜欢上高尔夫球之后,只要时间允许,我必然会带上球包。"郭青云喜欢探讨逻辑。

"你已经上瘾了!"

"是吗? 我现在确实是喜欢高尔夫,每个球场都有自己的特色,蓝天、白云、草地、沙坑,我们要理解设计师的巧妙心思,还要躲避设下的陷阱惩罚。和客户打球,一举多得。哪怕是自己一个人打球,也会有不一样的感觉。"郭青云知道自己喜欢上了高尔夫,但还没觉得达到上瘾的地步。

"高尔夫是绿色鸦片,绝非浪得虚名。滑雪是白色鸦片,潜水是蓝色鸦片,这三类运动都非常容易上瘾。像足球、篮球、乒乓球、羽毛球、游泳、跑步等,这些大众喜欢的运动形式,都不大适合商务场合,唯独高尔夫,既可以锻炼身体,也可以合作交流。"高才喜的道理确实是一套一套的。

"你不觉得打高尔夫就像夫妻俩过日子吗?"

"怎么讲?"

"我来给你念一段。"

高才喜翻出手机,搜了搜,念道:

"和高尔夫球在一起,那就是一辈子。

高尔夫没有你想象的那样听话。

头三年靠的是力量,以后靠的是技巧。

越是唠叨,心情越容易起摩擦。

打是亲、骂是爱,但绝对不能发力。

自己的能动,别人的千万不能动。

在一起时间再长,也总有不理解的地方。"

"艾米莉,啥时候有空,请你吃饭。"杨鹏飞刚进电梯,就看到角落里的艾米莉,他不管电梯里都有些什么人,只顾得上和艾米莉套近乎。

"不去。"

"你看,帮我看了那么多的合同,请你吃顿饭,权当感谢。"

"杨总,工作是我分内的事情,吃饭就免了,免得别人说闲话。"

"那我请你去喝酒。"

"不去。"艾米莉连头也不抬,只顾得上翻看手机的朋友圈。

电梯里的人想笑也不敢笑,心想这个男人咋这么厚脸皮,为了缓解尴尬,很多人只敢瞟他们俩一眼,然后边看手机边偷着乐。

此时,电梯到了一楼,大家鱼贯而出,杨鹏飞等艾米莉出来后又凑到跟前说道:"艾大小姐,我真心想感谢你,你挑,你想让我请你干啥,我都乐意。"

"你说的,此话当真?"艾米莉一反刚才的矜持,眯着眼睛斜睨着杨鹏飞。

"必需的。"

"我要你帮我摘星星。"

"这是你男朋友干的事情,不是我能干得了的。"

"哈哈,这么说你曾经给你太太摘过星星,大骗子,本姑娘才不上你的当。"

"吃饭不去,喝酒不去,你难道是仙女下凡,不食人间烟火?"

"杨总,没想到啊没想到,平常道貌岸然的你,竟然这么花言巧语。说吧,你欺骗了多少少女的感情,你那些美女客户是不是都是这么搞定的? 我就纳闷了,你这些本事用在孙晓帆身上,哪怕就用一点点,也不至于闹得这么僵吧?"艾米莉边走边说,时不时用眼睛瞟着看杨鹏飞是否跟在自己身后。

"下班时间,别跟我提她,她就是扫把星转世投胎,专门欺负我的。"

"这可是你说的,你就不怕我告密?"

"我是要感谢你,不带这样捎带孙晓帆的。对了,你如果对吃饭喝酒不感兴趣,那我请你去打高尔夫?"

"咦,这确实可以,我们橙老板经常约朋友去打球。但是,杨总,高尔夫我不会啊。"艾米莉瞬间由晴转阴。

"不会没关系啊,我教你咯。"

"你会打高尔夫? 之前咋没听你说过。"

"你又不了解我。就这么定了,我改天订好场地请你去。"

"回头再说。"

艾米莉朝杨鹏飞做了个鬼脸,顺势钻进了停在路边的网约车。

杨鹏飞愣愣地站在原地,朝着蹿出去的绿牌新能源车,小心思已经在琢磨该如何教艾米莉挥杆,到底是站在她前面,还是站在她后面。

第4节　胆大心细脸皮厚

窗户外飘起了雪花，商场里的茶室却温暖如春。今天，郭青云又召集了一帮人小聚，在寒冷的冬季，尤其是在没有大型行业论坛会议的间隙，约一些热心的企业家和行业高管聊聊天，也是一种享受。

杨鹏飞习惯性地调侃穿着古装的茶室小姐姐，但人家不搭理他，只顾着给大家介绍茶叶的种类。杨鹏飞觉得无趣，便转移了话题，随即说道："秘书长，今年芯片产业链会不会是回光返照？缺货缺成大爷了，我们星通科技的芯片破天荒地被到处抢，还有很多贸易商在炒货，价格超级离谱。"

"2021年注定是不平凡的一年，百年难遇啊！好像你今年找我聊天喝茶的频次也降低了，估计是偷偷摸摸在各个城市数钱，没空搭理我。"郭青云觉得调侃杨鹏飞也是一种享受。

"你说得没错，你们不知道有多疯狂，我们的生产速度根本来不及，欧阳橙还隔三岔五让我发涨价函，越涨价越抢得欢。我觉得我作为销售要失业了，压根就不愁卖。"杨鹏飞是一脸幸福的烦恼。

"今年确实太离谱，你们的价格涨幅还算温柔，涨个30%你们就很开心，不像有些芯片，比如MCU，那是3倍、5倍地往上涨。但这种现象我觉得不可能长久，总有一天会恢复到供大于求的状态。"郭青云也觉得有点蒙圈。

"等货卖不掉的时候才是我杨鹏飞发挥水平的时候。"

"杨总又在吹牛，你看你今年分货的时候有多嚣张，我想抢点货都舍不得给。我对你这么好，鞍前马后，就差给你捏脚搓背了，还不给我分货，害得我今年也没赚到钱。"朱老板觉得自己实在太委屈。

"朱老板，不要诋毁我。分货又不是我一个人说了算，欧阳橙不允许我和孙晓帆擅自做主,必须共同商量之后才能决定给哪家分多少货。按照你们公司的体量,孙晓帆是主张一片不给的,在我的强烈反对下才答应给你们分点货。"杨鹏飞装作非常生气。

"感谢杨老板,还是杨老板对我好。"朱老板立马露出一副谄媚的嘴脸。

"橙总,我主张给每家客户都分点货,免得他们天天追杀我。"

"橙总,我认为要重点确保大客户供应,小客户就随他去吧。"

欧阳橙把杨鹏飞和孙晓帆叫到一起开会,主要是探讨现如今芯片产能供不应求的情况下该如何应对。

"橙总,不管大客户还是小客户,都已经立项研发和导入了我们家的芯片,大家都有投入,大公司多分点,小公司少分点,万一以后不缺货了,小公司也不至于弃我们而去。"

"橙总,大客户不仅采购规模大,而且价格也好,我们只需要花较少的精力就可以实现最大最安全的收益。小客户事多又烦,再说了,他们能不能挺过今年还是个未知数。"

杨鹏飞主张雨露均沾。

孙晓帆主张保大弃小。

欧阳橙两头犯难,两个人说得都有道理,不知道该听谁的。

"橙总,我们辛辛苦苦攻下的客户,因为我们自身的产能无法满足客户的规模需求,很多老客户老朋友见我就骂,骂我欺骗他们,早知如此,何必当初导入我们的芯片设计方案。"杨鹏飞观察到欧阳橙在犹豫,想变个法子影响欧阳橙。

"杨总,该狠还得狠,不能有妇人之仁。"

"孙总,我是男的,没有妇人之仁。我不像你,够狠,有狼子野心。"

"你说什么?"孙晓帆忽然把声音抬高了八度。

"表达失误,表达失误。你看,客户如果没疯的话,我也会被他们逼疯的。你们看,我现在是不是已经疯了?"杨鹏飞表现得非常夸张,好让自己刚才的口误赶快化解掉。

欧阳橙想乐又不敢乐,心想你们这两位简直就是上辈子的冤家,十足的活宝。他一直在思索该采取什么样的策略才能实现动态平衡,并不想在这两人的斗嘴上花功夫。

"橙总,杨总,大客户我们一定要重视,尤其是签了战略合作协议的大客户,这是我们公司未来可以长期领先市场的立足之本。"孙晓帆不想和杨鹏飞斗嘴,在老板面前太失风度。

杨鹏飞心想你孙晓帆不就是想保住法沃智能,看来武亮平在你身上可没少下功夫。但是,杨鹏飞不敢在橙老板的面前说得这么直白。

俗话说:会哭的小孩有奶吃。在职场上,丰富的语言表达也会起到事半功倍的效果,不管是对外部客户,还是对内部领导,用得恰当,效果会好得出奇。

杨鹏飞在这方面是真心佩服孙晓帆。同样是让老板明白自己的不容易,孙晓帆的表达方式就比杨鹏飞的高明许多。他有时候就是憋不住,看来自己的修行还不够。

欧阳橙在思考的时候,两人到底说了些啥,自己好像啥也没听进去。看看杨鹏飞,又看看孙晓帆,不紧不慢地说道:"我想到了一个好方法,我说给你们听听。"

"橙总厉害啊,说来听听。"孙晓帆就像一个小迷妹看着欧阳橙。对面的杨鹏飞看着孙晓帆那样子,恶心得都想吐。

"我们每个月操作一次,让所有的客户来抢标。标的就是我们下个月的产能,系数分成两部分,一部分是根据他们过去采购的规模,占比 60%;一部分抓阄,就看他们的运气好坏。你们觉得怎么样?"欧阳橙说完,就像小孩一样乐开了花。

"橙总,你是不是小时候上学的时候经常抓阄?"杨鹏飞很诧异地问道。

"你怎么知道的?"欧阳橙表现得也很诧异,两人随后都笑了起来。欧阳橙比杨鹏飞年长几岁,小时候的阅历都差不多,但他们俩比孙晓帆大不少,因此孙晓帆觉得莫名其妙,不知道这两人到底因为什么在发笑。

孙晓帆也不想了解抓阄这个梗,随即问道:"橙总,我觉得挺好,但我还是建议优先保证大客户的基本盘,多余的部分再抓阄。"

"可以,如果大方向没有什么冲突,晓帆,你就制定一个细则。鹏飞,你就通知所有客户过来抢标。如果不来参与,也就不管他们了。"

欧阳橙说完后,感觉如释重负。

"秘书长,我最佩服你的就是能把这么多同行聚在一起交流,并且还不打架。"杨鹏飞忽然转换了一个话题。

"别捧我,捧得越高,摔得越惨。"郭青云担心杨鹏飞又要冒什么坏水。

"给大家说说,你是如何做到的?"朱老板附和道。

"说实话,刚开始的时候,我也忌惮把同行放在一起开会。我一家一家沟通,发现效率很低。要预约时间、安排参会人员、梳理讨论话题。有些企业看似非常热情,但是会抱怨一大堆问题,眼巴巴地期待我能给指点迷津。这难道不是难为我吗?"

郭青云说的是实话。自己是稀里糊涂开始打造联盟的事务,几年下来,大家都觉得这个联盟运作得非常好。至于为何运作得很好,郭青云也数不出一二三来。

"什么因素刺激让你把大家伙聚一起?"

"你这问题很刁钻,那我问你们:大家天南海北,平常肯定都很忙,为什么要拖着行李箱,坐飞机的坐飞机,坐高铁的坐高铁,不远万里来参加我们举办的活动和会议?"郭青云只好用问题回答问题。

"是啊,我们本地的很多会议我都不去,就喜欢参加你举办的会议。"

"为什么呢?"有人插话道。

大家虽然经常聚在一起,但对一些现象背后的逻辑还是把握得不够准确。

"这么说吧,主要是因为内容,因为我给你们分享的干货。我和你们不同的企业交流之后,会对目前行业的发展现状进行梳和分析,再针对半年之后、一年之后的市场趋势进行预判和展望,这些都是你们在公司里很难有时间、有精力做的事情。"郭青云得意地说。

"那你所说的话题难道都是这些企业真正想知道的吗?"

"哈哈,那倒没有,我就像一个老中医,你说到底是你自己抵抗力强了,还是我这个老中医的方子起作用了?"郭青云故作神秘。

"难道大家要的是心理安慰?"

"这话非常对。有老板说就喜欢参加我们的会议,这样他可以从侧面了解竞争对手的情况,也能学到很多自己员工不愿意告诉自己的事情,回去后他们根本骗不了自己,这样公司反倒会更加良性。"

郭青云把一些老板的话转述了一遍。

郭青云打造的物联网产业联盟就是一个产业链,不仅要服务联盟成员企业,还要熟悉政府部门、资本市场、媒体渠道、行业专家、客户的客户资源等等。整合不同的资源需要不同的话语体系,不同的思维方式,要求秘书长是全能型选手,能与不同的人对话,能洞悉不同阶层的心理,能了解多元化的诉求。

所以说,作为秘书长还要善于整合资源。

联合国有自己的宗旨,郭青云也给联盟定义了自己梦寐以求的宗旨,那就是:打造共生共荣的产业生态圈。

联合国的宗旨是要维护世界各国的平等权利,秘书长为调停各地争端,需要不顾个人安危奔走于战事前线,可见秘书长并不是那么好当的。

郭青云喝酒不行,就得会说话,说话也是秘书长的重要工作内容。

秘书长要会说话,正式场合要说官话,吃饭场合要说酒话,特殊场合要说浑话,既不能喧宾,又不能夺主。想做个优秀的秘书长,首先要喜欢说话、善于说话。

在说话这方面,不善言谈的郭青云还在努力。

人云亦云不云,老生常谈不谈。

遇事要有自己的主见,如果别人已经讲过,就不要再重复说一遍,这叫:人云亦云不云。如果是大家习惯用的客套话,也不能侃侃而谈,这叫:老生常谈不谈。秘书长若没有自己独特的表达方式和精辟的总结能力,那就不是合格的秘书长。

郭青云作为物联网产业联盟的秘书长,主要工作就是和联盟内的企业打交道,也就是说要和企业中不同岗位的人打交道。有老板、有总经理、有市场总监、有产品总监、有销售总监,林林总总,每个人都有自己的个性。另外,这些企业中有一些还是同行,既要让这些同行企业坐到一起,又不能形成现场冲突。

维持联盟的动态平衡,秘书长是关键。

郭青云做不到完美,因为联合国秘书长也做不到完美。

"秘书长,最近招人太难了,我们市场总监岗位空缺,你看有没有合适的朋友给推荐推荐。"朱老板见了郭青云就像见到了救星。

"你是不是觉得我认识这么多的人,最适合做猎头?说实话,每天都有跳槽换工作的,但他们跳到任何一家都和我无关,我只关心行业的趋势和企业的战略,不会帮你们互相挖墙脚的,否则,我咋在这个行业里混。"郭青云双手一摊。

郭青云作为秘书长,成天和老板打交道,很多成长期的公司最头疼的就是招聘。互联网丢过来的简历让人事去忙就行,关键岗位的填空补缺还得老板亲自上阵。既需要懂这个行业,还要长期口碑较好,朋友的推荐往往会拉近彼此之间的距离。

精明一些的老板在招聘重要岗位的时候,会咨询郭青云:认不认识这个人?这个人水平怎么样?和同事关系处得好不好?

"朱总,把我招过去呗。"小蔡冲着朱老板突然冒出来一句。

小蔡是一家芯片上市公司的销售,挺机灵的一个小女生,作为优秀员工连续几年参与了三次员工期权奖励计划。因公司整体业绩不达标变成废纸一张,至今还没有兑现过,空欢喜了好几场。

小蔡为了投资增值,不愿意把钱存到银行,而是买卖股票。每个月拿出大约一半的薪水用来买股票,大部分买的是自家公司股票。当股价跌去最高峰一半的时候,依然对公司抱有信心。最近,她有点绝望,公司股票市值已跌破近80%,在公司再干十年,也无法填补在公司股票上的窟窿。

郭青云曾劝小蔡想开点,公司的股价可不是员工能左右的,这取决于整个管理层的经营能力和策略方针,和员工个人是否好好工作没有太大的关联。

"小蔡,你干得好好的,为啥要跳槽?"郭青云被小蔡的举动吓了一跳,随口问道。

"你认识我们老板,千万别对他说,老板很随和,但我的小领导太严厉,不尊重我的努力,处处针对我,总骂我。"小蔡说出了自己的苦楚。

"小蔡,谁这一辈子还不跳个几次槽? 不要有心理负担,但话又说回来,你竟然还会觉得你的领导不尊重你,你觉得职场有尊重吗?"杨鹏飞觉得小蔡太幼稚。

"为啥不能尊重,我们上学的时候老师不是一直在教育我们要相互尊重吗?我努力工作,也尊重领导,为什么领导就不能好好说话,也尊重尊重我。杨总,难道你也不尊重你的下属吗?"小蔡在原则问题上想和杨鹏飞掰掰手腕。

"我感觉你认为的尊重是可以用来交换的,但在职场,怎么可能会有交换。比如在大公司,你尊重老板,但老板不一定尊重你啊,因为他连你的名字有可能都叫不出来,何谈尊重二字?"杨鹏飞很想点醒小蔡。

"那在职场,怎么样才能获得尊重?"小蔡求知欲满满。

"职位,唯有职位。你的职位决定了你的收入,也决定了你的话语权。很多职场人是尊重那个职位,当你能为别人提供价值时,自然会赢得尊重。"杨鹏飞的解释很到位。

"如果离开了那个岗位,是不是就是大家常说的'退休老干部人走茶凉'?"郭青云插话道。

"一个道理,在职场就是职位的高低决定了受尊重的程度。"杨鹏飞作为公司高管,非常明白其中的道理。

"那离开公司之后要靠什么?"

"人脉啊!"

"怎么讲?"

"在社会上,真正的人脉大小是你能帮到多少人,而不是多少人能帮到你。"

"太深奥。"

"我这么说吧，当你遇到问题时，最先出现在你面前的人，是你能帮助的人，还是能帮助你的人？小蔡，你要是能想明白这个道理，就会明白什么才是真正的尊重。"杨鹏飞差点把自己绕晕。

"不懂，我被你绕晕了。"小蔡一脸无辜。

"你们都是哲学博士，不把人绕晕绝不罢休。我来给你们说个直白的：有专家分析统计，很多中层员工离职，不是因为自身能力不够，80％是因为和自己的直接上司产生了不可调和的矛盾。胆小的就在公司里忍着，胆大的就去向领导挑战，一旦失败就辞职走人。这些人一旦遇到赏识自己的领导，就像遇到属于自己的空气和土壤一样，便会产生巨大的能量。"

郭青云不想让他们再纠缠这些没有结果的话题。

联盟可以是非营利组织，但秘书长要懂企业，知道企业如何盈利。秘书长的视野、格局、能力涉及联盟要沉淀哪些资源、挖掘哪些趋势、创造哪些商业模式，企业赚到钱了，才有意愿支持联盟的建设，形成良性循环。因此，不会赚钱的秘书长也不称职。郭青云做过企业，知道该如何把握分寸。

秘书长还要有激情。对热点话题要有敏锐度，总结分析带节奏，还要有满满的正能量。不仅要干赚钱的商业活动，还要做很多免费的公益活动，若没有情怀支撑，就没有长期的坚持和付出。郭青云善于倾听，也会挑起话题，能安安静静地写作，又能激情澎湃地演讲。

什么时候要多迈出一步，什么时候要学会放弃，迫不得已还要学会妥协。不做逆势而为的事情，要顺应时代的潮流，在大风大浪中时刻铭记联盟的方向。秘书长要知进退，郭青云在这方面还不够圆润，锋芒毕露有时候会伤了自己。

从来没做过秘书长，也不知道秘书长的 KPI 该考核啥，郭青云只是想发起成立联盟，至于联盟该如何运作，要设哪些岗位，赚不赚钱、达到什么目的等等，一概不知，一概不晓。

很多人创业也是歪打正着，根据当时的情况快速做调整，既适应当下，又着眼未来。管他呢，把联盟当企业运作，能做成做成，做不成拉倒。

有所为，有所不为。

郭青云只干力所能及的事情，可以分析当下的行业现状，梳理行业的未来发展趋势。对于一些企业的互相挖墙脚、低价扰乱市场等行为，反倒是不闻不问，爱咋的咋的。

"秘书长,有没有人拒绝过你?"小蔡冷不丁地问。

"当然有啦,你是不是经常被人拒绝? 刚开始的时候,有些人以为我是骗子,有些人在听我说明意图之后,紧接着就问收不收费用,大家被骗怕了,戒备心强得很。"郭青云也有自己的苦楚。

"那你怎么处理这种情况?"小蔡瞬间来了兴致。

"我又不是厚脸皮,其实我很来火,好心反倒被当成驴肝肺,很想把他们拉入黑名单,让他们安安心心永远只做井底之蛙。时间长了之后,我也就不会因为这些上火了。针对我们举办的行业高峰论坛,爱来就来,不来拉倒,我们花心思给大家分享当下最热的信息,你不来就是你们自己的损失,你觉得我这样理解,是不是我的心态就会出奇的好?"郭青云的逻辑让很多人无语。

"别给自己脸上贴金,我们都是厚皮脸。你看在座的各位老板,哪个是玻璃心,脸皮如果不厚到一定程度,就别想赚大钱。"杨鹏飞习惯性抬杠。

"把面子看得太重的人,一般活得都比较累。"朱老板叹了一口气。

"自尊心太强的人,本质上也是一种自卑。"郭青云也跟着叹了一口气。

"别人说你好,能让你的生活变好吗? 别人说你差,难道会影响你吃饭睡觉吗? 生活的本质,早晚会让这些人低头。"杨鹏飞在聊天的时候向来喜欢语不惊人死不休。

"面子这个东西,从来都是自己给自己的,而不是别人给的。"朱老板就像个捧哏。

大家你一言我一语,共鸣就这样产生了。

"不要脸的事情我最擅长。"杨鹏飞突然插了一句。

"杨总,过分了,我们说的是脸皮厚,不是不要脸,别把我们拉到和你一个档次。"郭青云都被逗乐了。

"人若不要脸,天下定无敌。"杨鹏飞越说越来劲。

"杨总已经达到炉火纯青的地步,善于察言观色、左右逢源、百折不挠、厚颜无耻……"朱老板用尽所有成语。

"总结得太到位了。继续,看你还能想出哪些成语,尽管抖出来,别藏着掖着。"杨鹏飞开心地站了起来。

"我们做销售的,就一定要胆大、心细、脸皮厚。"

"那是泡妞用的。"小蔡插话道。

"咳,年轻的姑娘,你不懂,情场如商场,商场如战场,战场如职场,每种场合的至高境界都是相通的。"杨鹏飞不由自主地倚老卖老。

"老杨,什么狗屁逻辑。"

"如果你爱上了一个女人,不论你对她的思念有多么的夜不能寐,但你若不敢主动对她说出来,不敢对她展开大胆的攻势,不敢大胆地去拉住她的手,最终肯定是无可奈何花落去,一江春水向东流。在生意上也是如此啊,如果你对客户不主动,难道还希望客户主动勾引你啊。"杨鹏飞向大家充分展开了他的人生观。

"我的产品好,客户自然会上门,不用我的产品是他吃亏,这也是秘书长的逻辑。"朱老板补充道。

"吹吧,你的货好,还不是因为大家帮你宣传的,如果我们天天对客户说你们家的芯片很烂,你看还有几家敢冒险。"小蔡也加入了抬杠队伍。

"我对客户的研究,简直是无微不至。我就像猎豹一样,耐心地捕捉客户的表情、神态、动作的变化,在聊天中观察对方的眼睛,透过他的眼神发现他没有用语言表达出来的内涵。语言是可以骗人,但眼睛是无法骗人的。他透露出来的,正是你所需的,连同他的话外之音。"

杨鹏飞自说自话,压根不听别人的逻辑。

"你对客户的耐心,远远超出你对你老婆的程度。"

"那是自然,老婆是已经成交的客户,我最重要的职责就是挖掘那些还没和我搭上关系的客户。"

"你敢当着你老婆的面说吗?"

"有啥不敢,天天被客户拒绝,难不成还不能让我硬气一回。"

"没救了,你们狠起来连自己都骗。"

"杨总,你觉得是你的脸皮厚,还是你的死对头孙晓帆的脸皮厚?"小蔡说完后立马发现自己好像闯了祸,捂着嘴巴可怜兮兮地看着杨鹏飞。

"小蔡,不要怕,我又不会吃了你。这么说吧,我和孙晓帆都想成为老板的宠臣,但我们的做事方式截然不同。我呢,只要认为是对公司有利的事情,不管谁做老板,我的做事方法是一致的。孙晓帆不是这种风格,她会揣摩老板的心思,尽量去迎合老板的需求。小蔡,你是想学哪一种?"杨鹏飞说完后盯着小蔡直勾勾地看。

"听不懂。"小蔡把大眼睛忽闪忽闪地眨着。

"小蔡,别听杨总说得那么冠冕堂皇,我来给你翻译一下。孙晓帆的风格是贴靠老板,服务好老板就是服务好自己。杨总是把老板当资源,支持他的就是好老板,反对他的就是差老板。"朱老板说完之后乐了,他发现自己总结很到位。

小蔡恍然大悟,随即说道:"听懂了,难怪我在公司不受待见。之前我一直以为是自己的业绩不争气,今天才明白,竟然是因为我没有发挥我自己的优势。以后不能和你们混在一起了,我要向孙晓帆拜师。"

"没救了,这孩子彻底废了。"杨鹏飞叹道。

"秘书长,你觉得杨总是什么风格?"小蔡不想和杨鹏飞拌嘴,随即问郭青云。

还没等郭青云说,朱老板便插话道:"目中无人的嚣张,莫名其妙的自信。"

"秘书长,你是不是也认同他们的逻辑?"

"我很喜欢研究你们这些人是如何做到说一套做一套的至高境界。"

"那你的境界是什么?"

"我啊,没你们那么强的求生欲,我现在的状态就是:卷又卷不赢,躺又躺不平。"

郭青云不由自主地说一套做一套。

第 5 节　重返大学课堂

郭青云回到了母校,回到了让他树立人生观、价值观和世界观的母校。文化的力量在于可以深深地植入每个人的骨髓,当每个人遇到坎坷,或者在十字路口徘徊的时候,能焕发起重生的希望的,唯有文化。

郭青云做梦也没有想到,再回母校不是参加同学聚会,而是受邀到母校给学生讲课。

法国梧桐还是那么高大茂密,苏式教学主楼还是那么厚重深沉,一切都还是那么熟悉。过去用煤渣铺就的操场,现在换成了塑胶跑道,足球场是真草坪,一众黑人小伙子在卖力地争抢着一个圆溜溜的足球。

"冲浪 5G 时代,促进万物互联",印刷精美的宣传海报张贴在公告栏上,郭青云的讲座海报明显是最近才贴上去的,有几幅海外著名教授的讲座海报已经被 A4 纸广告遮去了大半,几乎全是雅思托福的招生广告,一层一层,有撕半截的,有新张贴的,层层叠叠,足以体现历史的厚重。

郭青云用手机对着海报拍了一张照片,然后用前置摄像头和海报再来一张自拍,又从相册里选了一张在学校门口拍的雕塑照片,立马在朋友圈发了这三张照片,并标注了地理位置。

没过几分钟,杨鹏飞打电话过来问道:"秘书长,你去大学讲课了?"

"你怎么知道我去大学讲课了?"郭青云故作惊讶。

"装什么装,你发了朋友圈,全天下难道不就知道了?"

"哈哈,我只是想记录一下,顺便让大家知道知道。"

"虚伪,做好事要留名,别藏着掖着。"

"我又不图名不图利。"

"下次到大学演讲,不管哪所大学,记得叫上我,我也去嘚瑟嘚瑟,说不定我可以名利双收,哈哈!"

同学们,你们是不是每个人都有手机?即使是你不想要,在现如今的时代,你们爸爸妈妈也会给你们准备一部手机。

我想问大家的是:你喜欢的是手机,还是手机里面的内容?

你们现在还不赚钱,如果想频繁更换手机,那只能祈求父母的施舍。而家长的诉求,最简单最直白的就是要能找到你。

而你呢,喜欢里面的音乐、喜欢里面的电影、喜欢游戏、喜欢漫画、喜欢短视频、喜欢任何和你们现阶段学习无关的东西。

有些同学会说:我喜欢作业帮、我喜欢看新闻、我喜欢搜索我想要的内容,那么我恭喜你,你绝对是那个人人夸赞的邻居家的好孩子。

如何做开场白,郭青云想了很久,也看了很多介绍演讲经验的视频。由于自己的头衔过于单薄,既不是高校教授,也不是留美学者,很多别人的经验并不适合自己。最后决定还是单刀直入,从吸引学生注意力开始进行演讲的铺垫。

大家有没有看过手机广告,比如华为、苹果、小米等等,他们的广告从来不提通话质量,反而是大肆宣传拍出来的照片有多么好看,广角、微距、虚化、抠图、换脸等等,那么我想问大家第一个问题,你买的是手机,还是摄像头?你们理解品牌手机为什么这么做广告吗?

第二个问题:现在的智能手机都是触摸屏,你们用手指头可以操控手机屏幕,有没有试过用铅笔可以吗?

第三个问题:你在拨电话号码的时候,屏幕是亮的,当接通电话后,我们把手机放到耳朵边,屏幕为什么会立刻变黑?

现如今,手机无所不能,有个现象大家有没有注意到,在手机上可以购物,在电脑上也可以购物。在手机上可以看电影,在电脑上也可以看电影。

那么我想问大家的第四个问题:哪些事情在手机上可以用,在电脑上不能用?

我今天不用给你们答案,你们可以思考,可以讨论,可以无所顾忌地猜测。

　　用问题引出问题,不需要答案,郭青云的想法很简单,只需要让同学们竖起耳朵听就可以。

　　现如今的智能手机,可以实现很多功能,比如抢红包、打游戏的时候左晃右晃,同学们,你们知道它们的工作原理吗?

　　比如有些人喜欢攀比运动步数,这是通过加速度传感器来实现。看电影的时候横屏竖屏切换是通过重力传感器来实现的。

　　白天屏幕亮,关灯后屏幕暗,这是光线传感器的作用。前面我们说打电话的时候贴近耳朵会黑屏,是因为有了距离传感器和接近传感器。

　　抢红包的时候摇一摇,那是通过陀螺仪来实现。我们去陌生地方,会打开手机导航,这是利用北斗或 GPS 来实现的。

　　而大家喜欢拍照的摄像头,是 CMOS 传感器。前面我们提到现在的手机不能用铅笔触摸,是因为采用了电容触摸屏,你们可以问问父母有没有旧手机,那种采用电阻传感器的手机屏幕可以用铅笔用指甲,反而不能用手指头。

　　现在我们开机、支付等可以使用指纹,那是因为采用了指纹识别传感器,之前可以用假指纹,比如指模,现在采用活体识别技术,必须是自己本人。

　　当然了,手机里还有很多传感器,在这里就不给大家一一介绍了。总之,传感器就像我们的皮肤、眼睛、耳朵、鼻子、舌头等,把我们想要的东西通过技术进行转换,才能实现我们想要的各种各样的功能。未来,还会有更多的传感器用在手机里,也期待你们的探索和创新。

　　大家有没有见过大哥大,估计有些人在电影里看到过,像个砖头一样。而 20 世纪 80 年代到 90 年代初的大哥大,一部可以抵得上当时一套房。

　　在你们父母刚开始工作的年代,出现了 2G 手机,而在你们出生的年代,3G 手机开始普及,如果你们家里有这些老古董,你们可以拿出来玩玩。

　　在同学们成长的年代,也就是你们小学和初中,4G 手机大规模普及,而今年,号称是 5G 元年,在你们成长的年代,包括你们的高中、大学、工作,未来至少 10 年,你们将驰骋在 5G 通信的时代。如果你们有幸读了研究生、博士生,也有可能是 6G 时代的先行者、开拓者。

　　最近这两年,我们经常说 4G 改变生活,5G 改变社会。过去,从大哥大,到 2G、3G、4G,都是为人服务的网络。而到了 5G 时代,最大的挑战就是要打造为场景服务的网络,这里面包括为人服务的网络,为物服务的网络物联网,为车服务的网络车联网。

每一种场景都包含了很多种功能,而每种功能的实现,都需要很多技术的支撑,这也是无线通信网络的魅力,一直在迭代,一直在更新,但就是没法满足人民永无止境的新需求。

现如今,无处不在的 4G 网络,彻底改变了我们的生活!大家想一想,你们手机里安装的 APP 应用,都包含了哪些?

有没有安装社交通信的软件,比如微信、抖音?有没有安装移动支付的软件,比如微信支付、支付宝等?你们有没有骑过共享单车,没有手机你们能把自行车打开吗?有没有装过导航地图,有没有装过电影、音乐软件?有没有在淘宝、京东上购过物,有没有点过外卖,有没有开启过王者荣耀、一刀传世?你们有没有察觉,一旦手机没电,感觉就好像没有了魂,没法工作、没法生活,无比焦虑、无比烦躁。

4G 改变生活,5G 改变社会,每个人都有属于自己的认知。有位特别喜欢在公众场合演讲的泰斗专家,他 PPT 上的文字超级多,语速超级快,压根容不得你去思考,不管他的观点是对是错,你必须要跟着他的节奏走。

郭青云的演讲抑扬顿挫,在每种观点交互的时候,总会留给听众一些思考的间隙。

5G,快!你们是不是会看到一些宣传,5G 就是快。这里给大家普及一个概念,5G 不只是数据传输速度快,真正变革的是接入速度快。

如何理解呢,有些人说 5G 很快,下载一部高清电影只需要 1 秒钟。你们可以思考一下,这有价值吗?你是 1 秒钟下载了,可手机内存能存几部电影,我们看电影是不是也得一两个小时。

为什么说真正的变革是接入速度快。大家可以尝试一下,两个人面对面用 4G 手机打电话,从你开始拨电话到最后接通,是不是要好几秒的时间。因为你的手机要找到附近的基站,基站再连接到核心网,核心网还要找到对方的手机附近的基站,然后才能找到对方,这样才能实现通话。

人的通话可以等,但如果在自动驾驶的场景,如果车辆要判断安全距离,采用 4G 网络需要几秒的延迟,50 米远就要刹车。若采用 5G 网络,则只需要几毫秒的延迟，三五米的距离就够了，大家想想哪些场景 4G 不能满足，而 5G 可以满足。

所见即所得，是我们想要的结果。比如远程手术、现场直播、机器人、无人机、全息成像等，大家想想是不是这个理。

现如今，很多职业角色在悄悄地发生转变：比如电子警察替代了大量的交通警察，移动支付干掉了小偷这个职业，因为大家都不带钱包了。共享单车打掉了地铁口庞大的摩的队伍。很多黑车司机摇身一变，变成了受监管的快车司机。之前很多地摊小贩都到淘宝上开店了。在工厂，机器人代替了很多产线工人，等等等等，很多职业在消失，很多职业又冒出来了，所以你们也不需要担心未来没事干，反而会有很多工作让你们挑花眼。

在未来的 5G 时代，将改变政府的社会治理结构。包括城市管理、交通管理、公共事业、生产、消费、娱乐等，不管是人产生的数据，还是物体产生的数据，所有的大数据将贯穿社会的任何环节，涉及政府职能部门、基础设施、商业交易、市民生活等多个维度。

最近的新冠疫情，大数据发挥了极其重要的作用，比如我们用的健康码，就是通过每个人的手机位置信息进行定位和管理。

大多数同学第一次听郭青云讲课，觉得非常新鲜，观点很新颖，时不时还要对着 PPT 拍照。有几个打瞌睡的同学非常显眼，估计是昨晚玩游戏太过投入，只好在课堂上进行休息，因为一旦休息不好，晚上再打游戏就没有精神。

郭青云一边演讲，一边观察各位同学的关注度，对于大家感兴趣的就多说一些内容，对于不感兴趣的就快速跳过。大多数同学都戴着眼镜，不同的款式，不同的大小，几乎没有同样的。洋溢着青春的脸庞，每个人的眼镜也显得拥有了年轻的活力。

年轻人富有个性，为了追求时尚，不同流派的眼镜变成了大家的配饰。在学校里，对于经常穿校服的同学来说不会觉得撞衫是件尴尬的事情，唯有通过眼镜，才可以区别不同人的气质。

人类需要社交，在 4G 时代，我们是不是已经习惯了微信，发文字、发图片、语音通话、视频通话、晒朋友圈等？

在无法满足立刻面对面的时候，5G 将加速社交形态的变化。头腾大战,大家有没有听说过,字节跳动公司的代表产品有抖音、今日头条等。腾讯公司的代表产品有微信、QQ等。都是做社交的,两家公司的经营思路不同,但商业模式类似,都是聚拢人气,通过广告进行变现。

两者为何会斗呢? 主要是对未来社交形态演变趋势的焦虑。微信从来没想到抖音会崛起,在抖音刚开始冒出来的时候微信只是封杀了接口,并没有对其赶尽杀绝,现在抖音竟然变成了微信强大的竞争对手。微信从熟人向内容拓展,抖音从内容向熟人扩张,现如今,两者的广告收入已经旗鼓相当。

未来的社交,有些人看好VR/AR,但VR/AR的发展需要逾越人体生理结构的适应性。我是非常看好全息成像,就像科幻电影里的桥段,真人大小的360度虚拟成像,这依赖5G高速网络来支撑。

人类需要社交,而社交手段也一直在演进。最早是语言,经历了几万年,然后沉淀了文字,也有几千年的漫长历程。

在20世纪出现了视频,从此有了电影、电视等。拍一部电影,是一个大产业,包括编剧、拍摄、剪辑、审核、宣传等,相当缜密严谨。

而在五年前,出现了以抖音为代表的短视频,玩过抖音的人都知道,15秒的短视频非常容易勾起大家的欲望,有些人不由自主地会刷屏几个小时。

但是,几个小时过后,很多人已经想不起来看过哪些内容。从实际分析,短视频大多是非理性、非逻辑、信息轰炸、内容导流,最终实现商业变现。

你免费看的每一条短视频,都在为他们赚钱,这也是互联网的商业模式,羊毛出在猪身上,让狗熊去买单。

未来,我更看好中长视频的发展,也就是三五分钟的高清视频,结合5G网络直播、AI智能审核、AI智能推荐、全民参与互动等模式,

把理性的内容进行沉淀,不用太大的代价,并且能满足受众的诉求。同学们可以想一想,一个知识点,用15秒讲清楚容易,还是用3分钟讲清楚容易?

在5G时代,也是内容需求和创作能力大爆发的时代,视频将成为未来的主流表达方式,也许你们中间会出现未来的大编剧、大导演、大策划。

手机、平板、电脑、电视、汽车中控,大家有没有思考过,都有屏幕,但应用场景不同,表现形式也不尽相同。

过去，若想实现各种设备之间的互联互通，实在是太难。

现在，你在手机上看的电影，是不是可以投屏到你们家的电视屏幕上？

未来，将是全屏幕贯通的时代，各种设备可以互联互通，手机作为中间载体，可以随意切换汽车、电视、电脑的各种场景，这当然还需要各种技术的支撑和叠加。

期待你们能实现更多的创新。

我相信大家都骑过共享单车，有些人还用过共享充电宝、快递柜等，这是共享经济的繁荣。大家有没有思考过，在 4G 中早期时代，这些新鲜玩意儿并没有诞生，反而是在 4G 的中后期，才得以发扬光大。这是因为 4G 智能手机的普及，并得益于：移动支付、电子地图、导航定位、蜂窝无线通信、蓝牙通信、传感器等技术的普及；以及民众交通出行诉求、弥补公共交通盲点、消灭摩的、黑车等管理混乱的各种需求；结合资本的推动，以及商业模式的创新等；在多种因素的重叠之下，才促成共享单车的诞生与繁荣。

每次一讲到共享单车，郭青云便不由自主地想到四喜共享单车，想起冯德程，想起狐狸基金的 Peter，也许，他们才是共享经济繁荣昌盛的垫脚石。

郭青云不得不快速收起思维，继续给同学们分享。

万物互联，是未来的发展趋势！而实现路径，则不尽相同。

所有技术形成相辅相成的推动模式，谁也离不开谁。

这些技术如何赋能社会，亟待同学们去学习、去探索、去应用、去创新！

现在，你们只有打好基础，才有机会成就你们未来的梦想。

今天和同学们一起分享了一些观点，以便于你们树立更大的世界观。

OK，希望同学们在你们青葱的岁月，怀揣美好的梦想，拥抱未来的不确定，你们将是 5G 时代的弄潮儿，谢谢大家。

当郭青云讲完课后，总喜欢在校园里独自溜达。

所有的一切都貌似很熟悉，但一切又显得如此陌生。

想想自己过去在大学时期的青葱岁月，简直是往事不堪回首。

"杨总，有时候我也搞不明白，互联网大厂的程序员说裁员就被裁员，而芯片公司的程序员薪水水涨船高、奇货可居，大家都是程序员，区别咋就那么大呢？"

郭青云经常纳闷，互联网公司动不动几千几万地招人，又动不动几千几万地裁员，并且大家习惯性称呼这些互联网公司为互联网大厂，难道这些程序员就是厂里面的流水线工人吗？

"工人也分技术工和操作工啊。有很多程序员只是懂得一些简单的编程语言和编译工具，换换 UI 界面，或者做一些数据标注，换个年轻人几天就能上手。而那些掌握协议栈的、懂得系统架构的就要求高很多，普通高校是培养不出来的，必须经过多年的工作经验积累才能达到一定的境界，这些人自然是奇货可居。公司再怎么裁员，也不会裁到这些人头上。"杨鹏飞对自家公司的"程序猿"非常尊重。

"我在大学讲课的时候，发现一些同学非常迷恋各种编程语言，我总觉得他们是在浪费时间。"郭青云想到有些同学的行为就为他们的前途担忧。

"学就学呗，学总比不学好吧。难道你上学时候没有学过几门编程语言吗？估计你早就把它们忘得一干二净了吧？"杨鹏飞笃定地说。

"要我捡起来，估计也很快。"

"你就吹吧。"

"我是早已不做程序员，但对于很多程序员，只要他能跟得上技术的发展，不断地学习新的编程语言，也不至于被淘汰吧？"郭青云纳闷。

"淘汰的就是这些人，这些人的逻辑就是只要学点最时髦的编程语言，在职场就可以活得悠哉乐哉。这完全是错误的意识，也是很多普通程序员最大的悲哀。"杨鹏飞叹道。

"你打算以后让小孩学啥，难不成还是学计算机、学微电子？"

"儿孙自有儿孙福，现在哪管得了未来。"

郭青云和杨鹏飞作为过来人，感叹自己曾经啥都学的精神也是浪费时间，可世上没有后悔药，如果再给一次上学的机会，说不定四年时间可以把本科和研究生的课程全部学完。

现实，就是这么的现实，非常残酷。

郭青云非常羡慕大学教授，很想混迹在高校的圈子里，一有机会就去大学讲课，给本科生讲，给研究生讲，把自己对行业的理解对趋势的研判都分享给同学们。最喜欢给同学们讲的内容集中在"I'm ABCDEFGs"。I 是 IoT 物联网，m 是 Mobile 移动网络，A 是 AI 人工智能，B 是 Blockchain 区块链，C 是 Cloud computer 云计算，D 是 bigData 大数据，E 是 Edge computer 边缘计算，F 是 5G，G 是 GNSS 卫星导航，s 是 network Security 网络安全，后来又多了个 Metaverse 元宇宙。

有一次在上课的间隙，有同学提问："郭老师，你觉得我们 Z 世代的同学还有没有必要花那么多时间学那么多技术？以后人工智能将会帮我们解决很多事情，比如要写一篇论文，从网上找资料参考已经是过去式，现在可以直接输入我的诉求，哪怕是非常模糊非常初级的诉求，机器人都能替我完成。"

郭青云愣了一会儿，很不确定地问："这位同学你说的机器人可以帮你完成很多工作，这个我可以理解，也是未来的趋势。但我刚才没听明白，什么是'Z 世代'的同学？"

教室里哄堂大笑，郭青云意识到自己被同学们嘲笑了，很快稳住心态，随即问道："不懂就要问，有哪位同学给我讲讲？"

"老师，你是哪个年代的？"

"70 年代。我只知道我们习惯性叫 60 后、70 后、80 后，啥时候又冒出一个新名词叫 Z 世代？"郭青云并没有觉得自己脱离时代啊。

"老师，那我问你，70 后和 80 后的区别是什么？"

"这我经常研究，70 后小时候基本上没受什么苦，物质虽然贫乏，但不至于饿肚子，还能上学读书，很多人依靠读书从农村走向了大城市，也有很多人通过做生意获得越来越多的财富，基本上是跟着改革开放的快速发展成长起来的。80 后大多是独生子女，属于两家人的掌上明珠，生活基本富足，但经历了大学教育扩招、房地产市场化改革，过去我们认为用父母的钱是一种羞耻的行为，但他们被快速膨胀的房价打回了原形，没有父母的资助很难在大城市落足。90 后……"

郭青云对每 10 年一代人的总结有一套逻辑，当一些老板头疼员工管理的时候，不同年代的代表特征很容易有代入感，深得老板们的认可。

"老师，打断一下，我想问你，79 年出生的算 70 后，80 年出生的算 80 后，按照你的逻辑，这属于两个典型的时代，现实情况下，79 年下半年出生的和 80 年上半年出生的是同班同学，你觉得他们各自会有很大的时代烙印吗？"

"别那么较真，你给我解释解释什么是 Z 世代？"郭青云发现现在的小孩一点也不怯场，与他读书时怕老师的状态形成了鲜明对比。

"老师，Z 世代是互联网时代的原住民。有两个关键的时间节点，一个是2003 年的 SARS 疫情，中国的互联网开始井喷，QQ 群、网吧、贴吧、电商等等开始崛起。一个是 2020 年的新冠疫情,对网络直播、居家办公、空中课堂等方式会习以为常。另外,每个人在 6 岁的时候开始拥有完整的认知和记忆,通过 2003 年和 2020 年达到 6 岁年龄进行倒推,我们就把从 1998 年到 2014 年出生的人定义为'Z 世代'。"

"明白了,你这么说我就明白了,你们都是属于 Z 世代。谢谢这位同学,不,谢谢这位老师。"

教室里又一次发出哄堂大笑。

下课后,郭青云掏出了手机,快速地搜索:Z 世代特征。

在中国,Z 世代的人群超过了 2.8 亿,很多人还在读书的阶段,即使已经参加工作的人也属于职场小白,这些人绝对是创造未来社会财富的生力军。

Z 世代的人拥有和他们父母不同的消费观念和社交观念。他们通常不缺吃、不缺穿、不缺房子、不缺汽车,还真不知道他们的内心里是缺什么。

第6节　校友会的江湖

上海校友会于二○一六年十一月一日(周六)在都市剧场举行第十二届换届大会,欢迎您拨冗参加!

郭青云收到校友会的邀请函,感叹校友会的力量,来上海十五年了,从来没参加过大学校友会,竟然还能收到他们的邀请函,看来现如今的时代想隐藏自己实在是太难了。

将近2000人的剧场,座无虚席,按入学年份被分成片区,没有自己班的同学,但遇到当年的同年级学生,隐约还能想起来一点。

岁月催人熟,寒暄感叹众生。

校友总会来了好多领导,全球51个各地校友会都派代表过来祝贺,顺便进行了捐赠仪式,各地的瓶瓶罐罐、工艺品和书法等,琳琅满目,也都不带重样的。穿插着校友自发组织的文艺表演,唱歌的、跳舞的、搞笑的、吹萨克斯的、说相声的、演小品的,啥都有。比专业的差点,比业余的好点,台下的校友就像观看一场精彩的文艺晚会,笑声绵绵,掌声不断。

刘文武召集了一帮校友在喝茶聊天。郭青云把茶杯放下之后,便感叹道:"校友会还能这么搞,你真的是让我开了眼界。"

刘文武在本届校友会被推选为秘书长,准确地说应该是宣布,在此前的校友理事会都已经投票通过,并且报校友总会批准,一切就绪之后,换届大会就是昭告天下,仪式感满满。

"你们开心不?我们可是累得够呛。学校领导要汇报、行程接待要安排、外地校友会的会长秘书长要邀请、志愿者要发动、各年级校友要通知,还要挖出你们这些潜伏在水下的知名校友。"刘文武感慨道。

"多好啊，现在上海有大几万校友，一呼百应，我们开个行业会议，500人已经算是大型会议了，你可以轻轻松松搞定几千人的聚会。"

在会议组织规模方面，这点确实令郭青云羡慕。

"我们不仅是联络感情的校友会，我要把它搞成专业型的校友会，吃吃喝喝要搞，足球、篮球、羽毛球、唱歌、摄影俱乐部要继续，增加了啦啦队、帆船、高尔夫等新项目，我们还要成立微电子、物联网、人工智能、军民融合等专业委员会，把我们学校的优势专业发挥出来。"

刘文武是新官上任三把火。

"确实是，大家毕业后分散在各个单位，大多数人平常不往来，别说是校友了，同班同学的合作交流都比较少。现在可以扩大一下范围，行业圈内的校友可以团结起来，通过校友会把行业和母校融合起来。"郭青云附和道。

"同学会可去可不去，校友会的活动我建议大家还是要积极响应，这是你们一辈子不可或缺的资源池。"郭青云被安排在上海校友迎新活动中给新到本地的校友做个主题分享，中间插播了他的人生感悟。

其实，有很多校友事业有成，时间对于他们来说是非常宝贵并且不舍得浪费的，但当校友会邀请的时候，跨越城市甚至跨越国家都要来参加，不仅热情还非常谦虚。支持母校、支持校友、支持那些除了聚会也许永远不会有交集的普通校友。

就拿各地校友会举办的各种论坛来看，能给大家提供很多的价值。如果你在某个领域有所成就，或者是掌握一定的资源，你才有一定的底气去参与，并且从活动中找寻适合你的人脉和机会。

"那么多人，不可能全都认识。"有同学站起来说道。

"确实是，估计你对人脉的理解有偏差，你认识再多的人也不叫有人脉。如果是因为你的能力或资源吸引过来的人，或者说是你主动争取让对方认可你价值的人，都属于你的人脉。那些只是和你有一面之缘、握个手、喝顿酒的，根本算不上你的人脉。"郭青云说得太直白。

在大学的时候，很多同学对未来充满了憧憬，大多数人还是集中精力在学习和考试，主要是以成绩论英雄。当工作以后，社会大熔炉会磨炼大家，然后逐步形成分化，综合能力强的人会上升得比较快。有些人在快速发展的过程中，总会遇到一些瓶颈期，那这个时候人脉就显得尤为重要了。人类是群居型社会，职位越高越需要团队,越需要志同道合的同志一起往前走。

有人的地方就有江湖,出自真心也好,尔虞我诈也罢,有很多人在进攻的时候,防御能力也在逐步地加强。这也是为什么很多人办事,总喜欢托付给中间人。有人做担保,心态也会踏实很多。

上过学的找同学,当过兵的找战友,异地打拼的有老乡商会,即使是在同一个单位离职的人,也能自发形成各种朋友圈,百度的叫百骨精、腾讯的叫南极圈、搜狐的叫朋狐湾、360的叫飞虎队、小米的叫小米粒、华为的叫华友会,大家都是在尽力寻找一个产生共鸣的机会点。

大学生活期间,我们大多数是在18岁至22岁,正是人生观、世界观、价值观成型的时候,被母校的文化熏陶耳濡目染之后,信任感也会自然成型。况且喜欢参加校友会的人,往往都是商界、学界的精英,潜在的合作机会就会更多。

一句师兄、一句师姐,让很多老校友愿意无偿帮衬年轻校友。

一句师弟、一句师妹,让很多年轻校友敢于向老校友要资源。

"为什么你说同学会可去可不去呢?"又有一位同学举手示意。

"哈哈,这位师弟问得好。校友包不包含同学?当然包含了,大家要理解我之前说的理由。我们参加校友会,是为了扩大自己的人脉,如果这些人脉里有自己的同班同学,那当然是最好的了。"

要么是别人帮你,要么是你帮别人,这是很多人参加校友会的初衷。如果同班同学在学校期间是和睦相处、互帮互助,毕业之后经营同一家公司的也大有人在。如果同班同学在大学期间是钩心斗角,或者形同陌路,你觉得生意场上会有交集吗?

道不同不相为谋,何必自己给自己找麻烦。

毕业之后大路朝天,各奔东西,相忘于江湖。

如果在社会上摸爬滚打多年之后,还积极参加校友会的人,就会有一定的豁达和开朗。不分年龄大小、不限入学时间、专业已无好坏之分、考试成绩烟消云散,懂得包容、懂得收敛、懂得风险、懂得隐藏,大家在学校的面前都是平等的,有一种家人的感觉。

刘文武邀请上海校友会理事聚一聚,一来把自己的想法与大家交流交流,二来好对后续的工作进行安排,活还需要大家一起来干。

"没做秘书长之前,不会想这些事,做了秘书长之后,发现可做的事情太多了。我们要走访老校友、拜会校友企业家,执行校友总会的安排,还要和国内外的各地校友会串联。"刘文武说道。

刘文武重新吸收了热心的校友进入理事会,这些师兄、师弟、师姐、师妹都是无私奉献,不图金钱,就图热闹。

"校友会的工作和我们运营企业有所不同,企业是以盈利为目的的,而校友会是以凝聚感情为主的。校友会工作搞不搞得好,组织建设非常重要,把有兴趣的人聚在一起,分工合作,把每项活动都办得有滋有味,富有仪式感,那么各届校友不管年龄大小都会有存在感,这样我们校友会的目的就达到了。"

刘文武对母校在各地的校友会分支机构的理解还不全面,只是出于尝鲜的目的,接手了上海校友会秘书长的工作。

"校友会能盈利吗?"有新加入的理事问道。

"不行,尴尬的就是校友会是公益组织,按理说公益组织是不以盈利为目的,但也可以盈利,至少可以养活工作人员。但是在现有的体制之下,在民政部登记注册社团组织需要业务主管部门;作为业务主管部门的教育部,因为政治风险因素的考量,又不愿意作为业务主管部门。双方相互推诿,就导致几乎所有的校友会不敢越雷池一步。"

刘文武为此还专门请教了其他院校在上海的校友会。

"之前,校友总会经常让各地校友会募捐,国外大学的校友会也是母校和捐赠校友之间的纽带,我们能不能从中截留一部分作为佣金来反哺校友会的日常运作?"有参加过好几届的老校友在问。

"校友总会通常是学校的行政编制,属于官方性质,起到指导、任命、监督等作用。学校是为了培养更多的优秀校友,然后希望有更多的校友反哺母校,形成良性循环。因此,有很多学校是副校长亲自挂帅,别看他们天天到处吃喝玩乐游山玩水,其实也挺辛苦的。至于你说的佣金,不可能操作的,我们可以单独向会长和有资金实力的校友企业家化缘。你们谁举办活动需要资金支持,尽管向我开口,能搞到赞助最好,搞不到赞助我来想办法解决。"

谈钱伤感情,但刘文武作为秘书长,也不得不谈钱。

对于校友总会来说,既掌握着高校内部的知识、信息、技术等资源,又连接各地方分会、院系分会、行业分会等,并可直接联络很多校友,拥有宝贵的信息资源和渠道,是校友与母校资源互换的重要枢纽。对于各地校友分会来说,既要和校友总会这一枢纽保持联系,又要和一定地域范围内的广大校友保持密切联系。

参加过校友活动的人都知道,跨界才是活动的主旋律。很多人从事的工作大多不是本专业的范畴,通信、物联网、软件、网络安全、人工智能、微电子等,还有金融投资、咨询服务、销售贸易、中介代理等。

现如今,跨界已经成为很多行业的标配,若想在这种大环境之下做到行业顶尖,就必须积累相关的知识、扩大人脉、寻求机会。未来,相信跨界的趋势会越演越烈,人人都会十八般武艺,每个人都需要在某些行业有几个专业人脉,而校友会就能准确有效地为其提供机会。

大学的校友资源是高校的珍贵财富,也是社会的珍贵宝藏,相信会有越来越多的聪明人能意识到这块宝藏,更好地去通过校友会实现个人成长,同时也帮助校友会赋能,共同推动高校教育事业的更好发展,实现多赢的局面。

"校友会如果只讲情怀、不讲利益的话,如何长久持续发展?"郭青云感觉在所有理事开会的场合不太适合问这些,但还是忍不住问了一句。

刘文武想都没想,随即说道:"校友会秘书处的这些积极分子,就是图个乐子,大家都是兼职,都是活雷锋。大家都知道校友会里资源丰富,可以对接很多商业机会,但能不能转化成自己所需要的,还要看每个人的造化和努力程度了。"

刘文武说的都是实话。

由于校友会工作全部是义务服务性质,要排除自己工作和生活的诸多困难束缚之后,利用空余时间来参与工作,没有一种大爱和奉献之心是很难投入其中做好工作的。对于参与校友会的积极分子,将有机会在另外的空间得到锻炼和思考,体会不一样的收获。当逐渐形成一股群体和势力之后,阳光灿烂又诗情画意的秘书处,就构成一道特别的风景线,会不断吸引新鲜力量的加入。秘书处只要有这一帮对校友会有着充分认同感的校友存在,校友会的工作一定会充满活力和张力。

"我们得找个据点,听说有校友开了个饭店,我们就可以把很多校友会的活动放在那里,既解决了场地问题,又解决了吃饭问题。"

刘文武一直在头疼场地的问题,根据地一定要建立。

"秘书长,你听说清华大学总裁班众筹饭店的事情吗?"

"我知道一些,你想发起众筹?"

"你看我们这个小店,面积太小,也容不下太多的校友来聚会。干脆我们发起一个众筹项目,把前期投入和运营成本都列支出来,有兴趣参与的校友作为股东,享受饭店的分红。"

校友秦勇军招待刘文武和一众校友在自家小店里吃饭。

"可以考虑,你拿出一个详细的方案,我们讨论后实施。"

刘文武当场拍板。

大秦府张江店轰轰烈烈地开业了,提供创意陕西菜,满足众多校友对西安美食的怀念。门口立着两个兵马俑,不用看招牌,就知道这家饭店主打什么菜系。

大秦府位于张江开发区,高科技公司林立,年轻人超多,每天中午绝对是爆满,晚上也能翻台一次两次的。但凡来参加活动的校友,必定在这里吃饭,都对菜系的正宗纷纷点赞,直言好久没有吃到这么正宗的西安菜了。

"我们的厨师都是从陕西请过来的,我们的羊肉是宁夏滩羊,我们的面粉产自陕北米脂,欢迎大家常来指导。"秦勇军每次遇到熟悉的校友都笑呵呵的。

"对于各位参股的股东,大秦府给大家八折优惠,不管是家庭聚餐还是朋友聚会,一律打八折,如果前台不给你折扣,就找我,我一定照办。并且,年底还要为各位股东分红。"

在刘文武的默许之下,秦勇军借校友聚餐的时候做起了广告。

"鉴于大秦府张江店的火爆,我们计划在浦西再开一家分店,位置选在漕河泾开发区,也是为高科技企业服务,没有来得及参与张江店众筹的校友,可以积极参与漕河泾店的众筹。"

大家都放下了筷子,聚精会神地听着。秦勇军感觉火候到了,便说道:"大秦府漕河泾店总共需要投资 360 万元,每份 1.8 万元起投,每人最多十份,我们明天就开启认购,如果有意愿参与的话,我们就通过'上下签平台'签合同,这是区块链合同,确保唯一性,没人会篡改和抵赖。"

上下签平台是一个女校友创业的项目,利用区块链技术完成电子合同的实时签署,并确保其安全、合规和不可篡改。很多校友不一定仔细研究过区块链,但肯定听说过比特币,以高科技著称的学校的毕业生,这些校友肯定不会和时代脱节。

秦勇军红光满面,在酒精的刺激之下非常兴奋。"这 360 万元众筹款占 80% 的股份,其余 20% 的股份分给运营团队,我们争取半年分一次红,每到年底必须给大家分红。"

秦勇军的演讲能力不怎么样,但那些数字足以打动很多人。

朋友圈、校友圈、亲朋好友,很快大家都知道了有这么一家饭店,一定要慕名品尝。免费的广告、无形的价值,在行业里快速扩散。

"今天请大家到我们校友会众筹的饭店吃饭。"郭青云在会议结束之后,邀请大家去品尝品尝正宗的陕西菜。杨鹏飞、朱老板、曹博士、姜苏阳、小李、小马、小蔡等,大家满满当当坐了好几桌。

"为什么你们的校友会搞得那么好,我们学校那帮人不知道在干吗!"杨鹏飞感叹道。

"老杨,你去给学校捐点钱,立马就知道他们在干吗了。"朱老板调侃道。

"等我有钱了,就去冠个名,图书馆、体育馆、教学楼,统统不能放过。"

"再给你立个雕像,让那些学弟学妹们把你摸得溜光锃亮。"

"摸我也就罢了,万一有人牵条狗在我雕像的脚上撒尿,如果让我看见了,你说我情何以堪?"

"好办,你可以用钱把那条狗砸晕,然后炖成一锅汤摆在你的雕像脚下。"

"过分了,过分了,点菜,点菜,看你们都喜欢吃哪些,随便点。"郭青云赶快打断大家的胡思乱想。

春天万物复苏、夏天花红柳绿、秋天果实累累、冬天银装素裹。

转瞬一年过去了,大秦府股东群爆炸了,校友秦勇军被曝挪用众筹项目资金、侵吞门店业务流水、拖欠供应商货款等。

"我们图的是分红,人家图的是我们的本金。"

"秦勇军好歹是校友,他怎么能干出这种事情?"

"监理呢,之前我们任命的监理呢,冒出来说句话啊?"

"我才工作三年,好不容易攒点钱做个投资,就这么打水漂了?"

"有没有做律师的校友,我们联合起来告他,让他退我们本钱。"

"签的合同在哪里? 我们签的还是区块链合同,什么永久性、防伪、防篡改,在骗子面前还有啥用?"

"我们都是秦勇军的韭菜,被割了!"

"秦勇军是哪一届的校友,哪一年的,哪个专业的,哪个班级的,能不能找一找他们同班的同学问问,这个人咋这么不靠谱。"

"会长在哪里,秘书长在哪里,能不能给我们主持个公道?"

众筹本身也是营销事件,众筹到的投资人必然是对该品牌信任、喜爱、愿意陪品牌成长的支持者和传播者。募集众筹投资人的过程本身也是企业宣传、梳理品牌价值、获得用户关注的过程。

与资本投资不同,社会化众筹投资人的主要目的不是为了获取高额回报,大多数人认为只要不亏本就行,因此也就不会给餐饮企业负责人设定很多严苛的条款,餐厅企业的老板拥有很强的自主决策权。

然而,众筹餐厅"暴毙"的噩耗接连不断。

有业内专家指出，除了政策上的不确定性之外，优质项目少、财务不透明、缺乏第三方监管、行业利润率偏低、缺乏投资者教育等，都是导致当前餐饮众筹项目快生快死的重要原因。

在众筹项目中，不讲民主和太讲民主都不行。不讲民主，人家会觉得我也掏钱了，凭什么不听我的；如果太民主，谁提的建议都想被采纳，结果会导致矛盾更多。你以为只有"大事"才会引发争论？"小事"也会受到质疑，比如菜买贵了，服务员工资给得太高等。所以，民主之后，一定集中，否则里外难讨好。

有一天，有人在大秦府股东群里发布了一则新闻。

据媒体报道：清华大学总裁班 34 名学员，通过众筹开的一家餐厅，因经营不善，经股东会决议向北京海淀法院申请破产。

然后，一众校友在后面跟帖，用尽各种发泄手段。

第六章　趋势不可违

† 你不前进,不代表社会不进步。

† 新技术的迭代淘汰了一批人,同时也成就了
更多的人。

† 要么是时代的弄潮儿,要么是随波逐流的鹅
卵石。

第 1 节　梦想成就现实

"秘书长,你和女神在喝咖啡?"杨鹏飞发微信给郭青云。

"什么女神?"在手机叮咚响了一声之后,郭青云很快回复。

"自己在朋友圈里晒的,竟然不承认,你说的 NB-IoT 女神是谁啊? 介绍介绍给我认识。"

"无事献殷勤,非奸即盗。"

"我好歹也是业内知名人士,竟然不认识你说的 NB-IoT 女神,那不是我杨鹏飞的风格。"杨鹏飞得意地说。

西湖边,杭州国宾馆,亭台楼阁、曲廊修竹、小桥水榭、古木奇石,入眼皆景。择此而居,春访桃花、夏观荷,秋来赏桂、冬瞻松,更有竹风一窗、荷风半床的清恬之境。抬眼东望,湖上十里风光尽收眼底。

一号楼的咖啡厅,郭青云和方菲菲各自点了一杯咖啡,同样是拿铁咖啡,两个人的杯型外观和拉花方式却不同,就连每个人搭配的小点心也有所不同。方菲菲要在这个酒店连开几天的会议,郭青云正好在杭州出差,大家就约到这里来聊聊天。

方菲菲轻轻地放下咖啡杯,说道:"3GPP 在讨论 NB-IoT 标准的时候,那绝对是唇枪舌剑。各个国家、各种肤色、男的女的,比联合国大会精彩多了。联大会议有多种语言,中文就是其中一种,你完全可以说中文,有同声传译给听不懂的人。但我们在开会的时候,只讲英语,这些人夹杂着各种国家的口音,要听懂全凭自己的英文听说能力。在讨论的时候,还要排队抢话筒,否则你连说话的机会都没有;在投票的时候,还要拉帮结派,没人赞成的话自己就是瞎忙活。"

方菲菲是 3GPP 标准提案人,代表他们公司出席会议,目的是把公司的专利转变成 3GPP 的标准专利。方菲菲的语速很快，英文说得溜，中文自然也不差。两个人一边品尝着咖啡，一边聊着天，静静的西湖水，妖娆柔美。

方菲菲成天和老外打交道，不管是穿衣打扮，还是言谈举止，俨然一副国际范。郭青云注意到方菲菲戴的眼镜非常有档次，他叫不上品牌，换作杨鹏飞肯定能认出来。镜框是很细很细的玳瑁色，和镜腿的连接处是个马衔扣，酒红色的镜脚，在复古中融入时尚，让整个人看起来倍添魅力。

"听说你在现场吵不过他们，直接就哭给他们看，有这么夸张吗？"

郭青云听其他标准专利提案人八卦过，说有个美女超级夸张，不同意就哭，现在正好和当事人在一起喝咖啡，也不妨好奇地问一下。

"哈哈，我们的方案是最佳的，指标是最好的，他们就是在犹豫给不给我投票，我一急之下，就发挥女人的优势，一哭二闹三上吊，看这些大老爷们怎么下台。"方菲菲觉得适当地发挥女人的特色很有效。

"那最后结果呢？"

"当然是投赞成票啦。大家心照不宣，下次他们的提案，我也会优先考虑投赞成票的。"方菲菲呵呵一笑。

"没想到这么严肃的 3GPP 国际标准制定会议，也逃不过世俗。"郭青云惊奇地叹道。"对了，我们联盟里有家企业星通科技，他们的销售总监杨鹏飞想认识你，对你非常崇拜，我替你们俩牵个线，你有兴趣搭理他吗？"

"是吗？他想干吗？"

"人家无非就是想向你请教请教，仰慕你而已。"

"哈哈，我正好也想了解了解行业客户的需求，好让我多一些灵感。"

"那就这么说定了。"

郭青云举起咖啡杯，在空中稍作停顿之后，示意方菲菲喝咖啡，然后非常享受地抿了一口咖啡。

方菲菲轻轻地把搪瓷咖啡杯放回杯垫，清脆的撞击声在咖啡厅里回荡。窗户外的风景典雅精致，但郭青云的心思压根不在窗外，而是想尽各种法子尽量和方菲菲聊点有价值的内容。

"很多通信领域的高校老师和学生感叹现在的学术论文越来越难发表，为什么你们却在不停地迭代，不停地创新，害得大家都跟不上时代的步伐，也就是跟不上你们的脚印。"郭青云转换了一个话题。

这个话题郭青云困惑已久，正好趁这个机会请教一下方菲菲。

"我们也要研究很多东西，不仅要对过去的东西非常了解，还要善于发现问题、创造问题、解决问题。我们自己先申请专利，然后把这些创新提交到 3GPP 工作组讨论，若被大家投票采纳，就会变成标准专利。不仅我们企业有市场先发优势，如果想收取专利授权费的话，也有可能收到非常可观的费用，高通科技就是收取专利授权费的典型代表。"方菲菲语速非常快，快到郭青云必须竖起耳朵听。

郭青云很快接话道："我有个疑问，你们在技术领域一直有创新的点子，总归能找到现有的不足，也能发掘出提升的解决方法。我们有那么多的大学教授、研究生、博士生，难道他们就想不到做不到吗？"

这也是郭青云在大学交流的时候遇到的纠结，看看专家如何认知。

方菲菲顿了顿，随即说道："这确实是值得探讨的话题。你想啊，我们上学的时候学的是多少年前的东西，高等数学、调制解调、信息论、纠错码，这些少说也有几十年上百年了。学生要发表论文，观点来自哪里，全凭想象，导师也就给你一点点提示和方向，其余的全靠自己无中生有。如果是现实已经大规模使用的技术，论文没有创新也不可能发表。如果是你好不容易想出来的点子，还要自己来论证，论证来论证去，有时候自己都被搞糊涂了。"

方菲菲是学霸，从小学到中学，从高中到大学，从硕士生到博士生，在读书方面从来没感到过压力。但凡在班上考了个第二名，也会惊天地泣鬼神。现如今，自己也为人父母，孩子的成绩让她实在无法理解，为什么这么简单的题目都能做错呢。

"按照你的逻辑，那现在就不会再有类似的哥德巴赫猜想了？"

郭青云聊天的思维有点跳跃。

"不可能有的。你如果提出来一个新观点，你要自己先证明，没人陪你瞎猜瞎想。估计哥德巴赫当时也没有想到，自己也就信口一说：有可能 1+ 1 等于 2。200 多年过去了，还有一群疯子在证明 1+ 1 是不是可以等于 2。"方菲菲的逻辑很有意思。

"现在的大学生实在太难了，学的是几十年之前的东西，想的是几十年之后的东西，唯独不了解当下的实际情况。"郭青云不由自主地感叹道。

有很多老板总说大学生脱离实际，无法快速上手，原来根源在此。

"这便是问题所在，有很多学生对 4G 还没有搞清楚，5G 也不知道懂没懂，如果导师的研究方向是 6G 领域，自己就只能跳过去直接搞 6G。甚至有些导师自己都不觉得自己研究的东西能实现商用，纯粹就是为了搞点别人看不懂的。"方菲菲也说出了自己认为的大实话。

"难怪那么多企业对高校毕业生没有太大的兴趣，脱离实践的好学生，给企业带来不了眼前的利益，好不容易培养出来，能干点事情了，又嫌工资不高跳槽了。"郭青云喜欢理论联系实际。

"菲菲，我们经历了 2G、3G 和 4G 时代，未来还有 5G、6G 时代，为什么现在你们做标准的又硬生生搞了个 NB-IoT，这种创新的源头到底来自哪里？"

郭青云一直觉得方菲菲很神秘，永远走在队伍的前列。

"这么说吧，在大规模连接上，由于需要连接的物联网设备太多，如果用现有的 LTE 网络（也就是大家常说的 4G 网络）去连接这些海量设备，将会导致网络过载，即使传输的数据量很小，信令流量也会令基站承受不了。"

方菲菲喝口咖啡，继续说道："从 2015 年开始，移动通信行业内部普遍认同一个观点，也就是说 LTE 技术的特点并不适合于物联网的行业应用，包括带宽需求大、流量开销大、芯片成本较难快速降低、数据流量服务成本居高不下等。另外，由于 4G 网络比 2G、3G 网络具备更好的通信效果和运营效率，加之消费者对视频通话的诉求越来越高，因此，很多运营商正在积极考虑重新分配 2G、3G、4G 的频谱利用问题，急需一种新的蜂窝通信技术来适应物联网时代的大规模连接诉求。"

郭青云并没有插话，而是用一种渴望的眼神看着方菲菲，时不时点点头。

"不管最终结果如何，移动通信产业链已经产生了巨大的分歧，物联网已经从根本上并且不可逆转地改变了移动通信的现状，同时产业链对技术演进和商业模式的创新要求也越来越高。"

"在 NB-IoT 提出之前，业界都非常认同未来物联网的发展趋势，M2M 通信前景也被 3GPP 组织视为标准生态壮大的重要机遇，而在物联网时代，具备广覆盖、低成本、低功耗、低速率、大连接等特点的低功耗广域网技术将扮演重要角色。"方菲菲非常认真地说道。

早些年还没有物联网的概念，大家喜欢用 M2M（Machine to Machine）来表达机器对机器之间的通信。当物联网 IoT（Internet of Things）的概念逐步被大家接受后，便鲜有人再提及 M2M。

郭青云听得明白，也理解方菲菲的所指。全球只有几个人最懂 NB-IoT 物理层标准，方菲菲便是其中之一。在郭青云打造物联网产业联盟的初期，方菲菲便是给他提供最大帮助的贵人。

"NB-IoT 标准的博弈可精彩了。早些时候，以华为和沃达丰为代表的企业主导一套技术，以高通为代表的企业主导另外一套技术。之后，各方势力开始合纵连横，就像春秋战国一样。华为、沃达丰、高通等公司达成共识，重新推动一套技术，爱立信、中兴、三星、英特尔、联发科等公司形成了另外的组合，支持另外一套技术。"方菲菲在聊天的同时，时不时抿一口咖啡。

"通信标准的缺失一直是制约物联网行业发展的重要因素，只有统一的通信标准才能做到真正的便捷快速联网。3GPP 组织为了平衡各方之间的利益，从大局出发，把标准成员提交的各项技术进行了广泛融合，最终达成一致并形成了现在你看到的 NB-IoT 国际标准。"

方菲菲一直在从事通信标准的讨论和制定工作，同时又能把晦涩难懂的话题说得通俗易懂。

郭青云有所顿悟，说道："按照你所说的，NB-IoT 并不是一家公司的标准，而是一个群体协商的标准，一个全球物联网行业的标准。刚开始的时候可以集思广益，然后大家讨论决定，一旦确定之后，就不能再有异议，必须严格遵照执行。我们行业内其实有很多标准，如果不是国家强制的标准，根本就执行不下去。明知道各自都会往标准里面夹带私货，博采众长太费劲，还不如另起炉灶、我行我素。咳，我现在越来越佩服 3GPP 的运作机制了。"

郭青云对 3GPP 这个神秘的组织一直很膜拜，现在总算明白了他们引领全球行业标准的逻辑。

"是的，就拿 NB-IoT 技术来说，这个技术是源自电信运营商、通信设备商、芯片设计商的基本诉求，为了低功耗广域网的物联网联接市场，是大家共同协商努力的结果。即使现在不那么完美，后续的版本还可以迭代和修正。这也是我们为什么特别辛苦的原因所在，每次会议都有很多新内容，不管是人家要说服我的，还是我要说服别人的，都没有可借鉴的历史，只有挖空心思去折腾新的内容。"方菲菲补充道。

　　NB-IoT 定位于运营商级、基于授权频谱的低速率物联网市场，是一种可在全球范围内广泛应用的物联网新兴技术，可构建全球最大的蜂窝物联网生态系统。

　　2016 年 6 月，NB-IoT 核心标准在 3GPP Release-13 版本冻结，确认 NB-IoT 作为标准化的物联网专有协议。

从此,全球运营商有了基于标准化的物联网专有协议,同时也标志着NB-IoT进入规模化商用阶段。

当年,也就是在2016年春节过后,郭青云积极筹备打造一个物联网产业联盟。他曾经约杨鹏飞喝咖啡,一方面是为了请教物联网行业的发展现状,另一方面是想邀请杨鹏飞当时所在的万都通信加入物联网产业联盟。

"我觉得NB-IoT搞不起来。"杨鹏飞斩钉截铁地说。

"为啥这么说?"郭青云很想一脚端飞杨鹏飞,让他飞得越远越好。

"华为找过我们万都通信,我们评估下来觉得仅凭华为一己之力很难推得动,这个链条实在太长了,无委(无线电管理委员会)要给频谱吧,运营商要建基站吧,芯片要设计出来吧,通信模组要做吧,智能终端要设计吧,行业用户要买单吧,每个环节都要赚钱吧,哪个环节都不是省油的灯,这么解释你觉得NB-IoT能搞起来吗?"

杨鹏飞作为通信模组的行业老兵,老兵自有老兵的逻辑。

"可物联网行业需要新的标准,蓝牙、Wi-Fi、Zigbee等,这些通信协议标准都无法满足物联网行业的发展诉求。"郭青云遇到过很多类似杨鹏飞的论调,也许只有用其他的通信标准来佐证才能证明新标准的价值。

"我们以蓝牙为例,虽然现在蓝牙的用途非常广泛,可你知不知道,早在1994年的时候,蓝牙的协议标准就已经制定。12年之后,12年你觉得漫长不漫长,也就是到了2006年,蓝牙2.1才开始大规模普及。如果现在开始推广NB-IoT,你觉得哪年哪月才能实现大规模量产?"

杨鹏飞非常认真,说得一板一眼,郭青云也无力反驳。

"制定一个标准不容易,推广一个标准更不容易,这个是事实,但是现在的技术发展迭代这么快,不可能再是之前的节奏。"郭青云认为技术在进步,时代在进步,推动新技术快速普及的人也在进步。

"那也逃脱不了宿命。华为再怎么牛,没有整个产业链的支撑也很难取得突破。所以呢,你也就不要那么天真。"

杨鹏飞被自媒体带歪了节奏,总觉得NB-IoT是华为的技术标准。虽然杨鹏飞明明知道这是3GPP全球标准,但由于在论证自己观点的时候,借用自媒体的论调可以给自己暗示很多,也能给不明就里的听众进行"科学"的误导,他也就把这种论调笑纳了。

"事在人为吧!照你这个逻辑,啥也别做了,就只有等,等国外产业链把七七八八做得差不多了,我们再来跟,再来拷贝,再来用低价抢市场,是不是这个逻辑?"

郭青云已经不想和杨鹏飞争论了,觉得没有辩驳的必要。

"作为企业是要赚钱的,你觉得这有错吗?"杨鹏飞反问道。

"确实没错,我看你们能挺到什么时候才愿意下场。你们万都通信不做没关系,有的是企业愿意做,你看智邦通信的投入决心有多大,他们总有一天会弯道超车,然后骑在你们头上让你们翻不了身。"

郭青云笃定 NB-IoT 能成事,也觉得杨鹏飞以后会改变自己的认知。

没承想,三年之后,杨鹏飞的改变是最大的,从通信模组企业跳槽到芯片公司,不仅积极拥抱 NB-IoT,还是 NB-IoT 全球产业链的真正玩家。

在每个季度总结会议中,欧阳橙一直有个不曾改变的环节,就是要求杨鹏飞和孙晓帆针对产品线的发展现状和未来趋势进行分析和总结。

针对 2G 芯片产品线,杨鹏飞和孙晓帆的表态出奇一致,都认为时代已结束,没什么好搞的。哪怕是出货量最大的时候,或是为公司贡献利润最好的时候,大家对 2G 的看法就是"孤老终生"即可。

在 NB-IoT 芯片产品线上,杨鹏飞和孙晓帆出现了较大的分歧。杨鹏飞认为 NB-IoT 是运营商渗透物联网的绝佳机会;孙晓帆认为 NB-IoT 只在国内开花,目前来看,实现全球普及还看不到希望。

在 4G 芯片产品线领域,杨鹏飞认为 4G 是公司当下吃饭的本钱,尤其是 LTE Cat.1 和 LTE Cat.4 芯片对公司的营业额贡献最大;但孙晓帆认为 4G 在未来几年终将过渡到 5G,不用刻意为之。

在 5G 芯片领域,杨鹏飞认为当下只是大量的人力、物力和财力的投入,不可能快速形成公司眼前的销售额和净利润;孙晓帆认为公司必须占领 5G 话题的制高点,利用 5G 的影响力带动公司其他产品线在客户选择供应商方面的优势地位。

杨鹏飞对星通科技的所有客户了如指掌,孙晓帆也和公司大客户都建立了战略合作伙伴关系,摆在欧阳橙的面前,感觉两个人的逻辑都成立,但就整个公司资源来讲,有限的人力、资金、产能都是决定性的因素,不可能做到全面开花,只能有所取舍。欧阳橙作为总经理,常常陷入左右摇摆的境地,犹豫着到底该听谁的,或者自己可以坚持的原则又是什么。

不管怎么说,星通科技在 NB-IoT 芯片领域已跻身全球第一梯队,这一领域也是公司重要的利润来源。

NB-IoT 作为一种全新的基于蜂窝网络的窄带物联网技术，是 3GPP 组织定义的国际标准，可在全球范围内广泛部署，聚焦于低功耗广域网，基于授权频谱的运营，具备较低的部署成本和平滑升级能力。

NB-IoT 技术已经引起了整个通信产业链的广泛关注，并成为运营商角逐物联网市场的关键武器。由于物联网应用场景的移动化，蜂窝网络所承担的物联网连接的比例也将逐步提升。在物联网应用快速发展的过程中，运营商面临着前所未有的大连接机遇，但同时也面临着能否抓住机遇实现业务快速发展的挑战。

很快，广覆盖、大连接、低功耗、低成本成了 NB-IoT 的技术标签，传遍了大江南北，传遍了物联网产业链的每一个环节。

"物联网产业联盟就是要打造这些蜂窝物联网通信技术的产业生态，我们将分三个阶段来促进这个新生态的建设。"郭青云在大会上给大家分享他对 NB-IoT 的理解。

鉴于 NB-IoT 作为一个新标准、新技术，按照市场规律，NB-IoT 商业化进程将分为以下三个阶段。

第一阶段：市场供给大于客户需求，主要是树立典型应用示范工程。首先在需求强烈的重点城市进行规模化试点和商用化实验。此阶段重点对 NB-IoT 协议、核心网络性能等进行测试，同时验证商用芯片和终端模组的功能，打造应用服务的平台管理能力等，目标是实现电信运营商在 NB-IoT 初期阶段对产业链的整合。

第二阶段：市场供给和客户需求共同发力，扩展 NB-IoT 应用的范围。全国重点城市和重点区域将第一阶段试点的经验进一步推广，同时扩大垂直业务应用领域，挖掘 NB-IoT 技术适合的业务类型。在大规模运营 NB-IoT 的基础之上，着重考虑扩展平台层的功能，进行某些业务的大数据分析，探讨研究多种服务模式，为转型打下基础。

第三阶段：在以市场需求推动为主、产业成熟的阶段完成 NB-IoT 全网覆盖。基于统一的 NB-IoT 网络提供多种多样的个性化物联网垂直应用领域服务，在为客户提供优质网络的基础上提供更加优质的服务，大幅度提升运营收入，尤其是服务收入占比，真正实现运营商的成功转型。

"你好，我是杨鹏飞，终于见到令我魂牵梦绕的 NB-IoT 女神了。"

杨鹏飞紧紧握着方菲菲的手,差点就像老外一样去拥抱方菲菲,但最后还是克制住了自己。

杨鹏飞很快注意到方菲菲的眼镜是奢侈品牌,一下子感觉遇到了志同道合的人。就在三个人坐下来喝咖啡聊天的时候,杨鹏飞故意把眼镜摘了下来放到桌子上,亮银色的镜框和黑色陶瓷的咖啡杯相得益彰,就像广告宣传片一样,温馨、恬静,且美好。

当杨鹏飞喝了口咖啡,把杯子放好之后,就拎起眼镜瞧了瞧,镜腿上亮眼刺目的 LOGO 在不经意间晃了晃,然后他把眼镜戴了回去,一切都显得那么自然和从容。

在杨鹏飞的一再央求之下,郭青云把方菲菲约到了一起。

一个是 NB-IoT 芯片领域的风云人物。

一个是 NB-IoT 国际标准的被膜拜女神。

第 2 节　4G 改变生活

不知道是谁总结的，最近老流行一句话：4G 改变生活，5G 改变社会。

很多大型论坛的演讲嘉宾都喜欢引用这句话，郭青云在公开场合演讲的时候也喜欢引用这句话。不知道这句话的原创作者是谁，他若有先见之明，应该把这句话包装成"名人名言"；如果允许申请专利的话，他也可以把这句话打造成个人标签。

可是，没有可是。这句话充其量只能说是"名言"，"名人"无从考证。

杨鹏飞在附近拜访完客户之后，就过来找郭青云喝茶。郭青云今天打开了一盒包装精美的武夷山肉桂，瞬间香气四溢。茶台上有三把壶，郭青云挑了一款最小的西施壶，肉桂茶条索细长，黧黑色泛着油光，冲泡出来的汤色澄黄清澈。

"这是你的竞争对手送过来的茶叶，你尝尝，据说能品尝出奶香的滋味。"郭青云给杨鹏飞递过来一杯，七分满。

"你什么意思？过来喝杯茶，还说是竞争对手送的。"杨鹏飞好奇茶叶还能喝出奶香味，嘬了一口拼命地咂巴。

"你还别说，确实挺好喝的。不过，这里面略带一点酸味。"杨鹏飞把茶杯凑到鼻子底下闻了闻，并且深吸一口。

"得了吧，你喝出来的是嫉妒的味道。"郭青云毫不客气。

"不和你扯这些没用的，最近我想总结一下 4G 网络的价值，大家都在说 4G 改变生活，我想看看从什么角度可以阐述得更深刻一些。你是啥时候开始用 4G 手机的，还能想起来吗？"郭青云回到正经话题。

"我是最早一批用 4G 手机的，那个时候运营商预存话费送手机，反正我每个月要报销的通话费和流量费很多，就换了最贵的苹果手机。"杨鹏飞指了指放在桌上最近购买的新款 iPhone 手机,不无兴奋地说。

自打乔布斯发布了经典的 iPhone4 之后,杨鹏飞就变成了"果粉",只要有新机型发布,他必然会给自己添置。手机、平板、电脑、手表、耳机,不停地换,甚至排队去买。家里俨然都快成为苹果僵尸产品的博物馆了。

"我发现一个规律,凡是第一时间使用 iPhone 新款手机的人,大多数是美女和销售。"郭青云调侃道。

"胡说八道,从哪里得来的歪理?"杨鹏飞诧异。

"这两类人有个共同特点,就是喜欢显摆。比如你喜欢的美女,不是把手机拿在手里,就是把手机放在包里。你再仔细观察观察,只要是坐着的时候,美女都喜欢把手机摆在桌面上。她们喜欢把屏幕朝下扣在桌面上,鲜艳靓丽的手机壳根本阻挡不了明白人,一看摄像头的排列组合方式,就知道这是哪家手机哪款型号。销售和美女的心态一样,肯定是买最大的屏幕和最高端的配置,不用二话,一看手机就能让对方知道自己有没有经济实力。"郭青云觉得自己说得挺有道理。

"喜欢用最新款手机的人肯定是有经济实力,至于是不是都是美女和销售,我不敢苟同。"杨鹏飞觉得自己喜欢 iPhone 手机并不是非要显摆,而是要体验新功能,跟得上时代的节奏。

"不见得吧,媒体上喜欢报道有些人省吃俭用购买新款手机,我觉得是少数。很多美女都不用花自己的钱去买,自然有人会送。有些销售也不用自己买,用公司费用给客户送礼的时候顺带犒劳自己一个。"郭青云平淡地说。

"你是在给我挖坑吗?"

"挖什么坑?"

"看似你在说美女靠自身优势换手机,实际上是在说我。我做产品总监,是不是就默认为新款手机是供应商送的。我做销售总监,就默认为我是假公济私,本来是送给客户的却被自己截留。尤其是针对像我这样喜欢更换最新款手机的人,以你的论调,肯定不是什么好人。你这种歪理若是让我们欧阳橙老板知道了,我哪还敢买新手机,只能用家里的旧手机,等新手机过气了再拿出来用。"杨鹏飞说话都带点秃噜嘴了。

"看把你急的,不做亏心事,哪怕鬼敲门。"郭青云忽然觉得自己确实是在给杨鹏飞挖坑,只是这家伙不知不觉跳到坑里之后嘴巴还不老实。

"欲加之罪,何患无辞?"

"不刺激你了,要沉得住气。iPhone4 刚出来的时候,你在做什么产品?"郭青云快速转换一个话题。

"2G 通信模组啊,3G 通信模组才刚刚开始预研。"

"那你觉得当时用 4G 手机最大的动力是什么?"

"我是图便宜,手机免费送,不换白不换。再者就是 4G 上网速度比 3G 快多啦,那时也就是看看新闻、上上 QQ、订订飞机票,偶尔在网上购购物,微信在 4G 早期好像还没有流行起来,大家都还是在 PC 上观看视频,更别提短视频了,那个时候还没影呢。"杨鹏飞从来不与时代脱节。

"那个时候应该是从 PC 互联网向移动互联网切换的时代,4G 手机可以随时随地上网,再加上屏幕大,还是触摸屏,很快大家就适应了。后来才有微信、抢红包、玩手机游戏、地图导航,再后来才有共享单车、短视频等。"郭青云也是业内人士,对这些创新如数家珍。

"不知道从什么时候开始,我们已经离不开智能手机了。杨总,你觉得 4G 网络改变了你的生活了吗?"郭青云抬头看着杨鹏飞问道。

杨鹏飞陷入了沉思,喝口茶,慢慢思忖着。

早上被手机闹钟喊醒,躺在床上就可以看看当天的天气预报,好决定今天穿什么衣服。如果你想了解更多,还可以翻到要出差的地方,或者父母所在的城市,当天的天气,每个小时的天气,以及未来 15 天的天气,你都可以做到心里有数。

洗漱完毕之后,站上体脂秤,体重、BMI、脂肪率、水分率等一清二楚。胖的想瘦,瘦的想胖,保持身材是年轻人的诉求,没病没灾是老年人的奢求。

当你在吃早饭的时候,顺便打开新闻 APP,看看今天有哪些八卦新闻;翻翻朋友圈,看看身边人的喜好动向,也许还能了解一些行业动态。

出门前,打开导航地图看看道路的拥堵情况,红黄绿一目了然,再看看导航平台推荐的路线和预估的时间,好决定今天出门到底是开车呢,还是坐地铁。

到了小区门口,心血来潮,今天不仅不开车,也不想坐地铁和公交,扫码打开一辆共享单车,蹬不动了再考虑是不是坐地铁。

眼看快要迟到了,楼下电梯口排起了长队,楼层太高,爬楼梯太累,拿起手机提前打卡上班,又避免一次不受控的迟到罚款。

刚坐到办公桌前,视频会议提醒还有 5 分钟就要开会,尽早登陆准备。

中午到饭点了,今天没约客户吃饭,点个外卖简单吃点。

下午约了去客户那,提前预约好网约车司机,1 点钟准时在楼下等。

在去客户那边的路上，OA 办公软件叮叮咚咚响个不停。

和客户开完会，总感觉少了啥，猛然想起今天还没有打新股票，时间已超过了 3 点，还是打开东方财富股票软件 APP 看看今天大盘是涨了还是跌了，看看自己可怜的棺材本是增厚了还是变薄了。

全国山河一片红，今天还不错，打开星巴克 APP 搜一下附近的咖啡店，在啡快上下个单，待会过去喝一杯拿铁。

咖啡店太吵，戴上降噪耳机，打开 QQ 音乐，点开我的收藏。

微信里有个群吵起来了，英雄所见有所不同，吵就吵吧。如若是面对面，估计有可能会打起来。

有个行业大 V 发了一篇公众号文章，题目挺吓人，点进去一看，乱七八糟胡乱凑，阅读量竟然高达 10 万+ 。

银行发来短信说工资到账了，打开银行 APP，输入短信验证码，80％给老婆上交，自己还得留点。工资还没焐热呢就各归其主，现在都电子化了，连焐热的机会都没有了。

晚上约了客户喝酒，搜了搜附近的饭店，看看大众点评，挑一个综合评分高的。

进商场要看健康码和行程码，最近又改成了场所码，不带绿的不让进，带了星的还要看是几颗星。

酒过三巡之后，有人提议把另外几个老板呼进来，不管天南海北一起云喝酒。今天菜又点多了，五颜六色的手机壳包裹着同样品牌同样型号的手机，云那边的包间也都差不多。

有人签了个大单，生怕别人不知道，必须发群里嘚瑟一下。在得到大家恭维之后就有人撺掇发红包，身价上千万甚至过亿元的这帮人抢个块儿八毛的也挺开心。

老婆打视频电话关心有没有喝多，大家心照不宣，查岗模式启动，差不多就该散了。带的酒喝完了，热心的服务员说她们饭店里还有，实在觉得贵就叫个快递送几瓶过来。嘴上说不喝不喝了，最后还能再消灭几瓶。

客户喝多了，给他叫了个代驾，嘱咐司机一定要把他送到家。

远处高楼的 LED 灯变换着各种造型，顺手拍个照片发朋友圈，标注好当前地址，好让领导看看自己为了搞定客户有多拼命。

小区的快递柜提示物品已超时，再不去取件的话就要加收保管费。把取件码截屏保存，回去的时候千万别忘了。

回到家后，瘫坐在沙发上，点开腾讯视频，刚上映的电影只需要花 6 块钱就可以看了，干脆投到电视屏上随便看看。

躺在床上，把朋友圈和微信群翻一遍，就像皇上批阅奏章一样，看到顺眼的就顺便点个赞。然后短视频刷起，一个接着一个，实在累得不行不行了，再勉强刷几条。

有些人还有强迫症，比如都已经宽衣睡下了，总感觉好像忘了什么事。忽然想起来要看一看运动步数，再看看朋友圈的排名，顺手给朋友点个赞，有几个人天天 4 万多步的是不是作弊弄出来的？

闹钟已经设好，6 小时 28 分钟后响铃。

现如今，无处不在的 4G 网络，彻底改变了我们的生活！

一旦手机没电，我们的感觉就好像没有了灵魂一样，没法工作、没法生活，无比焦虑、无尽烦躁。

共享充电宝想你所想，不管你是在饭店，还是在酒店，或是在马路边，你总能看得到它向你召唤的身影。

买火车票也不用排队了，手机上买就行，现在连纸质票都懒得给你出了，若需要报销自己去排队打印。

飞机票也不用使劲盖戳了，二维码"嘀"一下就可以让你上飞机。

坐地铁乘公交也不需要再买交通卡，现在出门不带手机那比西天取经还难，交通卡容易丢，NFC 智能手机就是随时可以通行的交通卡。

卖菜的人看到你给的现金就头疼，扫码点餐已成为见怪不怪的事情了。

骚扰电话变着法子想和你说话，但拦截软件给你标注得明明白白，接或者不接主要是看你当时的心情，实在无聊就和脸上刻着"诈骗"两个字的对方嗨聊上一两个小时。

外卖人员一部手机一辆电动自行车，忙的时候接单赚钱，闲的时候微信聊天、直播打赏、联网斗地主，时不时还分享一下哪家公司美女多、哪家园区电梯慢。

一句老铁 666，一句大哥你好帅，"火箭、大炮、游艇"走起来。

又到 2021 年末，一年眨眼即过，时间的指针即将指向 2022 年。

"今年全球芯片产能供应紧张，我们星通科技受到了非常大的影响。因此，公司整体业务迎来了突飞猛进的增长，整体营业收入实现了翻番有余。"欧阳橙说话大喘气，引来众多高管的嬉笑之声。

在年终总结会议上，欧阳橙非常开心，整个会议室的人都洋溢着青春的笑容。他把金丝边框高档眼镜往鼻梁上推了推，说道："值得我们自豪的是，今年在4G领域的突破足以让全行业刮目相看，尤其是LTE Cat.1芯片，绝对是全球第一品牌。鹏飞、晓帆，你们俩针对LTE Cat.1产品线，给大家分享一下你们的独到见解。"

"橙总，我先说说我的理解。"

孙晓帆冲着欧阳橙微微一笑，淡淡的妆容把她衬托得高雅知性，不过，她对坐在对面的杨鹏飞看都不看一眼。

"今年，单就LTE Cat.1芯片来说，我们的销售规模一举成为全球第一，这绝对是个奇迹。不是我们求着客户立项研发，而是客户着急打款求着我们发货。年初我还担心成本涨价会影响销售规模，现在看来是多虑了，根本不受影响，越涨价越有人愿意囤货。"

孙晓帆注意到欧阳橙开心的表情，随即又说道："橙总的价格策略非常英明，不用一次性涨价到位，而是逐步逐步来，隔段时间发个涨价函，让客户有个心理适应过程。结果就是我们的客户不得不接受调价，这种日子就像神仙一样太好过了。"

欧阳橙的心里乐开了花，坦然接受孙晓帆的恭维，但在这么多高管的面前，还不知道如何表达才显得会更加妥当。

"孙总，不要乐极生悲。橙总，我们今年确实战绩斐然，但隐患和地雷不能视而不见。就拿艾斯科技来说，现在已经是我们最大的竞争对手，人家的规模仅次于我们。再者说了，今年全球芯片产业链不正常，产能紧张导致每家芯片都供不应求，我们有很多代理商和大客户都在疯狂囤货。从事物发展的规律来分析，这种现象不可能长期持续下去，我觉得明年就有可能出现价格踩踏迹象，到时候大家都在拼命消化库存，对我们芯片原厂不见得是好事。"

杨鹏飞一听孙晓帆的诌媚恭维就头大，一边说一边看看大家的反应。

"杨总，你就是去年太保守，预估的销售规模远远小于市场的实际需求，害得我们星通科技丢失了很多市场份额。如果当时你稍微再大胆一点，我们的日子会更好过。"

孙晓帆戳中了杨鹏飞的要害，这也是杨鹏飞最不愿意提及的事情。

"孙总，你说得对，是我看走眼了，全世界的芯片老板都看走眼了，你觉得这正常吗？我成天被客户追杀，每家老板都觉得分给他们的芯片数量不够，托各种渠道，托各种关系，还有些人诈我，说橙老板答应了，说孙总承诺了，为什么到你杨鹏飞这里就成为一道越不过去的坎？如果再这样下去的话，我会被逼疯的，橙总，你得给我请个心理医生。"

杨鹏飞其实并不想和孙晓帆斗嘴，顺势转换一下话题，绕到欧阳橙这里。

欧阳橙心里一沉，用手压了压，示意杨鹏飞别说了，但依旧面带笑容，满脑子在飞速运转该如何安抚安抚杨鹏飞。杨鹏飞啊、杨鹏飞，我非常清楚你们的难处，这难处何尝不是我自己的难处？你两手一摊，说要请心理医生。我呢，谁来给我安慰？

"杨总，不要有那么大的心理压力，我们正在研发一款新型号，采用更先进的制程工艺，优化了性能指标，产能可以保证，成本还会更低，市场竞争力自然不必说。"董德鸿听完杨鹏飞的焦虑，便安慰起了杨鹏飞。

"董总，不是我在这泼冷水，你要好好分析市场部给研发部反馈的需求靠谱不靠谱。另外，孙总，你们市场部有没有真正地去调研市场？我所了解的信息是艾斯科技的性价比会更好，比我们会更早地投放市场，你们现在做的新品压根就没法和人家竞争。"杨鹏飞越说越来气。

孙晓帆腾地站起来说道："杨总，不要指桑骂槐，新项目立项难道你没有参与评审吗？橙总当时也在，你为何不把你的意见提出来，芯片流片都快回来了，你在这风言风语是几个意思，当旁观者啊？"

欧阳橙瞅瞅孙晓帆，又瞧瞧杨鹏飞，停顿了一会儿，说道："你们俩啊，你们俩，再这么争吵下去的话，别说你们疯了，我得先去看心理医生了。你们不要再纠结过去，而是要想清楚明年的规划该怎么做，明年的大客户策略该如何制定。"

杨鹏飞和孙晓帆都闭上了嘴，都不想再说啥。欧阳橙瞬间感觉气氛有点凝重，便冲艾米莉问道："艾米莉，和艾斯科技知识产权的诉讼进展到什么阶段了？"

"报告橙总，你要做好充分的心理准备，这个案子我们大概率会赢。"艾米莉笑了笑。

"哦，你说话能不能不要大喘气，怎么讲？"

"现在法院还没有判决，据我所知，我们主张的诉求是艾斯科技侵犯了我们星通科技 4G 芯片的知识产权，要求他们把侵权芯片的所有销售利润全部赔偿给我们。"

"这个主张我知道，我很好奇你说我们大概率会赢，这个逻辑是啥？"欧阳橙瞬间来了兴致。

"国内知识产权的官司很难诉讼，法官希望原告和被告都能提供第三方权威证明，尤其是芯片和软件这些高科技领域。我们先暂且不论孰对孰错，一个有意思的现象,就是我们找的第三方证明是国家队出具的,而他们是找市里面的机构出具的,你们会不会觉得公信力的天平在我们这一边?假如法官最终判定国家机构出具的证明无效,那会打谁的脸呢?"艾米莉说着说着自己都笑了。

"牛,还是我们艾米莉厉害,真是这样的话,艾斯科技的何超明估计会拿把刀来砍我。希望你后面操作的其他案子都有好结果。如果你这些索赔都能实现的话,你将是我们星通科技最大的功臣,妥妥的净利润啊,说不定你要超过杨总销售部门的利润了,哈哈。"欧阳橙露出了得意的笑容。

又一场物联网产业高峰论坛举办,郭青云在舞台上侃侃而谈,背后的 LED 大屏幕上播放着他精心设计的 PPT 画面。

我认为,物联网给我们带来的不仅仅是日常生活的改变。

随着智能手机的普及,我们发现小偷也少了,之前苦练本领的反扒民警差不多只能给儿女们表演反扒魔术了。因为有了移动支付,我们不带钱包了;因为有很多摄像头,几乎没有太多的死角;因为手机可以远程定位,小偷的职业风险太高,几千年的社会顽疾被移动互联网搞定了。

城市越扩越大,十字路口越来越多,但由于在电线杆上站岗放哨的电子警察,闯红灯越来越少;不系安全带、开车打电话、按喇叭、压实线、乱停车、恶意加塞、变线不打转向灯、拐弯半径太小等,规矩越来越多,替代交通警察的电子警察 7×24 小时工作。

市民只要觉得不合理,拍个照发到 12345,不管不行。街边不让摆地摊,那就到网上开个店。过去开个店是坐柜台守株待兔,现在在家就能实现跨境电商。很多地方不允许街头卖艺,那就开个直播让全球各地的人来打赏。过去不让开黑车,那就注册一个网约车随便抢生意。

以往去政府部门办个事要跑断腿,这些要复印,那些要盖章,好像还缺个授权书。现在一个行政服务中心可以搞定不少,甚至都不鼓励你来现场,人脸识别、电子印章、证照合一等,通过一网统管、一网通办自己在网上就能搞定。

过去我们常说的信息孤岛、行政壁垒,正在逐步地被瓦解。政府的社会治理结构还会继续演进,绊脚石随时会被踢掉。若想紧跟时代的潮流,就得有不破不立的思维,否则,时代若要抛弃你,都懒得给你打个招呼。

"如果没有微信,我估计这个物联网产业联盟很难搞起来。"郭青云叹道。

"那么多协会、联盟,都存在多少年了,没有微信不也搞得挺好的吗?"杨鹏飞不解。

"官方的协会当然好搞了,一纸红头文件,比什么都管用。我们民间联盟,之前靠打电话、发邮件,覆盖面太小,并且很多人还不愿意转发。现如今,微信缩短了你我之间的距离,之前不是有专家说过,你和任何一个陌生人之间的距离不会超过六个人。现在如果我想找个人,感觉两到三个就够了。"郭青云夸张地说道。

好像之前曾经有媒体发表过,要想找到美国总统,通过六个人就足够了。郭青云的圈子在逐步扩大,自认为现在若要找个行业内的人,通过两个或者三个就可以实现。

杨鹏飞啧啧两声,说道:"此话差矣,不要老想着别人怎么搞,关键是看自己怎么搞。你有你的特色,人家有人家的价值,其实你们是不冲突的。"

杨鹏飞是物联网产业联盟的积极分子,总算说了点人话。

"你现在是看到了联盟的价值,所以你很积极。还有很多人对我们并不了解,他们就很容易误解我们,把我们和他们接触的其他协会联盟进行对标。再说了,你现在觉得联盟有用,等你们公司长大了,翅膀硬了,你也会无情地抛弃我们。"郭青云开始对未来感觉到迷茫。

"你把我们当作客户就行,客户不可能永远陪你在一起的,你主要是心态问题,不愿意丢失客户,从容面对现实吧。"

杨鹏飞属于打不死的小强,勇于面对一切看似不可能马上成功的机会。

"开拓新客户不容易,维系老客户也不容易。这和你们企业做客户是一个逻辑。"郭青云越说越泄气。

"你现在认识多少人?"杨鹏飞忽然改变了一个话题。

"微信好友有一万多。"

"假设你认识一万人,这一万人中每个人认识一千人,那就是一千万;如果这一千万人中每个人再认识一百人,那就是十亿。不用计算了,两个人就可以覆盖全国,三个人就可以覆盖全球。"杨鹏飞理工男气质上头。

2G 网络让我们随时随地打电话,3G 网络让我们从 PC 上网转移到手机上网,4G 网络彻底改变了我们的生活方式、社交方式、办公方式、出行方式、娱乐方式。

"4G 改变生活,实至名归。4G 网络改变了我们的工作,改变了我们的企业,改变了我们的认知。现在我们国内的 4G 基站是全世界规模最大的网络,产业链规模也可以和国外列强掰掰手腕了。"

郭青云觉得 4G 繁荣发展的这几年是他一辈子变化最大的几年。

杨鹏飞叹口气说道："你别膨胀了，再膨胀下去的话，美国对我们的打压会更加强烈。你看现在美国不仅制裁华为一家公司，但凡影响美国企业领先地位的企业都在它的制裁范围之内。限制高端芯片出口到中国，限制尖端半导体设备出口到中国，限制高端晶圆制造厂为国内企业加工，限制 EDA 软件和 IP 设计服务国内企业，等等。最近，美国再次升级芯片禁令，竟然限制美国人尤其是美籍华人在国内半导体企业工作。"

"你觉得这对我们是好事还是坏事？"

"喜忧参半吧。"

"这和没说有啥区别，我认为是好事。规则是人家建立的，规则也是人家破坏的，因为我们之前没有话语权。现在 4G 网络的发展让我们成为获益者，如果有机会参与全球产业链规则的制定，那将是完美的结果。但海外列强并不希望我们崛起，那只有重新建立新秩序，以打促谈。"

郭青云喝口茶，想尽力说服杨鹏飞。

"现在国内媒体在大范围宣传 5G，给人一个错觉就是 5G 产业链是中国最牛，连美国都害怕，不得不打压。"杨鹏飞晃了晃手机，叹口气说道。

"咳，我们的科研实力并没有想象中那么强大，认清现实，脚踏实地，如果能有效利用全球产业链的优势资源，我们将少走很多弯路。"

郭青云一谈起这些现象，总有些怒其不争的无奈。

杨鹏飞摸了摸脑袋，说："我们不聊那些没用的，4G 已经改变了我们生活的方方面面，那 5G 呢？你觉得它会给我们带来什么不一样的变化？"

第 3 节　5G 改变社会

"前几天,工信部领导讲话你听了吗?"

"没听,说啥了?"

今天郭青云约了一些人聊聊 5G 的话题,本来约的时间是下午 2 点,杨鹏飞到得比较早,大家就先聊了起来。

"我给你念念。"杨鹏飞习惯性扶了扶眼镜,好让大家瞄一眼那个显眼的奢侈品 LOGO,纤薄的镜框,内开槽的镜片,铰链内圈的颜色和脚套前后呼应,细腻的设计彰显质感。当他打开手机翻到一篇公众号后便念道。

> 2022 年 5 月 17 日,国际电信日,工信部领导说:
> 一是加快基础设施建设。
> 二是加强核心技术攻关,夯实发展基础。
> 三是推进实体经济转型,培育发展动能。
> 同时,加快推进 5G+ 工业互联网引领发展。
> 此外,还要深化国际开放合作,拓展发展空间。

"还说啥了?"郭青云非常了解杨鹏飞,你要是不刨根问底,他就喜欢蜻蜓点水,让你知道那么一点,又让你不知道那么一点。

"忘了,你回头翻翻新闻就知道了。"

"吊我胃口。"

"咳,政策知道就行了,不要那么较真。我更关心行业八卦,这两年媒体上连篇累牍地报道说 5G 基站太费电,功率好像是 4G 基站的 4 倍还多,如果再算上基站部署密度的话,5G基站的耗电量要大很多倍。听说有些地方的运营商觉得电费太贵,到半夜定时给基站断电。"

杨鹏飞对网络上热议的话题非常感兴趣,但不怎么认同。

"我也不知道为什么媒体喜欢炒作5G基站费电,号称富可敌国的运营商都交不起昂贵的电费吗?媒体就喜欢捕风捉影,在3G切4G的时候为啥没人说这个话题,我记得那时的热点话题是吐槽4G的流量资费太贵。有段时间媒体总报道有个人出国忘了关掉4G数据流量,回国后那个月的流量费花了她好几万元。"

郭青云觉得媒体调侃运营商交不起电费的事情,纯粹是杞人忧天。

"那你觉得5G有戏吗?从新闻的报道上分析,国家是要花大力气推动,运营商内部的基建投资大部分也是往5G基站部署倾斜,但从很多自媒体疯狂讨论的话题来看,总有一种是在拖后腿使绊的感觉。"

媒体的言论确实影响了很多人,也影响了杨鹏飞。

"现如今,5G网络最大的挑战就是如何满足特定场景的诉求。5G为人提供高速的通信服务,在没有内容创新的支撑下,4G网络完全可以满足大家聊天、直播、购物或者看视频的需求。所以说,纯粹为人服务的高速网络,已经被4G网络证实,当下并不需要。"

郭青云曾经也怀疑过5G网络到底有啥用,但作为推动5G领域发展的参与者,就一定要排除干扰,说服更多的人朝着好的方向去思考。

下午2点整,郭青云正式开始主持会议。

"今天叫大家一起来,主要是想和大家聊聊5G领域的热点话题。在座的各位,有熟悉的,也有不熟悉的,老规矩,在讨论之前,大家各自报一下家门:姓名、公司、职位,再用一两句话表达清楚你们是干哪一块业务的。"

郭青云组织过大大小小很多会议,尤其是小范围的讨论,不需要那么多的繁文缛节,会场是高科技园区免费提供的,还附送茶水点心。

在大家挨个介绍完之后,郭青云站起来说:"好,各位都已经自报家门,讨论会正式开始。我先表达一下我的观点,现在总感觉5G网络被赋予了太多太多的责任,国家之间的竞争、公司之间的竞争、运营商之间的竞争、城市之间的竞争,难道5G标准的诞生就是为大家提供了用于竞争的武器?我们在座的各位都是5G领域产业生态的参与方或者是潜在参与方,今天重点的话题就是针对5G领域的开放式讨论,自由发挥。"

"我觉得吧,5G本身只是一种新的移动通信网络,相对于4G网络,不仅在通信速度上有了质的提升,而且为了适应场景的诉求,演变了针对物联网和车联网的技术功能。"有人立马抛出他的观点。

"你说得很对,5G不仅为人服务,同时又在为场景服务,包括物联网和车联网,如果能把我们的工作、生活、学习、娱乐等充分地串联起来,这就给大家提供了足够的想象空间。"另外一个人附和道。

"那你觉得5G为场景服务的优势体现在哪里?"郭青云问道。

"我们知道2G、3G、4G网络的设计思维就是为人服务的,物联网的应用只是借用了人的网络。就像刚才李总说的,5G实现了质的飞跃,开始为场景服务,为人、为车、为物,我们的生产生活现在急需'所见即所得',必须缩短网络延迟,实现快速接入和响应反馈,很多远程控制、及时响应、多方协同的场景才能实现。"有人把话题挑明了。

"你觉得5G能达到你的预期理想情况吗?"杨鹏飞冷不丁地问道。

"现在来看,离预期目标距离还挺远。但我看到这样的逻辑,5G最有价值的应用,其中80%将赋能物联网和车联网,真正的目的是提升行业的管理效率,进而为人提供更好的服务。"有人补充道。

"不管是运营商、通信设备商,还是芯片商,或是智能终端商,都喜欢在会议室或餐桌上滔滔不绝地分析5G带给行业的创新,但终究不是改变历史的人,只能在技术更迭的过程中继续上演各种唇枪舌剑。"杨鹏飞调侃道。

"我们现在就是在滔滔不绝,并且我们也是无法改变决策的那群人。"有人不喜欢杨鹏飞的论调,呛了他一句。

"大家都在说4G改变生活,5G改变社会,我觉得大家不能把功臣遗忘,包括互联网、物联网、云计算、大数据、人工智能、网络安全等,只有在所有技术的相互促进和相互推动之下,层出不穷的创新才会源源不断。"另外一个人也不喜欢杨鹏飞的论调,发表了自己的观点。

"你们说这些有啥用,又改变不了事实。杨总,你觉得5G芯片的挑战到底在哪里?"郭青云把话题转到杨鹏飞身上,期待他把话题聚焦到实际现象。

杨鹏飞扶了扶眼镜,说道:"5G芯片设计太难了,我们公司内部还在争论,我主张缓一缓,多观察观察高通科技这些头部芯片企业的动向,再好好调研哪些行业是真心期盼用5G,摒弃掉那些可用可不用的场景,这样就可以有的放矢,集中有限的人力、物力和财力去参与市场竞争。"

郭青云觉得杨鹏飞太保守,随即问道:"这是你的观点,你们那位美女孙晓帆,她是什么观点?"

"孙晓帆认为我们星通科技是国内第一品牌,必须走在最前面,和全世界同步,与国外芯片公司形成正面竞争。"

"你们俩明显是背道而驰,欧阳橙最终采用你们俩谁的观点?"

"我们俩都是站着说话不腰疼,欧阳橙向董德鸿征求意见,董德鸿被杠在墙头,上也不是,下也不是。最后只好拍着胸脯给老板保证:只要公司给人给钱,自己就拼了命去干。老外一个礼拜干完的活,我们三天干完,老外三天干完的活,我们加班加点一天把它干完。"杨鹏飞拍着胸脯开心地说。

郭青云竖起了大拇指,朝着杨鹏飞说道:"勇气可嘉啊! 我猜欧阳橙肯定喜欢孙晓帆和董德鸿,就你杨鹏飞不解风情。"

"饭要一口一口地吃,这咋又扯上我不解风情了呢?"

"你想啊,欧阳橙要的是什么? 如果你们有雄心壮志做出 5G 芯片,他就可以向董事会邀功,就可以去融资,就可以讲很多很多的故事。芯片公司可以忍受业务不赚钱,但不能忍受不会讲故事。"

郭青云说着说着都站了起来,仿佛自己就是芯片公司的老板一样。

有人举手示意,"杨总,你觉得做 5G 手机芯片有前途,还是 5G Modem 芯片有前途?"

"别问我啊,你应该问问何老板,他们才是 5G 芯片的第一梯队。"

杨鹏飞觉得有竞争对手在,很多话题并不想展开来说,太详细怕泄露机密,说得不专业又怕竞争对手笑话。刚才针对公司决策的事情就不该说,忽然觉得有点后悔,万一被居心不良的人传闲话到公司里说我泄露机密,那罪责就可大可小了。

何超明随即接话道:"杨总,不用担心我窃取你们家芯片的内幕。现在 5G 芯片只要按照 3GPP 标准做就是了,把 Modem 做稳定才是最关键的核心,剩下的竞争就是外围的配置。我觉得现在 5G 最大的挑战就是言过其实,比如说低时延,端到端的时延是 1 毫秒,你想啊,从终端发起连接到基站,从基站到核心网,从核心网到云平台,再从云平台回来到核心网,再到基站,才能到另外一个终端,1 毫秒咋实现啊? 基站信号还有强弱,核心网还要实现跨市跨省甚至跨国传输,还有云平台服务器的处理时间,所有时间加起来,怎么可能就只限定在 1 毫秒呢?"

这几年,何超明创办的艾斯科技在行业内风生水起,对技术有深刻理解,当然有他自己的认知。

"1 毫秒是愿景,是大家努力的目标,不是说你达不到 1 毫秒时延就不是5G。"杨鹏飞这时候反倒是来劲了。

"那岂不是骗人吗?有可能是 1 毫秒,还有可能是 30 毫秒,这对车联网自动驾驶和远程操控手术机器人来说就是噩梦,根本达不到实际应用场景的诉求。"何超明不想给杨鹏飞留情面,说话的语气越来越冲。

郭青云眼看气氛不大对劲,赶紧插话说道:"这个话题我回头问问方菲菲,看看 3GPP 标准组织在制定 5G 标准的时候是如何考虑的。"

郭青云一直在竖着耳朵听大家的讨论,当意识到一些讨论话题不会有结果的时候,便打断大家的交流,算是对这个话题画上了句号。

郭青云随即挑起了另外一个话题:"你们是从技术指标的实现角度来考虑,我觉得 5G 对运营商来说,现在最大的挑战是如何进行收费。"

"为啥?难道不是按照流量来计费吗?"杨鹏飞很不解。

郭青云观察到没人应答,并且齐刷刷地看着他等他的解释,随即说道:"这就是问题所在。你想想,过去我们最早打电话的时代是按分钟收费的,即使超过 1秒钟,也照样按照 1 分钟计算。短信时代是按条来收费,一条短信 1 角钱。4G网络流量时代是按字节收费的,1 个 G 的流量在最贵的时候竟然超过 10 块钱。NB-IoT 物联网时代是按连接次数收费的,1 年 2 万次连接的费用标准是 5 块钱。到了 5G 时代,尤其是针对行业的网络切片服务,该如何收费呢?按字节收费不合适,按时间收费不合适,按次数收费也不合适,反正现在我也不知道运营商该如何定义 5G 时代的资费,这绝对考验运营商领导的商业模式创新能力。"

郭青云这几年一直在关注 5G 资费如何被定义,但现在还看不到苗头。

任何一次技术的迭代,都将衍生出一种计费方式,这也属于商业模式的创新。电话按分钟计费、短信按条数计费、上网按流量计费,这些都是成功的商业模式。在郭青云看来,如果 5G 继续沿用 4G 网络的流量计费模式,必定死路一条。但是,运营商会创新出什么样的 5G 计费模式,着实考验众多决策者的智慧。

在年初,郭青云去拜访金腾川,重点关注的就是 5G 物联网领域的动向。

"金总,智邦通信去年 5G 通信模组出货规模大概有多少?"

"不到 100 万颗,是不是很少?"金腾川有点不好意思。

"你已经不少了,全球规模才 200 多万颗,你们占了快一半,仍然是出货规模最大的。"郭青云把一些数据做个横向对比，很快就能分出高下。

"没法比啊，我们整体出货都超过 1 亿颗了，5G 才占多大一点份额啊。"

"都 3 年了，这点规模确实小了点。"

"只要我们还是出货最多的，还是行业头部就行，其他的我还能有什么办法，天天逼员工干活，市场起不来，他们也没招啊。"金腾川一脸无奈。

"再坚持坚持，会起来的。"

金腾川随即问道："5 月 17 日是国际电信日，我看媒体上说 5G 基站已经超过 160 万个，5G 用户已经超过 3.8 亿用户，哪怕一台基站下面挂一个 5G 物联网终端，在国内至少也有 160 万个终端，为什么国内 5G 物联网的应用少得可怜？"

金腾川对媒体的报道有时候很无语，自己就是局内人，局内人经常怀疑自己，到底是自己做得不够好，还是媒体记者胡说八道。

郭青云有点乐了，觉得金腾川的话题很有意思。但他还是一本正经地说道："我觉得 160 万个基站的数字不大会有假，毕竟 5G 基站是这几年国家新型基础设施建设的重中之重，运营商的主要精力都在这方面。从目前来看，3.8 亿的 5G 用户主要都是手机用户，运营商为了吸引消费者用 5G 网络，创新了一种掩耳盗铃的表达方式。改变资费套餐性质，哪怕你现在用的是 4G 手机，也可以提前享受 5G 套餐资费，间接来说，这也算是 5G 用户。至于物联网领域的行业用户，现在可以忽略不计。"

"那有没有真实数据？"

"这和统计口径有关。联盟也经常对外发布数据，都是粗略估计的。把头部芯片公司的出货数量相加，再和头部通信模组企业的出货数量相比较，然后再综合综合，基本上就比较接近真实数据了。"

郭青云经常为发布数据而头疼，想统计出真实数据几乎不可能。更为奇葩的是很多企业也不愿意对外公布真实的数据。

"那也只是大概，你为啥不向运营商要数据，从他们的管理后台直接导出来，有多少设备在线，岂不是最直接最准确的？"

金腾川知道自己的真实规模数据，但也好奇竞争对手的真实数据，如果能从运营商的物联网云平台导出连接数据，那才是最靠谱的真实数据。

"你说得非常对，运营商的物联网云平台可以导出日活、月活、年活，入网多少设备，断网多少设备，分布在哪个省哪些市，你想要的数据，平台都能给你导出来。"郭青云看过这些数字，着实能把自己吓一跳。

"那你还统计个啥？"

"哈哈，真实数据是运营商的核心机密，就像每家公司一样，很多数据需要包装啊。比如运营商今年制定的 KPI 考核指标是 1 个亿的连接数量，到年底一看，好家伙，平台上的设备连接才增加了 5000 多万，这咋交代？"

"完不成指标，扣奖金呗。"

"那不行，要创造和谐社会，不能随意降低大家的收入预期。"

"造假吗？"

"也不能算是造假。"

"那怎么玩？"

"因为考核的是 1 个亿的连接数，运营商主要销售载体是 SIM 卡，只要 SIM 卡的销售量超过了 1 个亿，就算完成任务。"

"哦，原来是这样，SIM 卡是卖出去了，但还在客户的库房里，并没有安装到最终的设备里，有时间差。"

"这是行业潜规则，比如，你们采购的芯片，一部分变成了通信模组卖给了客户，一部分是成品库存，还有一部分是零件库存，是不是有数据统计的差异？你的东西到了智能终端客户那里，也是一样的逻辑。"郭青云说出了行业真实的现状。

"也就是很多物料是在供应链中，并不是实际的部署规模。这两年芯片到处缺货，估计供应链通道中占了绝大多数。"金腾川似乎意识到了什么。

"是哦，确实是一个道理。很多汽车厂和手机厂声称他们是零库存，其实是建立在供应链的大规模库存基础之上，所以我们对外发布的数据，要理性地分析和利用。"

郭青云经常会根据当前情况发布动态数据报告，但经常处于认知分裂的状态。写多了，自己都觉得是在吹牛；写少了，担心大家对行业失去信心。

郭青云最后给自己找到了一种看似平衡的心态，统计数据只是参考，你愿意信就信，不愿意信也没人强迫你相信。如果你能从数据中得出积极向上的结论，这些经过化妆美化的统计数据就能发挥出自己真正的价值。如果你认为数据不可取，要么你以后积极参与进来一起分析数据，要么就闭嘴爱干吗干吗去。

"5G 将加速改变我们的社交形态！你们谁对这块有研究？"郭青云转移到另外一个话题。

"这不是你经常说的逻辑吗？你给大家说说。"有人立刻响应。他在很多行业高峰论坛上听到过郭青云分享对 5G 改变各种场景的认知。

"我本来想听听你们的看法,既然把皮球又踢给了我,那我就说说我的逻辑。在 4G 时代,当我们很自然地利用微信进行通话或视频,电话反倒成了摆设。当我们沉浸在各种公众号文章海洋的同时,自媒体让传统媒体如坐针毡。当抖音短视频风靡的时候,微信也感受到了无形的压力。"郭青云把演讲的内容习惯性变成了聊天内容。

"当大家在鼓吹 5G 将给 VR/AR 带来福音的时候,千万别忘了几年前很多人对虚拟现实的膜拜。由于无法逾越人体生理结构的适应性,高昂的制作成本与糟糕的体验很难形成螺旋式上升的良性发展。在无法摆脱厚重头戴显示器的当下,很多企业给自己设定的终极目标就是扔掉头显。"

由于大家都是业内人士,郭青云并没有展开细节进行阐述。

"星球大战电影中的外星长老都是通过三维立体全息成像开会的,现在被新冠疫情隔离的会议只能是二维平面显示,在速度够快、延迟够低的 5G 时代,360度旋转的立体成像已经逐步走入我们的生活。有些人的社交不仅仅局限于全息成像,还会给自己设计一个虚拟数字人,吹拉弹唱、琴棋书画,但凡是自己不会的,这个虚拟人替身都会。"

郭青云的逻辑让第一次听到的人很难快速反应过来。

人类需要社交,人类需要面对面,在无法满足立刻面对面沟通的时候,5G 高速网络将会加速社交形态的变化,也许将来的一些变化会让你怀疑人生。

"社交形态的变化我们就不过多展开了,另外,5G 将加速智能制造领域的变革,这块你们谁研究过?"

郭青云很看好工业物联网,但落地实施离目标还有很长的距离,但是这不能阻止郭青云对智能制造领域的期待。

"我知道一些,大家一说起制造领域,很多人首先想到的是流水线作业的工厂,比如服装制造、汽车制造、食品制造等。对于智能制造,首先冲击的不是这些,而是电力、铁路、能源等领域,这些领域的共同特点是涉及国计民生、部署区域大、安全级别高、资金实力雄厚。"

杨鹏飞急切地与大家分享,因为这不涉及芯片的机密。

"我的感觉是机器换人只能是智能制造的初级阶段,智能制造最大的奢求就是'做一件产品也能盈利',并不是当下工厂追求的大规模制造。既要追求利润,又能满足个性化诉求,这离现实世界还很遥远。工业物联网的升级改造就如同大海中的浮标,非常重要,但工厂老板绝不愿意非常爽快地为此买单。"

　　杨鹏飞说完快速地扫视了一圈,看看大家有什么反应。因为他被他刚才的表述吓到了,纯粹的现场发挥,如果再让他重复说一遍,恐怕都很难做到。

　　"工业互联网的核心是依托连接和大数据分析,通过对采集到的数据进行实时分析,进而把设备运行和生产过程通过一系列的应用闭环反馈回业务经营,从而快速适应客户的变化。但我不知道和 5G 的结合点到底在哪里。"有人补充道。

　　"何总,说说你的看法。"郭青云观察到何超明若有所思,随即点名。

　　何超明呵呵一笑,说道:"工业应用场景很多,比如恶劣环境下的无人机、冰天雪地的摄像头、偏远矿区的工程车辆、风吹日晒的高压铁塔、高速运转的发动机、不间断工作的工厂产线、精准控制的远程医疗等,这些领域急需 5G 网络的支撑,不仅需要高速率、低时延,还要具备耐高低温、可靠稳定、高度安全、可持续扩展等等。"

　　杨鹏飞就在何超明咽口水稍做停顿的时候,立马说道:"我觉得吧,在未来很长一段时间,5G 将与 4G 长期共存,在物联网、人工智能、云计算、大数据、边缘计算、网络安全的加持之下,5G 将为各行各业提供全新的基础网络设施,各种组合式的创新将释放出新一轮的重大机遇,并加速推动现有的旧技术和思维方式的淘汰。"

　　杨鹏飞语速加快,让自己尽快把观点讲完。如若有人讲了类似的逻辑,自己又得花心思组织其他不同的表达方式。

　　4G 就像一条大河,呼啸而过席卷生活。
　　5G 更像是大海,宁静深邃却暗藏产业巨变的契机。

第 4 节　创新无处不在

"你知道吗？我们公司去年就已经开始设计 5G RedCap 芯片了。"杨鹏飞神秘地说。

"是吗？今年 6 月份 3GPP 才把这个标准冻结，你们竟然去年就开始启动立项研发，要这么早吗？难道又是为了融资诉求？"郭青云觉得从做芯片的角度，提前一年就开始 RedCap 芯片的设计，是不是有点为时过早。

杨鹏飞把眼镜摘下来仔细瞧了瞧，然后又戴了回去。"我们橙老板吩咐了，只要是 3GPP 推动的新技术，我们星通科技必须积极响应和实践，相关芯片必须跻身第一梯队。"

一些企业热衷于新技术，并不是想立刻用新技术来换取市场，而是要去融资，给投资人讲未来的故事。如果是老旧技术，投资人一看竞争格局就没有了兴趣。如果是当下成熟的技术，就会按照市场占比、销售规模、成本利润等来评估，对于新成立的公司何来这些数据？从因果关系来看，可以直白地说，是投资人决定了新技术的蓬勃繁荣，只有新技术才能给大家带来新的想象空间，未来的饼才有可能被画得又大又圆。

"你们是先开发 5G Modem 芯片，还是 RedCap 芯片？"

"同时搞。"杨鹏飞苦笑一声。

郭青云总觉得战线拉得太长，不利于产品精准定位。

"去年我和方菲菲聊天的时候，她说 3GPP 内部吵翻天了，有些企业非常支持 RedCap，有些企业异常反对 RedCap，这玩意儿你觉得到底有没有市场？"郭青云想听听杨鹏飞的见解。

之前，郭青云和方菲菲聊过这个话题。因为方菲菲要提早布局，为了这个领域的标准专利,简直是挠破了脑袋。

去年的夏天,时间回到 2021 年 6 月。

"3GPP 又摇小铃铛了,计划要推一个新的标准,用于替代 LTE Cat.1 和 LTE Cat.4,在 5G 网络体系里支持中速率的应用场景。"

方菲菲想知道物联网行业的真实诉求,郭青云想知道 3GPP 标准的演进动向,大家相互交流相互沟通,至少走在创新的前沿,不要被时代抛弃。

小铃铛是 3GPP 开会时候的权力象征,通常由主席掌控。3GPP 的会议是智慧火花激烈碰撞的过程,脑力与体力都在高速运转。主席定期会摇动手中的小铃铛提醒大家 Coffee Break(茶歇)时间;当会议要继续时,小铃铛继续发挥作用,不用费劲喊大家回来,就跟学校提醒同学们上课一模一样;当讨论稿最终敲定的时候,也会摇一摇小铃铛,以表示大家达成了共识可以冻结一个标准。甚至在主席换届的时候,小铃铛就像佛门衣钵一样进行传承。

"是吗? 新标准叫什么名字?"

"RedCap?"

"红帽子?"

"不是,RedCap 的全称是 Reduced Capability,也就是能力降低,通俗点讲就是轻量级 5G,属于一种新技术标准 5G NR Light。"

方菲菲猜到郭青云是在调侃,出于职业的习惯,还是把它说清楚最好。

术语就是术语,不了解这个行业的还以为大家是洋泾浜,汉语里夹杂着英文,到底是显得自己高人一等,还是故意就说一些你听不懂的洋文。

"为什么把手伸向了中速率网络,难道 3GPP 也觉得当下高速 5G 整体进展缓慢吗?"郭青云的逻辑让很多人不明就里。

"估计是,在 5G 初期,5G 的关注焦点主要集中在大带宽和低时延,但早期 5G 芯片和终端的设计极为复杂,不仅研发投入极高,终端成本也让很多实际部署的应用场景无法接受。对于很多应用场景,速率要求中等、性能要求中等、功耗要求中等、成本要求中等,如何针对这些诉求实现性能和成本的均衡,并且还能和 5G 网络部署共生共存? 这就得再创一个新的标准。"方菲菲也觉得是这个道理。

"那 RedCap 的时间点是如何规划的?"

"分两步走,在 2022 年 6 月,3GPP Rel‐17 冻结,意味着 5G RedCap 标准第一版正式确立。在 FR1(Sub‐6GHz 频段),Rel‐17 定义的 RedCap 最大带宽为

20MHz，旨在替换 LTE Cat.4。"

方菲菲依旧语速很快，估计是平时说英语习惯了，中英混杂也讲得很溜。

"预计在 2023 年的 Rel-18，届时新版本 RedCap 最大带宽为 5MHz，旨在替换 LTE Cat.1。"若不是在搞 NB-IoT 的时候铺垫了很多知识，郭青云听方菲菲看似轻描淡写的描述肯定就像听天书一样。

即便是这样，郭青云依然皱起了眉头，问道："你们咋起名字的？你看我这么理解对不对，Rel-17 的 RedCap 是替换 LTE Cat.4 的，Rel-18 的 RedCap 是替换 LTE Cat.1 的，还有 FR1 和 FR2 毫米波的不同，大家都叫 RedCap，这让产业链如何区分？"

方菲菲也乐了，笑道："哈哈，我们刚开始的时候也觉得绕口，现在你可以这么简单地区分，Rel-17 版本的叫 RedCap，Rel-18 版本的叫 eRedCap，前面加了个 e，意味着是增强版。"

"我看像是缩减版，不是增强版。"

方菲菲最早的时候一直是在关注指标细节，从来没想过还有命名的烦恼。

"菲菲，4G 网络现在正是如日中天，为什么要在 5G 网络推出替代品，要自己砍自己，左右互搏吗？"郭青云还是喜欢用通俗一点的表述方式。

"标准都是要提前启动的，所以我们要在如火如荼的 LTE Cat.4 和 LTE Cat.1 当打之年，推出其替代品。这也就意味着行业应用的需求在一步步升级，所支撑的技术也要一步步迭代，5G 网络必须考虑这些。"

方菲菲属于行业领先者、业内做局者。

"你们是走在时代的最前沿！"

"以后，4G 网络终将被淘汰，就像很多人还在可惜 2G 网络为啥要退网一样。5G 网络必将延续，不管从频谱利用率，还是网络传输性能，或是综合性价比，都将承担它的使命。未来，还有 6G，也就是说 4G 在为 5G 奠定基础，5G 在为 6G 夯实地基。"方菲菲坚定地说。

"咳，苦了我们这些追星的苦逼工程师。"郭青云叹道。

郭青云在电脑摄像头前面咳了两声，问大家有没有听到声音，当一些人回复 OK 之后，便对大家说道："因为我们最近很难在线下聚会，所以这次会议我们改为线上视频会议，今天的主题是关于 5G RedCap 的讨论，想必大家都有听说，这个标准即将冻结，在大家还比较迷糊的时候，今天邀请方菲菲普及一些基础知识，让大家更好地认知和理解 RedCap。"

"感谢方菲菲!"

"感谢方大美女!"

"感谢 NB-IoT 女神!"

大家在屏幕上毫不吝啬夸奖和赞美之词。

"你们咋就不感谢我呢? 我好不容易说服方菲菲给大家传道授业解惑。"

"感谢秘书长的不杀之恩!"

"秘书长你可以靠边站了!"

"秘书长你可以下线了!"

"你们这些没良心的,我直接炸群,看你们谁能幸免。"郭青云顺势从表情包里挑了炸弹丢了三次出去。

"大家都不要闹了,我们先听听方菲菲给大家分享,待会儿再集中进行讨论。"郭青云尽快控制住场面。

杨鹏飞率先问道:"我的女神,对于 5G、NB-IoT、RedCap 来讲,同样都是 5G,大家很容易混淆彼此的概念,如果有人问我 RedCap 是不是有自己要重点服务的应用场景,我该如何回答?"

杨鹏飞的求知欲满满,根本就不想错过向专家请教的机会,何况是向自己心目中真正的女神请教。

方菲菲在视频的另一头扶了扶眼镜,然后挺直了腰板说道:"必须有啊,5G网络主要针对三大类应用场景,分别是:增强型移动宽带 eMBB、海量机器类通信 mMTC 和超可靠低延迟通信 URLLC,还有一个不容忽视的应用场景就是 TSC时间敏感通信。"

方菲菲蹦出的新名词应接不暇。

"TSC?"

"TSC 的全称是 Time Sensitive Communication,时间敏感通信。在 5G 网络的部署过程之中,如果在同一个网络中都支持 eMBB、mMTC、URLLC 和 TSC,那将尽最大可能满足各种物联网行业应用部署场景。"

"啥叫时间不敏感通信?"

杨鹏飞纳闷,为什么还专门搞个时间敏感通信。

"比如说微信,我发给你一条信息,你可以立马回,也可以等好几天回,这就叫时间不敏感。如果我需要你立刻响应,不管你在忙啥,都必须立刻响应,这就叫时间敏感。"方菲菲的回答很形象。

"有没有更直接更通俗的应用场景?"杨鹏飞追问道。

"这么说吧,早期我们认为 RedCap 重点应用主要是针对可穿戴设备领域、无线视频监控领域、工业传感器领域。大致就是不怎么需要快速移动,但需要一定的带宽,并且对时延要求苛刻的场景,这些是 4G 网络无法满足的,重担就落在了 RedCap 的头上。"方菲菲耐心地说道。

"我印象中几年前有很多人在探讨可穿戴设备的技术演进,看看 NB-IoT 能否顺利承接 2G 儿童手表的市场延续,结果现在变成了 LTE Cat.1 的主战场,我怎么感觉 RedCap 很难挑起这个重担?"杨鹏飞继续说出了他的疑惑。

关于这个话题,郭青云和方菲菲也聊过,当时两个人的观点不见得一致。

"随着人们对大健康的关注度逐步提升,智能手表、智能手环、慢病监测设备、医疗监控设备等实现了大规模普及。此类产品在迭代的过程中,急需更强的网络连接能力、更低的功率消耗、更小的设备体积,以及更丰富的软件功能。LTE Cat.1 在承接 2G 网络换代之后,逐步扩大应用场景,同时也为 5G RedCap 在可穿戴领域奠定良好的基础。"方菲菲从正面阐述道。

"RedCap 真的适合可穿戴设备吗?"

杨鹏飞就像小孩一样,十万个为什么脱口而出。

"相对于 LTE Cat.1,RedCap 在上行速率和下行速率几乎拥有高达 10 倍的提升,因而可以更好地承担 5G 时代中速率场景的连接需求。此外,RedCap 还在天线设计、MIMO 层数、调制方式等方面进行了改良,为物联网设备带来了更低的功耗。"方菲菲说完后拎起杯子喝了口水,网络里竟然能听得真真切切。

对于方菲菲的解释,杨鹏飞有很多听不懂。对于暂时听不懂的,杨鹏飞尽量让自己先记住这些名词或术语,事后再通过"度娘"进行恶补。

"目前,支持蜂窝通信的智能手表,通常采用 LTE Cat.1 或 LTE Cat.4,还有一些市场采用 2G 和 3G 网络。此类产品确实无法满足消费者对高清视频通话的诉求,还有一些应用需要依赖云端数据和 AI 能力,其不仅需要较高的下行速率,还需要更高的上行速率。"方菲菲继续说道,这点杨鹏飞认可。

"我们调研过行业,从可穿戴设备所需的数据传输速率来分析,下行速率大多数集中在 5M 到 50Mbps 之间,上行速率大多数集中在 2M 到 5Mbps。"杨鹏飞对行业的分析很细致。

"这样就很适合啊,从速率来看,理论上 RedCap 下行速率在单链路 20MHz 带宽下可达 85Mbps,足以满足智能手表的大多数诉求。"方菲菲看不清大家的表情,自顾自地说道。

在大家看来,方菲菲对数据的敏感绝对是信手拈来,妥妥的行业专家。

"另外,可穿戴设备必须具备低功耗的能力,要综合考虑终端的设计复杂度、整体功耗、BOM 成本等。5G RedCap 相对常规的 5G 终端而言,射频相对简单,天线数量减少,终端尺寸也会变小。对于采用电池供电的可穿戴设备,至少可以持续工作 30 天以上。不知道我这么说大家能理解否?"方菲菲顿了顿,在等大家的反应。

"那无线视频监控领域要重点考虑哪些方面?"换个领域,郭青云模仿杨鹏飞的思维逻辑问道。

方菲菲随即说道:"智慧城市领域中涵盖着各种垂直应用行业的数据采集和处理,以便更有效地监测和控制城市资源,为城市居民提供各种便利服务。比如针对视频摄像头的部署,有线部署方式的成本越来越高,无线部署的灵活性就越来越受到青睐,涉及城市交通、城市安防、城市管理等多种场景,也包括智能工厂、家庭安防、办公环境等应用场景。"

"RedCap 真的适合视频监控领域吗?现有的技术也可以满足无线视频监控啊。"杨鹏飞继续问。

"在 3GPP TR 22.804 标准中,大多数的视频传输比特率为 2M 到 4Mbps,延迟大于 500 毫秒,可靠性达到 99% 到 99.9%。有些高清视频传输需要 7.5M 到 25Mbps,此类应用场景主要对上行传输要求较高,同时需要较高的可靠性和较低的综合成本。"方菲菲用数据说话。

方菲菲作为女博士,对数据拥有绝对的敏感。

"RedCap 在提供可靠通信覆盖的同时,其主要优势在于能提供足够的上行码率,50Mbps 就可以支持高清视频传输,同时复杂度也相较于 LTE Cat.4 实现了较大改善。RedCap 可更好地服务于 AI 智能监控,通过和云端人工智能的交互,以及普遍的网络覆盖,对于大规模部署的视频监控,将起到很强的新技术更新换代助推作用。"方菲菲耐心耐烦地说道。

"工业传感器领域呢,难道也是重点吗?"曹博士也加入了问问题的行列。

"5G 连接已经成为新一轮工业互联网和数字化浪潮的催化剂,从而可以灵活部署网络、提高生产效率、降低维护成本和确保运营安全。在这类应用场景中,包含大量的温湿度传感器、压力传感器、加速度传感器、远程控制器等等。这些场景对网络服务质量的要求高于 NB-IoT,但低于 URLLC 和 eMBB 的能力。"方菲菲继续用专业的角度来回答大家的问题。

"RedCap 真的适合工业无线传感器吗?我咋没看出来呢?"杨鹏飞诧异道。

"在 3GPP TR 22.832 和 TS 22.104 标准中，描述了工业传感器的应用场景诉求：无线通信的 QoS 服务质量达到 99.99％，端到端的延迟小于 100 毫秒。对于所有的应用场景，通信速率小于 2Mbps，有些是上行下行对称的，有些是上行需要大流量的，有些设备是固定安装的，有些是电池供电需要好几年的。有些需要远程控制的传感器应用，延迟还要相对较低，达到 5 到 10 毫秒。杨总，我这么说你能明白吗？"方菲菲忽然反问杨鹏飞。

"秘书长，我发现很多运营商的人对 RedCap 并不感冒，他们认为 RedCap 短时间内没戏，难道你还要极力宣传 RedCap 的未来吗？"杨鹏飞把话题转向了郭青云。

"咳，运营商的很多人不是决策层，他们只关心今年的 KPI 考核能否完成。不看好不代表不服从，想当初很多运营商的人也不看好 NB-IoT，现在不也是为了 NB-IoT 的 KPI 考核指标而奋斗吗？"

郭青云一直认为运营商分很多层次，喜欢借用媒体宣传的负面评论来和同行交流的运营商员工，往往都不是决策层。

"此一时、彼一时。"曹博士插话道。

"是啊，此一时彼一时，有本事你们别设计 RedCap 芯片，那些通信模组企业有本事拒绝 RedCap，还有智能终端企业也拒绝。NB-IoT 的既得利益者和痛失机遇者，难道会错失 RedCap 吗？"郭青云反问大家。

"你就是煽动家！"杨鹏飞补刀。

"那也得先把你煽动，让你原地起飞。我很期待 RedCap，有些企业也许会因为 RedCap 而改变命运，在 NB-IoT 领域给大家带来的惊喜，也将再次重演，不信大家走着瞧。"郭青云呵呵一笑。

"我们已经是芯片大公司，你难道还以为会有初创的芯片公司能在 RedCap 领域弯道超车？"杨鹏飞纳闷道。

"这个肯定会有，就像 NB-IoT 一样，RedCap 也会给初创公司提供绝佳的弯道超车机会。"

"此一时、彼一时。"曹博士又插话道。

"秘书长，说说你的逻辑。"

"我之前给你们说过，RedCap 是替换 LTE Cat.4，eRedCap 是替换 LTE Cat.1。LTE Cat.4 的应用更偏向于数据量大、移动性强、和人交互较多的应用场景，芯片的复杂度和软件的功能性要求就更多，因此成本就会更高。RedCap 刚开始的成本肯定比 LTE Cat.4 高，需要时间的沉淀以及规模的扩大，才有可能反超。LTE Cat.1 的应用场景更偏向于物联网，很多都是固定场景，不需要基站切换，也不需要跨运营商服务，因此设计就会简单，成本也会更低。我这么说你们理解吗？"郭青云反问道。

"不理解，LTE Cat.4 和 LTE Cat.1 的区分就在于此，我想知道的是 RedCap 给初创公司提供的机会在哪里？"

郭青云思考了一下，"这么说吧。大公司肯定不会放过 RedCap，但在 eRedCap 上大概率会采用已有的芯片，只做代码的变更和裁剪。小公司便可以抓住机会，为 eRedCap 单独设计芯片，采用更小的晶圆面积，代码更加简化，内存和射频等资源也尽量精简，不用考虑运营商之间的漫游切换，综合因素考虑下来，性价比就会远远高于大公司的常规策略。"

郭青云边说边思考，他也不能用简单几句话来回答。

"你的意思是大公司过去在 NB-IoT 和 LTE Cat.1 犯过的错误，还会在 RedCap 上重演？"杨鹏飞诧异道。

"没错，这也是国内芯片公司的绝佳机会，也是初创公司挑战老牌公司的绝佳机会。"郭青云信誓旦旦。

"你说的是国外芯片大公司经常会对我们国内市场形成误判，我们星通科技应该不会出现此类毛病吧？"杨鹏飞怀疑道。

"你们介于国外大公司和国内小公司之间，不仅资源多，还具备灵活性，碾压一切竞争对手。"

"这话我爱听，不过你们的恭维我们要引以为戒。万一我们因为信心膨胀飞起来了，说不定会摔得更惨。"杨鹏飞用夸张的表情说道。

"杨总，这就要看你的眼界有多宽了，如果你飞起来了，你肯定是尝到了甜头，会越飞越高。如果你判断失误摔下来了，摔得稀巴烂，也没人能认出是你杨鹏飞。所以，还是大胆地去飞吧！"

郭青云顺势在表情包里挑了一个火箭发了出去。

第 5 节　6G 改变世界

"杨总,你对 6G 了解吗?"

郭青云和方菲菲在北京望京喝咖啡,就在方菲菲去洗手间的空隙,郭青云打电话给杨鹏飞。

"你关注这干吗,还早着呢!"

"别废话,知道啥就说啥。"

"第 6 代移动通信。"

"问你还伤我自尊,拜拜。"

郭青云气得挂断了电话,八卦的事情可以问杨鹏飞,正儿八经的东西还得问"度娘"。

"我们 5G 还没整明白呢,你们就开始干 6G 了?"郭青云对走在无线通信时代前沿的方菲菲非常崇拜。当她回来落座之后,郭青云便急切地问道。

方菲菲教郭青云如何品咖啡,什么都不加,牛奶最好也不要加,更不能加糖和其他调味品,否则就变成了四不像,严重亵渎大自然赋予咖啡的灵气。

郭青云记不住,但郭青云教方菲菲如何品茶,武夷山大红袍、福鼎老白茶、梅家坞明前龙井、潮州凤凰单丛。方菲菲也记不住。

方菲菲轻轻地放下咖啡杯,说道:"未来,6G 将会改变世界,将会打破传统信息交互的边界,然后让各种技术融合在一起,让智能无处不在。"

"4G 改变生活,我认同;5G 改变社会,我说服了我自己;谁又这么聪明,发明创造说 6G 改变世界。"

郭青云很佩服原创的人,也很佩服山寨的人,更佩服的是能在原创和山寨基础之上进行快速迭代的人。

"6G 改变世界,我也不知道能改变世界啥玩意儿,到了 7G 时代,会不会来个 7G 改变宇宙。哈哈!"方菲菲也把自己说笑了。

"我怎么感觉无线通信就像赶脚的节奏,5G 还没有真正利用起来,媒体就开始大张旗鼓地宣传 6G。我觉得现在 5G 在很多指标方面过于超前,期望值太高,反倒不容易实现,比如端到端的低时延、核心网下沉到边缘计算、网络切片的灵活定制等。"

郭青云明显感觉到自己在 5G 方面力不从心,跟不上节奏。

"5G 的很多功能还在迭代,并没有定型,但这不影响大家对 6G 的规划。6G 的最大目标就是实现天地一体化,有了 6G 网络,我们在太空、在海洋、在高山,在地球的任何一个角落,都可以联网,都可以一直在线。"方菲菲的逻辑很有想象空间。

"还是万物互联呗!"郭青云一直绕不开这个结。

"万物互联已经是终极目标。以后,6G 会完全融入我们的生活,从宏观到微观,从现实到虚拟,从物理到数字,从过去到未来,每一处都有它的存在,彼此之间再也没有边界。"方菲菲想从学术的角度来阐述 6G。

"你能不能说得再直白一点,我就想知道 6G 到底能干啥,云里雾里的,难道不玄幻一点就代表不了你们这些专家的深奥吗?"

郭青云还没有说服自己,严格地说,是还没有用自己能明白的语言来表述 6G。

"现在我们还要借助智能手机,也许以后就不会再有智能手机,也不需要智能眼镜这样的载体,我们身体的很多部位都可以单独联网,不同的衣服也可以永远在线,你看到的内容也许会通过全息成像投影在你的眼前,你看到的有真实的,也有虚幻的,你可以被植入在全世界任何一个角落与任何一个人交流,你说的是中文,他听到的有可能是意大利语,神奇吧,反正我很憧憬未来这样的生活快点到来。"

方菲菲的想象力超级无穷,不把自己说服了,如何说服别人,更何况是说服制定标准的那帮大佬们。

"这是你的理解? 专家的表达方式是什么?"郭青云还是不太明白。

"这么说吧,6G 继续为场景服务,只不过比 5G 的服务场景进一步扩大,包括超大规模连接、超级无线宽带、机器可靠通信、通信感知融合、普惠智能服务这五大类应用场景,以可持续发展的理念拓展移动通信能力的边界。"方菲菲只好把专家对 6G 的描绘复述了一遍。

"难道再过几年，我们又要大规模进行 6G 网络大基建了？"郭青云反正觉得 6G 到底能干啥一时半会儿也说不明白，干脆就转换一个话题。

"必需的，6G 网络以地面蜂窝固定基站和中低轨卫星通信网络为基础，构建天地一体化通信系统，实现无线通信网络对整个地球表面和近地空间甚至部分外层空间的全网覆盖，从而真正实现无处不在的万物互联。"

方菲菲说完，抿一口咖啡，感觉无比丝滑和顺畅。

"看来要关注卫星通信了，你们都上天了，我们还没入地呢。"

郭青云也想跟上时代潮流，多关注关注卫星通信，但总觉得那是小众需求，只有大佬才玩得转。

"未来，你是想穿越到过去，还是幻想到宇宙，6G 技术都可以帮大家来实现。"方菲菲继续说。

"估计是有人坐在电视机前面看多了那些私人太空旅行，像贝索斯的蓝色起源、马斯克的 SpaceX、布兰森的维珍银河，忽然发觉他们少了一项最重要的功能。"郭青云故作神秘。

"什么功能？"方菲菲眼里冒出了求知的欲望。

"自拍啊！没错，就是自拍。你如果去太空旅游，除了体验失重的感觉和享受眼前的宇宙美景，还必须有无线网络，好让大家立刻发个朋友圈炫耀炫耀。你设想一下，我们去 5A 级景点去旅游，景色没的说，但没有网络，你觉得老百姓下次还会来吗？哈哈！是不是一个道理？"

郭青云说完后，也被自己逗笑了。

"那你的意思是，这个重担要落在 6G 头上了？"方菲菲也很好奇。

"开玩笑的。总之，我现在对 6G 压根不懂，真不知道能干啥？"郭青云也不想隐瞒自己的无知。

"我们要跳脱现在对当下的认知。人类在网络上保存了海量的历史信息，这是互联网的功劳；我们还可以快速地感知物理世界，这是传感器的功劳；云计算、大数据、人工智能的能力越来越强，6G 网络还可以缩短这些交互所需要的时间，用最低的时延、最快的响应来反映大家所需的内容。我们以后可以随时随地穿越，过去、现在和未来将没有时间的隔阂。"

方菲菲越说越兴奋。

"你是不是看多了古装剧，这些听起来是不是有些玄妙，又有些科幻？"郭青云对方菲菲的想象力佩服得五体投地。

"喂,你在哪里?"

"我在望京,刚通过电话,怎么又打过来了?"

"和谁在一起?"从电话这边都能感觉到杨鹏飞的谄媚嘴脸。

"别管我和谁在一起,有话就说,有屁就放。"郭青云毫不客气,当着方菲菲的面开了免提。

杨鹏飞小声说道:"你是不是会算命,就在你问我懂不懂 6G 之后,你猜,刚才又有谁问我同样的话题?"

"孙晓帆? 还是你老婆?"

"你太太才会问你这种话题。刚才欧阳橙打电话问我,有没有研究过 6G,要我给他总结一些高大上的描述,他要给董事会和投资人去吹牛。"杨鹏飞总担心隔墙有耳,一直在小声地说。

郭青云和方菲菲听得一清二楚,方菲菲忍不住咯咯地笑。

"谁在你旁边?"杨鹏飞非常紧张。

"杨总,我在,我和秘书长正在探讨 6G,你要不要过来啊?"方菲菲对着手机屏幕说道。

"女神,我听出来了,我心目中的女神,给我发个定位,我马上就来。"杨鹏飞非常开心。

"杨总,你个骗子。我们在北京,你在上海,来呀,我们在这等你。"郭青云调侃道。

"谁说我在上海,哈哈,上周太白金星托梦指点我今天必须来北京,我在上地拜访完客户刚出来,你说巧不巧,我一会儿就过来找你们。"

"杨总,等你过来请我们吃饭。"

"好嘞,女神。"

"使用一代,建设一代,研发一代,这是 3GPP 无线通信标准的发展节奏,产、学、研各界已从初期对 6G 天马行空式的畅想、讨论和研究,渐渐梳理出更为清晰、有针对性的推进思路。"

方菲菲作为局中人,除了有自己的认知,很多认知也来自专家。

"你觉得 4G、5G、6G 的最大区别是什么?"郭青云一直觉得改变生活、改变社会、改变世界太过笼统、太过玄幻。

"4G 主要是人与人间的通信,是通信速率的线性提升。5G 主要是面的提升,实现人与人、人与机器、机器与机器间的通信。6G 主要是体的提升,将拓展通信空间,使地面与卫星通信集成,实现海陆空一体化。"方菲菲非常自信地说。

"那要到什么时候才会部署 6G 网络?"

"10 年以后吧,早的话估计 2030 年就可以把标准冻结了。"

"那还是继续搞我的物联网吧,等你们把标准定下来再说,说不定那时候我已经退休去打高尔夫球去了,不再做这些烧脑子的事情。"

郭青云还是觉得物联网实在,能干多少是多少。

"别介,还需要你们落地呢。物联网的第一个阶段是全面感知,第二个阶段是无缝传输,第三个阶段就是数字孪生。这不是你经常讲的逻辑吗? 6G 网络可支持实时的复杂数字建模,让物理世界和数字世界实现相互映射并且相互影响,所见即所得,让我们人类认知和数字世界形成无缝切换。"

方菲菲对郭青云的一些演讲逻辑还是很了解的。

"那可以玩一玩元宇宙,虚无缥缈、出神入化,没有做不到,只有想不到。"郭青云已经感觉到力不从心,跟不上无线通信技术的迭代步伐了,总想搞点不熟悉的或者看似高深莫测的领域去尝试尝试。

"我觉得元宇宙挺好玩的,6G 网络给大家期待的元宇宙带来了实现路径,VR 虚拟现实和 AR 增强现实都是元宇宙的雏形,未来也许不需要那些厚重的眼镜作为介质,裸眼就可以实现我们人类与万物之间的融合,包括视觉、听觉、味觉、嗅觉、触觉等,这些信息都可以实时采集并进行数字化,然后通过复杂的计算又得以完整地复现,为我们提供完全沉浸式的体验,实现虚拟和现实的完美融合。"

方菲菲不仅要天天面对那些枯燥乏味的技术指标,也对新技术促生的新设备感到好奇。

"你对元宇宙竟然也有研究,难道 5G 就实现不了吗?"郭青云反问道。

"6G 技术在广度上可以达到多层次的融合通信,在深度上可以支持全维度人机交互,既实现从微观到宏观的空间全覆盖,又能对多个网络体系进行深度融合,达到多层次一体化通信体系。如果针对人类的五大知觉和人类思维兴趣数字化之后,就可以进入全方位立体智能交互阶段,随即可以跟随人类生产、生活的脚步,迈向更加丰富的想象空间。哈哈,我这是不是天方夜谭?"方菲菲自己说的自己都不信了。

"吹牛又不需要打草稿。如果 6G 成功了,难道真的会应验那个传说:5G 是为 6G 打基础的,只有偶数 G 才有生命力?"

杨鹏飞一直插不上话,听方菲菲和郭青云的聊天就像是云里雾里,终于逮到一个说话的间隙，便把他在自媒体上看到的认知说了出来。

"不信邪不传谣，那些都是无聊之人的逻辑。当下，5G网络已经在采用人工智能技术进行网络优化、资源分配和干扰协调等尝试。在未来的6G网络中，通信网络和人工智能将会融合得更加深入，围绕网络部署、运维管理、资源配置、移动性预测和空口设计等各个层级进行系统设计和性能优化，并且很有可能会实现自我成长。"

方菲菲作为局中人，属于利用知识改变世界的人，当然不信邪。

"也就是自我繁殖咯！"郭青云接话道。

"那叫进化，6G网络的特性非常适合人工智能的应用场景，更高的速率，更低的时延，这些特性可以很好地为基于人工智能行业应用提供通信能力保障，让很多分散的低计算能力单元能够高效地实时协作，最终实现万物互联。这些能力可以广泛应用于交通、医疗、家庭、零售、安防等多个行业，并且在提升这些行业管理效率的同时，还可以促进它们实现产业升级。"

方菲菲的论调让郭青云和杨鹏飞琢磨了好一阵子。

"都说6G可以实现天地一体化，移动网络的最终目的还是为人服务，用卫星覆盖一些人迹罕至的地方，确实是非常美好的愿望。但是，在没人的地方商业价值也不会太大，做这些有意义吗？"郭青云虽然热衷新技术，但也不是对任何新技术都抱有幻想。

"想想几十年前的科幻电影，当时是不是惊掉了很多人的下巴。现如今呢，是不是很多都已经变成了现实？"方菲菲也不知道该如何回答郭青云的疑惑。

"你说得对，我们这几十年经历的变化，别说是我们自己很难想象，就连很多专家学者也搞不明白为什么高科技使得人类社会的变化如此之大。小时候在黑白电视里看到很多日本人摇着小旗子全世界旅游，香港电影里的黑帮老大把大哥大往桌上一摆，而我当时还要在麦地里拾麦穗呢。在大太阳的烘烤下，几个小时的劳动成果也就是一小捆麦穗，估计都换不来现在一个城里的面包。现如今，移动网络不仅改变了我们的生活方式，还改变了我们的办公、商业、教育、医疗、工业、农业等，以及政府参与社会管理的治理方式。"郭青云对小时候被迫劳动的阴影永远挥之不去。

"移动网络在不断地促进社会进步，并完全有可能重新定义人类世界。卫星通信也已经融入我们的日常工作和生活之中，从地图导航，到遥感遥测，从共享单车停放到路况拥堵查询，从遥望星球到俯瞰地球，科技的进步让很多想象变成了现实。"

方菲菲不敢再拽那些高科技名词术语了,怕郭青云打破砂锅问到底,就用这些浅显易懂的行业应用来佐证她的逻辑。

"听说 NB-IoT 也可以连卫星了?"杨鹏飞把话题又绕到他所熟悉的领域。

"是的,不只是 NB-IoT,整个 5G 都已经可以和卫星连接了,5G 新空口正在尝试天空与地面之间的通信,也就是 NTN 非地面网络,现在是一点一点尝试,未来有可能在 6G 时代结出硕果。通过移动网络提供的业务、应用与内容,有助于扩大经济融合度、增强社会凝聚力。人工智能、物联网、大数据、机器学习等新兴技术,越来越多地集成到网络基础设施中,为社会与环境的深入变革带来巨大潜力。由于 ICT 技术与可持续发展目标的高度关联性,我们必须全面考虑 6G 通信系统和网络的设计如何支撑可持续发展目标的达成。"

NTN 的全称是 Non-Terrestrial Network,翻译过来就是非地面网络。方菲菲的话匣子一旦打开,就像三峡水库泄洪一样。

"未来,无线通信技术还将不断地创新,基于机器学习的人工智能将会崛起,把物理世界复刻为数字世界的数字孪生也将繁荣。人工智能与数字孪生将形成双轮驱动,进一步助推技术的突破。由此产生的 6G 网络将重塑社会和经济,为未来的万物智能奠定坚实的基础。"方菲菲继续说道。

"你能不能换个说法,或者表达得更加通俗一点,否则我不知道该如何组织我的语言。"杨鹏飞一头雾水。

方菲菲抿了口咖啡,缓了一缓,继续说道:"6G 就像一个遍布通信链路的分布式神经网络,把物理世界、数字世界和虚拟世界更加有效地融合在一起。它不再是单纯的通信传输管道,在联接万物的同时,也能够感知万物,从而实现万物智能。"

"看来我只能强行记忆了,不理解没关系,但要背下来,以后慢慢消化。咳,刚才忘了录音了。"杨鹏飞说完后便叹了口气。

"你说得很对,记住就行。比如你把这句话记住,可以碾压很多行业专家。"

"哪句话?"杨鹏飞迫不及待。

"6G 将成为使能感知和机器学习的网络,是连接物理世界和数字世界的纽带,在万物互联领域不再有边界的认知,网络与人类行为将有效地融为一体。"方菲菲非常认真地说道。

"杨总,听明白了吗?你把菲菲说的这些观点和逻辑统统输出给你们老板欧阳橙,说不定他能把投资人侃晕,然后你们公司的估值就可以噌噌噌地往上蹿。"

郭青云说得一本正经,杨鹏飞听得一本正经。

杨鹏飞的脑袋已经溢出,装不下这么多高深的知识和逻辑。

不管怎样,在未来,天空、地面、海洋、大山,我们将无缝切换。

在互联网时代,地球上依然有战争。

到了 6G 时代,让我们祈祷世界和平!

第七章　尝试一切不可能

† 给自己找个理由接受,内卷将是你的人生常态。

† 选择总是困难,放弃总是容易,机遇只青睐有
　准备的人。

† 能主动给自己戴紧箍咒的人,你已是操盘局
　中人。

第1节 内卷越发严重

郭青云走进电梯,杨鹏飞跟着进来。男男女女,电梯里挤满了人,大家前胸贴后背,女孩子用手机与前面的人隔开一定的距离,同时手指翻飞在和微信好友聊天,时不时还发个奇形怪状的表情包,精心制作的亮片美甲和五颜六色的手机壳融为一体。

正值饭点,电梯里有一半的人戴着头盔,有黄色头盔,也有蓝色头盔。大家已经习惯了戴口罩,但还是有一些人喜欢把口罩戴在下巴上,一只手拎着各种颜色的袋子,腾出另一只手拨打着电话。

"你好,1201吗? 你的外卖到了,是出来拿,还是给你放到前台?"语气中带着焦急,当每层楼有人下电梯的时候,便拼命地按着关门键,期待电梯门能快点关上,好让他争分夺秒。

电梯的按键上蒙着一层塑料布,有很多破洞,边上还粘了一个塑料盒和一包面巾纸,塑料盒里面放了一些牙签。新冠疫情都两年多了,还在变着花样折磨人,一会儿阿尔法,一会儿德尔塔,后面又是奥密克戎,没完没了。

电梯门上有两张贴纸,印了好多小人。有禁止扒门的,有禁止倚靠的,还有一个是勿用锐器操作。图片上是一个小人用伞尖戳着电梯按键,画了个红圈,再打个斜杠,告诫大家要文明乘梯,不要用尖锐物品去戳电梯按键。

按键边上的牙签和贴纸上的伞尖形成了鲜明的对比。

这是时代的产物。

一个让戳,一个不让戳。

星通科技的芯片种类越来越多,不仅有4G的LTE Cat.1芯片、NB-IoT芯片,还有 5G 芯片，新规划的还包括 RedCap 芯片，每个系列都有多款型号，不同的配置适应不同的应用场景。

杨鹏飞清晰地认识到，现在即使没有他杨鹏飞，整个公司的业绩也不会有太大的波动了。也就是说，星通科技的芯片销售已经不再是他的重点精力所在。杨鹏飞最关心的是客户的发展空间，以及各位老板在关键时刻如何快速决策的逻辑和手段。

今天拜访的东家上市成功了，明天调研的西家融资到位了，后天预约的南家因内斗导致破产了，托朋友联系的北家违反国家数据安全法了，还有一些公司商誉减值了，股票破发了，老板套现了，等等。

不仅仅是杨鹏飞，郭青云的物联网产业联盟也在逐步扩大服务范围，当下已不仅仅是局限在 4G 和 5G 范畴，只要和蜂窝物联网相关的上下游产业链，他都要去涉足。

"是谁发明的 KPI 考核？让这些外卖小哥天天跟打仗似的。"

郭青云一走出电梯就问杨鹏飞。看着这些争分夺秒的外卖小哥，心想如果某公司的所有员工都拥有外卖小哥的这种精神，那这家公司岂不是会如日中天。

> KPI：Key Performance Indicator，关键绩效指标。

KPI 可以让一部分员工看到盼头，也可以让一部分员工感觉到崩溃。

KPI 可以让有些老板感觉手中有把刀，也可以让有些老板误伤自己。

联盟中几乎所有的企业都会给员工制定 KPI 考核机制，最终的考核结果，和每个人的工资、奖金以及股票进行挂钩。

运营商也有 KPI 考核，从集团到省，从省到市区县，从部门到个人，不会漏掉任何一个人。SIM 卡开卡数量、连接数、营业额、净利润等，成为每个员工每天为之奋斗的目标。

各地政府领导也有 KPI 考核，引入外资多少、企业投资多少、GDP 增长多少、税收增加多少等。光鲜亮丽的领导岗位，也会为这些数字耗尽无数的脑细胞。

每个人都有生活的 KPI。如果能完成，收入会增高，职位会上升，家庭会和睦，阳光永远是那么温暖；如果完不成，不仅没奖金，还会扣工资，回家还有老婆等着与你吵架，暗无天日生活无趣。

管理大师曾经说过：我们需要通过激励来帮助员工成长，尽量让每一个员工都能成长，都能不断地为企业创造更大的价值，而这一切就需要通过 KPI 绩效管理来实现。

作为外卖骑手，本来是自由职业者。但是，作为创新商业模式下的外卖骑手，他们也有 KPI 考核机制。闲的时候可以刷刷手机、玩玩游戏，忙的时候就得拼命抢单、小步快跑。

以目标为导向，以人为核心，以成果为标准。

外卖骑手是自由的，你可以接单，也可以不接单。但是，为了生存，为了赚钱，大多数人选择了服从大数据算法的安排。

一边乐呵呵地抢单，一边骂骂咧咧地送单。

如果在规定的时间内把货送到，就意味着有几块钱到手了。

如果临近超时，但还没超时，外卖骑手就会担心这单会不会白送，甚至有可能被扣款，若再连带来个投诉，就一点儿也不划算。

闯红灯、逆行、一路小跑、上楼骂电梯关门太慢、下楼骂电梯关门太快，总感觉周围的人都是挡路的，为了"送啥都快"，管不了那么多。

通常企业的 KPI 考核是以年为单位的，灵活一点的企业可以在每个季度或每个月度有个调整的机会。但外卖骑手的 KPI，那是精确到秒。

消费者希望所有的服务既快又好，人工智能就会利用大数据进行算法优化，让平台、商家、消费者之间形成一种消费者满意的平衡状态。但是，消费者的诉求也会发生变化，又会不断地催生出新的期望，而人工智能算法就会越来越趋向于满足消费者的希望。

企业一切的经营活动最终都是为了绩效！

联盟中有很多企业，只会关注业绩，认为有了业绩就有了一切，很多管理者也用业绩来掩盖企业内部的诸多管理问题。当业绩比较好的时候，内部管理的问题都不是问题，内卷造成的浪费也不值一提。但是，一旦市场发生变化，很多问题就会浮出水面。有业绩，企业可以暂时活得不错，但是不可能走远。因为市场不断地在发生变化，竞争格局也在不断地发生改变。这也是为什么很多企业只能做大，却不能做强，只能走好，却不能走远的原因。

"我们经常挂在嘴上说内卷，杨总，你说内卷到底指的是什么？"

郭青云从外卖员跑步前进的画面中回过神来，扭头问杨鹏飞。

"这有什么难的，让度娘告诉你。"

杨鹏飞顺手从裤袋里摸出手机，刚举到眼前，手机屏幕就亮了，熟练地点开百度 APP。

杨鹏飞把手机在郭青云眼前晃了一晃。"我来给你念念什么是内卷：内卷是指一种社会或文化模式在发展到一定阶段后停滞不前，或无法转化为更高级模式的现象。"

"听不懂，说人话。"

"我也觉得拗口。我再翻一个给你听。哪些情况是内卷？"

> 无意义的精益求精是内卷；
> 将简单问题复杂化是内卷；
> 为了免责，被动应付工作是内卷；
> 低水平模仿和复制是典型的内卷；
> 与预期目标严重偏离的工作也是内卷；
> 限制创造力的内部竞争是制度性的内卷；
> 在同一个问题上无休止地挖掘和研究同样也是内卷。

"搜的是啥？我搜搜看。"

郭青云也掏出了手机，"度娘"几乎是每天陪伴着他。

"我给你描述一下什么是内卷，一个中央电视台记者在陕北采访了一个放羊的男孩，你听听他们如何对话。"

> 记者：为什么要放羊？
> 男孩：为了卖钱。
> 记者：卖钱做什么？
> 男孩：娶媳妇。
> 记者：娶媳妇做什么呢？
> 男孩：生孩子。
> 记者：生孩子为什么？
> 男孩：放羊。

"多么朴实的逻辑，这和 MBA 经典案例渔夫创业的故事如出一辙。我觉得内卷不是主观努力、主动选择的结果，而是出自被逼无奈、不努力就被别人甩下的恐惧。我就是新生代农民工，我必须努力，我自愿工作 996，谁要是不让我工作,我就跟谁拼命。"杨鹏飞的内卷发自内心,油然而生。

"杨总,你今年的 KPI 考核指标是多少?"

郭青云和杨鹏飞一边在喝茶,一边在聊天。

"10 个亿,实现 1 亿片的出货量。"杨鹏飞把食指竖了两次。

"这是欧阳橙给你定的目标?"

"不是,孙晓帆定的。"

"什么? 孙晓帆现在开始给你定 KPI 考核指标了?"郭青云一脸诧异。

"你难道不知道? 上周欧阳橙推行了内部竞聘上岗的管理策略,你猜怎么着?"杨鹏飞故作神秘地问道。

"你竞聘落败了?"

"怎么可能,我没败,我竞聘销售总监,没人争得过我。"

"那孙晓帆呢?"

"没想到啊,没想到。人家直接竞聘公司副总经理,分管销售部门。"

"她竞选成功了?"

"是啊,孙晓帆刚进公司就和法沃智能签署了战略合作协议,成功撕开了 4G 芯片的销售瓶颈,之后如法炮制,和多家大公司形成战略捆绑,整个操作手法是高举高打。不像我,成天盯着订单,妥妥一个头脑单纯思维简单的普通销售。所以呢,人家孙晓帆竞选成功,当选副总经理,管着我。"杨鹏飞一脸无奈。

"那你服不服?"

"服啊,我有什么理由不服?"

"口是心非。"

"技不如人,我还要学习,还要成长,还要……"

"得了吧,太虚伪。孙晓帆被任命为副总经理之后,难道她立刻就给你重新修订了 KPI 考核指标?"

"是啊! 不然怎么会有这么高的销售任务。"

"那你还这么淡定?"

"那我还能怎样?"

"总之,你的淡定超乎我的预料,淡定得都不像你杨鹏飞了。"

"难道你希望我和孙晓帆大吵大闹? 她爱定多少就定多少,如果我能完成任务还则罢了,如果老子不爽的话,辞职走人就是了。"

"下家选好了?"

"你觉得我是那种人吗? 吃着碗里的,看着锅里的。"

"可你就是啊,你跳槽不都是谈好了再跳的吗?你又不是90后,说不干就不干,辞职了以后再找工作。"

"我即便是想换工作,那也要等到我真正感到不顺心的时候。现在孙晓帆奈何不了我,我也不会那么快就跳槽。"

"有啥要求,尽管提,帮你物色新东家。"

"你知道吗?小李跳槽后的薪水非常高。"杨鹏飞岔开话题,不想在自己工作上的事情太过纠结。

"你都这种境地了,还这么八卦,再说了,他再多也没你多啊!"

杨鹏飞本来想诈出点信息,没想到郭青云反过来再诈他一下。

"那应该没我多,我还有股票,他的股票应该没我多。"

"你这是内卷,还是外卷?小李薪水关你什么事?你要是离职了,你的股票不就是废纸一张吗?"

"小李的薪水当然和我有关了,一方面我们俩是好朋友,他原先赚多少钱,我大致都清楚。另一方面,他现在和我是竞争对手,我得知道他们公司的实力,以及他能在这家公司待多久。"杨鹏飞有杨鹏飞自己的逻辑。

"咳,好奇害死猫!有一次我和之前的华为同事聊天,华为有明文规定不许打听工资,但他告诉我,在我离职的时候,我们大概一个月的工资可以买两个平方米的房子,并且是在北京、上海、深圳这样的地方。现如今也就是勉强跟得上社会的发展,每个月的收入还是只能买两个平方米左右的房子。你觉得还需要再直白吗?"

郭青云有点激动和不忿,当初一起入职的同事留下来和公司一起成长,而自己为了理想辞职创业了。

"结果可想而知,他没违反公司规定,没有告诉我薪水是多少,但我的心被刺得到处都是窟窿。我这十多年兜兜转转,还不如踏实跟着公司一起成长。"郭青云言语中有一丝丝失落。

临近下班,杨鹏飞来到艾米莉的办公室,把一摞文件放到办公桌上,说:"艾米莉,还请你帮忙看个合同,一个新客户非要采用他们公司的合同模板。"

"放那吧,我明天抽空看。"艾米莉无精打采地说。

"哟,太阳打西边出来了,平常活泼开朗的艾大小姐今天怎么啦?"杨鹏飞想缓解一下尴尬的气氛。

"烦着呢,没心情给你看合同,爱咋地咋地。"

"好好好，等你开心了再看，反正我也不着急。"

艾米莉没搭理杨鹏飞，杨鹏飞很无趣地离开了艾米莉的办公室。

"帆姐，今天下班后有空吗？我请你去喝酒。"

艾米莉拿起手机给孙晓帆发了个微信。

很快，孙晓帆回复道："太阳打西边出来了，米大妹子，咋的啦？"

"到时候就知道了，下班后我找你。"艾米莉顺势发了个鬼脸表情包。

艾米莉和孙晓帆现在已经成为闺密。刚开始的时候，孙晓帆只是把艾米莉当作法务同事，很多战略合作协议需要艾米莉审核后才能发出去。

渐渐地，孙晓帆觉得艾米莉打探客户情报的能力是自己力所不能及的。比如某个老板有几家公司，经营情况如何，投资人都是哪些，背景如何，有没有官司缠身，有没有绯闻影响等。

得益于艾米莉的配合，让孙晓帆少踩了很多坑。其中有家企业都谈好合作协议了，在艾米莉这块卡了一段时间，没想到那个老板被限制高消费了。最后孙晓帆才搞明白，对方是想利用和星通科技的合作协议争取投资款的快速到位，好弥补他在其他方面的资金窟窿。

另外，关于有些客户需要打点的事情，孙晓帆也会征求艾米莉的建议，用最稳妥的方式来处理。这样一来二去，孙晓帆和艾米莉虽然相差十多岁，但还是成了无话不谈的闺密。

"说吧，米大妹子，今天有啥好事情，竟然会约我来酒吧。"

孙晓帆摇了摇高脚杯，冲外面的黄浦江看了看，对面外滩的建筑群在灯光的映衬下显得妩媚和摇曳，然后扭过头盯着艾米莉看。

"哪来的好事，我郁闷死了。"

"是吗？头一次听说，还有人敢惹我们米莉大小姐？"

"我是不是和你说过我快要结婚了？"

"说过啊，恭喜你了，你们打算领证了，还是要奉子成婚？"

"别逗了，我们分手了。"

"是吗？为啥？他劈腿了？"

"哪跟哪啊，我要他签署婚前财产协议书，他翻脸要和我分手，婚不结了。"艾米莉想哭，但倔强的性格让她不知道从何哭起。

"我的好妹妹唉，你咋和我同病相怜啊，男人没一个好东西。"孙晓帆说着说着也哭了起来，一口把高脚杯中的酒全干掉。

"你悠着点,我只是想让你宽慰我,不是让你来买醉的。"艾米莉一看孙晓帆的反应,反倒不知所措。

"你有所不知,我前夫,那个王八蛋,没本事挣钱,房子是我爸妈买的,他们家连装修的钱都不肯出,在我儿子还很小的时候,我骂我前夫不求上进,他就和我吵。我一气之下让他签财产公证协议,没承想,他直接要和我离婚。"孙晓帆边哭边说。

"啊,原来这样啊。我只知道你有个儿子,很少听你提起过老公,还以为你们俩恩爱有加。"艾米莉忘掉了自己的烦恼,对孙晓帆的遭遇感到非常诧异。

"一说起这事我就心痛啊。你说那么多离婚的,并没有觉得人家多痛苦啊,为何到我这就不一样了呢?难道是我命苦吗?"

孙晓帆的哭哭啼啼,引来了周围人异样的目光。

"帆姐,别哭了,别哭了,男人没一个是好东西。"

"你说这些男人,没本事挣钱,还这么死要面子。我离婚这么多年,一直就碰不到合适的,难道好男人都死绝了吗?米莉呀米莉,趁你年轻没结婚,一定要好好挑。你看看我现在,这帮臭男人只想和我玩,就是不愿意和我长期相处,要么有家有室不肯和老婆离婚,要么嫌我年纪大,要么嫌我带个娃,总之,没一个好的,都是王八蛋、王八蛋……"孙晓帆又要了一杯酒。

"我男朋友是外地人,没房没车没存款,整个一个三无产品,再加上还没有本地户口,我那些叔伯阿姨都劝我慎重考虑,我一个学法律的,这种事情我认为非常好办,签个婚前财产协议,能相亲相爱就过一辈子,不能过就分道扬镳各过各的。没承想啊,这家伙不肯就范,直接要和我分手,你说我哪方面做错了?"

艾米莉啪啪拍打着桌子,越拍越响。

第 2 节　完不成的指标

小马又来上海招商了。

小马自打认识了郭青云，就时不时地来喝茶，不为别的，就为联盟里的大部分企业基本上都是他的目标猎物。小马服务于嘉洲高新技术产业园区，是国家级高新技术开发区，离上海市大约 100 公里的路程。

今天，小马又拎了一个大红纸袋子递给郭青云。一看就知道是茶叶，包装盒绝对是高端大气奢华上档次，郭青云掀开精美的包装盒，里面静静地躺着两个小瓷罐。

"小马，还这么客气，每次都给我带茶叶来。"

"必需的，我们送客户的高档茶叶多的是，你也要招待别的客人，顺手的事情。"小马非常自然地坐在郭青云对面的圈椅上，非常享受。

"好，现在就品尝品尝你带来的高档茶叶。"

郭青云打开茶叶罐，凑在鼻子附近闻了闻，非常享受茶叶给自己带来的愉悦感。然后，他便开始叮叮咣咣折腾那些茶具。

"你们现在招商要这么拼吗？看你每周都来上海，有那么多企业要转移到外地吗？"郭青云非常不解。

"我们要承接上海的产业转移，离上海这么近，再不跑勤快点的话，都被别的地方抢走了。"小马在政府招商方面就是靠勤快、靠死缠烂打。

在政府招商领域，北京、上海、深圳是产业界的鼻祖，20 世纪 80 年代、90 年代在北美、欧洲招商，吸引了大批的跨国企业落户中国。现在，长三角、珠三角、京津冀地区是内地招商团队的围猎之地，要么每周都派人出差拜访，要么直接设立常驻机构，专门接待老家领导和对接当地企业。

"小马，我有个好奇的事情，你们的宣传片是谁做的？感觉全国上下各地的招商推介短片都是一个套路。"郭青云岔开了话题。

"为什么这么讲？"

"你看，首先是地理位置优越，不管是多偏多远的地方，都能画个圈，毗邻交通枢纽，机场、高铁、幼儿园、小学一应俱全。然后再配上各地的名胜古迹和美食图片，估计也就是这部分内容可以区分不同地域的特色。最后就是产业配套政策、住房补贴、税收优惠、人才储备、明星企业已经落户等。最后一句就是某某地方欢迎您！"

郭青云忽然觉得自己总结得挺到位。

"你不说我还没注意到这点，好像都是这么一回事。"

小马瞬间感觉就像是悟道了一样。

"你们觉得有效吗？"郭青云冷不丁地问道。

"不然能怎么办呢？总不能说我们那里是'大漠孤烟直，长河落日圆'吧？再说了，我们的环境就是比上海舒服啊，生活指数绝对比你们这里高。"小马非常自豪地说。

"得了吧，好地方总归是具有虹吸效应的，不仅在国内，海外也是。我是从农村出来的，刚开始是去我们镇上，再到县城，上大学就去了隔壁的省会城市，毕业了就流窜于北上广深。那些比我优秀的人则是去国外留学，有次问一个同学在美国哪里，他说在圣何塞，我说他是不是每个周末都去看牛仔比赛，他说硅谷哪里有这些。我才知道他说的圣何塞就是硅谷，我在他们眼里就是地道的乡下农民。"郭青云觉得地域差异还是挺大的。

"这和你们上海人说外地人都是'乡毋宁'是一个逻辑。"小马调侃道。

地域歧视之间的话题总是没完没了，现代社会是这样，古代社会也是如此，国内的人有这种心结，国外的人也逃不过这种腔调。

"不扯这些地域歧视了，我问问你，稍微有点实力的企业，岂不被你们踏破了门槛？"郭青云很好奇他们的招商成功率。

"可不是嘛，但凡有点名气，我们都去拜访过。现在招商内卷到什么程度，可厉害了。我们也不会放过初创公司，甚至有些刚想创业的还没来得及注册，就被我们截胡了。"小马自豪地说。

"我看到很多地方招商的时候特别青睐已经融过资的企业，这主要是为啥？"郭青云不理解，希望小马能让自己明白这其中的逻辑。

"如果企业融过资，我们就认为这家企业已经被市场认可，能否做大就要看运气了。这个时候我们可以锦上添花,我们当地的政府配套基金可以投资,条件就是把企业总部迁到我们那。如果此时不下手,以后下手的话代价会太大,抢的人也会太多。"小马的回答让郭青云顿悟。

"你们有 KPI 考核吗?"郭青云问道。

"当然有了,我们的 KPI 考核可复杂了。先不说实际招商了多少家,前期考核的是拜访了多少家企业,哪些企业对接到了实际控制人。我们是有任务的,至于能不能敲定,那得让领导出马,我们的领导、领导的领导也有 KPI 考核指标。"小马道出的是实情。

"和收入挂钩?"

"如果完成招商指标,不仅有提成,还有奖金,也是未来升职加薪的基本考核因素,全家老小都指望这些过日子呢。如果完不成,你懂的。"小马一说起全家老小,就立马觉得重担压肩,必须负重前行。

"你们到沿海地区招商,总不能挨家挨户敲门吧?陌生拜访会不会被当作骗子?"郭青云插话道。

"早些年,我听我们的老同志说过,上门陌生拜访有成功的,但很少。"小马也是老马带出来的。

"当我们生病的时候去医院找医生,你是不是觉得很正常?如果有医生上门来问你有没有生病,你会不会把他给轰出去?"郭青云一直觉得这种比喻很贴切。

"哈哈,你说的很有哲理。刚开始的时候,觉得自己是新人不懂行,没有历练。但时间一长,我越发以为我就是个赤脚医生,全国各地找病人,不管人家有没有需求,上来就问你生病了吗?"小马也开始自嘲。

"如果你计划生病,就来我们园区吧,我们不仅看病不要钱,还会给你钱,并且有很多相似症状的病友,大家在一块多开心。"小马越说越开心。

小马喝口茶,就好像顿悟了一样,继续说道:"我们就是这个医生,企业家就是我们眼中的病人,不过他们素质很高,不会轰我们出门,而是非常客气,并且婉转地告诉我们,等他们生病的时候会来找我们的。"

"如果正好你碰到个病人,那恭喜你,你成功了!"郭青云肯定道。

"拉倒吧,现如今,是信息社会,哪还有人干陌生拜访这么傻二愣的事情。我们通常会找老同学、找老战友、找老乡会、找各地商会、找当地的行业协会和联盟,甚至找中介,总之,有中间人介绍的成功概率会稍微大一些,反正都是事后奖励,前期我们又不花钱。"

小马的朋友圈越扩越大,招商渠道自然也是越拓越宽。

"难道就没有失手的时候吗?"郭青云对这个话题很感兴趣。

"当然有啦,就像你们企业跑客户一样,合同迟迟敲定不下来,要不要放弃?假设合同都签了,但对方就是不执行,难道不是常有的事情吗?"小马加快了语速。

"当我们一旦发现机会,那就是团队作战了,我们会邀请企业家实地考察,根据企业规模大小,我们会安排不同层级的领导,如果项目真的很大,市长都可以请出来交流。我们的运作和企业类似,我就是销售,负责寻找猎物,待猎物出现之后,就要张罗一大帮人围猎,等包围圈收缩到差不多的时候,请大领导出来拉弓放箭。"小马说起这些立马来了精神。

"我觉得,现在的招商模式就是硬招商,霸王硬上弓,从了也就从了,不从就找下一个目标。你们有没有想过做些改变,比如说软招商,打造一个细分领域的产业生态,把上下游产业链都集中在一起。"郭青云一直觉得现在的招商手段有点粗鲁简单,总觉得招商应该进入智能时代。

"你是不是想说,类似中关村科技园、张江科技园、南山科技园的模式,我们也想啊,但我们是三线城市,属于你们这些大城市的卫星城市,只能捡漏一些大城市不要的产业。更何况,大多数领导都很内卷,要的是眼前绩效,招商业绩好的升职才会非常快。"小马也很无奈。

"有一次我去参观了一个机器人小镇,人家那里汇集了各种各样的机器人创业公司。有家用的小型扫地机器人、园区用的中型扫地机器人、大马路用的大型扫地机器人,还有安防巡逻机器人、唱歌跳舞机器人、快递送餐机器人、防疫消杀机器人等。不仅吸引大公司入驻,还搞了个创业孵化中心吸引初创公司在那免费办公。"郭青云对这些园区印象很深。

"我们是国家级高新开发区,体量太大,只能定位更大的行业领域,比如半导体、生物医药、人工智能、自动驾驶、大数据、新能源等产业。你说的机器人小镇,在我们那充其量可以作为一个园中园。"小马耐心地解释。

"定位范围再大,你们不也是一家一家去游说吸引吗?"

"没错,所以才需要我们这些招商代表,有人调侃我们就是卖房子的。"

"人家房产中介的口头禅就是交通方便、离学校近、离菜场近,不管是100米还是1000米,都叫近,都方便,你是不是也是这种套路?"

"都差不多,我们会引用媒体的逻辑,比如:现在交通发达,大城市生活压力大,成本高,很多人就喜欢到小一点的二线城市来创业和生活,我们那边就非常适合。"小马经常使用这个逻辑。

"你拉倒吧！有很多二线城市想承接一线城市的产业转移,最后结果是什么呢？远远达不到大家的预期。虽然飞机高铁便利,但也不能天天往返吧。虽然我们可以花大价钱吸引高端人才,但企业大部分的员工不是高管。现在的主要矛盾是企业不缺高端人才,也不缺低端人才,唯独缺的就是中端人才。"郭青云并不认可小马的逻辑。

"中端人才？也就是缺能干活的人呗。"小马点到了腰眼。

"是啊,光有高管没有用,他们可以带来先进的理念和思维,但落地实施就得依赖年轻人,本科生、研究生在刚毕业的时候都不愿意回来,家长也不支持回老家,希望他们能在大城市闯一闯,如果能留下最好,留不下来再考虑回老家也不迟。"郭青云补充道。

"我们遇到很多老乡,都说愿意回乡创业,但这些相对来说都是成功人士,回来后招不到合适的人,他们照样会留不住。"小马也觉得很无奈。

"曹博士的企业怎么样？"

"还行吧,规模小了点。后续就不是我的事情了,有专人负责跟踪,我只负责打猎。"

"杨鹏飞搞定了吗？"

"还没,他不肯单独见我,电话里也是含含糊糊,迟迟不做决定,现在还在星通科技,并没有离开。"

"估计他不会去你们那注册企业。"

"何以见得？"

"直觉。"

"我才不相信这些,事在人为！"

"这么自信？"

"你帮我约一下杨鹏飞,一起吃个饭,我请客,看看他的动静。如果他还没有创业的想法,就请他帮我引荐引荐欧阳橙,看看能否把星通科技的总部迁到我们那。"

"你也真敢想,无所不用其极。"

"哈哈,自信,要自信。"小马非常自信地说。

"现在北京、上海、深圳都在抢人才,之前是抢海归博士,然后抢留学生,现在开始抢985高校的本科生,然后是211高校,再这样以后就没有门槛了,只要上过大学,统统可以落户。你看看,谁还会来我们这些小地方。"小马觉得大城市抢人才就属于为富不仁。

回不去的家乡，逃不出的北上广。

曾经有一段时间媒体疯狂炒作逃离北上广深，高昂的房价、巨大的工作压力、被排挤的外地户籍，一些人选择回家乡，在二三四线城市发展也不赖，有滋有味的。但事实并非如此，很多人发现老家的生活也并非想象中的那般惬意，于是，他们又打点行装，返回北上广深。

理想很丰满，现实很骨感。

"我们是三线城市的驻点上海招商人员，就像当年留学美国的中国人，一方面要适应大城市的生活方式和思维模式，还能随时回去切换到当地的人际社会和酒桌饭局。我们非常纠结，如果能让小孩在上海读书工作，就把老家的房子卖了在上海做个贷款首付。那些在美国留学的人，大多数都让子女落户美国，是一个道理。"小马对比得很鲜明。

"每当我回到老家时，我总有一种漂泊在外的游子终于回国了一样。待一天很兴奋，第二天有点不自在，第三天就想赶快逃离。当行李箱的后轮越过出租屋的门槛，我会感到一股莫名其妙的踏实。"

郭青云刚来上海打拼的时候，时不时会想起中条山脚下的老院子。

"好像就是这么个理。"小马附和道。

"我曾经在无数个夜晚辗转反侧，到底是坚持留在上海，还是回老家发展，两个选项之间摇摆不定，有时候让我抓狂。自己、老婆、孩子、父母、朋友、同事，以及未来自己的成长空间，我已经是一个中年大叔了，能好好活着就已经是非常不容易的事情了。"郭青云忽然感觉到自己老了。

"难道随着时间的推移，这种纠结不会发生改变吗？"小马有点不解。

"当然会了，你看电视里经常有很多上了年纪的归国华侨，回到祖国老泪纵横。以后我老了，我就回到老家村口，冬天里点起一堆柴火，大家蜷缩在墙角侃侃而谈，中美博弈、俄乌冲突、粮食危机、全球气候变暖，还有机器人、元宇宙等，我要让我们村的老大爷聊天水平提升一个档次，村主任想来凑热闹，都不带搭理他的。"

郭青云越说越开心，越开心越说。

"你是这么想，现在年轻人估计可不这么想。"

小马觉得自己还年轻，和郭青云之间有代沟。

"我们这一代人，应该说 2000 年之前出生的人，大多数人有崇洋媚外的情结，这不怪个人，这是中国改革开放四十年快速成长的烦恼。而 00 后呢，阅历比我们丰富得多,很多小朋友在疫情之前经常出国,别看人家年龄小,他们有自己的认知,知道哪些地方更适合自己。"

郭青云没有混迹国外的基础能力,但对崇洋媚外的理解拥有鲁迅笔下孔乙己的心态。

"崇洋媚外还分年龄?"小马实在无法理解。

"因人而异吧,我也只是感觉,不见得对。这两年的新冠疫情,大家都在上网课,过去我们觉得函授是给学习不好的人弥补过失的,现在大家都在一条起跑线上,不管学习好的、学习差的、市重点的、民工学校的,都是全市最好的老师在上课,空中课堂让大家没有了阶层。"

郭青云的小孩在家里上网课,自己偶尔还得给大学生通过视频上网课。

"对喜欢学习的,上网课还能节省上学放学在路上耗费的时间。像对我这种学习不好的,在哪里上课都一样。"小马调侃道。

"得了吧,你还是积极上进的。遇到新冠疫情时代,不选择躺平已经是对得起社会的发展了。"郭青云取消了好多计划内的行业峰会,自己也很无奈。

"你的意思我理解了,反正今年给我制定的招商指标完不成,我必须面对客观现实,积极调整心态,别给自己太大压力。"小马很快就联想到自己的 KPI 考核业绩大山。

"要看淡一切,现在家长也不打鸡血了,也不以孩子出国为荣了。说不定再过若干年后,三四线城市的家长也劝自己孩子不要去大城市吃苦耐劳了,回家和父母一起过着共享天伦之乐的悠哉生活。"

郭青云说得自己都觉得有道理。

活在当下,适应当下,这是郭青云的逻辑。

第3节　戴紧箍咒的分析师

"今天约大家一起来坐坐,没有别的目的,就是闲聊。茂胜和才喜都已经非常熟悉了,给你们介绍一下这位行业大佬,星通科技的杨鹏飞杨总。"

郭青云看大家都已落座,便做了开场白。

"久闻两位高人的大名,我是杨鹏飞,特意向二位来请教和学习的,今天不用客气,我请客。"杨鹏飞显得非常客气。

"你们俩今天是唱哪一出戏,在这耍贫嘴。"高才喜丈二和尚摸不着头脑。

"估计没安什么好心,我们俩还是悠着点。"周茂胜就像说相声一样捧哏。

"开个玩笑,玩笑,免得你们太正儿八经。"杨鹏飞赶快圆场。

郭青云找的这个喝茶的地方在商场里,日式风格,枯山水点缀在走廊的各个角落,每个包间都是推拉门,门口的鞋摆得整整齐齐,有新鞋、有旧鞋、有球鞋、有布鞋、有高筒靴、有皮凉鞋、有擦得锃亮的、也有感觉是穿了有些年头的古董。

周茂胜每天西装领带皮鞋,高才喜每天白衬衫花领带,都是讲究人。因为不确定今天要见什么人,只好每天都保持随时可以约见政府领导和大客户的装束。一方面显得自己精神,另一方面也是对对方的尊重。杨鹏飞还是那副打扮,牛仔裤红袜子。郭青云穿了一套亚麻布的唐装,倒是和今天喝茶的环境很搭配。

大家都是见过世面的人,这种店要求客人必须脱鞋才能进去,地上只有垫子,大家都不喜欢跪着,好在店家很体贴地在桌子底下掏了个下沉的空间,大家可以坐着聊天。由于没有靠背,周茂胜和高才喜两个人挺着腰杆坐得溜直,郭青云猫着腰驼着背保持放松状态,杨鹏飞斜着身子拿着平板电脑在滑来滑去。房间里没有大和民族歌姬音乐的叮叮咚咚,反而是古琴曲《渔舟唱晚》回荡在所有的缝隙。

　　高才喜是智邦通信的董秘，智邦通信是通信领域板块和物联网领域板块的头部上市公司，这几年犹如一骑绝尘，不仅在国内，乃至全球，都在引领这个行业的发展。

　　周茂胜是湖海证券的首席分析师，专注于通信领域和物联网领域板块。周茂胜在美国读过书，之后留在高盛工作了几年，然后回到国内就职于湖海证券，热衷于金融模型，他的分析报告被很多投行认可，在行业内很快就有了非常高的知名度。

　　周茂胜属于海归派，高才喜属于土鳖派，是在国内土生土长的董秘，看不惯理论派，实战经验充足，注重实用性。

　　"茂胜，我看了你们最近写的行业研究报告，你觉得有价值吗？"

　　当杨鹏飞和穿着汉服的小姐姐在确定点什么茶的间隙，高才喜问周茂胜。杨鹏飞一愣，郭青云也吓了一跳，今天是来闲聊天的，怎么一上来就感觉到高才喜的火药味有点浓。

　　"等会儿，高总今天吃枪药了？火药味咋这么大？"郭青云赶快打圆场。

　　郭青云在大家还没缓过神的间隙，随即问道："高总、周总，你们喝什么茶？这里的茶叶品质还不错。"

　　"随便。"高才喜不耐烦地说。

　　"先生，抱歉，我们这里没有'随便'这款茶，只有名山大川的各种好茶叶，你要不要都品尝一遍。"穿汉服的小姐姐说完后便莞尔一笑。

　　"开玩笑，开玩笑，正山小种。"周茂胜恢复成惯常的语态。

　　"今天我们是喝茶，不是喝酒，是败火的，不是上火的。"郭青云说道。

　　高才喜冲大家笑了笑，说："我怎么可能上火，就是随便聊聊。茂胜，关于你们写的分析报告，我如果不看，总怕你们胡说八道。如果看了你们的报告，总能气出点心脏病来。说实在话，真正有用的观点太难找到了。"

　　高才喜一点都不客气，不只是针对周茂胜，作为行业头部上市公司的董秘，他对所有的券商分析师几乎没有一个是有好感的。

　　周茂胜想反驳，但话已到嘴边，硬生生给咽了回去。郭青云和杨鹏飞也略显尴尬，不知道该如何引导话题。

　　"还有，你看看你们同行的分析报告，为什么内容都差不多？难道你们也擅长山寨和拷贝？"高才喜觉得还没说过瘾，再补一刀。

　　周茂胜气得脑门直冒青烟，哪受过这种气。他一路读书都是学霸，在美国名校毕业,并在四大行之一的高盛工作了好几年,看到国内的大好光景,才毅然决定放弃美国的高薪打工生活,为此老婆和他还别扭了好几个月,最后结果就是老婆孩子继续待在美国,他只身一人回国来闯荡。

可在高才喜面前,他只好默默地收拾起内心的波澜,上市公司的董秘是自己的财神爷,尤其是头部企业的董秘,不管人家能力如何,都得当大爷来伺候。

"高总,我们也有难处,合规要求对我们的限制很多,这不能说那不能写,能说能写的大家都差不多,只是观点角度稍有区别而已。更何况,大多数的分析报告都是实习生写的,他们根本就不了解你们,也不了解行业的真实动态。"

周茂胜刚开始回国的时候,对谁都是抬着头,但现实太残酷,人在屋檐下,不得不低头。

周茂胜继续说道:"我需要和你详细沟通,并且很多沟通结果不会在公开场合发布,像我们平常对外公开发布的研究报告都是面向散户的,引导散户和机构的步调一致,我们真正的观点只和机构分享,所以面子和里子都要有,这方面你比我们更专业。"

周茂胜适时地夸一夸高才喜,高才喜很吃这一套。

"首席,我想咨询一下,像我们星通科技这种非上市公司,你们会花心思研究吗?"

周茂胜作为首席分析师,杨鹏飞难得抓住此次机会,很想了解一些他的知识盲点。刚开始做芯片销售的时候,杨鹏飞所有的心思都在开发新客户方面。现如今,对于资本市场的各种神仙操作,杨鹏飞的兴趣度远远高于自己的本职销售工作。

"杨总,虽然你们不是上市公司,但你们是行业领军企业,也是智邦通信这类上市公司的供应商,你们的业绩以及客户的倾斜将影响他们的发展空间,所以我们对你们这类公司也非常关注。"

"我们星通科技正在筹备 preIPO 融资,计划登陆科创板,你觉得我作为销售总监在这段时间该做些啥事情?"杨鹏飞干脆直白地说出了自己的焦虑。

高才喜抬头看着杨鹏飞,说道:"你作为公司高管,按理说你们老板或董秘会要求你们闭嘴,不能在外面瞎逼逼,影响公司的正常上市进程。"

杨鹏飞挤出一丝难堪的笑容,说道:"按理说,公司能否上市和我说没说什么压根就没什么必然联系,很多人找我问这问那,有打听员工持股的,有打听投资人背景的,有打听公司明年考核指标的,还有打听老板私生活的,林林总总,我都不明白了,这些人是吃饱了没事干,还是另有所图?"

"杨总,如果你对企业上市感兴趣,虽然你不属于决策层,但总归会有一些场合会让你参加。因为你了解客户,了解竞争对手,也许你不了解财务,不了解券商,不了解上市流程,没关系,你可以留意各种细节,观察其他人如何应对。标榜着为公司考虑的大旗,对你感兴趣的千万不要不好意思,如果老板没有明确制止你,尽管去参与,哪怕做个听众都行。"

"杨总,首席的话听明白了吗,只要脸皮厚,没有你干不成的事。"郭青云习惯性抓住一切可以调侃杨鹏飞的机会。

杨鹏飞不住地点头,带着一丝谄媚的态度说道:"那你们要多教教我,我不明白的还要向你们多多请教,千万别嫌我烦哦!"

"杨总,学那些皮毛没有用,教科书上的都不要相信,要不要我教你一些内幕和手段。"高才喜乐呵呵地说。

"当然好啦,求之不得,求之不得。"杨鹏飞非常开心。

"你会不会把杨总带到沟里?"郭青云调侃道。

"星通科技上市还早着呢,杨总,你慢慢学吧。茂胜,你们愿不愿意做空?"高才喜嘬了一口热茶,转头向周茂胜狡黠地问道。

"哈哈,高总,你就直说呗,难道你是想让我们对你们的竞争对手做空吗?"周茂胜直截了当。

太极就是这么打的,不是业内人士有时候还以为是两个疯子在聊天。郭青云略知一二,杨鹏飞一二略知。

"我们就是卖方分析师,我们的客户是愿意付费的基金公司,可这些基金公司在中国只能做多才能赚到钱,我们没有类似浑水这样的公司。我们只有唱多,才有利于基金公司,所以我们只能变着法子夸企业,对企业的负面消息根本就不能提,也不敢提。"周茂胜道尽了行业的痛苦。

周茂胜在高才喜面前也不想隐瞒,他觉得高才喜很懂,只不过是在试探自己,与其闪烁躲避,还不如坦诚相待。

"我们的收益,主要与基金公司有关,他们在我们券商交易平台上有交易,我们才有佣金,我们还能获得分仓收入。所以呢,基金公司要盈利,我们要生存,在双重利益的驱使之下,唱多是我们的理性选择。"

高才喜觉得周茂胜并不是那种喜欢藏着掖着的人,因此在态度上也缓和了很多。"券商养着你们这么多分析师,是不是就像我们企业的销售,需要你们多挖掘一些值得炒作的上市公司标的? 所以也不存在你们所说的独立性和客观性。"

"我们国内没有靠揭短发布负面评级的机构,像浑水公司就是做空机构,有很多中概股都被他做空过。现在一些大基金公司还养着一些买方分析师,只是给自己公司提供内参的。作为券商的分析师,基本上就是卖方分析师,也许在若干年后才会出现独立分析师。"

周茂胜横跨中国证券市场和美国证券市场,经常需要切换思维模式来分析不同的上市公司。

做空机构有很多,包括浑水、匿名分析、美奇金、哥谭市等,其中在中国知名度最高的就是浑水公司。创始人卡尔森是一个中国通,在香港成立了浑水公司。据他所说就是借用了中国成语"浑水摸鱼",既指自己是专门调查在资本市场里浑水摸鱼的公司,又指自己只有先把水搅浑,才能在浑水中摸到鱼,简直是一语双关。

浑水公司选取的做空标的主要是在美股、港股上市的中概股。这些年遭到做空的中概股包括瑞幸咖啡、展讯、58同城、分众传媒、新东方、安踏体育、百济神州、趣头条、金蝶、波司登、周黑鸭等。被做空的公司命运大多是三种结果:公司摘牌退市、股价被动拉低、股价大幅波动。

这些上市公司就是做空机构的猎物。当目标被选定之后,做空机构以融券的方式向券商借来这家企业的股票卖出,然后宣布其早已调查准备好的利空消息,等股价大跌之后再买回股票还给券商,进而实现从中套利。

做空和做多是相反的存在,做多是低买高卖,换句话说做多就是你看好一只股票,然后花钱买入,等股价上涨之后再抛掉,从而赚取差价,这是我们普通人炒股的逻辑。做空就是你不看好这只股票,预计未来它会下跌,所以你肯定不会去买,而是要卖出,但你手上没有这只股票,通常做法是从中间商手中借入股票把它卖掉,然后等股价跌了之后再买回来还给中间商。

我们以韭菜为例,假设今天的韭菜价为10元一斤,当你预估到韭菜价格明天会暴跌的时候,你今天就向韭菜供应商借1万斤韭菜并且卖掉,获得10万元,等到明天韭菜价格真的跌了,比如跌到了5元一斤,你就用5万元在市场上买1万斤韭菜还给韭菜供应商。经过这么一操作,就意味着你从中可以赚取5万元的中间差价。

如果这个场景出现在股市里,那你就是浑水公司,韭菜就是被做空的上市企业,韭菜供应商就是券商,如果浑水卖出股票后股票下跌50%,就意味着浑水大赚了50%。

"上市公司造假犯错是大恶，浑水发起针对上市公司的做空就是小恶，这些做空机构的手段就是以小恶制大恶，一物降一物。"高才喜叹道。

高才喜作为上市公司的董秘，也承担了非常大的风险，只要合规合法，挣多挣少都踏踏实实。可公司又不是自己一个人说了算，那么多环节，万一被做空机构盯上，就像是在光头上逮虱子，一逮一个准。

"做空机构也是无利不起早，如果真的是起到辅助监管作用，对国家对社会都是有利的。可现如今美国司法部已开始对做空机构发起调查，确定其是否通过提前分享做空报告，或参与非法交易策略来压低股票价格。"

周茂胜只是知道做空机构的玩法，并没有实际参与过。

"有意思，是不是这些做空机构太过分了？"郭青云插话道。

"做空机构一方面标榜自己的正义感，一方面有些机构已经变成了华尔街大型投行机构的马前卒，如果真的形成这种事实上的格局，那美国证监会肯定也是难以容忍的。"周茂胜认为这是利益驱使的结果。

"有个时髦的名词，做空机构也被称作'红棍打手'。"周茂胜补充道。

高才喜和周茂胜聊天，郭青云和杨鹏飞只有听的份儿，要学习的东西实在太多了，聊天可以快速找到自己的盲点和学习的兴趣点，大家各取所需。

"现在对我们的监管可严了，包括我们的电话、短信、微信以及面对面的沟通。我已经不写分析报告了，通常是我下面的分析师在写。我要么是在上市公司调研，要么就是在机构进行路演，我要成为券商、基金和上市公司的最佳分析师，而不是散户的最佳分析师。"周茂胜对自己有清晰的定位。

周茂胜为了表明自己的观点，继续说道："我们有自己的观点，尤其是负面的观点，即使是发现了问题也不敢披露，只有在私下交流的时候我们才能互通有无。在公开的调研报告中，我们都是强烈推荐，谨慎推荐都很少，更别说是中性评级。如果是基金的重仓股，更加不敢给卖出建议。我不想给自己找麻烦。"

"那你们就是要取悦基金经理了？"

杨鹏飞忽然觉得头顶各种光环的券商分析师也不容易。

"哈哈，基金经理是我们的客户，是我们的钱袋子，我要让他们赚钱，或者说少亏钱，每年还要靠他们给我投票。我作为新财富最佳分析师，我的工资、我的地位、我的首席才能保得住，我才有机会和基金经理交流真实的想法。"周茂胜也不想隐瞒。

一环扣一环，周茂胜也是在工作和交流中慢慢体会到行业潜规则的厉害。

"如果是牛市,你怎么推荐都不过分,反正大家基本上都能赚到钱。"高才喜直截了当。

"确实是,只有在牛市我才能快速赚到钱,熊市我们会更惨,大家都在跌,我要靠什么才能给基金经理靠谱的决策依据? 我们就是商业间谍,要和你们董秘聊天,要和董事长聊天,还要和内线聊天,和竞争对手聊天,为了佐证这些信息的真伪,我们用尽所能。"周茂胜也头疼熊市。

"难道就没有真实的分析报告吗?"郭青云不无纳闷地问。

"当然有了,我们也分三六九,也分高中低。市场上公开的分析报告通常是菜鸟做的,这些人大多数是名牌大学毕业,国内国外的都有,主要是入行不久,他们每天的主要工作就是在网上找数据,然后复制粘贴,再拷贝一些同行的分析报告。"

周茂胜喝口茶继续说道:"对于资深的研究员,每天非常规律,早上先看盘,做点公司的事情,下午收盘后就把手下人找的数据进行分析,写份总结报告,预测一下未来走势。最后把报告发给公司决策部门。在合适的时机,再对外发布针对特定行业的研究分析报告。"

郭青云好像悟出了点门道,随即说道:"我好像听明白你们所说的关键了,也就是说,茂胜你们发布的这些行业分析报告到底有多少含金量,作为券商分析师和上市公司的董秘,你们是揣着明白装糊涂,自己在决策的时候根本不会参考这些公开的行业分析报告。"

周茂胜呵呵一笑:"是不是觉得有点讽刺? 我也觉得你这么说确实有点过分。我们把握大方向还是可以的,尤其是经过总部加工过的研究材料,准确率应该能达到八成以上。"

"在实际操作过程中,如果只是用这些公开材料,必死无疑,很多散户韭菜们都是上了你们这些人的当。"高才喜时不时再踩一脚。

"当然了,还有我们券商的内参,大多数人看不到,有些人有钱你也不一定看得到。这些都是精华之中的精华,是公司顶尖高手的集思广益,最后由公司智囊团决策制定。"

周茂胜为了给这个行业挽回点面子,只好忍着气说道。

"那有人买吗?"

"当然有人买了,大多数是央企、大型国企和跨国公司,他们的决策周期很长,变量因素也很多,当然也愿意出大价钱,主要就是非常看重对未来的预判。"周茂胜终于可以谈谈分析报告的商业价值了。

　　周茂胜为了卸掉高才喜对固有认知的防范神经，只好改变一些策略。把手中茶杯的茶汤喝掉之后，便继续说："这和四大行一样，比如高盛的分析报告是分级别的，出什么价钱看什么报告。写内参的人都是人精，在行业内混了几十年，啥都懂，啥都干过，经历了多个经济周期，熊市怎么干，牛市怎么搞，懂经济、懂金融、懂行业、懂产业链，他们的逻辑非常清晰，价值体现在哪里，竞争结构又是如何，横向剖析、纵向肢解，如果你以后有机会看到这些报告，外行立马变内行。"

　　周茂胜卖起了关子。

　　"有这么神吗？我们都不知道自己的股票啥时候涨，啥时候跌，到底是谁在操盘，这只无形的手到底是谁在操纵？"

　　高才喜没买过这些内参报告，也不愿意花这些冤枉钱，他反而更相信自己的直觉。

　　"你说为什么会有很多人想进入金融行业，还不是为了赚钱吗？这个行业天天和钱打交道，我理解的成功标志就是看你积累的财富有多少。"杨鹏飞终于找到一个聊天的间隙插话道。

　　"很多人连本职工作都做不好，就想着进金融行业实现暴富的梦想。券商、银行、保险、股票、期货，不管懂不懂金融，甚至都看不懂财务报表，就一门心思想赚大钱。"高才喜虽然看不惯这些现象，但自己也是这么一步一步走过来的。

　　"哈哈，为啥股市有人赚钱有人赔钱，有人站在食物链的顶端，就必然有人会被踩在食物链的底端。股市里的韭菜比较多，基数也比较大，我们券商分析师如果服务不了高端人士，也得忽悠这些韭菜和我们一起打配合。"周茂胜很清楚自己的价值所在。

　　"我只需要和基金经理形成默契，不管是公募还是私募，他们才是我的座上宾，我的股票能不能增发成功，我能不能从股市上融到资，决定权不在散户。小散韭菜是你们的重点，你要让他们躁动起来，大家的节奏才能走上正轨。"高才喜认为券商分析师的真正价值就是这些。

　　"你说得没错，我们也是不可或缺的，我们就是喉舌，我们愿意做你们上市公司背后无形的手。"周茂胜就差说自己是红棍打手了。

　　"难道你们采用的这些手段别人不知道吗？"郭青云纳闷地问道。

　　"只有行内人知道，大多数散户不喜欢研究，总喜欢听小道消息，我们就是专业的小道消息传播者。"周茂胜调侃道。

　　"网上有很多文章在分析和批判，但很多人感觉是在故意回避，不愿意深究这些。另外高校里教的理论知识,什么经济学,什么货币论,与实际严重脱钩,上学时候学的很多东西基本上没啥大用。"

高才喜一直觉得自己是在工作中才知道如何有效学习,大学那会儿就是在浪费时间。

"其实券商分析师是非常稀缺的,很多毕业生不了解行业,不了解社会,不了解人性,考试成绩再好,都无法立刻胜任。必须熟悉产业链,拥有足够的人脉,还要经历过大周期,牛市阅历要有,熊市阅历也不能省。很多公司就是不愿意培养新人,因为成本太高,挖墙脚、跳槽的变成常态了。"

周茂胜一直觉得自己就是这个细分领域的金字塔塔尖。

"那什么样的人才是有经验的券商分析师?"郭青云问道。

周茂胜想了想,说道:"有经验的券商分析师必须会听、会写、会讲。会听就是能听出弦外之音,比如很多董事长不会把话说全,只会透露一点点风声,那么你就要能揣摩出一二三来。会写就是整理和组织分析报告,有理有据有数字,图表文字美工样样都不能差。会讲就是在路演的时候可以滔滔不绝,蛊惑人心的能力非常关键。"

"你说的这些是券商分析师的基本功,还是像你们首席分析师才具备的能力?"杨鹏飞好奇地问道。

"杨总,你这话让人家咋回答,就像问你一样,芯片研发工程师和技术总监的能力区别在哪里,你又会如何回答?"郭青云调侃道。

周茂胜冲着杨鹏飞说:"其实,杨总的问题很有哲理。我现在虽然是首席分析师,但是我很苦,更为苦逼的是很多人认为我们很风光。我有时候也会怀疑自己,甚至怀疑我自己是不是一个骗子。"

示弱,尤其是在重点客户面前的示弱,才是做大客户的拿捏之道,这方面周茂胜深信不疑,高才喜因此深深地喜欢上了周茂胜。

"你想啊,你们公司的研发人员不用关心市场销售,只需要把东西做出来就行。而我们呢,作为券商分析师,我们在内部就是研发人员,和上市公司打交道就是市场人员,和公募私募打交道就是销售人员,对股市散户来说我们就是专家,在企业高管面前我们就是商业间谍,我们还得拥有强大的心理素质,见人说人话,见鬼说鬼话。"周茂胜不由自主地吐槽自己所在的这个行业。

"别把你说得那么可怜,哪个行业不内卷,哪个行业不是考验综合素质的?"高才喜现在开始喜欢和周茂胜聊天,一方面是有很多信息可以交互,另一方面就是周茂胜的言谈论调让自己觉得舒服。

郭青云忽然觉得聊天的氛围云开雾散，便问道："像你这样的分析师多吗？"

"你觉得券商分析师多吗？我觉得并不多，在每个细分行业领域，像计算机板块、通信板块、物联网板块等等，每个板块全国最多也就 100 多位分析师，还参差不齐，这么来讲并不算多。"周茂胜觉得自己就是细分行业领域的全球顶尖分析师。

"那你怎么看每家券商研究员的分析报告？"高才喜反问周茂胜。

"说实话，大多数老百姓看到的分析报告，雷同的比较多。这主要是卖方市场和监管诉求之间的博弈。作为卖方分析师，如果你没有态度那就不会有买方，如果态度过于鲜明则会违背监管诉求。这其实很微妙，很多人不一定理解这其中的弯弯绕绕。"

周茂胜说的确实是实话，喝了口茶继续说道："如果最近某家上市公司的券商分析报告集中出现，态度都是买入或增持，那它的关注度必然会提升，同时流动性也会加强，反映出来的结果就是股价的波动和换手率的提升。"

郭青云组织了一次券商行业分析报告研讨会，邀请的对象是企业老板和公司高管，周茂胜受邀来给大家分享一下他的认知。

周茂胜依旧是西装、领带、皮鞋，一丝不苟，站在 LED 屏幕之前给大家分享。

当你最近发现某家上市公司的分析报告集中公布，都是买入或增持的建议，那你也得冷静思考。这么多卖方出报告，肯定有上市公司的诉求，最终效果是影响股价的波动。散户很热闹地攻防结合，大基金加仓或出货，上市公司完成新一轮的目标。

对于白马股，其业绩大概率是增长，若股票价格被严重低估的话，可以大胆加仓来赚取企业未来成长的收益。对于概念股，需要慎重选择，警惕其透支未来的空间，尤其是关注激进策略背后的利益链条，不要急着下结论。对于黑马股，大多数时间没人关注，基金仓位也很低，如果出现业绩反转，会倒逼基金减仓，适合中长线策略。

如果你觉得每天都露面的股评家是大忽悠的话，那么券商研究员的分析报告呢，他们也不靠谱吗？

针对物联网领域的上市公司……

尽量看一些行业领域的深度报告，从整个产业链来剖析，这样你可以快速熟悉这个行业，了解每家上市公司的优劣势，通过竞争态势和发展趋势来研判，当你拥有清晰的逻辑之后，就不会被那些荐股专家带偏。

郭青云本来没有邀请杨鹏飞，当杨鹏飞得知此次会议之后，就打电话非要过来参会，郭青云拗不过他，只好答应杨鹏飞来参会。

杨鹏飞非常欣赏周茂胜，觉得能从他那学到很多知识。

杨鹏飞已开始盘算他的小心思。

若自己以后成立公司，一定要把周茂胜挖过来做董秘，前期融资、公司上市、未来套现，都靠他了。

第4节　全球化思维

上海,冬天,阴冷潮湿。

上海本地人总是那么勇敢,穿着厚厚的睡衣在屋子里瑟瑟发抖,宁愿抱着暖宝宝也不愿意把空调打开。

在北方我们经常会说:"快,进屋里暖和暖和。"

在上海我们会经常听到:"走,我们到外面晒晒太阳。"

在新冠疫情暴发的前一个年头,也就是在2019年1月,杨鹏飞和郭青云一行人落地曼谷机场,热浪扑面而来。

这次主要是和泰国的运营商交流,同时举办一场关于蜂窝物联网高峰论坛,真正的目的是想把国内优势企业资源和泰国运营商实现对接。从名单上看,国内来了十几家公司的人,从不同的城市飞抵曼谷。

郭青云拖着一个行李箱,上面挂了个电脑包。杨鹏飞拖着两个行李箱,一个是他的,另一个是方菲菲的。杨鹏飞对美女的殷勤是渗透到骨子里的,到哪里都是一副服务客户的样子,不让他服务一下他都觉得难受。

异国他乡的机场和国内的机场在布局上没什么区别,最大的不同也许就是看不懂的泰国文字,感觉有点像藏文,又有点像蒙文。

郭青云在工作后才开始坐飞机,刚开始的时候,感觉一切都很陌生,一切都很无助。后来因工作原因每周都要飞,对机场就如同逛菜市场一样。这次来泰国开会,郭青云的好奇感扑面而来。路边的植物和国内完全不一样,空气中弥漫着浓厚的咖喱味道,汽车一律靠左行驶,完全和国内相反。郭青云好奇地盯着右侧驾驶的出租车司机,心里想如果自己在泰国开车,会不会吃到很多罚单。

好在现在有智能手机,地图导航不是问题,简单翻译也不是问题,还有那么多热心人士写的游记，都是你在异国他乡的安慰剂。

"我在国内旅游的时候，基本上都是自助游，很少跟团游。有一次被天安门附近热情的北京一日游骗了之后，就再也不信任跟团游了。之前我不理解为何有那么多人喜欢跟着导游去玩，现在才明白，主要是害怕。当我从农村到城市，从小城市到大城市，从熟悉的地方到陌生的地方，彷徨和无助来自内心深处。随着阅历的增加，才可以应付任何陌生的挑战。而有些人，不敢挑战未知，跟着导游意味着有依靠，导游让干吗就干吗，出了问题有导游顶着，自己图个安逸。"

郭青云在出租车里侃侃而谈，司机自顾自地开车，也听不懂郭青云在说些啥。

与方菲菲和杨鹏飞相比，郭青云的出国机会比较少，对国外的陌生就像小地方对大城市的陌生一样。

"二十一世纪最成功的女性，就是可以全球移动的女性。菲菲，像你每年要去几十个国家几十个城市，就属于全球最成功的女性。"

杨鹏飞夸赞方菲菲的逻辑，和别人就是不一样。

"得了吧，我飞遍了几乎全球所有的大城市，逛遍了几乎所有城市著名的OUTLETS（奥特莱斯），不停地倒时差，不停地开会，一想到飞机上难吃的盒饭我就想吐，我们是在折磨自己，哪是什么享受。"方菲菲对飞机的吐槽，不亚于快递小哥对电梯的不满。

方菲菲把近视镜收到盒子里，不仅眼镜精致，眼镜盒也非常讲究。她从包里摸出来另外一个大号的眼镜盒，掏出一副超大的墨镜，镜架采用孔雀蓝和黑曜石的撞色设计，戴上去把整张脸遮去了近乎一半，整个人一下子从斯文女生转变成了时髦女郎。

"记得在机场免税店给我买化妆品。"

郭青云老婆每次都会提醒，根本不会关心他吃了啥，飞机要飞几个小时。好在她会开车去机场接老公回家，如同迎接她心爱的化妆品一样。

"我又不认识那些品牌，买错了你还抱怨。"

郭青云每次被吩咐买化妆品，总有一千个不情愿。一个大老爷们往女人堆里一扎，浓妆艳抹的美女一会儿推荐这一会儿推荐那，热情得都不知道该如何招架。

在付钱的时候，才知道女人每天要给脸上抹多少钱的东西。有很多女人说她们每天化妆要一两个小时，左眼皮画一下十块，右眼皮画一下又十块，左脸颊扑一下粉十块,右脸颊扑一下又十块,上嘴唇涂一涂十块,下嘴唇涂一涂又十块,打底液、闪光粉,左边搞搞、右边搞搞、上边修修、下边修修,这功夫要是去盖房子,那绝对能获"鲁班奖"。

全世界的机场好像都一样,免税商店给你的优惠刺激着大家的脑垂体,让你感觉这些东西就跟不花钱一样,并且还要你争分夺秒,因为登机关舱门的时间就快要到了。

"在未来五年之内,国内的智能终端产业链将占据全球 60％以上的产能,很多在国内已经立足的企业,必须瞄准全球市场。我相信,如果国内企业做好出国的准备,很多行业都抵挡不住你们超高性价比产品的诱惑。"

郭青云在行业论坛上鼓动这些物联网企业尽量出海。

"东南亚、日韩澳、欧洲、中东、南美、北美还有非洲,都是大家的主战场,我们要向美国企业学习。美国有很多小企业,几个人或者几十号人,就敢号称是全球化企业,业务遍布世界各地。"

郭青云觉得国内的企业在这方面一定要学习,不管公司规模有多小,也要胸怀全球,向往世界各地的大市场。

"为什么这几年国内的物联网行业发展很快,反倒是海外的热情没那么高,很多领域都还停留在非常原始的阶段?"有听众问道。

"谁告诉你国外对物联网的热情度不高,别被那些自媒体带歪了节奏。国外的发达地区已经找到了劳动力上升和提高生产效率的平衡点,而我们国内,最近这几年面临最大的压力就是劳动力成本逐年抬高,还要应对市场残酷竞争下的生产效率提升。"

郭青云经常利用自媒体发布文章,表达自己对行业的认知。对于一些自媒体的偏激言论,搞得他也无所适从。

"那你的意思是发达国家已选择躺平,能用就用,不能用就不用。而我们还要与命运斗争,我命由我不由天?"那位听众继续发问。

"你可以这么理解。论勤奋程度,我们当之无愧;论生产效率,我们尚需努力。在各种信息的刺激之下,在各路销售大军的围攻之下,用机器代替人,已然成为当下很多老板的首选。能用机器的尽量用机器,能不靠人解决的尽量不要用人。这也是我们这些年很多行业受到最大的冲击。"

郭青云尽量让听众理解自己的逻辑。

"工厂车间在用机器换人,我们很容易理解,但是,还有很多行业需要人啊,比如设计机器人的设计师。"这位听众把论坛当成了讨论。

郭青云不得不强调:"设计机器人的人不需要那么多,顶尖的一些人就足够了。现如今,机器换人只是智能制造的初级阶段,未来的智能制造还要打通供应链、运维系统、销售系统等等。还有很多行业,都在通过物联网手段替换大量的人力需求,比如:电子警察替代了交通警察,ETC不停车收费替代了高速上下匝道的收费员,电商都用人工智能技术替代了人工客服,巡逻有巡逻机器人,扫地有扫地机器人,日本还有名叫'妻子'的老婆机器人。"

郭青云只好举一些案例来佐证自己的言论。"再加上我们国内的很多企业很进取,另外一种表达就是内卷很厉害,竞争白热化,也造就了大家喜欢用新技术升级换代,这三十多年的市场经验证明,只有积极地拥抱新技术,你的企业才会脱颖而出。"

国内的产业链,已经卷出了一个新的高度。

如果想寻找新的突围,就必须把范围扩大,把触角延伸到全世界。凭借国人的进取精神,走出国门是迟早的事情。但是,我们又不能依赖媒体的宣传和报道,耳听为虚、眼见为实,找到适合自己的路子才是最有价值的做事方法。

到了10月份,又是一年秋高气爽的时节,东京举办物联网展览,郭青云约大家去日本转转,看看日本的物联网发展阶段和国内有什么不同。

在去日本交流之前,郭青云对日本的印象非常片面,信息渠道仅限于新闻媒体和朋友们的饭后茶余。

日本人做事认真,但也有大品牌公司作假;

日本人喜欢创新,但在智能手机时代也落伍了;

日本人着眼国际,但朋友告诉我有小礼而无大义;

夹杂着历史和摩擦,不能要求大家的理解都一致;

······

落地东京机场的第一印象就是:出租车真贵。

从成田国际机场到东京市中心酒店,打车大概需要人民币3000块,都赶上了从上海到东京的机票价格了。相比之下,差不多的距离,从浦东国际机场到上海市中心酒店,打车也就不到300块。

郭青云舍不得,最后乘火车赶往东京市中心,到酒店附近再打车。

在东京国际会展中心参观物联网展览,每家的展台面积都不是很大,就像日本的饭店一样,小,并且挤,大多数展台都会安排日本姑娘发放礼品和邀请观众进展台参观。虽然听不懂，但能体会到人家的热情，郭青云只好装作淡定，任你日语如何，我自岿然不动，你说你的，我看我的。

　　每家展台都会分出一块区域，做不同的演讲，站着的，坐着的，有些展台人多点，有些展台人少点，不管是 1 个人，还是 10 个人，演讲者普遍激情四射。

　　日本的物联网展览，人流密度还可以，大多数都是黑压压的西装，偶尔一些女孩穿着和服或者学生装，但整个会场不会很吵，秩序井然。

　　日本企业的物联网产品相对精致，仅看外观就知道他们的认真，但管理软件界面相对简单，对于智能功能的提升，确实不如国内公司激进。

　　会场闭馆之前，所有工作人员都在自己展台聆听主管训话，就像理发店和房产中介在门口的集体宣誓一样。

　　日本人喜欢自己定义行业标准，不像国内很多专家，不是学习美国就是效仿欧洲，美其名曰是要和国际接轨。

　　日本有很多行业联盟，别看地方小，只要是行业的，都会制定团体标准。一旦确定了之后，外人就别想进来撬动这个市场。

　　在高科技行业，日本开始逐渐接受一些国际标准，国内的企业最多是给他们提供一些半成品，最终的智能终端和运营服务，必须是日本企业才能做。

　　虽然日本的道路指示牌有很多中文繁体字，自己随便跑也不会迷路。但和日本人面对面交流的时候，语言不通带来的代价是至少降低了四分之三的沟通效率。

　　日本有很多产品在全球都有很高的竞争力，比如汽车、芯片、新材料、零部件等等，但在和互联网、云计算、大数据、物联网、人工智能等相结合的新兴高科技领域，日本企业很难走出国门。

　　国内有一些高科技公司非常想挺进日本市场，但大多数的结果是铩羽而归。

　　郭青云原计划是想带一些国内企业进军日本市场，但在参观了东京物联网展览，以及和一些日本企业交流之后，坚定地打消了这个念想。

　　郭青云和大家来到一家海鲜饭店，是常驻东京的哥们带大家来的，说是东京非常有名的海鲜料理，一定要带大家品尝品尝。

　　一进门吓一跳，我们日常习惯的海鲜饭店肯定是装修得金碧辉煌，包间的大门和 KTV 的大门都是同一档次的。可眼前号称著名的海鲜饭店，竟然还不如国内的味千拉面敞亮。国内两人座的桌子，在日本要坐四个人，大家的包包都放在地上，如果伸个懒腰或往后靠一靠，有可能会和隔壁桌的美女实现头碰头。

海鲜味道确实不错，和国内的做法大相径庭，对美食爱好者来说，环境已经不再重要。由于桌子太小，只能上一套撤一套，遇到吃得慢的，就只能盘子摞盘子，不光是我们这一桌，环视四周大家都一样。

"你是不是不建议国内企业来日本拓展市场?"

杨鹏飞觉得郭青云对日本有偏见，话里话外都透露着带刺的音符。

"不是这个意思，我是说物联网产业联盟不会把触角伸向日本，如果有物联网企业想拓展日本市场，最好是找个当地的代理商，由本地人帮忙来拓展市场，并且还不能有太高的奢望。"

郭青云顿了顿，觉得是杨鹏飞在给自己挖坑。

"那你觉得欧洲市场呢，值不值得去拓展?"杨鹏飞继续问。

"欧洲市场值得花点心思，对于物联网行业，欧洲本土的智能硬件公司已经很难再冒出来新企业了。欧洲市场主要有三股势力：一股势力是欧洲本土老牌企业，很多企业在国内成立了合资公司；第二股势力是美国企业；第三股势力是国内公司。一些本土的公司抵抗不住美国企业的冲击，纷纷和国内企业进行合作，有合资的、有贴牌的，凡是会利用国内廉价劳动力资源和产业链资源的企业，在欧洲都过得还不错。"

郭青云对自己的观点很笃定，至于听者接受不接受，就管不了那么多了。

"你能不能总结一下，全球各大板块的市场策略如何制定?"

杨鹏飞觉得还不过瘾，逼着郭青云继续。

"我觉得不管你的企业实力如何，建议直接放弃日本、韩国，玩不出花样的。欧洲市场需要花心思寻找战略合作伙伴，联合他们和美国企业抗衡。在进军美国市场之前，一定要做好备胎计划，他们喜欢制定规则，也善于利用规则，实在不行他们还会变更规则，如果真的觉得自己可以，就勇敢地去掰手腕。东南亚市场是个聚宝盆，用20世纪80年代、90年代美国对付中国的手段，可复制可借鉴，生意总归会有的。中东只要能躲开战火，有很多生意值得挖掘。"

郭青云用纸巾擦了擦嘴巴，又把手指头缝的油渍擦干，一张干净整洁的面巾纸瞬间变得面目狰狞。

"澳洲的生意有两面性，如果你想移民澳大利亚或新西兰，倒是可以考虑那里的生意。很多老板的副业在那里，比如小孩在那边读书，顺便收个葡萄酒酒庄，或者往国内贩卖点牛肉和奶粉。有些人喜欢南美洲的生意，有些人不喜欢南美洲的遥远。如果你担心收不回货款,就要做好以物易物的商业模式。寻找代理人是个不错的模式,当地的合作伙伴比你积极。非洲的生意就算了,美颜手机就已经让他们很疯狂了,智能化的物联网应用也许还有些遥远。"

郭青云一边品尝着海鲜美食,一边信口开河,心里还盘算着以后要去各个国家实地考察考察,看看自己的论断是否靠谱。

第5节　虚拟老板

新技术层出不穷,新业务百花齐放。

"我要打造一个虚拟数字人,作为我们智邦通信的形象代言人。"

金腾川有点开心,自打公司上市之后,他就对新生事物特别感兴趣。公司的主营业务是通信模组,属于智能硬件领域。做硬件的经常自嘲是搬砖的,微薄的利润、残酷的竞争、快速的迭代、清零的生意,核心要素就是市场竞争力不足,这些都是这个领域老板的心头之痛。他们很想涉足软件领域,很想实现平台商业模式的叠加生意,但又不能啃别人的骨头,只有蛰伏,伺机等待最佳时机。最近,元宇宙打开了金腾川心中的羁绊。

"金总,你可以克隆一个你自己,就叫'金腾川·二世',然后你就坐在办公室,各地的销售就可以带着二世和全世界的客户开会,你也可以随时切换场合,就像孙悟空一样,需要你的时候你就随时现原形。"郭青云的想法有点夸张。

"哈哈,这个主意好,我很想设计一个虚拟人给客户讲产品,这样每次呈现的都是公司统一的高质量内容,现场人员只需对客户的重点问题进行交流即可。"金腾川有自己的想法。

郭青云顿了顿,说道:"全部都用你真实的形象,这样每天有成百上千个客户需要交流,你也不用全世界满天飞了,坐在办公室就能看到你有几百个替身在全球各地给客户讲解公司产品,并且是老板亲自讲解,这样一来客户觉得你很重视他们,他们也对采用你们的产品更感兴趣。你们现在已经是全球行业头部企业,我也很期待你的虚拟老板替身的出现。"

在发散性思维方面,郭青云能从很多老板那里获得不可思议的灵感。

"为什么要用我的真实形象,我觉得二次元的形象不也挺好的吗? 比如哔哩哔哩的洛天依，又会唱歌跳舞，又能直播带货。"金腾川纳闷。

"你竟然也知道 B 站的洛天依，她作为虚拟歌姬，软萌可爱、温柔细腻、灰头发、绿眼睛，这种外貌形象和人物性格在初期获得了 Z 世代的极度青睐，可以说是早期最成功的虚拟人。现如今，洛天依已经通过虚拟品牌形象代言、举办演唱会、形象授权、直播联合互动等多种组合方式实现商业变现。平常看到的洛天依还是 2D 形象，如果再不迭代，估计很快就会被大家遗忘。"

郭青云刚开始的时候觉得洛天依很新鲜，时间一长就缺乏了新鲜感，虽然每次打开 B 站 APP 的时候还依旧会出现洛天依，但已无感。

"Z 世代的人喜欢虚拟化的内容，怎么可能喜欢我们这些中年大叔？我们这几年招聘的很多新员工就是这个年龄段的人。"金腾川笃定地说。

"你竟然也知道 Z 世代？我以为这么时髦的名词只有我才知道，哈哈。你觉得他们有什么特点？"郭青云很惊讶。

"我不仅知道，还研究过。Z 世代通常是活在当下，追求即时快乐，很少有人会做长远规划。我们那时什么都缺，什么都想拥有，若想拥有就必须努力工作和赚钱。而他们现在什么都不缺，有父母作为坚强后盾，讲究品质生活，比如购物或者点外卖，平台推送的广告基本没用，他们更喜欢看点评。我们看点评是参考，他们看点评是消遣，就像弹幕一样，我就受不了在看电影的时候有一堆乱七八糟的文字遮挡，而他们就特别喜欢在看剧情的时候参与弹幕，真的不理解。"金腾川也有很多看不明白的。

"那你觉得针对 Z 世代的人群，你该如何和他们形成互动？"郭青云被金腾川的认知所吸引。

"用虚拟人啊，可以根据不同的对象调整成不同的人设，既然他们把自己套在了一个圈层，我们就用他们舒服的方式和他交流。过去我们叫看人下菜碟，要学会察言观色。现如今，不需要那么复杂，大数据分析可以根据你的习惯来猜你喜欢什么，然后就给你推一大堆平台认为你感兴趣的内容。有个新名词好像叫什么'信息茧房'，有很多人就喜欢待在里面。"

金腾川阅人无数，觉得说不定以后要败给人工智能机器人了。

郭青云沉思片刻说道："我觉得你不能用动画形象，动画不适合商务场合，直接用你的真人形象。这种做法不是录像视频，而是远程连线，连的不是你的真人，而是你的虚拟替身。比如你也参与了和客户会议之前的寒暄，你也可以随时被打断，也可以随时回答客户现场的问题，这和视频的效果完全不一样。如果通过这种模式训练下来，你可以永远 28 岁，甚至可以叠加你当下每天的喜怒哀乐。

说不定在你尝鲜之后,还可以利用元宇宙打造一个全新的商业模式。"

"那做成 3D 不就算是迭代升级了吗?"金腾川疑惑地问。

"3D 是复杂一些,投入太大,目前来看大多数还是卡通形象,平台必须力捧才有可能让她发挥更大的商业价值。比如百度的度晓晓,拥有虚拟人物形象和情感交互系统,具备视觉识别能力,支持自然的交流方式。微笑、眨眼、换装,你可以像养小孩一样,她能自我成长,给你的回报可以是答疑解惑、娱乐互动、情感陪伴等等,全天候 24 小时陪伴。对于你的虚拟人只需要满足你的客户诉求即可,不需要满足所有大众的不可预知的喜好,相对来说,实现会简单一些。"郭青云一聊起这些就眉飞色舞。

"你觉得未来的趋势是什么?"

"真人!"

"都真人了,还要虚拟人干吗?"

"我说的是真人形象,这是当下最高级的,NIVDA 的黄老板就给大家演示过。现在采用真人形象的虚拟人越来越多了,比如虚拟气象预报的冯小舒、虚拟航天员的记者小净、虚拟带货主播冬冬,等等,无论外在形象、面部表情、服装搭配、说话声音,还是肢体动作,都是完全基于真实人物生成的。再通过语音合成、唇形合成、表情合成以及深度学习等技术,克隆出和真人一模一样的虚拟人。"郭青云其实也想搞个虚拟的郭青云。

"你看大多数广告都是请流量明星代言,有个别广告是爷叔阿姨给自家代言,我还没碰到过谁家用虚拟老板讲产品,你觉得这种形式容易被客户接受吗?"金腾川也想调侃那些做广告的企业家,有卖牛奶的,有卖空调的,有卖衣服的,有卖保健品的。

"你又不是空调冰箱消费品,你不需要在电视上打广告。你是为高科技企业赋能的,你面对的是行业客户,如果是老板亲自交流,效果肯定会好得出奇。"

郭青云在脑补金腾川·二世与客户交流的场面,如果所有的老板都打造了虚拟替身,那画面感会不会像是开星球大战里的长老会。

"有意思,就这么定了。"金腾川很愉快地决定了。

社交需求是人类生活的刚性需求,现实生活中,家庭、朋友、同事、商业伙伴等,每天都在进行不同形式的社交。在元宇宙的世界里,同样也需要社交,每个人都会有一个数字身份,在虚拟世界和现实世界中随意切换。

最近这几年,虚拟人越来越像人,形态更加细致和自然,各种各样的虚拟人已渗透到我们的日常工作和生活之中，并且还诞生了很多超乎想象的全新商业模式。虚拟主播、虚拟主持人、虚拟偶像、虚拟人广告等，各种虚拟数字人频繁出现。有时候，虚拟人比真人更具亲和力，人设也不会翻车。

虚拟数字人是指具有数字化外形的虚拟人物。与具备实体的机器人不同，虚拟数字人依赖显示设备存在，我们所知道的很多虚拟人都要通过手机、电脑或者智慧大屏等设备才能显示。

虚拟数字人拥有人的外观，具有特定的相貌、性别和性格等人物特征。

虚拟数字人拥有人的行为，具有语言识别、面部表情、肢体动作的能力。

虚拟数字人拥有人的思想，具有识别外界环境、与人交流互动的能力。

虚拟数字人和全息成像不同，全息成像是把你立体复原，只是你的影子。而虚拟数字人是你的升华，只是拥有和你类似的外表形象，背后是由大数据分析、传感器识别、语音识别和合成、低时延通信、海量计算、自我学习等多个能力构成部分组成。

"现在打造一个虚拟人的成本是多少？"金腾川在商言商。

"现在这个市场鱼龙混杂，有几万元的，也有几十万元，上百万上千万元的也有，除了制作成本，还有资源投入成本和技术人员服务成本。总之，一分价钱一分货，越完美就越贵，和现实世界一个逻辑。"郭青云也不知道具体的价格。

"有没有在做这样的平台，也许第一个虚拟人的造价很高，以后就变成模块化的平台，你要胳膊还是要腿，不同部位不同价格。"

金腾川认为虚拟人就像他的通信模组一样，可以大卸八块然后用 BOM 来计算价格。

"说得好像跟你在饭店点牛排一样，菲力和上脑是不同的价格。"郭青云想到了西餐厅的牛排。

"也就那么回事。"

"复杂的方式是采用 4D 扫描和动作捕捉传感器，利用人工智能技术对采集到的数据进行还原，然后叠加毛发、皱纹、表情、口型、服装等局部细节功能，最后利用平台的各种能力支撑和完美的表现手法，这样一个亲切自然、细节逼真的虚拟数字人就可以打造出来。"郭青云知道那么一点。

"那便宜的方式呢？"

"超出你的想象，不用 3D、4D 扫描，直接用手机拍段视频或几张照片，平台很快就给你生成一个它认为你想要的虚拟数字人。如果你有不满意的地方，允许你从模板库里挑，一直挑选到你满意为止。"

"复杂方式和简单方式,最终呈现的效果一样吗?

"你说能一样吗?我这么问你,品牌手机和山寨手机能一样吗?各自有各自的市场,各自有各自的客户,不同的人对品质诉求的理解也是不一样的,只要存在的,就是合理的。"

"有意思,如果遇到客户投诉,若想拿我出气,我就让我的替身出场,等客户心平气和了,我再陪客户吃饭喝酒,如果客户还不满意,我还可以让我的替身给客户表演唱歌跳舞,我就不信解决不了客户的问题。"

金腾川理论结合实践。

"杨总,你来得正好,我和秘书长正在聊虚拟数字人的事情,你对这块有研究吗?"金腾川看到杨鹏飞到办公室,便叫上他一起聊。

"金总、秘书长,你们现在这么赶时髦,连数字人都搞起来了。不过,你们要数字人干啥呢?唱歌,跳舞,卖弄风骚?这和你们不搭呀!"杨鹏飞显得很诧异,没头没脑。

"一时半会儿给你说不清楚,你就直说,你了不了解虚拟数字人?"郭青云觉得无法和杨鹏飞从头解释。

"我懂,但我也不懂。"

"来来来,我倒要听听你如何吹牛皮。"

"我打算等我有钱了,就去买个老婆。"杨鹏飞话一出,把金腾川和郭青云吓得一激灵。

"男人有钱就变坏,你也逃不了这个世俗!"

"想歪了吧,你龌龊不代表所有人都龌龊。你看我每天工作是不是很辛苦,回家后还要看老婆的脸色,一不小心老婆就蹬鼻子上脸,我在外面哪受过这种气。"杨鹏飞一说起老婆,脸部表情就出奇的丰富。

"所以你想离婚换个老婆?"郭青云惊掉了下巴。

"看看看,如果让我老婆知道你在鼓动我离婚,她非找你算账不可。"

"你确实够火,我抽空给弟妹做个铺垫,免得你哪天缺胳膊少腿。"

"看,这就是你的格局不够了吧。我准备买个机器人做'老婆',每天服侍我,好让我有空每天服侍我真正的老婆,这样岂不家庭美满、其乐融融?"杨鹏飞想得挺美。

"服务机器人还是娱乐机器人,原先做山寨手机的兄弟现在在大批量生产这种机器人,那产线壮观得还以为机器人要进攻地球了,电源一开,'小肚小肚,我很高兴和你学习，来，跟我读：A、B、C。'"郭青云一想到在一家企业生产线上看到密密麻麻的机器人就头皮发麻。

"你那哪叫机器人，充其量就是玩具，用山寨手机的主板套上劣质的塑料壳，再加几个步进电机就能动动胳膊动动腿，嘴里再喊个奥特曼拯救地球。"杨鹏飞对这类机器人不屑一顾。

"我要买的是日本一家公司推出的美女机器人，产品名字就叫'妻子'。日本女人懂吗？妖娆的外形、甜美的声音、Q弹的皮肤，还可以根据主人的意愿，做出各种形态逼真的动作。"杨鹏飞边说边捏自己。如果身边真有个美女，他估计都敢直接上手捏。

"你是有老婆的人，这个美女机器人应该瞄准的是那些 IT 宅男吧？"郭青云想到了产品定位。

"我要她干的是我不想做的事情，又不是让她生孩子，传宗接代的事情我老婆已经完成了，现在是如何解决我在家庭地位不均衡的矛盾。"杨鹏飞尽力把他想要的机器人的服务边界说清楚。

"所以，你依旧按照原先的模式服务你老婆，让买来的'妻子'来服侍你，这样你们家庭可以实现新的动态平衡，大家都满意。"郭青云一下子茅塞顿开。

"懂了，懂了。我原来以为高档的机器人是用来打仗的，就像波士顿动力的机器人，可以开门，可以后空翻，还可以扛着枪驮着炸药包上前线，没想到还是日本人最懂你。"郭青云继续调侃杨鹏飞。

"杨总，我们刚才在聊元宇宙，聊虚拟数字人，你直接上来就把我们带到机器人的沟里了。你对虚拟数字人到底怎么看？"金腾川不得不打断杨鹏飞的天马行空。

"我只是知道在元宇宙的世界，必须实现人机接口的突围。Web3.0 你们懂吗？它将重构我们人类和机器之间的新场景，也就是说未来的互联网交互模式将发生根本性的变化。我们是现实世界的人，还要在元宇宙的世界里复刻一个虚拟人，两个人共同拥有现实世界和虚拟世界的所有资产和认知。"杨鹏飞得意地说。

"这和 Web3.0 有什么关系，Web2.0 难道就不能实现吗？"郭青云问。

"你看看我们现在的互联网、智能手机，不管是网页还是 APP，Web2.0 内卷非常严重，已经达到临界点了。Web3.0 是去中心化的、分布式的，还不可预测，这将改变 Web2.0 中心化的交互模式，好让虚拟世界更加具有想象力，更加不可预测。"杨鹏飞立马接话道。

"牛,你对这些真的是倒背如流。"

"这哪需要背,这是我的认知。"

"好好好,这是你懂的,你不懂的又会是哪些?"郭青云被杨鹏飞气得够呛。

"我不懂的东西多啦。你看现在的虚拟数字人,为啥只是做主持人或者直播带货,就没有人玩出新花样来?"

"为啥?"

"我也不懂,所以这就是我不懂的东西。"

"那你研究了那么多,说说你能干些啥?"

"我想做芯片,降低虚拟数字人的门槛,什么元宇宙、区块链、什么Web3.0,统统不需要懂,只需要导入你的照片,说出你的诉求,我们的硬件就可以快速帮你制作一个数字人,就像你现在离不开的智能手机一样,未来你也离不开你的虚拟数字人替身。"杨鹏飞说着说着开始手舞足蹈。

"元宇宙我一定要涉足,虚拟数字人可以提上日程,你觉得这些现象背后的本质是什么?"金腾川不缺钱,开始探讨本质。

"平台,平台的能力功不可没。你如果想打造一个替身,肯定不可能从头开始做,而是先选择一个合适的平台,在这个平台的能力基础之上,再快速实现你所想要的需求。"郭青云接话道。

"你说得没错,我们现在是为客户服务,以后还要为虚拟客户服务,我也要成为这个产业链的平台赋能者。"金腾川好像悟出点逻辑了。

"经过这几十年互联网的发展,诞生了很多伟大的平台公司,像电商购物平台、社交娱乐平台、新闻媒体平台等等,尤其是这几年云服务能力的提升,更加显现了平台的威力。平台崛起,公司消亡。每家平台的背后都有一大帮公司在支撑,他们和平台是伴生关系,作为用户,我只关心选择哪个平台,至于最终是哪家在提供具体服务,反倒觉得没那么重要了。"郭青云一直是平台经济模式的鼓吹者。

"如果我们要给客户提供通信模组领域的平台,我们该如何实现?"金腾川忽然话锋一转。

"自从物联网火了以后,全球各大巨头纷纷布局物联网云平台,包括互联网平台、电信运营商、芯片商、通信设备商、行业设备提供商等等。各家对平台的理解以及对外的服务都不相同,有些是做设备管理平台,有些是做连接管理平台,有些是做数据服务平台,有些是做商业管理平台,或者有些平台号称什么都做,今天不能实现的,下周也许就可以实现了。"郭青云对平台有自己的理解。

"一旦选择了这个平台,就像上了这条船一样,想再下船就没那么容易了。"金腾川说完哈哈一笑。

"这也是各大平台公司在摆各种姿势诱惑客户上船的真实诉求。"杨鹏飞补充道。

"我要在我现有通信模组的基础之上,打造物联网云平台,让我的客户形成长期依赖。"金腾川很羡慕别人家的平台模式。

"物联网云平台已经由功能战向平台战全面进军,功能完善会永无止境,但生态建设将刻不容缓。只有客户在大规模使用之后,才能进行快速地优化和迭代,最终形成螺旋式上升的商业模式。"郭青云把他惯常演讲的内容又说了一遍。

"我们主要是太硬了,卖硬件是个苦逼的行业,每年一到年底,不管经营得好与坏,全部清零,第二年从头再来。平台就不一样了,我要让我们卖出去的任何一个模块都在平台上长期生存,每天叠加一点,按照每年上亿台设备的部署,谁还会有机会超越我们?"金腾川叹道。

"哈哈,现在每家物联网云平台之间,几乎是处于老死不相往来的局面,每家都在精心地打扮,金总你也要赶快梳洗打扮去市场上出台接客了。"郭青云调侃道。

"我就不去了,让我的二世去就行,哈哈!"

虚拟数字人已经在跑道上了。

虚拟老板还在 VIP 看台上观望。

若让虚拟老板戴上眼镜,也许对未来会看得更加清楚!

第八章　为梦想而战

† 今天的竞争对手,明天有可能就是公司同事。
† 今天的同僚共事,明天有可能就是老板员工。
† 今天的甲方乙方,明天有可能就是乙方甲方。

第 1 节 迫不得已

"你说我冤不冤？我做的这些事情难道不是为他欧阳橙着想吗？他怎么能干出这种事情来？"孙晓帆边说边落下了眼泪。

"帆姐，这是公司会议室，我是领命办事，至于暗自调查的事情，也不是仅仅针对你一个人。我觉得很多事情不要那么较真，作为朋友，我们晚上去酒吧好好聊聊，这种事情总归会有妥善的解决方案。"艾米莉压低了声音，并且越来越低。

孙晓帆从纸巾盒中抽出两张面巾纸擤了擤鼻子："我就不相信他欧阳橙是干干净净的人，职场这些破事他为什么就这么较真？气死我了，亏我还对他掏心掏肺，男人没一个好东西。"

"帆姐，我和你私下沟通已算违规了，你要信任我，我才能帮你渡过这个难关。"艾米莉不得不再次强调一遍。

"我知道你对我好，但我就是想不明白，难道他欧阳橙不懂行业规则吗？"孙晓帆还是想不明白。

"过去卖芯片，是供大于求，大家通过代理商行贿客户是潜规则，芯片公司并无违法违规之处，即便是出了事情，代理商就直接搪塞掉了。今年是芯片严重缺货之年，我们芯片公司就是大爷，别说你们，就连我这个小小法务也知道客户反向操作是司空见惯的事情。橙总的调查也不是针对你一个人，董事会给他的指令是彻查公司内部的猫腻。"艾米莉看着孙晓帆也觉得可怜，曾经心高气傲的孙晓帆现在是哭得稀里哗啦。

"我图什么呀？"

"我们不要在公司里谈论这些了，你也冷静冷静，晚上我们酒吧见。"艾米莉合起笔记本,拍了拍孙晓帆的肩,走出会议室。

这世界总归是姐的,我还是会回来的!

半夜 12 点,孙晓帆发了朋友圈,配了一张自己在酒吧里喝酒的照片,眼镜静静地躺在吧台上,整个人眼神迷离,微醺失落,极尽媚惑之态。

杨鹏飞在家里还没睡,躺在床上刷朋友圈,每天的信息量实在太大,只有在睡觉之前才有时间,就像皇帝批阅奏章一样,顺眼的多看看,不顺眼的一晃而过。

忽然,杨鹏飞眼前一亮,腾的一下坐了起来,把他老婆吓了一跳。

孙晓帆什么意思,好像话里有话。最近感觉孙晓帆的状态大不如前,也不和自己斗嘴了,很少能看到她的人影,难道是出了什么事情?欧阳橙开会的时候也没提及孙晓帆的任何情况,大家还以为她休假去了。

“喂,在哪里?”

“在家,这个时候不在家,还能在哪里?”

郭青云原本要开始酝酿睡觉的事情,和杨鹏飞一样,睡前习惯性在床上批阅朋友圈奏章。

“孙晓帆是不是出事情了,总感觉哪里有不对劲的地方。”

杨鹏飞压低了声音,生怕两人的聊天被别人听到一样。

“有啥不对劲?”

“她刚才发了一个朋友圈,神神秘秘的,说姐还是会回来的。”

“她真的被你们老板欧阳橙开除了?”

“不可能,公司没发公告啊?”

“估计靴子落地了,看来你的消息不灵啊!”

“我们橙老板开除人从来不会躲躲藏藏的,当年开除那几个高管的时候,不仅安排亲信卧底录像取证,还在媒体上发布公告,以此来昭告天下,以展示他的铁腕手段管理能力。”杨鹏飞信誓旦旦地说。

“难道这次就不会给孙晓帆网开一面?”

“难道,他们俩之间也有隐情?”

“你就好生琢磨吧,我要睡觉了,不和你瞎扯了。”

“别,这怎么是瞎扯呢?这事关行业大事。今天就不和你聊了,明天早上,我找你喝茶,不把这事情搞明白,你让我的日子怎么过啊!”杨鹏飞急不可待。

"明天我没空，下周约时间。"郭青云冷冷地回了一句。

"那下周，我一定得去找你。"

"好吧。"郭青云挂断了电话，也开始琢磨这其中的弯弯绕。

此时，杨鹏飞辗转难眠。

上午9点，郭青云还堵在园区的十字路口，杨鹏飞就已经来到了郭青云的办公室，斜靠在圈椅上翻看着手机新闻。

"哟，这么早。喝什么茶，龙井，还是碧螺春，或者你们老家的六安瓜片？"郭青云一进办公室，就看到了杨鹏飞。

"哪有心思喝茶，给我说说孙晓帆的情况，到底发生了什么？"

"你问她呀，你们俩关系那么好。"

"我们俩是针尖对麦芒，你觉得我们能聊这么深层的隐秘信息吗？"

"你知道你们老板欧阳橙最近的处境吗？"

"他怎么了？最近开会没发现什么问题啊，我们星通科技现在风头正旺，芯片缺货都缺成大爷了，所有的客户都盯着我们买芯片，用尽各种渠道托关系，代理商对我简直就是围追堵截，我都不用跑客户了，坐在家里订单都接到手软。"杨鹏飞说着说着都笑了。

"你平常是不是没注意，难道欧阳橙和往常相比真的没有任何变化吗？"郭青云很纳闷地问道。

"他哪有什么变化，现在公司业绩这么好，橙总在公开场合非常高调，他用三年的时间让公司脱胎换骨，力度是大了点，但不下猛药，有些病根除不了。据说第一年就有好多公司高管联名上书董事会罢免欧阳橙，说他任人唯亲、男女关系混乱，等等，最后董事会还是力挺欧阳橙。"杨鹏飞认真地说道。

"此一时，彼一时。"

"说清楚，怎么感觉你话里有话？难道是星通科技上市条件不具备，董事会对欧阳橙没有了耐心？不会啊，橙总前段时间还给我说投资人对我们的未来抱有非常大的期待。"杨鹏飞自说自话，拼命在回忆最近发生的事情。

"都不是这些。据说，欧阳橙在调查你们这些高管是否涉及腐败，并且让大客户全力配合，不配合的暂停发货。"郭青云故作神秘。

"我怎么不知道这事？"

"你是被调查对象，怎么可能会让你知道。"

"瞎说八道。"

"不信算了,喝茶,喝完这杯茶赶快滚蛋。"

"别、别、别。我身正不怕影子斜,调查就调查。"

"所以嘛,你还能坐在这和我聊天。"

"那孙晓帆到底是怎么回事?"

"我也是听说,不能信的。"

"你吊我胃口,不能信的我也要听,说不定就是真的。我保证,你所说的一切,我绝对不会外传。"杨鹏飞竖起三根手指朝天发誓。

"别人发誓我还信,唯独不信你,转头你就把我给出卖了。"

"别卖关子了,快给我讲讲。"杨鹏飞按捺不住渴望的心情。

"据说哦,这是据说,有人举报你们星通科技很多高管都不干净,并且董事会成员也收到消息,命令欧阳橙彻查员工的腐败行为。这其中,就包括孙晓帆接受了像法沃智能这类大客户的商业贿赂。"

"难怪她那么力挺法沃智能,害得我在智邦通信那边颜面扫地。如果这是真的,我的很多纠结都可以迎刃而解了。之前我还以为是我的能力问题,没想到啊,没想到。"杨鹏飞感觉就像顿悟了,脸上洋溢着灿烂的笑容。

"据说,不要当真哦。欧阳橙也没有十足的把握证明孙晓帆吃拿卡要,但他让孙晓帆老实交代,如果不如实交代,就报送司法机关。"

"这是诈,难道孙晓帆招供了?"杨鹏飞露出一脸狡黠的表情。

"据说,还是据说,孙晓帆认为欧阳橙是职业经理人,并不是真正意义的老板,便和欧阳橙达成和解,孙晓帆把收受的黑钱吐出来,并且立即辞职,欧阳橙最终答应既往不咎。"

杨鹏飞瞪大眼睛:"就这么简单? 这就划过去了,不可能。法沃智能估计也不敢实名举报,否则他们以后咋做生意。另外,孙晓帆也不是'厦大'毕业的,没几个月的时间也无法坐实她的职务索贿。"

"没,还没结束。据说,再次声明一下,这两个人都不是省油的灯,据说欧阳橙并没有让孙晓帆把黑钱退还给公司,而是吐给了欧阳橙自己。"

"这也可以? 他难道就不怕孙晓帆把他给供出来?"

"可以举报啊,最坏的结果就是两个人去监狱里做邻居。"

"哦,你说的这些都是真的?"杨鹏飞一脸疑惑。

"本故事纯属虚构,你千万别当真。我也不可能亲眼所见,道听途说。不能信,千万不能信。"

郭青云给杨鹏飞斟满茶,期待他赶快离开,让自己清静清静。

三个月后,欧阳橙在朋友圈发了一条信息:

> 董事会已解除我的总经理职位,感谢各位给予的支持和帮助。青山不改,绿水长流,祝各位家庭幸福、事业有成!

"你真神了,你怎么知道我们老板出事了,前段时间欧阳橙给我们开会还说带领星通科技冲刺科创板上市呢,怎么说翻脸就翻脸。"

杨鹏飞又找郭青云喝茶,一坐下就开始滔滔不绝。郭青云一边伺候茶具和茶叶,一边听杨鹏飞唠叨。电茶壶的水在嗞嗞地响,水还没有烧开。

"喝什么茶?"

"随便。"

"没有随便。"

"你泡什么茶,我就喝什么茶,这总可以吧。"杨鹏飞今天戴了一副复古板材眼镜,鼻梁处是深灰色磨砂金属,整个人显得沉稳低调且不失文雅。但杨鹏飞被郭青云气得不知道说啥好。

"你刚才说什么来着?"郭青云故作失忆,好让杨鹏飞继续。

"哦,我们老板出事了,欧阳橙被董事会干掉了。"杨鹏飞表情超级夸张。

"变天了,变天了哦。"郭青云不紧不慢地说道。

"什么变天了,公司还在正常运转啊,我们还是一如既往卖芯片,市场上只是稍显缓和,不像前段时间到处缺货那么变态,凭什么就认为我们星通科技是变天了呢?"杨鹏飞一脸迷惑。

"你是真糊涂,还是假糊涂?你到现在还以为你们星通科技是在正常运转吗?"

"正常啊,没感觉有什么大变化啊!"

"咋就叫不醒一个沉睡的人呢? 你们公司的投资人变了,董事会变了,IPO遥遥无期,新任总经理还没有到位,你觉得这很正常吗?"

"你还别说,其实我觉得橙总还可以,至少这几年让星通科技脱胎换骨,并且实现了快速增长。"杨鹏飞忽然感觉欧阳橙还可以。

"看来你还挺恋旧。大家都在增长,你看哪家芯片公司没有增长,在这种大环境之下,换作任何人做总经理,没有不增长的道理。"

"谬论,谬论,公司内部管理是混乱了点,不过比欧阳橙接手之前还是好了很多。虽然有很多老员工负气离职,不管是跳槽的,还是创业的,都还是把星通科"

技作为芯片界的黄埔军校。"杨鹏飞有点急。

"你们这个黄埔军校已经毕业了好多老板,你看人家董德鸿,不声不响就把公司成立了。"郭青云对有勇气创业做老板的人都非常佩服。

杨鹏飞非常惊讶地说道:"他啥时候成立的,我只知道他提交了辞呈,没想到他这么快就把公司成立了。"

"亏你还是做销售的,情报工作严重失职。董德鸿不仅创建了萌动科技,还有更劲爆的事情,估计你连做梦都不可能想到。"郭青云卖起了关子。

"说来听听,我最近非常纠结,对外面的事情关心太少。"杨鹏飞最近的状态非常不好,自己都不知道自己在忙些啥。

"孙晓帆你熟悉吗?"

"提她干啥? 难不成……"

"估计被你猜到了,孙晓帆是萌动科技的联合创始人,董德鸿负责研发,孙晓帆负责销售,你看人家这搭配,完美。"郭青云乐呵呵地看着杨鹏飞不断变化的丰富表情。

杨鹏飞低头思索了一会儿,"我还没想好,最近非常纠结,你说我是继续留在星通科技好呢,还是辞职跳槽好呢?"

"你选好下家了吗,还辞职跳槽? 星通科技已经是国内蜂窝芯片第一梯队,难不成你要去何超明的艾斯科技?"郭青云的好奇心也上来了。

"不会不会,我觉得我还可以继续留在星通科技,董事会新任命的总经理找我谈过话,非常欣赏我,希望我和公司共同发展,力争在最短时间内 IPO,这样大家就可以获取到高额回报,我也可以沾一沾公司上市的灵气。"杨鹏飞一边说一边也不好意思地乐了。

"你是多么喜欢黄埔军校啊,万都通信是通信模组领域的黄埔军校,星通科技是蜂窝通信芯片领域的黄埔军校,你都已经读了两个黄埔军校,还想着如何做一个好学生。"郭青云调侃道。

"啥意思?"

"揣着明白装糊涂,啥时候毕业当校长啊?"

"快了,快了,校长我当定了。"杨鹏飞嘿嘿一笑。

"说正经的,你们公司现在这么乱,你为何还能独善其身,稳坐钓鱼台?"郭青云对杨鹏飞的能力刮目相看。

"你说我是姜太公吗? 还稳坐钓鱼台? 岂不是拿我开涮。孙晓帆一个女人就能把我气得够呛,你不是建议我在星通科技练就自己的气场吗,我觉得火候也差不多了,可以毕业了。"

"看来你已经想好要辞职了?"

杨鹏飞故作惊讶:"难道不可以吗?我现在过的简直不是人过的日子,不仅要和客户斗智斗勇,还要和同事暗度陈仓,打工实在是太累了,我不仅想辞职,还想实现我的梦想。你看,现在半导体概念多热啊,热钱资本是汹涌而来,我觉得现在这个阶段,火候差不多该到了。如果我错失了这个时机,恐怕要后悔一辈子。"

郭青云给杨鹏飞续了一杯茶,郑重其事地问:"你真的想好做老板了?"

"没错,想好了,我想开辟新的人生。"杨鹏飞非常笃定。

杨鹏飞经过无数次的心理斗争。

杨鹏飞觉得现在创业的火候差不多了。

杨鹏飞认为星通科技已经是自己职场生涯的最高峰了。

杨鹏飞想通了。

杨鹏飞辞职了。

杨鹏飞正值不惑之年,多年积累的蜂窝物联网通信芯片经验急需用武之地,假以时日,要么成就大业,要么抱憾终生。在和一些老同事密谋之后,创业的萌芽很快就把这些人压抑已久的想法重新激活。

很快,光环芯微公司成立了。

杨鹏飞在朋友圈把最新设计的公司 LOGO 秀了出来,并写道:

> 光环芯微,芯连接,芯格局!

朋友圈就像炸了锅一样,一众好友纷纷点赞。还有人在下面留言:恭喜杨老板,贺喜杨老板,杨老板我要面试,杨老板救救我……

欧阳橙接到了很多朋友的问候,他只有苦笑一声,感叹世事无常。

董德鸿的投资人高度紧张,关心着光环芯微是否对萌动科技构成竞争。

孙晓帆跑到董德鸿的办公室,把杨鹏飞的祖宗十八代都问候了一遍。

金腾川在国外发来了贺电,恭喜之余顺便一问杨老板缺不缺资金。

郭青云也受到了很多骚扰,大多数都是杨鹏飞的竞争对手来打探消息。

了解杨鹏飞的人都知道,光环芯微公司正式宣布成立了。有些人已经开始在公众号里编排杨鹏飞的八卦故事了。

不了解杨鹏飞的人感到很纳闷，为什么这么多人在议论他和光环芯微，纷纷好奇此人为何方神圣。

光环芯微作为初创的芯片设计公司，最难的几件事情，莫过于三道关卡。

第一道关卡：通过 PPT 融资。创始团队要靠三寸不烂之舌游说投资人拿钱，光鲜的履历，最好是海外博士或做过大公司高管，伟大的抱负，精选的赛道，未来的大饼，还有恰当的时机。当创始人和投资人的气场吻合之后，便是一切甜美蜜月的开始。

杨鹏飞虽然没有海外博士的学历，但有万都通信和星通科技的高管职场经历，以及良好的人脉口碑让其快速获得融资。

第二道关卡：要有清晰的 Roadmap。也就是说公司到底要卖什么产品。半导体芯片的产业链太大，必须选择一个极其细分的赛道，通过差异化的产品定义来撕开这个赛道的口子，让公司可以跻身于这个赛道内进行竞争。

光环芯微定位研发设计 5G 蜂窝通信芯片，剑指蜂窝物联网市场。

第三道关卡：精明的定价策略。那只"看不见的手"往往会影响初创公司的意志力，摇摆不定之后，大多数老板都是靠拍脑袋来定价的。在没有市场份额的时候，自己就是市场的搅局者。公司可以战略性亏损投资人的钱，但一定要让大家看到曙光。

杨鹏飞曾经作为星通科技的销售总监和市场总监，操刀过多起芯片价格上涨和下跌厮杀的经典案例。

杨鹏飞的商业计划书绝对可以作为行业模板，不仅有全球行业格局的分析，还有竞争对手的优劣势，核心高管的履历足以摆得上台面，得益于大量的风险资本向半导体产业链涌入，再利用自己常年积累的人脉，在公司成立初期就一把融了 5 亿元人民币，这让他有足够的自信去招揽想要的人才。

杨鹏飞的办公室在湖边的一幢小洋楼上，隔着落地玻璃窗，就可以看见湖水的荡漾、悠闲的水鸭，弯弯曲曲的浮桥栈道，让大家明白经营企业没有永远笔直的大道，虽然曲折但也能到达彼岸。

受郭青云的影响，杨鹏飞在办公室里专门装修了一个喝茶的房间，挂了一些字画，摆了一些石头，一进去的感觉就是高端奢华上档次。茶桌是实木大板，太师椅和圈椅围坐在周围，边上是一排柜子，格子里摆着不同的茶壶和茶叶，错落有致。每个格子里只放一种茶叶，就像茶叶罐在住别墅一样，不像卖茶叶的那样把空间挤得满满当当，角落里还有一个冷藏保鲜柜。

因为公司里的事情太多走不开，自打杨鹏飞创立了光环芯微，就很少有时间去郭青云的办公室喝茶，而是极力邀请郭青云来自己办公室喝茶，顺便聊聊天。

"杨老板，现在可以名正言顺地称呼你杨老板了。怎么样，缺人不，把我招进来做你的员工。"郭青云开玩笑地说。

"求之不得，薪水只要你敢开，我就敢给。"杨鹏飞一边给郭青云倒茶，一边透过眼镜盯着郭青云，看他是什么反应。

杨鹏飞当务之急是挖人，尤其是有芯片设计经验的人。原本设计 5G 芯片的企业就不多，愿意跳槽的更是屈指可数。对于看得上的面试人员，杨鹏飞从来不吝啬金钱。

只要是老东家的人跳槽，面试就是谈薪水，其他不用谈，一律开绿灯。一个老东家是星通科技，号称是蜂窝通信芯片的黄埔军校，为芯片设计公司输送了很多有经验的人才。一个老东家是万都通信，号称是通信模组领域的黄埔军校，为通信模组公司输出了很多老板。

用了不到一年的时间，光环芯微就发展到 100 多位员工了，将近三分之一是老东家的同事，自己离职创业之后，把能干活的人挖了个遍。有擅长系统架构的，有擅长前端设计的，有擅长后端封测的，有擅长模拟电路的，有擅长设计工具的，有擅长协议栈的，有擅长模拟仿真的，有擅长项目管理的，有擅长市场策划的，有擅长芯片销售的，至于财务、采购、人事、行政等角色，后面慢慢招。能从老东家挖的尽管挖，从其他家跳槽的也欢迎。

有钱、有人、有想法，并且还有无限想象的市场空间。

杨鹏飞心想：如果光环芯微公司做不大，那肯定就是我杨鹏飞个人的问题了。

第 2 节　意外不期而至

就在业内纷纷猜测光环芯微啥时候推出第一款 5G 芯片的时候,杨鹏飞为公司的产品研发和经营管理简直是操碎了心。之前在做职业经理人的时候,从来没觉得有那么多的焦虑,现在真正做了老板,就感觉自己经常在十字路口徘徊,产品方向要决策,技术实现要决策,仪器设备要决策,软件 IP 要决策,合作伙伴要决策,市场宣传要决策,人事任命要决策,财务制度要决策,知识产权要决策,还有办公室装修、人事招聘、出差报销、媒体宣传,等等,公司上上下下鸡零狗碎的事情都需要自己来拍板。

时光飞逝,很快就跨入了 2022 年,这是一个充满魔幻的年头。

"秘书长,我裸辞了,年终奖给得太少,我准备辞职创业。"

"秘书长,我被裁员了,帮我推荐个岗位,不想再进互联网大厂了。"

"秘书长,我大侄子今年大学毕业,想去芯片公司,帮忙推荐推荐。"

"秘书长,我外甥女今年考研,刚过分数线,本科学校不好,但她非常努力,担心面试的时候被刷下来,帮忙找个老师聊聊。"

"秘书长,我把公司关掉了,帮我留意一下哪家公司在招人。"

"秘书长,现在想换个好工作太难了,我干脆开了个公司,开始创业。"

"秘书长,我们公司的芯片已获得市场大规模认可,趁现在高速发展的时候,准备启动下一轮融资,帮忙介绍一些投资机构。"

"秘书长,我们设计了一种小无线通信标准,芯片也有了,终端也有了,就是市场拓展不开,能否帮我们合计合计如何打造产业生态?"

"秘书长,我们去年囤了太多的芯片,本以为今年继续缺芯少料,再赚一笔,没承想这么快价格就进入了踩踏状态,越降价越没人要。"

"秘书长,我的新部门名称被公司老板批准了,太富有戏剧性了,就是你建议的'一只在悬崖边跳跃的小山羊'。"

......

还以为这些人情世故只有在农村和小县城流行,令郭青云没想到的是在大城市生活的人们也逃脱不了世俗的羁绊。小孩子读书要托关系、老人看病要找熟人、孩子就业要人推荐,本地居民有其先天的优势,外来新人在无依无靠的境况之下只能通过自身的努力去打拼关系网。

当我们在大城市的羽翼渐渐丰满之后,大家的诉求便有了更高的升华。自己的事情可以不求人,但下一代在需要的时候,也只能硬着头皮去试探地求别人。

年轻的时候总以为可以仗剑勇闯天涯,年纪大了反而觉得需要一些挚诚老友互相帮衬。

郭青云每天沉浸在各种交流之中,行业在发生变化,人物在发生变化,总有新老板的加入,也总会有新话题的诞生。

"老杨,你的眼镜腿上还拴着缰绳?"郭青云今天发现杨鹏飞又有点变化,脖子上有根细细的皮带,连接着两侧的镜腿。

"骂人不带脏字,你才拴着缰绳呢。我一直觉得戴眼镜的人有学问,可以洞察一切,之前不近视的我,现在也开始老眼昏花了,看手机都觉得模糊,我现在创建了光环芯微,感觉到压力山大,所有事情只有看清楚了才能做决策。"杨鹏飞从双肩包里摸出眼镜盒,掏出眼镜布,摘下眼镜,哈了哈气,一边擦一边说。

"干吗看那么透,要学会装糊涂,看,这是我的老花镜,我现在才是真正的老眼昏花,跟不上时代了。"郭青云把摆在桌子上的老花镜递给杨鹏飞看看。

俄乌冲突爆发,打了这么久还没有结果,制裁和反制裁轮番上演。
美联储狂印美元大幅放水,多次加息应对物价飞涨,美股应声下跌。
人民币贬值,央行降息,A股大幅波动,流动性降低,通胀压力巨大。
房地产爆雷事件屡见不鲜,明星们偷税漏税的罚款金额也越来越大。
中小学生减负让各位鸡血家长措手不及,补课老师直面二次择业。
洪水、山火、地震、冰雹,等等,极端的天气越来越挑战我们承受的极限。

......

面对当前国内外各种不确定性因素,所有社会阶层都陷入了一种表象诡异且表达不清的焦虑当中。

叱咤风云的富豪们，低调了很多，纷纷消失在聚光灯的背后。大公司的高管们，渐渐地不再喜欢穿西装打领带，开始不再难为自己，怎么舒服怎么穿。郭青云每次在小区门口进出的时候，穿着西装打着领带的房地产中介小哥总是给他塞一些 A4 纸传单，地上摆着小白板罗列了附近小区不同面积的房子的诱人价格。

大学生送快递，研究生送外卖，姑娘们在摄像头面前卖力表演，好让没见过面的网络大哥们"刷火箭""送游艇"。

不管你曾经是在北京五道口指点国际政治格局，还是在上海五角场点评金融股票期货，寒窗苦读二十几年书本的毕业生，不仅找不到心仪的工作，还需要仰仗着父母实现补贴救济。

时代，正在发生巨大的变化。

潮汐的力量，决定了浪花的形状。

财富激荡，永远都不只是几串数字，而是一代人的际遇。

郭青云一个人在喝茶。

泡茶和喝茶已经是郭青云生活中不可或缺的部分。待茶叶舒展开来，茶香弥漫，他能体会到春的清幽、夏的热烈、秋的甘醇、冬的凛冽。浮生如茶，在经过岁月的磨砺之后，每个人都在锻造属于自己有滋有味的生活。

奥密克戎病毒改变了很多人工作和生活的节奏。

杨鹏飞从早到晚在开电话会议和视频会议，不用到处出差和频繁请客，工作时间反倒更加充裕。

董德鸿无法安排员工进办公室，新款芯片到底指标如何，尚无测试结果。

孙晓帆工作生活两不误，人际关系日渐丰满，愁的是如何才能赚到大钱。

金腾川对公司全球化布局非常满意，狡兔三窟，分散办公还能抵抗风险。

小陶红变换各种姿势在不同地方刷剧，美剧、韩剧、古装剧，床、沙发、阳台和飘窗。

贾处长在为复工复产的事情烦恼，绞尽脑汁把政策和企业实施融为一体。

冯德程在电视新闻里看到共享单车变成了路障设施，隔离着每条街和道。

曹博士需要不定期给员工画饼，在鼓舞员工士气的同时，也在反思自己的人生决策是否靠谱，到底是做老板爽还是领薪水稳当。

周茂胜盯着飞流直下三千尺的股市大盘，做多还是做空，向左还是向右。

小蔡的股票账户已缩水八成，从公司领的薪水还不够填购买公司股票的窟窿,天天骂老板不争气,好好的公司竟然被糟蹋成这样。

小马继续关注着企业总部的搬迁,若老板有一丝抱怨扛不住人力成本增加的时候,便是他趁机半道截胡的最佳时刻。

刘文武俨然已变成校友离婚场外哭诉平台,冲突不断升级,外部矛盾逐渐演变成了内部矛盾。

郭青云孩子的高考延期一个月,看似复习时间多了,但考前心理建设却成为全家人最大的挑战。

何老板的大女儿叫春花,二女儿叫秋月,封控期间又怀上了三胎,想了又想,便叫时了。

当我们习惯甚至有些漠然于每天固定不变的生活状态,意外总是会在不经意之间来到你的面前,为我们平静的生活增添了无数的惊险、刺激、无助、无奈等等,当然也会给我们带来意想不到的惊喜。

既然我们知道会有意外的发生,只是让我们在做决策的时候更加谨慎,尽自己所能,从而避免意外发生,并不是让我们一味地去躲避风险。比如过马路经常会有意外发生,并不是不让你过马路,而是不能闭着眼睛过马路,也不能一边看手机一边过马路,在遵守交通规则的前提之下,眼观六路、耳听八方。

这么浅显易懂的道理,很多人都懂,但在做企业决策的时候,经常有人会得意忘形而犯低级错误。意外总会不期而至,我们能够做的就是尽自己所能,做足准备之后尽最大能力不让意外发生。

"比我们年长的上一代人,总是喜欢说现在的钱越来越难赚。以后等你们工作之后,我们这一代人也会告诉你们,今年的生意越来越难做。我们需要站在更高的维度来看这个时代,最近这几十年的高速发展时期,每年都有顶尖的企业家轮番创造着属于自己的传奇。不分年龄、不分行业、不分国家,在这些传奇的背后,都离不开高科技的技术支撑。我们每个人,只有不断地学习和总结,才有可能屹立在时代的潮头。"

郭青云期盼下次给大学生上课的时候,故事可以展开来讲。

黑天鹅总会不期而至,灰犀牛总会视而不见。

所有的天鹅都是白的,因为你看到的成千上万只天鹅都是白的,这也是我们习以为常的惯性思维。忽然有一天你看到了一只黑天鹅,你曾经相信的理念、乐观看待的事件,都有可能是错的。

黑天鹅事件就是我们平常难以预测并且不寻常的事件,通常会引发连锁反应其至产生认知的颠覆。

我们所从事的职业、与爱人的邂逅、合伙股东的背叛、股市大涨或暴跌、人生暴富或者潦倒,这些事情有多少是按照计划发生的?

你所不知道的事比你所知道的事更加有意义。

黑天鹅是小概率事件,已成事实但影响巨大。灰犀牛则是大概率危机,尚未发生但属潜在风险。

灰犀牛体形笨重、行动迟缓,你可以在很远的地方看到它,但是你却毫不在意。一旦它向你狂奔而来,一定会让你猝不及防,直接把你扑倒在地。

国民经济增速放缓、企业债务违约风险加大、房地产市场泡沫加剧、快速进入老龄化社会,等等,很多专业人士也许能发现问题并提出警示,但往往起不到预警的作用。很多人认为这种大概率事件也有可能不会发生,即使发生了,也不见得会落在自己的头上。

过于乐观也好,侥幸心理也好,总是能找到很多理由或借口说服自己,对即将到来的风险熟视无睹。

在这个充满不确定性的大时代,风险随处可见,政府、公司、个人该如何与风险共舞?

灰犀牛并不神秘,却更危险。

郭青云平常看似非常淡定,实则是内心非常焦虑。一方面为自己,研究研究新技术,不能逆时代而行;另一方面,看看未来十年后哪些是热门行业,也许那才是儿子就业的未来方向。

2000 年前后,郭青云还在埋头研究 TCP/IP 协议栈的时候,互联网在中国刮起了一阵狂风,把很多猪都冲到了天上。那时候单位不让上外网,租的房子也没有电视,只能每天买报纸来了解外面的世界。

没过几年,听说互联网那阵风过了之后,很多有梦想的猪掉了下来,不过,这些人爬起来后,抖搂抖搂身上的尘土,会继续寻找下一个风口。

高科技行业,永远不缺风口。郭青云毕业之后搞数据通信,那时以太网正火,路由器交换机也是风口。也许是对数据通信太过沉迷,错过了移动通信的黄金时代。之后兜兜转转,经历的越来越多,2005 年云计算,2009 年物联网,2011 年移动互联网,2012 年大数据,2013 年 AR/VR,2016 年区块链,2018 年人工智能,2020 年 5G,2021 年元宇宙……

在每种技术的疯狂背后,都诞生了很多新鲜的行业,比如电商、微博、微信、二维码、比特币、自动驾驶、机器人、短视频、共享单车、网约车、手机直播……

就连我们被新冠疫情折磨得不要不要的,去哪儿都要打开的行程码和健康码,若没有这些技术的支撑,简直不可想象。

因为全球新冠疫情的影响,在线教育的鼻祖"函授大学"让所有的"正规学校"低下了高傲的头颅。

因奥密克戎新冠病毒的防控需求,孩子又回家了。空中课堂吸引了他,反倒觉得在家里复习比在学校效率高。上网课、模拟考、刷试卷、吃饭、睡觉、偶尔俯卧撑和仰卧起坐,忙得还不亦乐乎。

空中课堂的老师在电脑屏幕的另一端卖力地讲课。

书桌上还放了一部手机,自己学校的老师在手机里上课。

孩子觉得空中课堂的老师讲得好,把手机调成了静音,自己学校老师还在手机那头认真地讲课。

班主任在家长会上婉转地说道:"我能看到同学们上线,但他们在干啥,不得而知。我们不好强迫他们打开摄像头,希望家长可以参与到同学们的日常学习当中。"班主任特意@了孩子的妈妈,妈妈从小就是三好学生,最听老师的话。

"儿子,班主任老师让你们打开摄像头。"

"不开。"

"能不能配合一下老师?"

"你走。"

"就开个摄像头。"

"不要影响我学习。"

光环芯微的 5G 芯片研发在紧张有序地进行着,杨鹏飞的焦虑感会不由自主地迸发出来,为了缓解自己的焦虑,他会不断地给公司高管施加压力。有时候特别想吼他们,甚至骂他们,但还是强忍着不让自己失态。

"秘书长,我发现我们光环芯微员工的工作主动性不高,压根就没有我当年打工时候的那份激情。"杨鹏飞在深夜里还在和郭青云聊天。

"杨老板,你要端正你的态度。你现在是老板,别指望所有的员工都像你一样亢奋,人家只是用工作来换口饭吃。"郭青云怼了回去。

"那不能这么想,我在打工的时候,绝对是拼了命一样,即使是领导来不及安排具体的事情,我也会主动去挖掘自己要干的工作。"杨鹏飞一直想不明白这些年轻的员工为什么没有责任感。

"你那不是员工的思维,你是老板的思维。"

"瞎说八道,我之前从来没想过要做老板,现在开公司,纯粹是被逼的。"杨鹏飞此时的感觉就是自己创业做老板是被迫的,是在没有什么可选择的情况下顺便创业而已。

"得了吧,少在我这得了便宜还卖乖。你自己说说,你在万都通信和星通科技这两所'黄埔军校'的工作状态,是打工人的思维吗,和做老板有啥区别?"郭青云不无好气地说。

"我就纳闷了,'黄埔军校'这种称号对公司来讲是褒义词还是贬义词?我看到有些公司的宣传墙上堂而皇之地标榜自己是某某行业的'黄埔军校'。"杨鹏飞忽然对这个话题感了兴趣。

郭青云一边给杨鹏飞续茶,一边说道:"如果企业被冠以'黄埔军校'的外号,我觉得主要原因是老板太抠门,员工认为待遇不公或者前途无望,才毅然下定决心出来创业,然后和老东家在市场上抢食,顺便再找一找人上人的感觉。"

"谬论,谬论,什么话到你嘴里,简直是一派胡言。"

郭青云呵呵一笑,喝口茶说道:"你就是那种典型的说一套做一套。有些人是说的比做的多,但是你是做的比说的多。你骨子里还是做老板的思维,之前作为臣子的时候,你会不由自主地收敛你的锋芒。现在你做老大了,不能要求所有的员工都具备你之前的认知,而是要学会包容。"

"包容,包容什么?我要是包容员工,谁来包容我?投资人会包容我吗?市场会包容我吗?我就是妥妥的一个孤家寡人。"杨鹏飞的牢骚开始满腹。

"对咯,你就是孤家寡人。你要对员工恩威并施、赏罚分明,只有他们琢磨不透你的心思,你才能真正地控制他们的灵魂,才能让他们死心塌地为公司卖命。"郭青云说得头头是道,当然他自己是做不到的。

"我要以德服人。"

"狗屁,你要是以德服人,趁早把公司关门得了。"

"难不成你觉得我要学会骂员工?"

"你是真不懂还是假不懂,亏你还做过那么多年的公司高管。你也认识不少大老板,你看看这些大老板在经营管理的时候都是什么态度。"郭青云感觉杨鹏飞就像是一个叫不醒的老人。

"我觉得很多大老板都是慈眉善目、和蔼可亲啊!"

郭青云呵呵一笑,随即说道:"你和他们接触的时候,你是合作伙伴,必须要对你笑脸相迎。能把公司做大的老板,对高管永远是胡萝卜加大棒的策略,比如在公司决策失误、业绩下滑、公司损失或者遇到不顺心的时候,骂骂咧咧绝对是常态。很多老板对高管可以肆意妄为,但对普通员工永远是一副慈祥的笑脸。"

"我好像做不到哎!"

"得了吧,你翻脸比翻书还快。"

砍单,必须砍单。

调价,必须低价。

你若不调价我就砍单。

你若砍单我必定低价。

新一轮的博弈周期已经启动。

从 2020 年新冠疫情暴发开始,复工复产之后,伴随着居家办公和家庭网课的报复性消费,手机、平板、电脑、智能手表等消费电子的需求呈现急剧爆发,互联网汽车的疯狂,以及物联网、传感器等智能化诉求的进一步扩大,加上中美博弈导致的晶圆短缺和疫情地区产能紧张的多方面因素,引发了史无前例的大规模缺芯大潮。

2021 年,芯片产业链几家欢喜几家愁,饿的饿死,撑的撑死。越涨价越愿意囤货,从芯片厂到渠道商,虽然嘴上说缺货没产能供应不上,但心里面还是乐滋滋的,毕竟每天晚上都会被客户催货而从梦中笑醒。到底缺不缺货已经不再重要,而是在危机面前如何操盘赚取天上掉下的馅饼成了局中人最开心的烦恼。

2022 年,黑天鹅刚刚拍拍翅膀飞走,灰犀牛则裹挟着泥浆冲撞了过来。奥密克戎并没有导致报复性消费,反而是出现了消费疲软,在家办公和上网课的电子设备全套齐全,通货膨胀和出行受限带来了汽车销量下降,币圈的暴跌也导致GPU 市场的萎缩,就连海纳百川的智慧城市行业应用的诉求也有所变化。

芯片价格出现了踩踏事件,从一芯难求到一路下滑,仅仅只在转瞬之间。

很多老板都很鄙视以低价倾销扰乱市场格局。但是,低价,就像鸦片,一旦上瘾,便很难戒掉!

近日,三大运营商公布的数据显示,合计使用 5G 套餐的用户已超过 10 亿。工信部的数据显示,目前使用 5G 网络用户为 5.5 亿户。从数据分析,近乎有一半的消费者使用的 4G 手机,但开通的是 5G 套餐。从非手机用户数据分析,全国 5G 物联网的用户更是少得可怜,与期望相差甚远。5G 物联网芯片和通信模组将进入价格快速下降通道,但疲软的市场需求还不能提振大家的信心。

新冻结的 5G RedCap 技术标准并没有引起产业链的高度兴奋,到底是画饼充饥,还是望梅止渴,若没有操盘手对 RedCap 持之以恒地渗透,恐怕也难成大器。

4G 领域 LTE Cat.1 和 LTE Cat.4 的市场需求依然在持续增长。在光景好的年头,因为缺货和涨价导致恐慌性备货。在产能充足的情况下,价格持续走低,是否备货、备多少货成为很多老板无法逃避的话题。

NB-IoT 芯片和通信模组的价格大战也已拉开帷幕,没有最低,只有更低,什么技术性能参数指标统统让路,三个月河东、三个月河西,节奏之快彰显幕后操盘那只无形之手的利刃。

疯狂时期带点理性。
动荡时期带点冲动。

第3节　网红很焦虑

"秘书长，还在家隔离吗？"杨鹏飞假惺惺地问道。

"你这话问的，你不也被封控在家里吗？我都快抑郁了，这都快两个月了，啥时候是个头啊？"郭青云对杨鹏飞的问候感到不仅虚而且假。

"有没有计划搞些线上活动？"

"不想搞。"

"前年疫情的时候，你不是很积极地搞了很多线上论坛吗？每次都有几千、上万人来参会，比线下论坛活动覆盖的范围还广。这才过了一年多，为什么就不想搞线上论坛了呢？"

"此一时彼一时。2020年是大家第一次被迫接受封控，新冠疫情把大家搞得措手不及，好歹有很长一段时间是可以在当地城市上班和交流，只是不能出差而已，为了延续疫情之前的工作热情，大家都在想办法弥补前几个月封控造成的影响。2022年的奥密克戎让我们再次封控，小区都出不了，更谈不上去办公室了。即使是把大家在网上聚一起，也没有那份激情了，还是选择躺平算了。"郭青云叹道。

"别啊，你都放弃了，我们企业还指望你给大家营造物联网产业生态的氛围呢。啥时候开始搞，我们光环芯微赞助。"杨鹏飞很少看到郭青云这么消极和低落，看看能不能用金钱刺激一下。

"不是我不努力，你再看看其他人搞的线上活动，稀稀拉拉没几个人，我又没有KPI考核，要搞活动的话，搞一次就得有一次的效果，否则，还不如不搞。"

郭青云自打发起成立了物联网产业联盟，就经常组织联盟的企业举办各种各样的行业高峰论坛，围绕不同的行业应用领域，把芯片、通信模组、软件、传感器、天线、电池等产业链聚集在一起，引领共享经济、国计民生、位置服务、大健康、智慧城市等企业进行创新和拓展。

除了联盟举办的高峰论坛，还有很多机构和企业举办的行业论坛，郭青云经常受邀去发表主题演讲。一方面他喜欢分析和总结行业的特点，另一方面还能提出一些对未来发展趋势的预判，演讲用的 PPT 内容很吸引人，文字图片和排版也很讲究，再加上激情澎湃的演讲，总能把听众带入忘我的情境之中。

可是，令郭青云自己都感到惊讶，在家封控期间，没有心思搞线上论坛，连远程视频都懒得开。

"焦虑、抑郁，我觉得我患上了政治性抑郁。"郭青云把这话都快变成口头禅了。时不时有朋友关心郭青云在家里封控的状态，刚开始郭青云还有蛮多的期盼和抱负，可随着时间的推移，焦虑感油然而生。

"我现在非常充实，但是，我每天会迫使自己看电视新闻，看看外面的世界到底是什么样。我每天都在关注俄乌局势，看看开弓之后会不会有回头箭，看看各位专家怎么点评局势的发展。"杨鹏飞反而变得非常开朗。

"你不看朋友圈吗？"郭青云问道。

"不怎么看，除了一些网红在卖力地表演，还有就是一些让人看着心塞的事情，我建议你没事别看朋友圈。"杨鹏飞劝解道。

"刚开始我会看，后面就尽量不看，即使看了也把自己当作局外人。我没有进方舱，我还有食物，我还能团购，别人身上发生的不合理或者不愉快，我还没有遇到。如果是我遇到了那些事情，也许会比他们还激进。"郭青云淡淡地说。

"也就是对你没什么影响了？"

"影响就是不能出小区，不能去办公室，不能去咖啡店喝咖啡，仅此而已。我还照样工作，照样分析行业，写白皮书，心血来潮还会写写小说。"

"那你抑郁啥呢？"

"我感觉我是得了政治性抑郁，官方媒体是一套，朋友圈是一套，自己活的又是另外一套，各说各的，各活各的。我无力回天，也呐喊不出，只好憋在自己的心底，时间长了，你说会不会憋出内伤？"郭青云开玩笑地说道。

"我觉得你还是组织大家线上开开会、聊聊天，说不定你就会解脱，拿出你对物联网行业的热情，云开雾散就在眼前。"杨鹏飞适时地鼓励。

"你们是不是觉得我就像过气的十八线网红主播，趁能蹦跶的时候，再蹦跶蹦跶。"郭青云忽然觉得自己就像过气的网红，必须得认命。

杨鹏飞笑了笑说:"你是网红,但是不是十八线,不是你说了算,而是你的粉丝说了算。如果你现在就放弃了好不容易积累的粉丝,很快你就会消失在大家的视线之外。"

"不用刺激我,我选择躺平,直挺挺地躺平。况且我们家小孩今年高考,我还是老老实实地陪陪他,尽量不影响他的备考。本来6月份高考,这不,又延迟一个月,改到7月7、8、9日了。"郭青云叹口气说道。

郭青云陷入了沉思。

人生也就十几年的有效工作时间,刚毕业的时候还属于学徒工,产生不了什么社会价值,等羽翼渐渐丰满的时候,又琢磨如何挑战更大的目标,再到不惑之年之后,很多事情已经力不从心。喜欢尝鲜,不等于获得成功。没有人指点,没有经验参考,兜兜转转之后,剩下的就是千疮百孔的残破躯壳。

在尝试短视频失败之后,郭青云把短视频的APP都卸载了。

直播,直播带货卖的是产品,我卖的是知识,是不是也可以直播?

郭青云对直播提起了兴致,在手机面前演讲和在高峰论坛的演讲,好像也没什么区别,一样的内容,一样的演讲,只不过一个是线下,一个是线上。

男人卖口红,捧红了李哥哥。

女人干农活,捧红了李姐姐。

锤子失败了,罗胖子靠直播带货还了几个亿。

V阿姨偷逃税款,竟然能被罚13亿元之多。

直播造就了一众网红明星,唱歌的、跳舞的、卖货的,有老阿姨扮嫩的,还有胖姑娘瘦腰的。在金钱的刺激之下,直播平台浓缩了全人类灵魂的精华。

郭青云在观摩直播之余,也分析了自身的优势和劣势。

优势:有内容,尤其是专业内容,依然是重中之重。

受众:专业观众,人家不是来看你唱歌跳舞出洋相的,而是想了解实实在在的行业内容。

劣势:没有颜值,必须找美女合作,面对男女比例严重失调的8:2专业受众群体。

心态:降低结果预期,不用奢求上百万人围观,只希望有观众点赞叫好即可。

宣传:借助朋友圈的人脉力量,发挥口碑相传的裂变效应。

东风:巧妇难为无米之炊,游说有能力的联盟企业大力支持。

海水有潮起潮落，
月亮有阴晴圆缺，
人们有喜怒哀乐，
时代有千变万化。

郭青云的直播又开始了。

"我觉得你的直播很有价值，就是时间太长了。你线下的会议四五个小时很正常，但线上的会议也开这么长时间，我估计很多人都坚持不下来。"杨鹏飞在直播下线之后和郭青云沟通。

杨鹏飞是郭青云的金主，以后将是光环芯微的时代，当然要对郭青云提一些合理化的建议。

郭青云叹道："我也没经验，内容实在太多了，大家都不想放弃这个机会。我现在感觉线上和线下没什么区别，只要有内容，大家就会积极地响应和参会。"

"确实是，你举办的会议从来不缺人，大多数情况都是满满当当，没有座位就站在会场周围。而我参加的其他很多会议，签到的时候觉得人挺多，第一排摆着领导和重点嘉宾的席卡，拍照的效果非常好，每个人都在聚精会神地聆听领导的讲话。当领导致辞完之后，第一排就剩主办方和还没有演讲的嘉宾。在会议茶歇之后，能有一半的人回到座位就已经不错了。在会议快结束的时候，能留下五分之一的人就谢天谢地了，并且绝大多数还是工作人员。"

杨鹏飞在不经意之间实现了间接表扬郭青云的目的。

郭青云对杨鹏飞的夸赞感到很受用。"你把人家的会议说得那么惨，我的论坛在最后肯定还有至少三分之二的人。"

凡尔赛说来就来。

"主要是你比较奸诈，人家的会议是把重点内容放在最前面，后面都是打酱油的。可你倒好，开场演讲你只说一半，把大家的胃口吊起来之后，说最后一个演讲将给大家呈现最新的行业大数据分析。"

"有错吗？"

"当然有错，错就错在很多人必须坚持到最后才能听到你的核心内容。"

"你知道为什么很多会议的每个演讲环节限制在 15 分钟至 30 分钟吗？"

"为啥？"

"因为每个人集中注意力的时间有限，对演讲嘉宾的挑战也很大，超过 30 分钟，要么是听众走神，要么是演讲人开始讲车轱辘话。"

"那你还讲那么长时间,总是超时。"

郭青云哈哈一笑,随即收敛,说道:"咳,我总想借每次机会给大家分享尽量多的内容。我会观察听众的反应,比如大家都盯着舞台,切换 PPT 的时候,大家都举起手机拍照,那我就觉得可以多讲点内容,所以我会经常不守规矩并且超时。如果超时还讲不完,我就分上、下两个半场。过去的线下论坛,很多听众都是从全国各地千里迢迢赶过来,一定要对得起人家的时间和路费。"

"看来我太守规矩了,下次我要超时,但请你不要给我举牌。"杨鹏飞狡黠一笑。

"黄教授,你们每次给学生上课的时间是多长?"

黄教授是 211 大学高校老师,主要教《信息论》和《纠错码》。郭青云喜欢和黄教授在学校里散步交流。

"我们一次 2 个学时,1 个学时 45 分钟。"

"我看到很多高校的老师在开慕课,为啥不找个人把你的板书录下来放到网上,就凭你在四块黑板上的公式推导,可以让很多年轻教师汗颜。"

"慕课对我实在太难了,我也尝试过,但搞不定。"

"还有你搞不定的,让你的学生帮你做后期剪辑啊。"

"主要是时间,慕课推荐每节课的时间最好限定在 15 分钟之内,说学生的注意力在这个时间段内最佳。别说是我的课,我们学校是理工科,为了给学生讲清楚前因后果,往往铺垫都需要几十分钟,才能引导出真正的核心知识。如果时间限定在 15 分钟,就好比你还没热身呢,比赛就结束了。"

"谁规定的 15 分钟,难不成是小学老师规定的?"

"还真被你说中了,在网络上容易传播的课程,往往都是非常容易拆分的,比如英语、书法、绘画、乐器、唱歌、跳舞,等等。"

"你的课我是领教过的,别说 45 分钟一节课,就是讲一天,你也能侃侃而谈,我们都把你当作神来膜拜的。"

"现在的学生被互联网冲击的影响很大,总觉得自己了解了很多东西,但大多数都是碎片化的信息,东拼一点、西凑一下,很难有能力进行系统性的学习和推导,对于复杂的理论更是喜欢绕路走。"

"是啊,我就发现我们家小孩上学不需要我辅导,我还舔着脸求人家让我辅导,你猜人家怎么说。你会吗?你还是靠边站吧。你万一给我讲错了,我是不是要错一辈子,我还是相信手机 APP,遇到不会的题,拍个照立马给我标准答案。"

"你家娃还只是个高中生，我给本科生、研究生、博士生都上课，他们被互联网麻痹得没有思考，遇到任何事情先到网上查一查。如果有参考，就改一改；如果没类似的，就直接放弃。"

"这样不可以缩短思考时间吗？之前没有互联网的时候，我们不也是要在图书馆查阅很多资料吗？我和你做项目的时候，有个功能调试不出来，分析电路图和软件代码都找不到原因，我们其他人是干瞪眼，而你竟然用理论和公式推导了好几天。我都工作二十多年了，从来没遇到过哪位像你那样解决问题。"

"查资料没有错，过去是没有互联网，现在我也利用互联网查找很多资料，也在学习一些人分享的解决问题的经验。关键是现在的年轻人，错在没有提炼和升华。"

"黄教授，你要求太高了。我们大多数人毕业之后不会从事科学研究的，科研只青睐于你们这些顶尖人才。"

"哈哈，你知道为啥现在年轻人越来越难带了吗？"

"为啥？"

"就像你这样的思维，咋带？"

现如今，00后已经步入大学的殿堂，由于信息获取的便捷，现在的学生在很多领域比老师知道的还多。在进入大学之前，很多家长对孩子是捧着呵护着，想干啥就干啥，比如兴趣班，感兴趣就搞，不感兴趣就换。可进入大学之后，所学的专业方向意味着给学生限定了赛道。过去随心所欲地选择与放弃，在这个时间段已经没有那么好使了。虽然可以变更专业，可毕竟学校不是菜市场，岂能容你随意挑拣。

郭青云从来没想过自己还有机会站在大学的讲台上给学生讲课。当郭青云在物联网领域内被专业人士追捧的同时，也有机会到大学给同学们分享。

一个非常大的挑战油然而生：物联网企业普遍缺人，缺合适的人才，可毕业生无法满足大量企业的职位需求。很多学生喜欢游戏、喜欢短视频，对稍显复杂枯燥的物联网望而生畏。如何让大学生对物联网感兴趣？如何调动联盟的企业高管参与到高校的教育体系之中？

郭青云很羡慕明星的号召力。

郭青云很羡慕网红的亲和力。

郭青云想做物联网行业领域的网红。

郭青云一直在尝试，但总是在尝试中失败。

败在了现实，败在了理所当然，败在了不知天高地厚。

杨鹏飞来找郭青云喝茶，郭青云今天心情不错，从柜子里翻出一饼生普洱茶，用茶刀撬开一片后投到青花瓷盖碗里，然后就是熟练的洗茶、润茶、冲茶、浇淋，当金黄色的茶汤快速地被倒入公道杯时，便能勾起喝茶人的味蕾。

郭青云倒了一杯茶递给杨鹏飞，不自觉地感叹道："有一天我和黄教授聊完天之后，觉得灵魂已经通透。"

"七窍冒烟了？"

"你才暴毙身亡呢。"

"到底咋的啦，能让你灵魂出窍？"

"你觉得我们应该是干一行爱一行，还是干一行恨一行？"

"生病了？"杨鹏飞感觉非常诧异。

"你才病了呢。我觉得到了我们这把年纪，已经被时代磨平了棱角，大多数人都是干一行恨一行。而我们小时候常常被灌输的逻辑是干一行爱一行，现在感觉就是天方夜谭。刚毕业的时候，领导让干啥就干啥。渐渐地，自己做了小领导，发现带兵也不是那么容易的。后来，职位越来越高，处理的事情越来越杂。每天排满了各种会议，相干的不相干的，能解决的不能解决的，都得面对。"郭青云边泡茶边说道。

"你病了，好像病得还不轻。"杨鹏飞一本正经地说道。

"别打断我，我要悟道。你自己体会体会，尤其是一些人做了老板之后，发现根本就没有之前那种认知上的潇洒。很多人觉得老板可以经常去打高尔夫，经常去国外出差，经常出入高档场所，经常睡到大中午才来公司，不用打卡，不用汇报，不用和同事钩心斗角。"郭青云继续说道。

"我就想做老板，我就是想做到为所欲为。只要能达到目的，实现路径就是自己的享受。就像你们打高尔夫一样，做老板的就应该是指哪打哪，左曲右曲都是不可取，越过沙坑，翻过水障碍，不管中间路径再曲折，最终的目的就是要让高尔夫球进洞。"杨鹏飞端起茶杯，感觉有点烫，随即又放了回去，但他的嘴巴不停。

"很多人做了老板之后，发现上当了。每天被各种意想不到的事情纠缠着，刚坐下来想点事情，又有人敲办公室的门。各种签字、各种批复，不在办公室的时候感觉没有，一进办公室，好像全都从地底下钻了出来。不知道什么时候才是最开心的时刻，和客户签了个大单也不开心，因为这才是交易的刚开始。非要说什么时候最开心，估计就是财务说客户付款已到账的时候吧，也就短短 5 秒钟的开心,然后,一切恢复正常。"郭青云边说边叹气。

"你说这些有啥用,别看我每天忙得跟狗一样,但我还是觉得做老板幸福,5秒钟的开心也是开心。"杨鹏飞继续唱反调。

"不和你聊这些了,你就是个俗人。每个人都有属于自己的幸福!我祝你幸福!"郭青云忽然觉得没有聊天的兴致了。

第4节 收购竞争对手

天空中飘着小雨,春天万物复苏,一切都显得那么精神。

自打杨鹏飞创立了光环芯微,各种事情纷至沓来,有自己要主动解决的,有需要自己被动处理的,每天都有忙不完的事情。搁在杨鹏飞眼前最大的心结,就是如何打造一个成编制的研发设计队伍。人事总监的招聘速度太慢,短时间之内很难完善编制。在一次不经意的老同事聊天过程之中,董德鸿的团队进入了杨鹏飞的视线。

"董总,我们双方之间的沟通也有几个月了,怎么样,想好了吗,你开个价?"杨鹏飞刚坐下就对董德鸿说道。

杨鹏飞一边说一边拧开董德鸿递给他的矿泉水,说完后便咕咚咕咚灌下去半瓶有余。

董德鸿把黑框大眼镜往上抬了抬,中间原本深灰色的鼻梁已经磨出了金属底色,他看了一眼杨鹏飞,又低头想了想,嘴角稍微抽搐了一下。

"5亿元。"董德鸿伸出手,把五个手指头尽力张开到最大。

"5个亿?"杨鹏飞差点把喝进去的水喷董德鸿一脸。

坐在旁边的孙晓帆有点紧张,她不知道该说些啥,也不敢随意插话,只好默默地倾听两人的谈话。

"董老板,你确定?"

"确定。"董德鸿略带颤颤巍巍地说道。

"董总,别急,别急,我们捋一捋,现在萌动科技整个公司连你总共是36个人,第一款芯片还没有真正设计出来,另外,前段时间答应给你们投资的基金公司也爆雷了,我想问你一下,你现在账上的资金还能撑多久?"

　　杨鹏飞说话一点也不客气，两个人之前虽然是同事，但在董德鸿看来，杨鹏飞的每一句话就是一锤一锤在砸向自己的软肋。

　　老东家星通科技在职业经理人欧阳橙的管理下，采用了很多家公司赖以成长的管理模式，但并不适合星通科技的实际情况，步子迈得有点大，越管越乱。再叠加这几年老美对国产高端芯片的打压，禁止使用最优秀的设计工具，禁止使用最先进的生产工艺，禁止美籍科研人员帮助国内企业成长等，之前依赖全球产业链的能力，现如今被老美打断了一条腿，瘸了。

　　在内忧外困的环境下，星通科技公司内有很多高管纷纷离职创业。辞职的辞职、跳槽的跳槽，国产芯片企业开始如雨后春笋蓬勃发展。与之形成鲜明对比的是星通科技，行业里的一颗明珠就此开始黯淡。

　　董德鸿当时是产品总监，主营 4G 通信芯片设计，眼看好不容易磨合好的团队就要作鸟兽散，在忍无可忍的情况下，拉了一票人创建了萌动科技。因为自己擅长蜂窝物联网通信芯片的系统架构设计，又因为 4G 通信已经过气，5G 通信正是风口，所以萌动科技的方向就是设计 5G 物联网芯片。

　　孙晓帆和董德鸿、杨鹏飞之前都是同事，在星通科技的时候，孙晓帆划走了杨鹏飞一半的工作职责，擅长市场宣传和客户公关。董德鸿在创建萌动科技的时候，把赋闲在家的孙晓帆拉拢了过来作为联合创始人。

　　今天，杨鹏飞并没有带其他人，只是说顺道来聊聊。前期安排对萌动科技的 TS 谈判和尽职调查已经非常详细，剩下的就是成交价码。TS 是投资条款清单（Term Sheet），也就是投资人与被投企业之间就未来投资合作交易所达成的原则性约定。尽职调查是投资机构通过对企业商业、人力、财务和法务方面进行深入调研，识别企业成长性、潜在风险和可投资性，从而更好地完成投资决策。

　　杨鹏飞想收，董德鸿想卖。

　　但是，两个人目前对交易价格还在试探，拉锯了有一段时间，为了不让其他人过多地知道细节，杨鹏飞便决定一个人到董德鸿的办公室来沟通，顺便看看萌动科技员工的工作状态。

　　董德鸿的办公室不大，没有喝茶的地方，没有绿色植物，也没有在脑袋背后挂个"厚德载物"的名人书法，桌面很干净，一块 32 英寸的苹果显示器让整张办公桌显得有点娇小。作为高科技人士，通常的标准配置是一台笔记本电脑，方便外出携带，办公室桌上放一个硕大屏幕的显示器，用 HDMI 线连接着笔记本电脑，方便自己写写代码或者画画电路图，同时还可以保护眼睛和防止颈椎疲劳。

如果坐在董德鸿对面，一个人还可以，侧过来就能看到对方。如果是两个人的话，其中有一个人势必会被那个硕大的显示器挡住，谈话就像隔堵墙一样。

孙晓帆已经习惯了，把椅子拉出来坐在办公桌的一侧，把老板斜对面的空间让给杨鹏飞。这样一来，三个人就可以营造出一个彼此都舒服的交流环境。

"杨总，我们积累的设计经验、IP 核、算法、协议栈、射频、仿真等，这是我们这些人十几年的心血，你如果把我们这个团队整体收购，属于捡了个大便宜，绝对值这个价。"

董德鸿和杨鹏飞很熟，但在收购公司这个层面，董德鸿心里五味杂陈，确实是迫不得已，杨鹏飞是主顾，还得小心伺候，别把生意给搞砸了。

"董总，你再考虑考虑，今天我们就暂且到这儿，我还要去拜访一家客户，约好了时间不能迟到。"杨鹏飞轻描淡写地说道。

杨鹏飞也不和董德鸿啰唆，今天过来不为别的，就是来撩逗一下，看谁沉得住气。

"杨总，这刚坐下屁股还没暖热呢，这就要走吗？"

孙晓帆一看，感觉两人就像要不欢而散，赶忙插话道。她说起话来，听起来就是舒服，既有女人的嗲，又能撑得住场面。

"你觉得多少合适，给我个数，如果……"董德鸿忽然感觉有点着急。

"董总、孙总，你们再想想，我也好好捋捋，下次我们再约。"

杨鹏飞直接站了起来，把带轱辘的椅子挪到了一边。

"好吧，我送送你。"

"留步，留步，我们就不要这么客气了。"

董德鸿和孙晓帆一左一右，陪着杨鹏飞走出了办公室，孙晓帆快速向前冲上两步按了电梯按钮。三人顿时无话，互相稍微咧了一下嘴好给对方一个微笑。当电梯门打开后，孙晓帆用一只手拦住电梯门，等杨鹏飞迈入电梯后就往后退两步，还没等互相说完再见，电梯已经关门往下走了。

"老板，杨鹏飞到底几个意思，跑过来放这几个屁就走了？"

孙晓帆在楼道里不敢大声说，压低了声音，语速非常快地向董德鸿抱怨。

"走、走、走，去你办公室喝杯咖啡。"

孙晓帆跟在董德鸿的后面，进了办公室之后顺手把门给带上。

孙晓帆不喜欢茶，并不是不喜欢茶的清香，而是觉得喝茶是老男人的专属，美女就应该优雅地喝着咖啡。

孙晓帆喜欢品咖啡,偶尔去一下 Starbucks、Wagas、Costa、Tims 等,近期冒出来很多咖啡品牌,尝过但不喜欢。孙晓帆对咖啡豆如数家珍,埃塞俄比亚的阿拉比卡豆、刚果的罗布斯塔豆、利比里亚的利比里卡豆,尤其是喜欢浅烘。铁皮卡十分清新并带有花香,拥有柑橘系的轻淡酸味和柔和的香味;波旁带有浓重的香气和层次丰富的酸味;瑰夏则具有强烈的香气和清爽的酸味。

"老板,你真的要把公司卖掉?"

孙晓帆拿出一包铁皮卡,一边在准备她的手冲咖啡,一边和董德鸿聊天。

"不卖怎么办,好不容易谈好的投资,基金合伙人出了纰漏导致基金爆雷,白辛苦了那么多天。如果再没有资金进账的话,别说我们的芯片没法流片,就连你们以后的工资也有困难啊。"董德鸿就像泄了气的皮球,蔫了。

董德鸿离开星通科技之后,创建的萌动科技主营设计 5G 蜂窝物联网通信芯片。一方面,因为物联网这几年的快速发展;另一方面,自己在蜂窝物联网通信芯片设计方面已经积累了多年的实战经验,只有自己创业,自己操盘,才有可能在新技术迭代的时机实现自己远大的理想和抱负。

公司运营还不到两年时间,曾经山盟海誓的创始团队,现在已经不复存在了,只有自己和孙晓帆还在坚持。有自己在,公司的灵魂就在。不管公司的团队如何调整,公司的战略方向一直没有改变,投资人依然认可董德鸿和他的萌动科技公司,还在帮公司物色新一轮的投资人。

但是,创业没有终点,阶段性的成就并不能代表永远。

团队亦是如此,早期创始团队因为意见冲突,磨合不好的人员已经另谋高就。有些人选择找个大公司安稳打工,有些人选择继续创业自己做老板。留下来的团队也还不错,都比较能干,关键是听话。但公司若要发展,就一定要扩大队伍,补充研发人员,补充市场人员,补充技术支持人员,补足公司的任何一块短板。

"光环芯微要买我们什么? 我们的芯片还没有设计完成,还没有流片,更谈不上有实际的客户资源,难道是源代码、知识产权?"

孙晓帆挑了两个咖啡杯,稳重的给董德鸿,自己的带点卡通。她有好多杯子,每次根据心情选择,在说话的同时,把冲好的咖啡推到了董德鸿的面前。

"都不是,他们要的是我们这些人,芯片公司最值钱的就是人。"

董德鸿抿了一口咖啡,热气把他的窄边黑框眼镜熏出了一团雾气,模糊得啥也看不清楚,不过,很快又恢复了明亮。咖啡浓而不苦,香而不烈,但现在的心情根本品尝不出咖啡味道的层次,更无法体会为什么孙晓帆会痴迷于全球不同产地的咖啡豆。

"那我就不明白了,他们要的是我们这个团队,你开价 5 个亿。假设,我说的是假设,假设你们达成协议成交了,是你自己套现走人,还是你拿到后再给大家分点?"孙晓帆觉得咖啡带点酸,和她的心情差不多。

"你想得太简单了,我不仅要解决你们的后顾之忧,还要给公司现有的股东有所交代,他不可能让我走的,另外,这些费用也包括已经购买的仪器设备、IP授权、开发工具以及各种公司开销等。"

董德鸿有点无奈,每次提及这些高额投入的时候,就像心里在滴血,一滴一滴,断断续续。

"那你为何不让杨鹏飞先出价?"

"他不肯,谈了好几轮,就僵在这。"

"你觉得杨鹏飞急不急?"

"当然急啦,他募资能力比我们强,但研发能力不如我们,别看他们人多,需要磨合的时间也会更长。我们现有的团队已经磨合了一年多,再加上我在这个领域多年的积累,杨鹏飞肯定是急于把我们整个团队纳入他的麾下,好进行后续更大的融资。"

董德鸿很清楚杨鹏飞的融资能力。

"听说光环芯微到处在挖人,只要是从事过类似的工作,照单全收,并且薪水至少翻倍。"孙晓帆露出艳羡的目光。

"咳,我们公司也有人跳槽过去,如果我们团队散伙了,大部分人会因为他们的双倍薪水被吸引过去。"董德鸿也显得很无奈。

"这样的话,他们的成本岂不是很低很低,还用得着花几个亿的代价收购我们吗?"

孙晓帆忽然感觉好像悟到了什么,瞪大眼睛问董德鸿。

"这不还有我呢吗?芯片设计没那么容易,尤其是蜂窝通信芯片,别看我是老板,其实我就是一个系统架构师,就是芯片设计公司的灵魂。"董德鸿露出得意的笑容。

"那要是散伙了,你的灵魂将安放何处?"

"你个乌鸦嘴。"

"老板,我觉得你还是踏踏实实写代码,我最喜欢讨价还价了。我去商场买东西,即便是名牌奢侈品,明码标价我也要和他们讨价还价,总能便宜点或者搭送点其他赠品的。"孙晓帆忽然又觉得咖啡有点甜。

"你以为这是菜场买菜?"

"董总,为了团队的生存,你还是给我一个机会。现在你和杨鹏飞就像是在猜谜一样,没有结果的,需要把细节敲定出来,至于每个部分值多少钱,都可以商量,最后把这些加在一起,就是大家觉得公允的参考价,然后你们再拉锯,上调一点还是下调一点,就很容易达成一致。"

一谈起买卖,孙晓帆的气质绝对上头。

"咳,信你一次,别把我卖了。"

"董总,你放心,我要是把你卖了,肯定会让你心甘情愿地数钱。"

孙晓帆眨巴眨巴她那无辜的大眼睛,董德鸿看了她一眼,不知道该说啥,但是心情舒坦了很多,不像杨鹏飞刚才在乘电梯离开的时候,恨不得朝他屁股踹一脚,滚得越远越好。

第二天,孙晓帆踩着她那高跟鞋,咚咚咚地冲进了董德鸿的办公室。

"董总,我和光环芯微谈了一些细节,这是清单,你看看,具体数字可以商量。"孙晓帆拿着她的记事本递给了董德鸿。猩红色皮质封面,比巴掌大点,很容易塞到她的各种包包里。作为职场女性,精致和实用必须同时兼备。

> 董德鸿:股份 4.5%,薪水 3 倍
>
> 总监级别:股份 0.3%,薪水 2 倍
>
> 普通员工:股份 0.1%,薪水 2 倍
>
> 固定资产:5000 万元
>
> 股本增值:1 亿元

董德鸿乍一看,这字咋这么丑,歪歪扭扭,和你孙晓帆精装修的外观明显不符啊,但现在已无心情调侃孙晓帆的字迹,而是急切地扫描那些奇形怪状的数字。

"这离我要的 5 个亿差很多啊,你漏了一个关键项,就是我们的知识产权。"董德鸿用手指了指,也不知道他指的是哪一行。

"你又不早说,我哪知道还有这一项,知识产权你想作价多少?"

孙晓帆有点生气,说话也没那么客气。干吗不早说,明知道我要和杨鹏飞谈细节和条款,你为啥不把重点告知我。

"另外,我现在的薪水才 5000 块,3 倍也才 1 万 5,这肯定不行的。"

董德鸿觉得自己亏大了,做老板和做员工的心态明显不一样,考虑问题的角度也不同。

"那你干吗把自己的薪水定得那么低,难不成你学的是美国职业经理人,给自己只发 1 美元薪水?"孙晓帆想把董德鸿的牢骚呛回去。

"现在很多老板不就给自己发 5000 块吗?"

"好吧,你是老板,愿意给自己发多少就发多少,反正你们又不差钱。"

"这样,我们要占光环芯微 10％的股份,知识产权作价 1 个亿,我的年薪 300 万,你们还有 35 个人,平均年薪 100 万元,翻个倍还是有竞争力的,其他的你再往上调一调,看看他们什么反应。"

董德鸿觉得自己有点失态,但很快又恢复了理智。

"好,那我再和他们约时间沟通沟通。"孙晓帆悻悻地说道。

"孙总,你们提的条件我基本上都可以答应,其中知识产权作价 8000 万元,但你们得签保证书,确保不侵犯其他企业的知识产权,不能让别的公司在法律上告我们侵权。如果因为你们提供的技术造成光环芯微的任何诉讼索赔,都由你们董老板和团队成员承担。"

杨鹏飞觉得火候差不多了,再给对方加码一个约束条件。

"这我做不了主,现在的交易价格远远低于我们董老板所说的 5 个亿,你不仅拣了大便宜,还要我们承担连带责任,是不是有点欺负人啊?"

孙晓帆强压怒火,总觉得杨鹏飞欺人太甚,自己领命来商谈细节,老娘没占到半点便宜,反倒被他牵着鼻子走。

"如果我们董老板答应你的条件,什么时候可以签协议?"

"随时。"

"哦,对了,为了让你少跑几趟,你回去告诉你们董老板,你们所有人将组成一个有限合伙公司入股光环芯微,白纸黑字让你们团队成员放心,不仅工资大幅度提升,还有未来升值不可限量的公司股票。"

杨鹏飞扇个巴掌赏颗枣,心里乐开了花。

"好的,说不定我很快就要改口叫你杨老板了。"

"我本来就是杨老板,非常期待你们的加入。"

重磅:光环芯微斥资 5 亿元收购萌动科技,剑指全球 5G 芯片市场

　　国内各大媒体收到光环芯微的新闻通稿,第一时间纷纷报道,瞬间成了圈内人士热议的话题。

　　杨鹏飞在智能手机上打开一款 APP,在智能家居控制软件中选择窗帘一项,办公室的落地窗渐渐变得透明。玻璃上有层可以智能控制的防爆膜,可动态调整玻璃的光线穿透率,想亮就亮,想暗就暗,大白天可以让它变成星光熠熠的效果,大晚上也可以让蓝天白云飘浮在整个城市的上空,你可以看见外面,外面却看不到里面。脚底下是热闹纷繁的中环高架,一辆一辆汽车排着队飞速前行,偶尔有几辆车在左冲右突,见缝插针的功力已达到炉火纯青。

　　"杨总,他们开价 5 个亿,我们用不到一半的价格收购了萌动科技,你为何让媒体报道还是用 5 个亿收购的呢?"

　　助理给杨鹏飞端进来一杯咖啡,忍不住问道。

　　杨鹏飞站在窗边,看着中环上你追我赶的车流,会心地一笑。

第5节　打乱重组

"我把萌动科技给收购了。"

杨鹏飞感觉这就是个天大的喜讯,一定要让郭青云知道。他今天戴了一副墨镜,刚进来的时候把郭青云吓了一跳,杨鹏飞就像黑帮老大,就差脖子上的大金链子和身后带两个文身的光头马仔。

"你今天这么耍酷,还以为你打算从今儿个起开始目中无人。"郭青云调侃道。

"得,我是要看得更加清楚。你看,这是变色镜,太阳底下刺眼的时候它就是个墨镜,到室内待会后就变成了透明镜片。"杨鹏飞把眼镜摘下来递给郭青云看看。

"变色龙,和你身份很吻合。"

郭青云一本正经地说道,杨鹏飞会心一笑。

"我给你说个正事,我把董德鸿的团队买过来了。"

杨鹏飞看着厚实的茶桌,敲了敲,感觉像是悟到了什么似的。听不到清脆的声音,反倒是被十厘米厚的实木茶桌把手指震得生痛。

"我看到新闻报道了,之前你给我说你想收购他们,还以为你只是想想,没想到你动作这么快,是不是觉得自己捡了一个大便宜!"

"你花了多少钱把董德鸿他们收编了?"

"五个亿。"

"狗屁,你骗鬼啊!你公司总共才融了五个亿,你有那么多钱收购他们吗?你也就是骗骗老百姓,奸商,狡猾,大大地狡猾。"郭青云对数字特别敏感,因为自己日常就是物联网行业领域数据的制造者和传播者,太明白各种数据背后的逻辑。

杨鹏飞嘿嘿一笑，说道："具体花了多少，我也不会告诉你，给你说了你也得不到一分钱好处。正好想和你聊聊，我最近纠结的是团队管理的事情，你觉得是保留董德鸿原班人马的编制，让他们团队继续运作好呢，还是把他们拆散重新组合好呢？这事让我非常纠结。"

"你的第一感觉是哪种更好？"

杨鹏飞和郭青云的聊天非常直接，从来不需要过多铺垫。因为他们太熟悉对方和这个圈子的动向。

"如果从人员安排考虑，光环芯微的老员工保持不变，萌动科技的团队做他们擅长的产品，这样风险最小，大家相安无事，各做各的。"杨鹏飞说了第一种可能。

"这样的安排有参考经验吗？"郭青云并不急于表达自己的观点。

杨鹏飞想了想，说道："有啊，你看美国的芯片公司，收购来收购去，合并来合并去，业务还是那些业务，人员还是那些人员，变化稍微大点的就是财务报表的合并、运作体系的融合，偶尔会看到一些高管套现走人。"

"美国有美国的基因，大多数都是职业经理人，只要能给董事会交代得过去就行。任务达到预期，承诺的股票和薪水一点也不会少。如果达不到预期，也就是面试的时候牛皮吹得过了，那就卷铺盖走人。"

郭青云把媒体的认知转述了一遍。

"难道我就不能学习美国的这些方式方法吗？"

"你学得来吗？你现在是老板，不是职业经理人。不对，你在投资人的面前也还是职业经理人，只不过你现在是两者融为一身，所以你考虑事情的维度更为复杂，就看你的身份切换能力会不会游刃有余。"

"看你的意思，是不是觉得还是打乱重组比较好？"

"我也不知道孰对孰错，感觉根据国内公司现状和大家的职业习惯，最好是打乱重组。你花了那么大的代价收购，主要收购的是人，知识积累和管理经验可以复用，但人的能力很难复用。"

在企业经营领域，郭青云远没有在技术领域那么自信。

"我担心把董德鸿的人马打散之后，会造成两个团队之间的冲突与斗争，我反而会变成公司管理的风暴之眼，大家一有摩擦肯定会找我来调停。"杨鹏飞说出了另外一种可能。

"长痛不如短痛，只要你把控好，很快就能形成新的动态平衡。如果你现在不打乱重组，万一以后形成帮派斗争，你有可能公司不保。好不容易养肥的猪，被他们的内斗给掐死了。"

郭青云觉得国内公司在收购之后还是打乱重组比较好。

"谁说我把公司当猪养啦，他可是我的儿子，我是把公司当亲儿子来养的。"杨鹏飞一听到郭青云的养猪论调，就有点不太高兴。

"你确定？你确定你是把公司当儿子来养？"郭青云纳闷杨鹏飞对这事咋反应这么强烈。

"很多老板不都是这么认为的吗？媒体上也是这副腔调啊，大家都把公司当自家的儿子来看待，难道有错吗？"杨鹏飞感到很诧异。

"当然没错，董德鸿就是你说的例外，他是把公司当猪养，最后的结果是把公司卖给你了。然后，现在你把这头猪当儿子来养？"

"你这是拐着弯骂人？"

"哈哈，我也觉得很难听，但你仔细想想，是不是这个道理？"

"似乎是有点道理，你觉得我应该改变改变思维，把公司当猪来养？"杨鹏飞感觉有点顿悟。

"我可没这么说。很多老板都喜欢把公司当儿子来养，尤其是还没有上市的公司，对公司宝贝得不得了，天天就是围着公司转，连家里面真正的儿子也不管不顾。"

郭青云和很多老板聊过天，大多数如他所说。

"确实是啊，我就顾不上老婆和孩子。"

"哈哈，又往自己身上套。"

"又被你带到沟里了。你刚才说没上市的老板把公司当儿子养，难道上市公司的老板就不把公司当儿子来养了吗？"

"我分析过很多上市公司，每个老板对自家公司的声誉看重得不得了，就差那句：你敢动我家儿子一根汗毛，我让你吃不了兜着走。可在实际操作层面，股东要套现吧，缺钱了要募资吧，上市公司就是一头猪。在长肥的过程中，大家都想割块肉下来改善一下伙食，有些人割得快，有些人割得慢，但肯定没有不割肉的。在业务萎缩或股票市值缩水的时候，也就是这头猪会慢慢变瘦，但老板们也绝对不会忘记继续割肉。只要这头猪还活着，总归还是能割点。"郭青云一边说一边比划。

"董老板，杨总他要把我调走，这怎么可以呢，不是之前说好的我们团队整编制过来的吗?"

孙晓帆摇了摇董德鸿的胳膊,玫瑰金的眼镜下面是忽闪忽闪的大眼睛,圆圆细细的眼镜腿把她衬托得楚楚动人,她的撒娇让董德鸿感觉到浑身不自在,坐也不是,站也不是。

"打住,晓帆,我现在已经不是你的董老板,以后叫我老董,我们现在是光环芯微的同事。第二,我们之前的团队是整编制过来的呀,没有漏掉一个兄弟同志。"

董德鸿转换得挺快,很快就卸掉了做老板的思维包袱,做技术更适合他,做老板就如同戴了镣铐在跳舞。

董德鸿忽然觉得孙晓帆挺有意思,你说她聪明吗,她确实鬼点子多;你要说她笨吗,有时候脑子确实不拐弯。美女就是有美女的优势,不能按照男人的思维要求人家。

"我就是不想离开你们吗!"

孙晓帆摇了摇,从脑袋到身体,感觉每块部位都可以自如地晃动。

"咳,没离开,我们都是光环芯微的人,从此再也没有萌动科技了,忘了它吧。对了,既然你已经知道了你的工作安排,那我就要恭喜你了,恭喜你升职,全公司的市场总监,权力和责任更大了。"董德鸿就像孙晓帆的大哥一样对她说道。

"我不,没有你罩着,我心里没底。我和杨总之前在星通科技的时候就有很多过节,前段时间又因为萌动科技的收购谈判,好几次他都说我像个菜场大妈一样在讨价还价。这些年,我和杨总一直是刀光剑影,以后他会不会把我架空,或者把我干掉,都是未知数啊。"

孙晓帆在工作中养成的习惯就是什么事都要为老板着想,没承想,他的老板就像走马灯一样,不停地换。

"从目前来看,杨总还是非常欣赏你的,这不还委以重任,不要胡思乱想,还是往好处多想想。"

董德鸿已经没有了老板的气势,满脑子都是芯片研发的事情。此时,他很想让孙晓帆从眼前消失。

"杨总,各位,大家早上好,因光环芯微收购萌动科技,为了形成1加1大于2的合并效果,经公司董事会讨论后决定,我今天宣布一下新的人事任命。"人事总监在公司高管例会中郑重其事地宣布。

杨鹏飞：董事长兼总经理,负责整个公司的所有事务。

周茂胜：董事会秘书,负责公司财务、融资和上市等工作。

白忠实：副总经理,负责协调公司研发、生产、测试、技术支持等工作。

董德鸿：技术总监,负责公司所有和技术相关的研发工作。

孙晓帆：市场总监,负责公司的市场宣传、政府公关、项目申报。

陈不同：销售总监,负责公司的产品销售和渠道代理管理。

方菲菲：知识产权总监,负责公司知识产权相关工作。

艾米莉：法务总监,负责公司法务相关工作。

郭青云：战略咨询顾问,负责公司战略规划决策讨论相关工作。

……

"各位,今天的会议就到此结束。为了恭喜各位重新调整岗位,也为了我们共同的 5G 芯片事业,今天晚上你们给家人请个假,我们一起去外滩酒吧庆祝庆祝。"

杨鹏飞今天心情不错,折腾了大半年的收购终于完成,自己也好开始琢磨如何进行下一轮融资了。

外滩 18 号顶楼,流光溢彩的陆家嘴高楼大厦就像是在眼皮底下,黄浦江边的观景平台上挤满了不同肤色的老少中青,中山东路的红绿灯把汽车与游人分隔成十字交叉,人走车停,车动人停。酒吧里性感迷人的红色和魅惑的壁画像给人惊艳的感官刺激,DJ 把氛围带得嗨到不行。

酒吧外面是一个超大的户外露台,双脚踩在承载着厚重历史的万国建筑群,抬头之处便是东方明珠两个球在璀璨灯光的陪衬下转啊转,黄浦江上吹过来一丝丝凉风,忽长忽短的汽笛声在高耸林立的大楼之间回荡。

"想不到杨总品位这么高,竟然会带我们到这里来 HAPPY!"孙晓帆拎着一个高脚杯,贴在杨鹏飞的身边直夸老板。

下班后,孙晓帆特意赶回家一趟,不为别的,就为今晚这一身晚礼服。不再是高档奢华的包臀裙,而是细得不能再细的吊带露肩白色长裙,一双闪闪发亮的高跟皮鞋,在酒吧氛围灯光的衬托之下,和白天上班的形象是完全变了一个模样。

"晓帆,你就是我们公司的颜值代表,大家可全都指望你提升公司的整体形象。"杨鹏飞很快意识到自己是公司老板,不能再像以前那样斗嘴了。

杨鹏飞其实并没有想清楚如何发挥孙晓帆的个人能力,过去和她在星通科技做过一段时间的同事。若不是因为她成天和自己斗,若不是因为她竞聘副总经理管着自己,若不是因为她和老板欧阳橙把公司折腾得乌烟瘴气,自己还不见得那么快要下定决心辞职创业。

世事变化可真快,孙晓帆后来跟随董德鸿创建了萌动科技,而我杨鹏飞又把萌动科技收购了,孙晓帆反而变成了我的员工,要被我所用。有意思,从来没想到人生还有这么一出戏,我一定要把孙晓帆的价值发挥出来,榨干她的剩余价值,将是我杨鹏飞最大的兴趣所好。

"杨老板,你才是我们公司的颜值代表,你看你,大帅哥,上班的西装都不换掉就来酒吧,不嫌勒得慌吗?以后你要在办公室备上一两套休闲装,别把自己束缚得太紧。"

孙晓帆也在猜忌杨鹏飞会不会因为过去和自己的交手而产生隔阂,毕竟当初是因为自己和他工作上的分配导致了一些冲突和矛盾,现在可好了,他现在是我的老板,我总不能给老板穿小鞋吧。

"孙总,给我们讲讲你们的故事呗,据说可精彩了。"

陈不同看热闹不嫌事大,趁大家都在露台上喝酒聊天的时候,看看这位业内知名度非常高的孙晓帆如何给大家讲故事。杨鹏飞斜倚在栏杆上,摇晃着手中的酒杯,略带微笑。

1+1 等于 2?

1+1 大于 2?

1+1 小于 2?

杨鹏飞想起了老东家的发展历程,依然历历在目。自己在万都通信干了十几年,从最初的十几个人发展到三百多人,从最初的低成本复制,到通信模组全球出货量排名第一,自己都是亲历者。

但是,随着时代的演进和变化,曾经成功的管理模式逐步僵化,老板和职业经理人的矛盾日益加剧,股东们一心一意要把公司变卖套现。接手的就是资本运作好手钱塘江基金,花 20 多亿元人民币借壳入股了南南智能之后,就开启了买买买的模式。

在收购一家通信模组之后,紧接着又收购了万都通信。

收购两家同质化竞争的公司,目的是要通过资本运作的力量快速扩大市场份额,实现 1 加 1 大于 2 的目的,两家公司的研发实力和客户规模加起来,必然会形成更大的市场规模,这是收购之前的逻辑。

但是，事态发展的不确定性，总是因人而异的。

内部管理混乱，人事斗争复杂，职业经理人各怀鬼胎，想掏空的借机掏空，想上位的借机上位，一个公司的内部管理斗争，不亚于一部清宫大戏。

我杨鹏飞不能犯类似的错误，我要把收购过来的团队打散重组，发挥每个人的真正价值，不能让他们形成小利益团体。

切记、切记。

酒吧的音乐声，和陆家嘴的霓虹灯和谐地融为一体。

孙晓帆非常兴奋，围着她的几个人就像众星捧月，不明就里的顾客在猜这是不是哪位女明星。

董德鸿手里握着马提尼鸡尾酒杯，倒锥形高脚玻璃杯，比海水还蓝的颜色，服务生说这是蓝色夏威夷。他很少喝酒，尤其是高档鸡尾酒，有生以来第一次来这么上档次的地方。作为成天和计算机打交道的人，对蓝色有一种偏好，其实吧台上有各种颜色的鸡尾酒，他唯独挑中了这款。有点酸，也有点苦，瞄了一眼嘻嘻哈哈的孙晓帆，又瞥了一下新老板杨鹏飞，一仰脖子把整杯酒都吞了下去。

第6节　记者发布会

"媒体记者都到齐了吗?"

"到齐了。"

"好,我们开始。"

杨鹏飞仰起脖颈把领带往上推了推,然后把西装前摆往中间一拽,扣了上面第一颗扣子,低头瞄了一眼锃亮的尖头皮鞋,抬起头,把无框眼镜往鼻梁上推了推,硬朗的绅士装扮配合魁梧的身材,整个人立马精神抖擞。身上这套西装,是专门在英国定制的,从量尺寸到试衣,再到成衣,光飞伦敦就去了三次,前后等了半年多才拿到这身全球最豪华的定制西装。

孙晓帆略施粉黛,白皙无瑕的皮肤透出淡淡红粉,薄薄的双唇犹如玫瑰花瓣娇嫩欲滴,披肩的卷发,精致的妆容,得体的套裙,高跟鞋的鞋跟细如铅笔。她手里捏着两张纸,已经被揉出了明显的褶皱,歪歪扭扭的签字和打印的媒体记者名单恰到好处地融合着,紧走两步跟在了杨鹏飞的后面。

"杨总,你在这稍等,当主持人叫你上场的时候,我再叫你进去。"

孙晓帆在会场门口拦住了杨鹏飞。然后她吃力地推开厚重的会场大门,示意主持人莉莉可以开始。

"各位媒体记者朋友,我是此次媒体采访的主持人莉莉。想必大家刚才已经聆听了光环芯微开放平台产业生态大会和5G芯片新品发布会,下面让我们有请光环芯微的董事长兼总经理杨鹏飞先生来回答各位感兴趣的问题,有请杨总。"

莉莉向孙晓帆比划了一个OK的手势,孙晓帆心领神会,立马推开大门让杨鹏飞入场。

　　主持人莉莉刚主持完光环芯微开放平台产业生态大会和 5G 芯片新品发布会，还没来得及脱下高跟鞋让双脚放松放松，紧接着就开始主持新闻媒体见面会。孙晓帆作为光环芯微的市场总监，候在会场的左上角，随时准备应付现场的突发情况。

　　"感谢各位媒体朋友们的捧场，我代表光环芯微公司谢谢你们。关于你们感兴趣的任何话题，我在这都可以和大家做个详细的沟通。"

　　杨鹏飞环视一周，期待和每位记者形成眼神的交流，以免有些人觉得被怠慢。

　　杨鹏飞对新闻媒体的拿捏非常到位，在和各家媒体洽谈赞助费的时候，吩咐孙晓帆一定要把他们的价格压到最低，免费更好，但同时给记者暗示，每次现场采访报道好处不会少。

　　"杨总，我是无线通信杂志的记者，你刚才在大会上发布了你们即将推出的5G 芯片，可以让 5G 通信模组的价格做到人民币 399 元的价格。我的第一个问题是现在市面上最便宜的 5G 通信模组价格是 999，你的 399 能真的做到吗？第二个问题是你们作为芯片公司，为什么不发布芯片价格，而是发布通信模组的价格，是不是觉得通信模组公司没什么技术含量，可以随便拿捏？谢谢！"

　　"这两个问题非常具有挑战性。首先，我来回答第一个问题，现在市面上的5G 通信模组价格大多数是 1000 多块，最低的也只是到 999，我们为什么不把价格拉到 899、699 或者 599，而是直接干到 399？那是因为我们非常看好 5G 物联网的发展趋势，现在的价格确实很贵，主要是因为市场规模太小，行业需求还没有爆发。若等到 5G 物联网开始大规模部署之后，我甚至都觉得 399 块还是太贵，价格还会进一步下探。"

　　杨鹏飞稍微停顿了一下，接着又说："之所以这么激进，主要是因为我们有十足的把握和优势，我们的芯片系统架构设计更加精简，所需的外围物料更少，生产制造成本比同行低了将近 50%。另外，我们的定价并没有考虑人力投入和运营成本，只是在 BOM 成本之上增加差不多的利润，这就是我们光环芯微的定价策略。399 不会亏本，我们还是很赚钱的。"

　　杨鹏飞侃侃而谈，在早期演练的时候，这个话题也是在公司高管的意料之中。

　　BOM 的全称是 Bill of Material，也就是物料清单。通常在计算硬件成本的时候，大家习惯这么来称呼。由于市场竞争的残酷和激烈，很多企业在产品定价的时候,并不考虑软件成本、人力成本以及公司的运营管理成本的分摊,只在硬件成本基础之上叠加自己认可的利润,便构成产品的销售价格。

孙晓帆一边盯着杨鹏飞,一边瞅着各路媒体记者,心想老板此次临场发挥有点超纲,压根不是之前在公司会议室预演的回答策略,万一被有些媒体添油加醋写出去,岂不成了同行竞争对手的眼中钉和肉中刺。

第一颗 5G 芯片终于可以拿出来秀了,这是公司迈出的一小步,有可能也是这个行业迈出的一大步。

"我们光环芯微属于初创公司,第一颗 5G 芯片该如何定价?"

在大会的筹备阶段,孙晓帆在例会上当着整个公司的高管,挑起了大家好像都不愿意面对的话题。

"你是市场总监,你得先给我们一个可以讨论的范畴。"

杨鹏飞不太喜欢这种讨论方式,有事说事,不要浪费大家的时间。

杨鹏飞心里已经有自己的打算,但还是要让大家讨论完之后再做决定,免得这些自命清高难以伺候的高管们以后说他独裁。如果平衡不好这些错综复杂的关系,也许还会冒出来类似自己的人才,一气之下出去创业,然后和自己竞争。

自己就是自己的镜子,一定要经常照照镜子。

定价确实是一个非常神奇的存在。亚当·斯密 200 多年前就在《国富论》中写道:在市场经济中有一只看不见的手通过平衡供求关系来决定商品的价格。

芯片如何定价,通信模组如何定价,不同客户还要因人而异制定不同的价格。定价太高不利于市场拓展,直接会影响销售规模;定价太低则会影响公司的利润空间,甚至有可能不利于下一轮的融资和未来的公司 IPO 上市。

IPO 是首次公开募股,企业第一次将它的股份向公众出售。IPO 带给企业的价值就是可快速帮助上市公司募集到足够的资金,通过完善企业管理制度,从而提高企业市场知名度。很多具备现代管理经营理念的公司首要目标就是能够达到上市条件,从而成为公众公司。杨鹏飞融资的目的不是给自己发高薪,而是剑指公司 IPO。既要证明自己的能力,又要给投资人赚取高额回报,同时也能让自己和各位高管们获得财富自由。

公司的成长要经历很多坎,不同阶段还不一样。光环芯微的第一款产品已经设计成功,眼下最大的坎就是如何定价。以竞争对手的参考价格为标杆,若定价持平或略低一点,客户没有切换的动力;定价如果低太多,客户会怀疑芯片的稳定性。一分价钱一分货,采购在商务谈判的过程中就如同小贩的讨价还价,双方在一点一点试探,最终会达到一个相对趋同的价格,这样就能形成合同从而形成交易。否则大家就是在浪费时间。

　　道理似乎大家都懂,尤其是对在职场历练多年的人来说。

　　"至于第二个问题,你问到腰眼上了,通信模组企业是我们真正的战略合作伙伴,我们需要依赖他们把芯片应用到千行百业的智能终端之中。为什么我们不公布自己芯片的价格,而是把我们客户的产品也就是通信模组的价格变成了行业普遍接受的参考价格。你觉得这其中的核心焦点是什么?"杨鹏飞故意把话题丢给了这位记者。

　　"我就是因为好奇,才问你这个话题,还请杨总给我们点拨点拨。"刚才那位提问的记者边起身边说,人还没站直,话就已说完,随后又坐了下来。

　　"作为5G芯片,目前能设计的公司并不多,每家企业对芯片的理解也不一样,造成了这类芯片的系统架构区别很大。同样功能的一颗5G通信模组,用我们光环芯微的5G芯片,集成度非常高,外围只需要一些简单的阻容器件和PA,而竞争对手的5G芯片还需要配套外围多颗芯片,也就是你们俗称的套片,比如电源管理芯片、射频开关芯片等。如果单独比较5G芯片的价格,不科学,也不合理,反而是PK 5G通信模组的价格,才能反映出智能终端最后的成本构成。不知道我这么解释,你明白了吗?"

　　杨鹏飞冲这位记者微微一笑,示意自己已经回答了问题,至于你懂不懂,就看你还会不会再问。

　　莉莉看到那位提问的记者在笔记本电脑上拼命输入,也不再抬头,就断定她不再接话茬来问了。随即把话筒交给一位举手的记者。

　　"杨总,我是半导体周刊的记者,你喜欢价格屠夫这个称号吗?我能在报道中这样描写吗?"

　　"欢迎、欢迎,热烈欢迎,我就喜欢屠夫这种称号,我就是5G芯片的价格屠夫。我们是有底气才会这么干,我们要刺激整个5G产业链的快速成长。"杨鹏飞显得非常得意。

　　主持人莉莉和孙晓帆并排站在角落,两位大美女是不同的气场。莉莉觉得杨鹏飞挺好玩,敞亮,竟然用"价格屠夫"来形容自己。孙晓帆直冒虚汗,恨不得用高跟鞋捣个地洞立马钻进去。

　　"杨总,我是蜂窝物联网自媒体,你今天在发布会上公布的测试指标,是你们自己实验室的数据,还是第三方评测机构的数据?"

这个记者手上举着小笔记本,桌上并没有笔记本电脑,只有一只小小的录音笔,交替闪烁的红灯就像眨巴着眼睛,期待着杨鹏飞的回答。

孙晓帆心想坏了,这些数据都是公司测试工程师粉饰过的实验室数据,必须在特定的前提条件下才能得出的数据,并不是实际工作场景的数据。往前走了两步正想说:这位记者朋友,数据都是专业测试的,其他记者有可能听不懂,我们会后可以单独沟通报道。

杨鹏飞意识到孙晓帆有可能要打断他的回答,示意孙晓帆不用拦着,随即说道:"我们有几千项测试数据,今天只是给大家展示了一小部分,如果客户有兴趣了解这些详细参数,欢迎和我们取得联系,我们提供芯片、提供测试板、提供技术支持人员,只有自己亲身测试过,这些数据才能算被真正认可。"

孙晓帆对杨鹏飞的临危不乱直竖大拇指,脸不红,心不跳,一本正经吹牛皮,还从来不打草稿。

"杨总,我是芯片传媒的记者,今天你的 5G 芯片只是发布,什么时候可以量产,预计今年的规模能达到多少?"

"我们的芯片生产已经排上了日程,很快就能交付到客户手中。至于今年的销售规模,说实在话,我并没有具体的数字,只求我们的芯片拥有一定的市场占比。如果 5G 部署规模扩大,我们就跟着芯片销售规模增大,如果 5G 行业应用还需要酝酿,我们就练好内功时刻准备着。今年我们已经挤入这个赛道,明年我们就要争取更大的市场份额,未来,我们终将跻身第一梯队。"杨鹏飞把食指竖向了天空。

"杨总,我是蜂窝智库的记者,能否告诉一下贵公司的 Roadmap?这些芯片和你的老东家星通科技的产品有什么区别?谢谢!"

"既然提到了老东家,估计你比我还清楚,星通科技经过多年积累,已经形成了从 2G 到 NB-IoT、从 LTE Cat.1 到 5G 的产品路线,但我们光环芯微是一家全新的芯片设计公司,围绕蜂窝物联网,产品路线将围绕 5G,同时着眼 6G,今天只是发布了一款 5G 高速 Modem 芯片,未来我们将全线覆盖 5G 的高速、中速和低速,包括你们熟知的 NB-IoT 和 RedCap,在 6G 标准制定的阶段,我希望我们公司有实力并且能够积极参与 3GPP 的标准制定工作。"

杨鹏飞并不想把公司的战略过早公布,只好用非常官方的口吻来搪塞记者。

关于这些英文名词，只要是无线通信行业内的人士，哪怕是媒体记者，都清楚杨鹏飞说的到底是啥。对于不了解这个行业的人，就权当是高深莫测的高科技吧。

"还有最后一个问题，看看哪位还有问题？"主持人莉莉估摸着时间差不多了，趁杨鹏飞回答完这个问题之后就插话道。

"好，这位朋友，最后一个问题。"莉莉用手示意。

"杨总，我是南方财富媒体记者，听说贵公司在 Pre-A 融资了 5 亿元人民币，现在缺钱吗？什么时候启动下一轮融资？"

这位记者浓妆艳抹，在起身的过程中，周围人的感觉就像是她在抖落身上的香水，扑棱棱把厚重的味道洒满了全场。

"你要投吗？"杨鹏飞调侃道，瞬间会场发出会意的笑声。

杨鹏飞等大家的笑声渐渐变弱之后说道："我们光环芯微目前处在早期快速发展的阶段，还需要大量的资金才能撑得住我们伟大的目标。对于融资，我们一直没有停歇过，欢迎各位投资人关注我们、了解我们，等我们每一轮融资意向基本谈妥之后，会邀请各位媒体朋友进行宣传和报道。"

杨鹏飞环视四周，非常期待有人跳出来说："我看好你们，我投。"但发现所有的媒体记者不是在电脑前狂敲键盘，就是在笔记本上龙飞凤舞。失落的心情就像趾高气扬的斗士一步一步走下台阶一样。

"OK，感谢杨总的精彩分享和回答，同时也感谢各位媒体记者的专业和专注，各位签到时候收到的礼品袋里有一块 U 盘，里面有今天大会的新闻媒体通稿，供大家参考使用。再次感谢各位媒体记者，期待我们下次再见！"

莉莉收到孙晓帆的指令，在杨鹏飞回答完毕之后就结束了此次记者发布会。

杨鹏飞迈步上前，伸手握住了莉莉的右手，顺势把左手也搭了上去。

"谢谢你，莉莉，每次大会都要劳烦你来主持，你是我见过的最最专业的主持人，非常非常专业……"

这次发布会的会场选在上海中心大厦，秋高气爽，已经没有夏日的燥热，朵朵白云就像棉花一样在蔚蓝的天空中飘荡，大楼扭曲的外形如同美女扭动的腰肢，被几朵硕大的棉花云缠住了脖颈。

今天，光环芯微第一次在公开场合亮相，并且成功发布了公司第一款 5G 芯片。在前期策划的时候,孙晓帆提议搞个开发平台产业生态大会,主要是考虑目前公司只设计了一款芯片,如果兴师动众邀请了产业链的各路朋友,就要起到真正的宣传效果。另外公司的产品定位不是智能手机、可穿戴设备这一类的消费电子,也无法学习苹果乔布斯的新品发布方式。

最后,杨鹏飞决定接受孙晓帆的提议,花心思搞个开放平台产业生态大会,把产业链合作伙伴都邀请过来,再挑几个战略合作伙伴做个主题演讲,一个人不够多个人凑,热热闹闹、风风光光,既然花了钱就要听个响。

今天的开发平台产业生态大会和记者发布会圆满收场,杨鹏飞紧绷的神经终于放松了下来。

后　　记

　　向左是万丈深渊,向右是悬崖峭壁,老板就如同走在崎岖不平的高山脊梁之上,平衡着各方势力,颤颤巍巍,亦步亦趋。

　　2023年1月1日,新年的钟声敲响,郭青云在朋友圈写道:

　　　　无助、无奈、彷徨、焦虑。
　　　　没有方向,没有动力,没有激情,没有梦想。
　　　　政治决定经济,经济左右政治,全球之大格局不得不重新洗牌,大至国家,小至企业,乃至个人,无一幸免。
　　　　过去的思维已无法适应未来,未来的模式将更加复杂。
　　　　思考、交流、碰撞、执行。
　　　　改变自我,寻求突破,迎接我也不知道的自己!

　　杨鹏飞在下面留言:

　　　　别那么丧气,一切都会改变,一切皆有因果!

　　杨鹏飞从星通科技辞职之后创建了光环芯微,发展迅速如日中天。
　　欧阳橙作为职业经理人为星通科技力挽狂澜之后又被董事会抛弃。
　　董德鸿从星通科技辞职后创建了萌动科技,无奈又被杨鹏飞收购。
　　孙晓帆奉行的理念是一切为老板着想,公司变了,心也要跟着变。
　　金腾川做事决绝果断,继续带领智邦通信领跑全球通信模组市场。
　　郭青云不愿再做老板,向往云淡风轻,喜欢和众位老板谈天论地。
　　方菲菲有取之不尽的创新,为全球蜂窝通信的标准续写浓墨重彩。
　　陈不同丢出去的烟灰缸价值连城,沉寂多年之后被杨鹏飞请出山。

艾米莉看热闹不嫌事大，最恨偷鸡摸狗，用专利去搜刮知识付费。

何超明创办了艾斯科技，继续在挑战老东家星通科技的行业地位。

周茂胜辞去了湖海证券的首席，成为光环芯微的董秘。

高才喜是智邦通信的董秘，和周茂胜拥有了更多的话题。

武亮平是法沃智能的总经理，小心翼翼地维护着芯片供应商的关系。

冯德程是四喜共享单车的创始人，把单车玩成了过山车。

王老板是麻雀自行车厂的厂长，还在抵御成为房地产商的诱惑。

Peter 是美国狐狸基金的中国区合伙人，鲜有在电视台露面侃侃而谈了。

梁剑锋还在物色心仪的投资标的，成天感叹好项目越来越少。

赵启东依然是 POS 机老板，只不过技术标准的更替让他无所适从。

姚孟波是上市公司董事长，和金腾川经常约在老牌资本主义大城市的街头，喝着咖啡，畅谈全球行业格局。

黄教授是 211 大学的教授，继续上他晦涩难懂的课程。

刘文武是校友会的秘书长，激情满满之后便是淡泊名利。

秦勇军忽悠校友众筹的饭店关张了，大家除了在微信群里骂两句，也拿不回被挪用的众筹款。

小陶红是芯片代理商老板娘，见到谁都像是客户。

姜苏阳、朱老板、曹博士，都是创业公司的老板，

还有戴总、蒋总、孙总、王总、姚总、宋总、张总、卫总，

以及东哥、小李、小蔡、小马，

包括莉莉、梦梦，

等等，等等。

有的人已经是老板，

还有一群在职场中摸爬滚打、尚来不及做老板的打工人，

还有一群不愿失去创业梦想，拼命为自己积淀能量的打工人，

不同的人生阅历，不同的职场轨迹，编织着形形色色的人生画卷。

过去影响未来，但不能决定未来。

我们读过的书、走过的路、见过的人、经过的事、悟过的道，都将塑造一个未来的我。

从当下开始，一切都还来得及！

谨以此书献给为社会创造价值的老板们！

图书在版编目(CIP)数据

戴眼镜的老板 / 解运洲著.—上海：文汇出版社，
2023.6

ISBN 978‒7‒5496‒4055‒3

Ⅰ.①戴⋯　Ⅱ.①解⋯　Ⅲ.①长篇小说‒中国‒当代
Ⅳ.①I247.5

中国国家版本馆 CIP 数据核字(2023)第 097713 号

戴眼镜的老板

著　　者 / 解运洲
责任编辑 / 熊　勇
封面装帧 / 薛　冰

出版发行 / 文匯出版社
　　　　　上海市威海路 755 号
　　　　　(邮政编码 200041)
经　　销 / 全国新华书店
排　　版 / 南京展望文化发展有限公司
印刷装订 / 启东市人民印刷有限公司
版　　次 / 2023 年 6 月第 1 版
印　　次 / 2023 年 6 月第 1 次印刷
开　　本 / 720×1000　1/16
字　　数 / 410 千字
印　　张 / 24.25
印　　数 / 1‒10000

ISBN 978‒7‒5496‒4055‒3
定　　价 / 58.00 元